雾越邸暴雪谜案

〔日〕绫辻行人 著

潘璐 朱田云 译

人民文学出版社
PEOPLE'S LITERATURE PUBLISHING HOUSE

著作权合同登记号　图字 01-2017-1136

KIRIGOETEI SATSUJIN JIKEN

© Yukito Ayatsuji 1990，2014
First published in Japan in 2014 by KADOKAWA CORPORATION，Tokyo.
Chinese translation rights arranged with KADOKAWA CORPORATION，Tokyo.
through Timo Associates Inc.，Japan

图书在版编目(CIP)数据

雾越邸暴雪谜案:全 2 册/(日)绫辻行人著;潘璐,朱田云译.
—北京:人民文学出版社,2017(2025.8 重印)
（绫辻行人作品）
ISBN 978－7－02－012636－1

Ⅰ.①雾…　Ⅱ.①绫…　②潘…　③朱…　Ⅲ.①长篇小说-
日本-现代　Ⅳ.①I313.45

中国版本图书馆 CIP 数据核字(2017)第 071751 号

责任编辑:朱卫净　陶媛媛
装帧设计:汪佳诗
封面绘制:远田志帆
书中插图:小野不由美

出版发行　人民文学出版社
社　　址　北京市朝内大街 166 号
邮政编码　100705

印　　制　山东临沂新华印刷物流集团有限责任公司
经　　销　全国新华书店等

字　　数　225 千字
开　　本　890 毫米×1240 毫米　1/32
印　　张　19.125
版　　次　2017 年 6 月北京第 1 版
印　　次　2025 年 8 月第 4 次印刷

书　　号　978-7-02-012636-1
定　　价　129.00 元(全 2 册)

如有印装质量问题,请与本社图书销售中心调换。电话:010－65233595

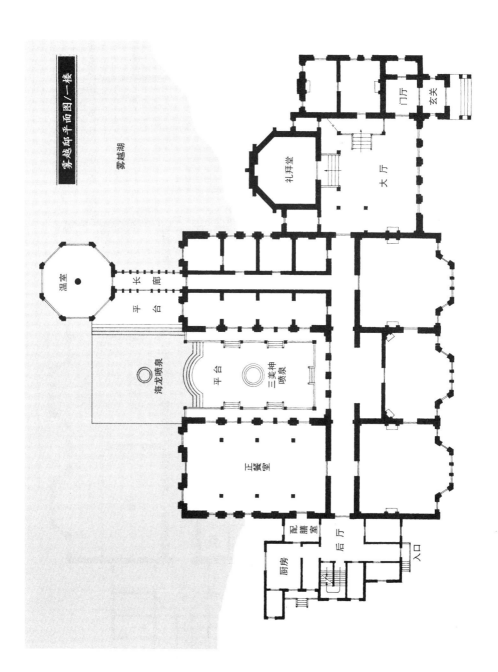

雾越邸平面图／一楼

雾越湖

温室

长廊

平台

海龙喷泉

平台

三美神喷泉

礼拜堂

大厅

门厅

玄关

正餐室

配膳室

厨房

后厅

入口

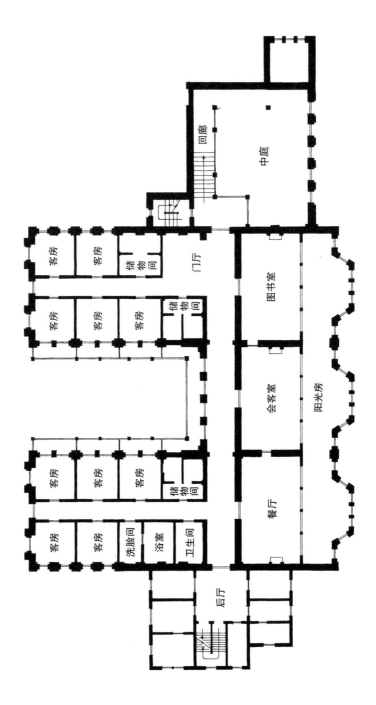

雾越邸平面图/二楼

雾越邸暴雪谜案

上

〔日〕绫辻行人 著

潘璐 译

人民文学出版社

PEOPLE'S LITERATURE PUBLISHING HOUSE

绫辻行人作品

据角川文库（修订版）初版译出

插图由小野不由美绘制

目　录

角川文庫版自序

最初，《雾越邸暴雪谜案》于一九九〇年九月作为"新潮悬疑俱乐部"丛书中的一部出版。后来于一九九五年二月收入新潮文库，这一版本又于二〇〇二年六月在祥传社作为"非小说"系列再版。

有一段时间，《雾越邸暴雪谜案》被认为是绫辻行人的代表作。就我个人而言，这的确是一部"特别之作"。从该书首次出版至今，已经过去二十多年了，但是这一想法从未改变。

我还记得，这部小说的构想诞生于我二十岁之时。我想写一部以雾越邸这栋美丽建筑为舞台背景的长篇推理小说，在与小野不由美女士（也是雾越邸平面图的绘制者）的探讨中，想法逐渐成形。我希望能够在三十岁之前把这个故事尽善尽美地写出来，展现给世人。这是后来正式出道成为作家的我年轻时为自己的创作活动立下的大目标。

《雾越邸暴雪谜案》首次以文库版出版已经过去十九年了，现在进行全面修订，并重新包装出版，应该不算毫无意义的工作。于是，有了这次的角川文库版。

经过各种考量，该书的修订最终以讲谈社文库版的"馆系列"（修订版）为基准。尽管在情节和故事层面没有进行改动，但在文字细节上力求"最优化"，以提高作品的完整度和可读性。

然而，即使是这部作品，虽然如今重读时难免会发现一些青涩、不足之处，但我也不能随意地大幅删改。可以说，这些不足之处也是《雾越邸暴雪谜案》这部小说得以立足的原因之一。如果改动太多就会影响作品原有的氛围和意境。我修订时非常注意拿捏分寸。

新版《雾越邸暴雪谜案》与二〇〇九年出版的另一部"特别之作"、长篇恐怖推理小说《替身》同时收入角川文库，如果那些从《替身》才第一次得知"绫辻行人"这个名字的读者也能喜欢这部长篇小说的话，就太好了。我一直试图寻找一种与先前的名作——例如约翰·迪克森·卡尔的《燃烧的法庭》——截然不同的创作手法，即把恐怖猎奇幻想元素和所谓本格推理有机结合。而这部《雾越邸暴雪谜案》就是基于这一理念的初试啼声之作。

那么，就请诸位大驾光临那栋一九八六年晚秋的华丽暴风雪山庄，暂时忘却尘世种种，尽情享受吧。

二〇一四年二月

绫辻行人

登场人物

造访雾越邸的众人

（括号内数字为一九八六年十一月时该人物的实足年龄）

枪中秋清（33）……暗色天幕剧团的负责人、导演。

名望奈志（29）……暗色天幕的男演员。本名松尾茂树。

甲斐幸比古（26）……同上。本名英田照夫。

榊由高（23）……同上。本名李家充。

芦野深月（25）……同剧团女演员。本名香取深月。

希美崎兰（24）……同上。本名永纳公子。

乃本彩夏（19）……同上。本名山根夏美。

铃藤棱一（30）……枪中的朋友，小说家，小说中的"我"。本
名佐佐木直史。

忍冬准之介（59）……私人诊所医生。

雾越邸的居住者

白须贺秀一郎：雾越邸主人

鸣濑孝：管家

井关悦子：厨师

的场步：主治医生

末永耕治：用人

？？：住在雾越邸的神秘人物

序　幕

风声从远处传来。

那音色悲凉哀怨，好像严阵以待地迎接寒冬的群山在窃窃私语，又好像来自遥远异世界的巨大动物被困于此地，因思念故土而痛哭、哀号。如果侧耳倾听，就会从心底渗出某种类似钝痛的情感。

仿佛与那风声共鸣，又仿佛是那风声自己悄悄奏起的旋律，一首歌的调子开始在我耳朵深处响起。

那首歌……同样异常悲凉，而且是一首令人怀念的歌。

我曾经在很久很久以前的童年时代听过。到底是在小学音乐课上学过还是曾经听母亲唱给我听过？恐怕在这个国家出生、长大的人都听过这首有名的童谣吧？

我哼着这首歌的歌词和旋律，又想起了因这首歌而被毁灭的那个人。

因为这首歌……

四年前，同一个季节的那一天，仿佛被一道无形的绳索牵引，我们来到那座宅邸，随后遭遇离奇的连环杀人事件……

那座宅邸中存在着完全脱离了我们现实生活的某种不可思议的东西。近现代科学也许会将之全盘否定或给出不同的解释，但那也无所谓，因为至少在与那起事件直接相关的我们的主观意识中认同了那东西确实存在过，这就行了。

　　可以说，那首歌象征着那宅邸所拥有的不可思议的意念。

　　我想起来了。

　　那个人就是因为知道这个意念的存在并企图超越这个意念，最后导致了自我毁灭。

　　事情已经过去了整整四年。

　　时间以前所未有的速度飞逝。从二十世纪八十年代末到九十年代，世界格局瞬息万变，让人目不暇接。连这个一贯标榜"和平""富有"的国家也仿佛被什么东西附了体，向世纪末冲刺。生活在这里的人似乎都可以清楚听到这个国家疾速狂奔时的粗重喘息。这种不同寻常的加速把我这类人的心灵确确实实地逼向了一种自闭状态。

　　四年过去了，我已经三十四岁了。

　　半年前，我生了一场小病，动了生平第一次手术。那次生病让我痛感自己已不再年轻。包裹着脆弱精神的肉体已经过了全盛期，开始不停息地走向既定的终点。存在于我心中、达到某种程度的信念也因此而动摇，同样是不争的事实。

远处，风声在呜咽，那首歌回旋、反复，毫无停止的迹象。

此时此刻，我正身处长达四年未曾到访、位于信州深山中的相野町车站。

候车室里没有其他人。天花板上的荧光灯出奇地明亮，墙壁也异常洁白，好像最近才重新粉刷过。公告栏上贴着好几张优美的观光宣传海报。

四年来，这个老旧车站的样貌也大为改观。再过几周，不，应该就在下周周末吧，这里就会拥入大批年轻的滑雪爱好者，变得热闹非凡。

木框窗好像安装得不够牢固，寒风中的玻璃在颤抖。我觉得室内气温开始急速下降，便不由自主地把手伸到暖炉前，然而，暖炉还没有点上火。

四年前，一九八六年十一月十五日。

我一边从压扁的烟盒中拿出最后一支香烟，一边缓缓伸出手来，试图阻止在我心中匆匆移动的时钟指针。然后，我不经意地抬起眼，望着逐渐被黑暗笼罩的窗外……

今天外面也下着雪，仿佛在重演那一天、那个事件的开端。

＊　　＊　　＊

雪花纷纷飘落。

离日落应该还有一段时间，但天色已暗得如同夜晚，几乎到了伸手不见五指的程度。雪不停地下着，好像要用纯白的微粒掩盖如溶入墨水般的漆黑空间。雪花在冰冷的风中狂飞乱舞。

不久，冰冷的风像锐利的刀刃一样削刮着脸庞，风声灌入已感觉不出冰冷疼痛反而变得灼热麻痹的耳中。

大自然对迷失在其怀中的我们八个人表现出露骨的敌意。

陷在积雪中的脚寸步难移，拎着背包的右手手指快冻断了。粘在睫毛上的雪开始融化，冰冷地滴落，模糊了视线。每呼吸一次，寒气就刺激着喉咙。意识在寒冷与疲惫中变得蒙眬起来，方向感与时间感也错乱了。

没有人敢提出"迷路"这个说法，也许是连这种力气都没有了？但是，"迷路"确实已是不容否认的事实。

为什么会变成这样？

明知现在追究也于事无补，可是，我还是忍不住去想。

几个小时前，也就是中午过后，我们从旅馆出发时，晚秋的天空碧蓝如洗，别说下雪，连一片流云都看不到。第一次在这种季节造访信州。接连三天全是艳阳高照的好天气，完全不同于我们头脑中对于信州的模糊想象，甚至连远处巍峨耸立的连绵群山，都好像温柔地伸出双手，召唤着我们。

然而……

这一切，是从脖颈肌肤感受到出奇寒冷的山风时开始的。

起初，大家并没有什么不祥的预感，继续走在蜿蜒曲折、开始下坡的未经铺修的土路上。过了好一会儿，不知谁说了一句"越来越冷了"，于是大家仰望天空，看到群山彼端突然冒出一团乌云，开始飘向这边的天空，就像大量的颜料泼洒在画布上，迅速扩散开来。

一阵冷风呼啸而过，红褐色的落叶松东摇西摆，干枯、褪色的松枝和覆盖地面的山白竹①的叶片仿佛因受到惊吓而发出长长的悲鸣。浓厚的云层很快布满天空，随即，片片白色结晶成群结队地飘落。

刚开始下雪时，大家不但不担心，反而为能欣赏到在东京难得一见的壮美雪景而兴高采烈地欢呼。但是，随着天气急剧恶化，大家很快便开始惴惴不安。

事情发生得太突然，谁都意料不到会面临这种状况。刚才还在我们面前俨然秋意浓的静美景色翻脸般变成另一副模样，让人

---

① 山白竹，即山间小白竹，其叶可入药。

感觉好像一步跨进恐怖老电影的场景中，惶恐万分。

在突如其来的暴风雪中，我们除了一步一步继续向前走，别无选择。本来我们心里还怀着一丝乐观，希望下坡再走一小时就会到达市内。只要再咬牙坚持一下，就可脱离险境。但是……

雪花已经不再是从空中飘落下来，而是一波接着一波从半空喷涌而出。此时，对我们而言，雪就是可怕的恶魔，不但阻碍了我们的视线，还夺走了我们的体温。我们感觉自己的肉体和精神已经一点一点被大雪吞噬。

发觉在某处走错路时，已经太迟了。累积的疲惫和所剩无几的判断力让我们连折回原路的对策都想不出。那种状态，就像被某种强大的咒语束缚住了。心中明明清楚，再这样走下去大概永远也走不到市区，却还是继续在同一条路上前进着，在绝望与期待中徒劳地挣扎，或者也可以叫作近乎疯癫的自虐。

道路越来越窄，已经搞不清楚是上坡还是下坡。大家全身是雪，沉默地走着。再这样下去，迟早有人会掉队。

突然……

好像有某种东西打破了一望无际的单调白色，我不由得停下脚步。

强风逆向吹来，雪像冰冷的子弹打在脸上，虽不是很疼，却也打得人抬不起头来。所以，我们虽然一直在走，但视线总是落在自己脚下（这也许就是走错路的原因之一吧）。那个突如其来的变化刺激了我快被冻僵的视网膜的一角。

"怎么了，铃藤？"

从我正后方传来枪中秋清沙哑的声音。我好像很久没有听到人的声音了。

"你看那里。"我从早被白雪覆盖、结冻的外套口袋中掏出左手，用迟缓的动作指着前方。

前方曲线缓和的道路两旁耸立着稀稀落落的白桦树，树后方有什么东西切断了无边无垠的白色世界。我努力张望，振奋起衰弱的精神，想看清楚那到底是什么。

风稍稍改变了方向，雪打在脸上的力道也缓和了一些。

雪在黑暗中斜斜飘落，从雪片的间隙中能看到，那东西像铺了一层浅灰色的天鹅绒，表面发出微弱的沙沙声，随着风声传入耳中。

我想，那大概是水声？

一思及此，快被冻僵而沉重的双脚就像被牵引着似的，再度迈开步伐。又不是在沙漠中迷路，这种被认为是"水"的东西，根本不可能成为救星，然而我却莫名其妙地感到异样的兴奋。

我用右手遮在眼睛上方，迈着迟缓的脚步前进。隐藏在宛如古代生物化石般的白桦林后方的那东西，随着我前进的步伐，逐渐展露出全貌。

果然是水，我听到的轻微声响是风拂过水面的水波声。

"有一面湖。"冻裂的嘴唇勉强发出声音。

"湖？"走在前头的榊由高回过头来看着我，那声音像是在宣泄无处可发的怒气，"那种东西有什么用！"

"不，你看，"与我并肩站立的枪中举起手，指着正前方，"你看那里！"

"咦？啊——"近乎嘶喊的声音冲到喉头。

横亘在树林彼端的湖——不仅仅是湖，不仅仅是那样而已。

就在这一瞬间，风突然停了——好像有人在背后导演，特意拿捏好了这一绝妙时机似的。令人毛骨悚然的静寂笼罩了呆立在雪中的我们。

我不禁怀疑自己的眼睛，怀疑自己看到的会不会是白色恶魔制造的幻觉。那种感觉实在很奇妙，好像打破了时间与空间的壁垒突然闯入了某个异世界，又好像被扔进了某个壮观的梦境中。我的脑海中瞬间闪过"海市蜃楼""集体催眠"之类的词汇。

那面湖浮现在黑暗的雪景中。

一栋巨大的西式建筑从浅灰色的湖面上探出来，或者说是半浮在湖面上。不是那种山中小屋，也不是普通的别墅，而是不太可能会出现在这种深山中的壮丽建筑。

那栋建筑像一只巨鸟，随着漫天白雪从空中飞落，张开翅膀停在湖水边休憩。黑色轮廓之中亮着点点灯光。在我的眼中，那比任何夜景中闪烁的霓虹灯都更加美丽灿烂。

很快，风又转强了，带走了片刻的寂静。

然而，那栋建筑依然耸立在暴风雪中，岿然不动。这绝对不是梦境，也绝对不是幻觉。

"啊……"深深的叹息化成白雾被卷入风中，"得救了。"

得救了……其他人也接连感叹。

这就是我们八个人——甚至可以说是在命运的捉弄下——跟那栋名为"雾越邸"的奇妙建筑邂逅的场面。

第一幕　暗色天幕剧团

一

"哟，来了一个团体的同伴啊。"

一踏入房间，就听到如同野马嘶鸣般高亢的声音。我们一群
人不知所措地停住脚步。

说话的是一个戴着圆形银框眼镜、刚迈入老年期的矮个子男
人。进门左手边的墙壁中央有一个壁炉，壁炉中燃烧着货真价实
的红色火焰，他就坐在壁炉前面的矮凳上，两手烤着火取暖，只
扭过粗短的脖子对我们露出笑容。

他身上穿着像是手工编织的白色厚毛衣，年约五十，不，也
许快六十了？他的头发已经秃了大半，与此形成对照的是，从鼻
子下方延展到嘴巴四周及下巴的雪白胡须非常浓密。

这个男人就是这里的主人吧？

见到他的一瞬间，我这样想。其他人大概也是同样想法。

"请问……"先踏入房间的枪中秋清刚想开口询问，男人脸
上的笑意更加明显了。

"不是、不是，"男人举起一只手，用力左右摇摆，"刚才我

不是说了你们是同伴吗？我也是因为暴风雪而借住在这里的。"

听他这么一说，大家没来由地松了口气。我也不例外。紧张感纾解了，僵住的身体开始感觉到房里的暖气，顿时暖和起来。

"打扰了……哎呀！"在我正后方最后进来的芦野深月说道。我回过头，她的手放在敞开的房门把手上，诧异地望着走廊。

"怎么了？"我问她。

她轻轻抚摸着被雪打湿的乌黑长发，疑惑地说："带路的人不见了。"

对啊，把我们带到二楼这个房间的男人已经不见了踪影。我没说什么，只对她耸了耸肩膀。

"那个人让我觉得不舒服。"深月说。

"他的确很冷漠。"

"不止这样。不知为什么，总觉得他一直盯着我的脸。"

那是因为你很漂亮啊——我想这么说，但是立刻打消了这个念头。在眼下这个场合，这句话只会被当成毫无意义的笑话，而我不希望那样。当时，我的表情一定极为生硬。

这时，其他人已经争相挤到壁炉前，伸出双手烤火取暖。我一边在嘴边摩擦着失去感觉的双手，一边催促深月挤到壁炉前。

浅绿色大理石壁炉上方钉着一排厚重的榉木装饰架，两端摆着高高的银烛台，烛台之间排列着颜色鲜艳的彩绘壶及饰有精致螺钿的小箱子。我不是很了解这些，但看得出来这些东西颇有历史，而且价值不菲。

这些东西后面的墙壁上挂着一面椭圆形大镜子，映照出我们在壁炉前挤来挤去的模样。每个人都差不多安下心来了，默默地在壁炉前烤火。

等身体稍微暖和起来，我便开始打量这个房间。这是一间十分宽敞的西式房间，若用可以铺设的榻榻米计量，大约有三十叠①。光这个房间，就比我在东京——不过不是在二十三区②——租的2DK③大多了。天花板也很高，足足有三米高。

一套铺着豪华织物的沙发，从房间中央排到壁炉对面的那面墙，看起来非常舒服。蒙着白布的墙壁上钉着几个装饰架。地上铺着高级的波斯地毯，以鲜红色和暗绿色为主要底色，上面织着唐草纹样。

最引人注目的是对面左手边，也就是进门时房门正对着的那面墙，几乎是一整面玻璃——除了从地面延伸约一米高的茶色围板，从围板上方直到天花板，全是玻璃。

---

① 1叠约为1.65平方米。
② 东京市中心地区二十三个特别区的合称，是日本政治、经济、文化的中枢。
③ 指带厨房的两室户。

黑色细木格子把玻璃隔成一个个边长约三十厘米的正方形。在周围的灯光下，略泛蓝色的玻璃如同深海。悬挂在天花板上的大吊灯清楚地浮现在那片"海上"。

　　"唉，真是吓死人了。"比我们早到一步的男人挪动矮凳给我们空出位置，圆框眼镜下的眼睛温和地眯起来，开始跟我们搭讪，"突然下起这么大的雪，真受不了！对了，你们是来旅行的？"

　　"嗯，算是吧。"枪中摘下蒙了雾的细金框眼镜，"您呢？您是本地人？"

　　"是啊，勉强可以说是个医生，我姓忍冬。"

　　"忍冬？"

　　"是的，难忍的冬天——忍冬。"

　　很奇怪的姓。"忍冬"是金银花的别称，这种草本植物在梅雨季节会绽放出淡红色的可爱花朵。

　　"原来是忍冬医生，失敬了。"枪中点点头表示了解，然后垂下视线，但很快又展露出愉快的表情，看向对方，"哦，这个巧合也很有趣啊。"

　　"什么巧合？"

　　"就是这张地毯啊。"

　　"啊？"老医生一脸茫然，视线跟着枪中再度俯视脚下，"地毯怎么了？"

"您看不出来？"枪中看向站在一旁听着他们对话的我，"你看出来了吧，铃藤？"我默默摇了摇头，于是枪中又接着说："你仔细看这张波斯地毯的纹样，跟一般的阿拉伯风格唐草纹样不太一样吧？纹样大了一圈，植物也是一株株独立的。而且你看，还特别突出了植物的茎部，画得那么长，与之相对的，叶子却显得很少。"

被他这么一说，我才注意到这张地毯的花纹与阿拉伯风格的唐草纹样的确差别很大，几乎没有异国风情。不仅如此，还体现出某种独特的日本逸趣。

"这是描绘金银花的纹样，被称为忍冬唐草纹。"

"啊，你是说这个啊。"

"也可以简称为忍冬纹样。若要追溯起源，应该是源自古希腊的棕榈图案。这个纹样从希腊经印度传到中国、日本，然后被冠以这个名称。"

"哦。"老医生好像恍然大悟。枪中又转向他："这不是有趣的巧合吗？纹样名称跟初次见面之人姓氏一样的地毯就铺在初次见面的地方。忍冬这个姓非常罕见，可是在我们跨进这房间的一瞬间，这屋子就已经给了我们这样的提示。"

"原来如此。"忍冬医生的圆脸皱成一团，笑着说，"你可真是见多识广。我除了自己的专业之外，什么也不知道，连忍冬纹样这种东西都没听过。"

"对了，忍冬医生，您是来这里出诊的吗？"

"不，我是去其他地方出诊。回来的路上看到天色很不对劲，就赶紧躲到这里来了。"

"真是明智之举。不像我们，差点冻死在路边了。"枪中瘦削的脸庞浮现出笑容，手在上衣口袋里摸索着，"不好意思，我姓枪中。"枪中从名片夹中拿出又湿又皱的名片，递给对方。这个动作将他冻结在袖口的积雪"啪啦啪啦"抖落一地。

"枪中……你的名字读作'akikiyo'①吗？"

"'清'的读音是'saya'，应该读成'akisaya'。"

"原来如此。哎呀，你是导演啊！是拍电视剧的吗？"

"不，只是一个名不见经传的小剧团的导演。"

"剧团？太了不起了！"老医生的眼睛闪闪发光，像小孩子发现了新奇的玩具。

"剧团名叫暗色天幕，是在东京演出的小剧团。"

"像是那种很前卫的地下剧团之类的吧？其他人也都是同一剧团的成员吗？"

---

① 此处以罗马字母标注日文人名发音，故不区分大小写。书中情节与人名发音关联甚密，下文还将有多处类似情形，均一致处理。

"是的。"枪中点点头，指着我，"这位是铃藤棱一，我的大学学弟，准备当作家。他虽然不是剧团成员，但我经常拉他帮我写剧本。其他六人都是剧团的演员。"

"一群东京剧团的人来到这里，应该有什么目的吧？不会是来这种穷乡僻壤举办公演吧？"

"说来惭愧，我们还不够资格举办地方公演。"

"那么，是集训之类的喽？"

"嗯，与其说是集训，倒不如说只是小小的慰劳旅行。"

"可是，怎么会在这种深山里迷路呢？"忍冬医生保持着和蔼可亲的笑容，刨根问底。枪中就这样上了钩，开始讲述我们是如何来到这座宅邸的。

二

自古以恬静的温泉胜地而闻名的信州是相野的一个町。

从这里出发，翻山越岭，大约开一个小时的车，就可以到达一个叫御马原的小村庄。在"打造九十年代信州新型综合休闲胜地"名义的驱动下，这里成了开发中的土地。

我们到达御马原是前天，也就是十一月十三日星期四。

故事还要从头说起。上个月中旬，暗色天幕举办的秋季公演勉强算是成功落幕了，我们便决定找个地方旅行，稍微庆祝一下。特别选择这个地方，是因为公演租用的小剧场所有人恰巧是从御马原来的，而且正好跟当地的那个"开发计划"有关系。这个人与剧团负责人枪中有多年交情，说如果我们去御马原，他一定会为我们争取最好的待遇。总之，我们就这样被他打动了。

结果御马原这个地方是名副其实的"开发中"，可以说几乎没有接受过任何文明的洗礼，是一个偏僻、落后的山村。不过，所谓开发计划应该是真有其事，处处可见正在施工的工地。看到这一切，我的脑中浮现出一个直白的疑问：为什么要选择在如此偏僻的地方开发？问了才知道，与其他案例一样，这个项目也是某个出生于此地的有权势的人物大力提议的。

我们入住村外最早落成的度假旅馆。除了我们之外，没有别的客人。剧场所有人的三寸不烂之舌发挥了很大的功效，我们受到了物超所值的特别款待。

高尔夫球场与滑雪场等设施即将完工，从相野通往这里的辅助道路也在修建。全部完工后，这里应该会成为全县，不，应该是全国数一数二的热门休闲胜地！我不禁想象体格魁梧的中年经理站在旅馆冷清的全新大厅中得意扬扬地描绘美好未来的模样。

我无法判断他的展望能否实现，不过我们这次的确在这里度过了舒适的假期。虽然这里真的是什么都没有，但空气清新，环境安逸，让我再次体认到平时所生活的巨大都市简直畸形到了极点。我相信应该不止我一个人这么想。

今天，十一月十五日星期六，三天两夜的行程结束了。下午，我们离开了御马原。

旅馆的接送巴士沿着蜿蜒曲折的土路摇摇晃晃地开往相野。大约开了三十多分钟，越过隔开相野与御马原的返峰峰顶时，巴士突然停了下来。还没等我们起疑，司机就一脸歉意地告诉我们，车子出故障了。他走出车外，东敲敲，西摸摸，捣鼓了一会儿引擎，还是没有一点修复的迹象，好像问题很棘手。最后，司机不得不向我们告知，最好走回御马原的旅馆，再从那里叫计程车。他说话时沮丧得像是在疑难手术中失败的外科医生。

这下麻烦了。

司机还说，必须请修理工来，才能修好这辆出了故障的车。可是，如果按照司机的建议走回旅馆，需要花上很多时间。那样就赶不上预定的火车了，搞不好今天晚上赶不回东京。

于是我们想，既然走了超过半程，不如继续往相野方向走。

司机说，大约再走一个小时，至少可以到达某个有居民的城镇。从那里打电话叫计程车，应该可以避免最糟的情形。

经过讨论，我们决定这么做。接下来应该都是下坡道，天气也很好，所以大家一致赞成往前走，顺便享受一下在山中徒步的乐趣。女性成员中有人穿高跟鞋，虽然她们提出长时间走土路太辛苦，但是除了让她们忍耐，别无他法。

告别连连鞠躬致歉的司机，我们一行人踏上了蜿蜒曲折的下坡道。

然而……

三

"不过，大家平安无事比什么都重要。"

忍冬医生把手伸进圆领毛衣的衣领中，在衬衫口袋里摸索了一会儿，掏出一个扁平的绿色盒子。那不是烟盒，而是装糖果的小盒。他从中拿出一颗银纸包裹的东西，打开包装，放入口中。

"这种地方经常会下今天这样的大雪，只是今年提早了一些。每次一旦开始下雪，就会像这样铺天盖地。"

"真伤脑筋。"枪中望着朝向户外的玻璃墙，"本来天气好好的，转眼间就刮起了暴风雪。"

"今天是有点儿太突然了，市区内现在一定是一片慌乱。"医生说，脸颊上的赘肉跟着一动一动的，"不过那司机也有责任，他应该知道这个季节很可能会发生这样的事啊。"

"他有关西口音，好像不是本地人。"

"你们走了很长一段路，返峰离这里非常远，大概十公里。"

"有那么远？"枪中满脸诧异，"这里是在哪个位置？"

"以相野为中心，这里算是西北部的深山。返峰在城镇的东北部，你们相当于围着城镇在山中绕了一大圈，最后绕到这里。"

"哦。"

"你们大概是在哪里走错了路吧？啊，对了，那条山路的半途的确有一条岔路通往这里。"

"啊，一定是走到那条岔路去了，因为雪是从正面吹过来，完全看不清楚前面的路。而且，我们以为只有一条路。"

"那么，那司机的责任就更大了。如果他提醒你们有条岔路，说不定你们就不会迷路了。"

"是啊，可是现在责怪他也无济于事了。"枪中用手指拢起垂落在宽阔额头上的头发，感触良多，"现在可以待在这样温暖的屋子里，就该谢天谢地了。说实话，发现这栋房子之前，我真以为自己死定了。"

"今天晚上就住下吧，计程车不可能冒着大雪开到这里。"

"嗯，这也是没办法的事。"说着，枪中微微叹了口气。

"别开玩笑了。"一个焦躁不安的声音在我身后响起，"我就说不要走到相野嘛！如果当时返回旅馆就不会发生这种事了。"

说话的是希美崎兰，今年二十四岁，是暗色天幕的女演员之一，身材丰满，有一张十分适合舞台表演的艳丽的脸。她的穿着打扮也非常华丽，今天穿了一件有深红色领子的黄色连衣裙。她的确是个美女，不过不是我想接近的那种女性。

"兰！现在说这些有什么用？那是大家一致通过的决定。"枪中严厉地训斥她。

"可是我本来就说不愿意啊。"

"你当时就哼了一声，谁知道那是什么意思啊？"用揶揄的口吻讲话的是名望奈志，他身材高瘦，由于过瘦，总让人觉得像一具穿了衣服的骷髅。他是目前暗色天幕的演员中资历最深的，今年二十九岁，比我小一岁。"名望奈志"①这种稀奇古怪的名字当然是艺名，他本名松尾茂树。

"小兰，其实你只是不想用自己的脚走过那条山路吧？所以，就算我们返回旅馆，你还是会怨天怨地。"

"你太过分了！"兰怒视名望。

"这是事实啊，有什么办法。"

"可是人家要是不赶回东京就会有麻烦。到底要在这种地方待多久啊！"

"喂，你居然把如此富丽堂皇的大宅说成'这种地方'，太失礼了吧？"

"我说了，又怎么样！"兰用手理了理散乱的长鬈发，妆容已

---

① 名望奈志读作 namonashi，在日语中的意思是"连名字都没有"。

经花掉，脸颊微微抽动，露出怒气无处渲泄的表情。

"好了、好了。"忍冬医生不紧不慢地介入调停，"俗话说，留得青山在，不怕没柴烧。你们年轻人跟我这个老人家不一样，还有大把时间，不用那么着急。像这样略微绕绕远路，也算是一种人生经验嘛。"

他一边咀嚼着糖果，一边从矮凳上站起来。他的身材跟脸一样圆圆胖胖，比中等个头的我矮一点，大概还不到一米六。

"有人身体不舒服吗？我可以开临时诊所哦。"医生看了一眼身旁的黑皮包。听到医生的玩笑话，虽然已经渐渐平静却还是神情紧绷的我们，总算松弛下来。

就在这时，刚才我们进来的双开门，无声无息地打开了。我的视线正好落在那个位置，所以立刻知道有人进来，而其他人直到听见微微沙哑又缺乏起伏的声音后，才猛然回头，看到刚才带领我们来到这个房间的男人。

"各位，晚餐已经准备好了。"男人指指他右手边那套沙发对面的茶色单开门，"各位，请去那边的餐厅。"

我们聚集的壁炉旁边也有一扇一模一样的门。连同通往走廊的双开门在内，这个房间一共有三扇门。两侧的门似乎是分别通往隔壁房间的。

男人用监视犯人般的眼神，依次看向包括忍冬医生在内的我们九个人。

我感觉到他冰冷的视线落在我斜后方的芦野身上时，好像停留了一瞬。不过，可能是因为芦野跟我提过这个男人的事，才让我产生了这种错觉吧？

男人微微行礼，再度消失在走廊上。我们陆续朝他指示的那扇门走去。

四

这个房间与隔壁房间的面积差不多大，结构也相似。

进门左手边的墙壁与隔壁一样，是略显蓝色的玻璃墙。右手边有一扇通往走廊的门。壁炉在正前方，也就是与隔壁房间相反的位置，炉中已经点上了火。

洁净光亮、刻有精致浮雕的混色大理石壁炉上，摆放着一座漂亮的景泰蓝时钟，装饰着纤细的珐琅图案。时钟两侧摆置有小船图案的青色玻璃碗，以及几个镶嵌着金色莳绘的紫色细颈玻璃酒壶。这些器皿配色鲜艳，又古趣盎然，堪称艺术精品。

黑漆餐桌安置在房间正中央，长桌右侧摆放了四把椅子，左侧摆放了五把。桌上铺着刚好和我们的人数一样多的红褐色餐垫，盛好食物的餐具也是配套的。

"哈哈，真丰盛啊！"忍冬医生高声欢呼着，第一个走向餐桌。我们各自从餐桌旁的木制手推餐车上拿起一条毛巾，一边擦着半干的头发和衣物，一边陆续就座。摆放在桌子两侧的椅子也非常漂亮，都是黑漆边框，铺着蓝色的丝缎。

没有比热腾腾的海鲜汤与蔬菜浓汤更美味了。壁炉上时钟的指针指向下午六点。太阳已经下山了①。因为寒冷和疲惫而被遗忘的饥饿感一股脑涌上来，我们一句话也不说，像刚从冬眠中醒来的熊一样，把所有菜肴一扫而光。

"对了，枪中先生。"大家快吃完时，忍冬医生对坐在旁边的枪中说，"难得有缘相识，能不能把大家介绍给我认识一下呢？"

"什么？"枪中好像正在想别的事，一时没反应过来，但是他马上改口，"啊，好啊。正该如此，不好意思，是我失礼了。"他拉动椅子，稍微离开桌子，向我们望过来，"从我旁边开始，这位是刚才介绍过的铃藤棱一，他的旁边依次是甲斐幸比古、芦野深月，对面是榊由高、希美崎兰、名望奈志、乃本彩夏，他们都是上个月公演中的固定演员。你们轮流自我介绍吧，说说自己的年龄、祖籍、兴趣、专长……"

"饶了我吧，枪中。"榊由高夸张地摊开双手，从椅子上站起来，"我们已经很疲惫了，不要再叫我们做那么累人的事啊。"他

---

① 此处似不合逻辑，故事背景为暴风雪，却出了太阳。但原文如此，故不删改。

用略带鼻音的娇嗲声调说着很没礼貌的话。他纤细的身体上松垮地套着鲜红色毛衣。他留着稍长的褐色头发，白皙的娇小脸庞上有一对粗黑的眉毛和一双漂亮的大眼睛。他毫无疑问是个美男子，不过如果换个讽刺点儿的说法，他更像是过气的偶像明星。

"我先走了，兰，到那边去吧。"榊说完离开餐桌，走向隔壁房间。希美崎兰装腔作势地瞥了众人一眼，随后跟上他。两个人的身影消失在门后。

"不好意思。"枪中惭愧地对忍冬医生说，"他就是这么没礼貌。"

"因为那家伙什么也不怕。"名望奈志的薄唇间露出松鼠般的门牙，"他有钱，长得帅，受女人欢迎，现在是我们剧团的灵魂人物。最近女性观众激增，都要归功于他那张甜美的脸蛋儿。而且，他的演技不错。所以，枪中不会对他太凶。"

"我并没有特别纵容他，该说的我还是会说清楚。"

"你自己也许这么认为。可是，在我看来，你就是太纵容他了，太纵容了。"

"是吗？"

"不过，也没办法，谁让人家是闻名天下的李家产业的少爷呢？"

"哦！"忍冬医生惊呼，"原来是这样啊。"

战后，李家产业以生产电器产品为中心，取得令人瞩目的发展，成为日本屈指可数的大企业。难怪忍冬医生会这么吃惊。

"他是现任社长的小儿子，也是所谓的浪荡子，整个家族的异类。"枪中微微皱起眉头，"他今年二十三岁，大学只读到二年级就休学了，好像也不打算继续完成学业。他喜欢演戏，但是刚进入大学戏剧社就跟人家吵架，被开除了。他姐姐是我的大学同学，拜托我照顾他，所以我就让他来我们剧团试试。"

"原来如此。"

"不过，如果他真是那种一无是处的男人，我早就把他踢出去了。如名望所说，他的确还算是个不错的演员。"

"可是，枪中先生，你刚才介绍时说他姓'榊'……啊，我知道了，那是艺名，对吧？"

"对，他本名叫李家充。刚才我介绍时说的全是大家的艺名。"

"那么，铃藤先生的名字是笔名了？"忍冬医生探出短粗的脖子，看着我。我点点头。他又立刻把视线转向枪中，问道："枪中先生的名字也是艺名吗？"

"不，我用的是本名。"说着，枪中摘下眼镜，在镜片上哈了一口气。大概是觉得眼镜片脏了，他从口袋中掏出面巾纸，仔细地擦拭起来。

枪中跟我是十多年的朋友，他今年三十三岁，比我大整整三岁，可是，跟我一样，他现在也是单身。

"抱歉，让我复习一遍，好吗？我很久以前就不擅长记人名。"忍冬医生说，"去隔壁房间的是李家产业的榊先生，嗯，的确是美男子，应该很受年轻女孩欢迎。那个跟他走的女孩是兰吧？"

"她叫希美崎兰，本名是永纳公子。"

"哦，希美崎（kimisaki）是取自公子（kimiko）的发音吧？不用告诉我他们的本名，不然我会更糊涂，不知道应该怎么记才好。那么，坐在铃藤先生的旁边的是……"

"我姓甲斐，请多多指教。"甲斐很有礼貌地点头致意。

甲斐幸比古，二十六岁，本名英田照夫。他是我们之中身材最高大魁梧的一个，性格也最内向，最老实。紧闭的嘴巴使他的嘴唇显得略薄，总是微微低垂的眼睛又细又长。他的五官与他的身材正相反，非常纤细又秀气。如果戴上一副度数很深的黑框眼镜，再穿上白袍，简直就像一位成天窝在实验室里对着显微镜的学者。

"他身边的女士是芦野小姐吧？"

"我是芦野深月。"她安静地微笑。

芦野深月，二十五岁，本姓香取，名字也是深月。她身高和我差不多，在女性当中算是比较高的。

我只能说她是个美女，至少，对我而言，她美得无懈可击。如果用知性文静、楚楚动人等各种具体的形容词来形容她，恐怕最后会得到一大堆赞美的词汇。然而，有某种东西不断地从这些赞美词汇交织而成的缝隙中飘落，让我不由得焦虑难安。

"真漂亮啊。"老医生像看到什么炫目的东西，连连眨眼。看到他的模样，我暗自得意。只可惜，我并没有得意的资格。

"当然，其他两位也非常漂亮，嗯……接下来这位是'名望奈志'先生吧？然后是……"医生看着自己对面的最后一位。

"我叫乃本彩夏，请多多指教，医生。"乃本彩夏语气亲昵，还不忘眨眨大眼睛对医生放电。

乃本彩夏，本名山根夏美，今年刚满十九岁，是剧团中最年轻的一位。去年春天，她高中一毕业，立刻离开她生长的伊豆大岛，来到东京，四处去剧团应征。她是个娇小可爱的女孩，留着一头短发，可是稚气的脸庞上总是浓妆艳抹，毫无格调可言。说得过分一点，甚至让人觉得有些滑稽。

"我叫忍冬准之介，是在相野开业的医生。"老医生重新做了自我介绍，"不过，我真的很羡慕你们。怎么说呢，我觉得演戏是一件很浪漫的事。"

"医生也有属于医生的浪漫啊。"听到枪中这么说，医生猛摇头，连下颚的肥肉都晃动起来。他说："根本没有。医生看到的只有日常现实而已。"

"您是指人处在生死边缘时的状态吗?"甲斐幸比古饶有兴趣地偏头询问。

"没错。"忍冬医生严肃地点点头,"来医院的患者都会仔细盘算,应该来看医生还是忍住病痛继续工作。保住性命的患者会担心医药费,病逝患者的遗属会精心计算丧葬费。如果涉及遗产,还会产生家族矛盾……就是这样,我们看到的,除了现实还是现实。"

"是啊,您说得没错。"

"我小时候很擅长画画,本来想读美术学校。可是,我是独子,只能选择去读医学院。所以,我一直希望我的孩子可以成为艺术家,从小就不断培养他们的各种兴趣爱好。可是,孩子根本不会按照父母的期望成长。长男继承我的衣钵也就罢了,却连次男都说要当医生。我说,这种人烟稀少的地方,根本不需要两个医生。结果他却说要去一个没有医生的村庄行医,现在待在了冲绳的某个小岛上。本来我还把期望寄托在最小的女儿身上,没想到她今年也考进了医学院。"

"哦,您的孩子都很优秀。"甲斐摸摸脸颊,一副很佩服的样子,"我以前也想考医学院,可是成绩不好,早就死心了。"

"哎呀,一般父母可能会觉得很骄傲吧。可是,对我来说,只能算是希望落空，因为我原本期待的是，两个儿子成为画家或小说家，女儿成为钢琴家。"

"那么，有个演员女儿怎么样？"乃本彩夏探出上半身，调侃道，"您收我当养女吧，这样，您就有一个当演员的女儿了。"

忍冬医生挠挠光秃秃的头顶，哈哈大笑起来。

五

突然，我发现枪中好像再次陷入了沉思，他用指尖摩擦着稍大的鹰钩鼻的顶端，眼睛茫然地盯着桌上的一点。

"怎么了？"我问他。

"哦。"他低声回应，轻轻摇头，"这张桌子……我刚才就一直很在意……"

"桌子怎么了？"

"这应该是一张十人用的餐桌。"枪中卷起红褐色餐垫的一角。"你看，每个座位前面都有一个银箔围起来的框框，总共有十个。所以，应该是十人用的桌子。"

"没错，那又怎么样呢？"

"问题是椅子的数量。"

"椅子？"

"那里，"枪中指着对面最左边的座位，也就是刚才榊所坐的位子隔壁，那里没有铺餐垫，"那个空位没有椅子。可是，我观察过整个餐厅，都没看到本该放在那里的那把椅子。这到底是为什么呢？"

没错，围绕在桌边的椅子只有九把。我环视室内，果然如枪中所说，到处都看不到那张多余的椅子。

"大概是搬出去了吧？"我说。

"特地搬出去？"枪中扬起了眉梢，"因为加上忍冬医生，我们也只有九个人，所以特地把多出的一把椅子搬出室外吗？"

"这……"我不知道该怎么回答。

枪中继续思考了一会儿，然后咕哝了一句："算了。"便把视线转向老医生，"对了，忍冬医生，我一直想问您，这里到底是怎样一户人家呢？这栋房子真是太壮观了。"

"说实话，我也不太清楚。"忍冬医生回答。

"您也是第一次来这里吗？以前从来没来过？"

"没错，今天我也是第一次进入这里。这种事不能说得太大声……"医生压低声音，"住在这里的都是怪人，完全不跟镇上的人来往。"

"他们从不跟其他人来往吗？"

医生瞥了一眼走廊，说："你们知道这座宅邸的背后是一面湖吧？面积不大，名叫雾越湖，就是穿越雾气的雾越。"

两个小时前，在暴风雪中看到的淡灰色湖泊，清晰地浮现在我的脑海中。

"所以，大家都称这栋房子为雾越屋或雾越邸。"

"雾越邸……"

"据说，是大正初年某个豪族修建的隐居之所。可以在这种深山中盖这么富丽堂皇的豪宅，一定不是普通的有钱人。我听说，那个人有点怪异，在这里隐居了一段时间。他去世后，这里成了几十年没有人居住的空屋。也可能是因为这些错综复杂的过去，所以后来大家都用湖的名称而非建造者的姓氏来命名这栋房子，把它叫作雾越邸。三年前，这里突然开始大兴土木，已经破旧不堪的地方全部重新整修过。隔年春天，就有人住了进来。主人姓白须贺，白色的白，横须贺的须贺，全名好像叫白须贺秀一郎。这位白须贺先生带着用人一起搬到这里来。但是，奇怪的是，这群人完全不与外界接触。听说用人当中有一位是医生，然而，连我在内，这附近的所有医生都不认识她。那用人会到镇里买东西，可是，她的态度非常冷淡。刚开始，大家甚至传说，那群人一定是做了什么坏事，被警察通缉，才逃到了这里。"

"这位白须贺先生没有妻子和孩子吗?"枪中打断了医生滔滔不绝的讲述。

"不知道，我连这栋房子里到底住了几个人都不清楚，"老医生抚摸着雪白的长胡须，"我这个人，虽然年近六十，却依然怀有强烈的好奇心。今天正好去山后出诊，回来时遇到大雪，幸运的是，车子正好开往这个方向。如果是一般人，可能会勉强把车子开下山去吧，可是我从很久以前就一直想参观一下这栋豪宅的内部，甚至还想过，如果顺利的话，说不定可以跟白须贺先生交个朋友。结果，情况完全出乎我的预料，他们竟然要赶我走。我找了很多借口，诸如车子没加防滑链，在大雪中很难开车，等等，他们才勉强答应让我借住一宿。我不但没见到主人，而且那个面无表情的管家把我带到那个房间就不管我了，直到你们来。"

"那个管家？"枪中稍微压低声音，"那人真是太冷淡了。"

说起管家，我不禁想起刚进入这栋房子时的情形……

六

得救了！

得救了……

暴风雪中，这个声音从绝望深渊中涌出来。

双脚深深陷入积雪，但是，我们依然连滚带爬地奔向闪烁着点点灯光的建筑物。穿过白桦树林，有一条顺着湖岸延伸的狭长道路。

不知道走了多远，也不知道走了多久，我们奋不顾身地在大雪中行走，终于到达建筑物一端的平台上。

平台深处有一扇门，镶嵌在暗褐色镜板中的玻璃里，反射着橙色的灯光。枪中一边大喊"对不起，有人在吗？"一边拼命敲门。

过了一会儿，一个人影出现在玻璃的另一侧。开门的是一个年过四十的女人，身材矮小，围着一条白色的大围裙。

枪中上气不接下气地做了简短说明。刚开始，女人显得非常诧异。可是，听着听着，脸上的表情就渐渐消失了。

"我要去问问主人。"说完，那女人毫不客气地关上了门，听得到从内侧上锁的声音。

快被冻僵的我们在风雪交加的平台上依偎取暖，已经失去感觉的双脚在原地踱步，期待着那扇门再次打开。

其实，也许我们只等了一两分钟，却觉得好像等到了天荒地老。终于，那个女人回来了，用平淡的声音告诉我们："主人说可以让你们进来。"

听到这句话，我们松了一口气。正要进门时，那个女人往门前一站，挡住了我们的去路。她说下了平台左转，有一扇后门，要我们从那里绕道进来。

我们只想早点儿进入屋子，从这里进怎么就不行呢？我们正想开口争辩，她冷冷地丢下一句话："这里是厨房。"然后就关上了门。

我们不情愿地走下平台，在风雪中绕到建筑物的外围。所幸，很快找到了那个女人所说的"后门"。从半开的门缝中，可以看到一个黑色的人影。

好不容易才进入建筑物中。一进门，就是一个小小的门厅。在那里迎接我们的是一个刚迈入老年阶段的高个子男人，他穿着灰黑色西装，规规矩矩地打着黑色领带。他肩膀魁梧，胸肌厚实，嘴唇很厚，下颚线条粗犷有力，一双深陷的小眼睛，几乎分不出眼白与眼球，活像某种鸟类标本。

这个男人与刚才那个女人一样，冷漠地看着我们。

"请把鞋子、大衣和行李上的雪拍掉。"他用没有抑扬顿挫的声调命令道，"然后，换上那边的拖鞋跟我走，大衣和行李就留在这里……"

他带着我们，从左手边的楼梯爬上二楼。楼梯转了一百八十度的弯，继续往上一层延伸。但是，男人没有再往上爬，而是朝正前方的双开门走去。穿过这扇门，一条宽约两米的走廊笔直向前延伸。

就这样，我们被带到了刚才那个房间。其间，除了简短回答对方的指示之外，我们根本没有开口说话的机会。就算我们是一群不速之客，这家用人的态度也未免太冷淡了，把我们压迫得连头都不敢抬。

七

"不过，这房子好漂亮啊！像城堡一样！"乃本彩夏一边环视屋内，一边从椅子上站起来。她离开餐桌，像猫一样蹑手蹑脚地慢慢走到壁炉右手边的大装饰柜前。

我和枪中也被吸引，离开餐桌，跟着彩夏走到装饰柜前。

"岂止是漂亮，简直是了不起。"枪中难掩赞叹，盯着镶有玻璃门的柜子。里面陈列了茶具、酒壶和酒杯等各种物品，像博物馆的展示柜般井然有序。

"每一件都是有历史的古董。嗯，那个淡茶色的碗可能是荻，也可能是井户。那个黑色的是乐。"

"乐是什么？"彩夏问得非常认真。

枪中露出诧异的表情，说："就是乐烧啊。"

"这是瓷器的名字吗？很特别吗？"

"嗯，算是吧。不用旋床，而是靠手工捏制的，然后放入风箱窑中，用低温烧烤。这种手法制造出来的瓷器一般称为乐烧。其实，乐烧原本是指乐窑，也就是京都的乐家一族或其弟子做出来的东西。"

"哦。那么，井户又是什么？"

"是朝鲜李朝时代的瓷器，俗称'一井户二乐三唐津'。从室町时代开始，这种瓷器就被奉为碗中之王，备受推崇。稍微大一点儿的，有'大井户''名物手'之称的精致井户碗，据说现在仅存三十个左右。不过，我倒不是很喜欢。"

除了掌管剧团、致力于演出之外，枪中在东京市内还拥有几家古董店，而且，应该说那才是他的正业。虽然他只是继承并经营着父亲留下的古董店，但事实上，他所拥有的古代美术品和工艺品的相关知识以及鉴赏眼光，早已超越了业余爱好者的水平。

"喂，那个大盒子是什么？"

彩夏隔着玻璃指着里面的东西问。那个大盒子上方镶着铁把手，里面整齐地收藏着几盏大鼓形状的酒杯。每件器具都使用大量的金银粉，描绘出同样构图的莳绘。

"这是提重，堪称集江户时代工艺制造之大成。嗯，这些莳绘太漂亮了。"

"莳绘是什么？"

"真受不了！"枪中难以置信地把手贴在额头上，"你不知道本阿弥光悦和尾行光琳吗？"

"不知道。"

"天啊，彩夏，你在高中都学了什么啊?"

"人家本来就不喜欢读书嘛。"

"真是的。"不过，枪中还是一板一眼地解释起来，"莳绘就是用漆描绘出图案，在漆未干之前撒上金、银、锡等粉末。你看那只大鼓上的凤凰，有一部分图案是稍微凸出的，对吧? 那就叫作高莳绘。"

"哦，"彩夏不好意思地点点头，吐了吐舌头，"枪中，你真了不起，什么都知道。"

"是你知道得太少了。"

"是吗?"彩夏鼓起脸颊，显得很不服气。但是，她很快又指着几把张开的小扇子问:"这个扇子好小，是给孩子用的吗?"

"这是茶扇子，是高级茶具。"

"是这样啊。好漂亮。"

彩夏继续指着柜子里的各种东西发问，枪中就像带队来参观的小学老师，一一回答问题，没有一点儿不耐烦的样子。

渐渐地，彩夏好像听厌了，打了一个大呵欠。突然又走开，大概是想到了什么，快步走向玻璃墙那边。

好不容易摆脱"学生"纠缠的枪中，轻轻叹了口气。接着，他又用鉴赏的眼光，逐一看着柜子里的东西。

"喂，喂，枪中。"彩夏的声音传来，像系着铃铛的小皮球弹跳时所发出的声响，"从这里可以回到刚才的房间。"

彩夏站在房间的一个角落里，那一带的玻璃墙没有围板，下面是一扇单开门。她打开那扇门，指着外面给我们看。我与枪中往那里走去，站在她后面，向外窥看。

门外是一个纵深约三米的狭长房间，正面墙壁上并排安装着有茶色木框的垂直拉窗，镶嵌着毫无装饰感的透明玻璃。那应该是面朝户外的窗户。

右手边已经无路可走，左手边则一直往前延伸。如彩夏所说，可以延伸到刚才的房间，还有更前方的房间。

"这里应该是阳光房。"枪中说。

"这栋房子到底有多大呢？"彩夏跑出门外，穿越阳光房，把身体贴在正前方的窗户上，"外面一片漆黑。哇，雪还是很大。"

枪中也想走出去，可是，突然又停下了脚步，眼光落在墙壁上的一面玻璃上。

"啊，这个很有趣。"

"怎么了？"我问。

"你仔细看这面玻璃上的图案。"

枪中扶着纤细的金边眼镜框，一边调整眼镜的位置，一边这样对我说。我按照他的提示，观察着嵌在木格子里的玻璃上的图案。

"这好像是某种花。"

微微泛蓝的厚玻璃，每一面的中央都雕刻着花瓣与叶子的组合图案。可能是透光的关系，凹刻的图案看起来宛如浮雕。

"大概是家徽之类的东西吧。"我说。

"对，可能就是刚才忍冬先生提到的，是这座大宅原来的主人的家徽。"

"是凹版雕刻吗？"

"你很懂行嘛。"

我一向都很喜欢玻璃工艺，所以，也多少掌握了一些这方面的知识。凹版雕刻是很有名的雕刻技法，利用圆盘状的铜制研磨机，削去玻璃表面，进行雕刻。据说为了雕刻不同的图案，需要使用一百多种研磨机，是玻璃工艺中难度最高的技法。

"这是特别定做的吧？"

"那当然。而且还定做了这么多，看得我都快头晕了。"枪中用手指扶着眼镜框，"问题是这个图案。你知道这是什么图案吗？"

"不知道。"

"不用功。"枪中微微一笑，说，"这是龙胆纹样。"

"啊！"我不禁叫了一声。

"三朵花，中间的三片叶子呈放射状排列，正是有名的三叶龙胆纹样。"

"三叶龙胆……"

"铃藤和龙胆①，又是一个有趣的巧合，不是吗？"枪中显得很愉快，视线沿着玻璃墙一寸一寸地细看，一直看到天花板，"隔壁房间的地毯是忍冬纹样，这些玻璃是龙胆纹样。再找找看，说不定还有呢。"

"说不定还有？你是说，还有其他和我们的名字同音的东西吗？"

"嗯，就是这个意思。"

这时，我发现站在刚才那个位置上的彩夏不见了。我踏出一步探头张望，不知何时，她已经移动位置，站在左手边尽头处了。她站在那里，若有所思地窥探着前方的房间。但是，不一会儿，又小跑着回来了，拖鞋在木地板上发出啪嗒啪嗒的声音，在装饰着拱形雕梁的挑高房间中回响着。

"那个房间里有好多书，像图书馆一样。"彩夏得意地向我们报告。

"辛苦你了。"枪中苦笑着，缓缓转身离去。这回，他的目标是餐橱柜，那橱柜放置在通往隔壁房间的门的右边。他向里面看

---

① 两者在日语中发音相同。

了看，然后打开玻璃门，小心翼翼地拿出一只咖啡杯。"这是麦森瓷器啊，又是一件古董，真不得了。"

"很贵吗？"彩夏不知道什么时候又走到枪中身旁。

"打破一个，你可赔不起。"

"啊，这也太吓人了吧！"彩夏的一双大眼睛骨碌碌地转动着。

就在这时，背后突然响起一个沙哑的声音："各位。"我们三个人同时回过头。正坐在餐桌边聊天的甲斐、名望、深月和忍冬医生四个人也同时闭嘴。

"如果你们已经用完餐，我想带你们去各自的房间。"

仍是那位管家。这位在"悄无声息地开门"这门本事上已经修炼得炉火纯青了。

"请往这边走。"管家站在通往走廊的双开门的门边，招呼我们。

叫上隔壁房间的榊和兰，我们一起走出餐厅。原本被我们留在一楼门厅的外套、鞋和行李全都被搬到了走廊上。一个女人站在旁边，并不是那个打开厨房门的矮小中年女人。

这个女人的年纪大概和枪中差不多，比我略高，戴着一副看起来度数颇深的黑框眼镜，留着短发。她穿着深蓝色长裤、白色衬衫和灰色马甲。她的肩膀很宽，刚看到她时，我差点把她当成了男人。

"请带上你们的行李。"管家说,"我查询过,这场暴风雪会持续一段时间。所以,在可以下山之前,你们就住在这里。不过,有一件事,我需要提醒你们。"管家恭敬的措辞越发凸显出语气的冷漠,"请不要在屋子里随便走动,尤其是三楼,绝对不能上去。大家都听清楚了吧?"

他面无表情地扫视过我们每个人。又一次,我觉得他的目光在深月身上停留了一瞬。说不上来是为什么,我立刻瞥向站在行李旁边的戴眼镜的女人。奇怪的是,她的视线也直直地落在深月的脸上。

这到底是怎么回事?

深月的美貌是非常具有说服力的理由。不只是男性,连女性都会被她吸引。同样是美女,希美崎兰艳丽的脸庞只会挑动男人的欲望,但是应该不会受到同性的赞赏。简单说来,她们两个的美不是一个层次的。

然而,话虽如此,我还是觉得⋯⋯

"因为房间数量的关系,请男士跟我往这边走,女士以及男士中多出的一位往那边走。"

"那么,我去那边。"榊由高毫不犹豫地提起自己的行李,兰紧紧靠在他身边。剧团的人都知道他们两个人之间的亲密关系。

我们跟随着走在最前方的男人，向走廊右边走去。三位女性和榊跟着戴眼镜的女人向另一个方向走去。

走廊尽头有一扇双开门，门前有一个相当宽阔的门厅。从门厅左转，又是一条走廊，走廊上并排着很多扇门。右边三扇，左边四扇，一共是七扇门。

"请使用里头的五个房间，因为前面两间是储物间。"男人说。

果然，最前面的左右两扇门比其他五扇门略窄。我可以想象，女士们被带去的那条走廊上大概也是这样的格局。

我在脑海中试着描绘房子的结构。

大致上来说，这栋房子，即雾越邸，应该是一个巨大的コ字形，开口朝向后方的雾越湖。我们分配到的房间位于面对这栋建筑的右边突出部分。

"谢谢你。"枪中对正要离去的男人礼貌地表示谢意，"对了，不知道你们主人在哪里。如果可以的话，我很想去跟他打个招呼。"

"没有这个必要。"男人冷漠地回答。

"但是……"

"主人不想见你们。"

这句话感觉就像有人在我们面前狠狠地摔上了门。说完，男人就匆匆离开了。

八

我们分好房间，刚放下行李，刚才那个戴黑框眼镜的女人就来告诉我们，热水已经准备好了，随时可以入浴，并说明浴室的位置。浴室和卫生间都在女士们被带去的那一边，也就是同一层楼的左边突出部分与中央走廊的连接处。

饭菜、房间、洗澡水等，都准备得非常周到。但是，也因此越发凸显出用人们的冷漠，以及刻意压抑感情般的表情与态度。还有，这里的主人既然愿意如此招待我们这些素不相识的陌生人，又为什么不愿意现身跟我们打声招呼呢？

不过，话说回来，我们毕竟是不速之客，根本没资格抱怨。这里为每个人准备了一间如同酒店客房般舒适的房间，再奢求更多，未免太不识好歹了。

依次洗完澡，大家又不约而同地来到刚到时被带去的二楼中央房间——姑且把这个房间称为"会客室"，应该是最合适的吧。忍冬医生也来了。

散落在会客室各个角落的每个人都显得疲惫不堪，但是，谁都无意回到自己的房间。大概是因为体力虽然耗尽，精神却反而异常亢奋。至少我是如此。

"我想听天气预报。"希美崎兰全身沉陷在一张沙发中，抚摸着半干的茶褐色头发，"谁的房间里有电视？"

没有人回答兰的询问。这间会客室和餐厅里都没有电视，隔壁图书室里也不可能有吧？

"那么，有收音机吗？"兰急躁地环视众人，"没人带来吗？"

"对了，甲斐，你的随身听不是有收音机功能吗？"坐在兰身边跷着二郎腿的榊由高说。

"对啊。"甲斐幸比古坐在两人前面沉默地抽着烟，有气无力地回答，"要我去拿吗？"

"刚才那个大叔不是说过了吗？暴风雪会持续一阵子。"坐在壁炉前的名望奈志嬉皮笑脸地说，"听了天气预报，暴风雪也不会停啊。"

"不用你管！甲斐，拜托你去拿来，好吗？"

"嗯。"甲斐将手中的香烟在烟灰缸里熄灭，懒洋洋地从沙发中站起来。

我环视着室内的陈设，看着看着，就不知不觉地走到壁炉右手边的装饰柜前。这个装饰柜的高度大约到一个成年人的脖子的位置，是个长方形的柜子，几乎占据了从壁炉到右手边那面墙之间的整片空间。柜子里面摆放了各种各样的盘子、酒壶之类的，中央有一块排列着书籍的区域。尽管我没有枪中那种鉴赏眼光，不过，光看里面的陈列，我也知道那是相当有价值的收藏品。

深月就站在我旁边。其实，想找机会向她告白也是我走到这里来的原因之一。此时，她正出神地看着放在柜子右侧的一个彩绘盘子。

"我仔细观察过那个男人，他的确老是盯着你看。"

听到我的话，她静静地点点头，说："他姓'naruse'。"

"naruse？"我的头脑中蓦然浮现出"鸣濑"这两个汉字，"是那个男人的姓吗？"

"嗯。"

"你怎么会知道？"

"刚才带我们去房间的那个女人是这么叫他的。至于那个女人，她说她叫'的场'。"

"她自己说的？"

"是我问的，因为如果不知道对方的名字，会让我觉得很不自在。"

"对了，她也和那个叫鸣濑的男人一样，好像一直在盯着你。"

"没错。不知道到底是怎么回事。"

"会让你觉得不舒服吗？"

"嗯，有一点。"

深月显得有些忧虑。她双眉微蹙，视线又转回到那个盘子上。我随她的视线看过去，那是一个直径约二十厘米大小的盘子，上面的图案是蓝色波浪中夹杂着飞舞的红叶，色泽艳丽而醒目。这种彩绘瓷器与在餐厅里看到的那些器皿不一样，连我都可以轻易地看出它们是多么华美动人。

这时，枪中走过来，站在我和深月背后，看着柜子里的东西，喃喃说着："这是色锅岛吧？"

"是伊万里烧吧？"深月说。

"嗯，没错，有田烧又称为伊万里烧。伊万里大致上分为柿右卫门、古伊万里与锅岛三种样式。这是其中的锅岛烧。锅岛烧中的彩绘器皿，就叫作色锅岛。"

"是古董吗？"

"大概是吧。这里到处都是这种东西……不但品位好，保存得也非常完好。不知道这里的主人是怎么收集到的，我真想见见他。"这应该是枪中的真心话吧！他大大呼了一口气，又说道："你们看，旁边那个盘子就是我刚才说的柿右卫门，余白很多，对吧？那片黏稠状的乳白色部分称为浊手，是柿右卫门的特色之一。"

"柿右卫门……是日本彩绘瓷器创始人的名字吧？"

"你知道得真不少。"

"在大学里学过一点。"

"对啊，你是艺术大学毕业的嘛。不过，初代酒井田柿右卫门在有田首创'赤绘'的说法，充其量只是传说而已，并没有留下任何确凿的证据。"

我忘了告诉大家，枪中和深月有血缘关系。深月的父亲和枪中的母亲是表兄妹。知道他们的关系后，就会觉得他们的确长得有几分神似。

我津津有味地听着他们的对话，眼睛却情不自禁地看向柜子里收藏的书籍。每本书的装帧都颇具古风。这也是理所当然的事，因为这里的书全是明治中期到大正时期的诗集与歌集。这种时候，首先映入眼帘的通常都是自己最喜欢的作家的作品。所以，我第一眼就看到北原白秋的《邪宗门》与《回忆》，以及佐藤春夫的《殉情诗集》。

不知为何，我的心揪紧了。我再度逐一细看书脊上的文字：土井晚翠的《天地有情》、荻原朔太郎的《吠月》和《青猫》、若山牧水的《海之声》、岛木赤彦的《切火》、堀口大学的《月光与小丑》、西条八十的《砂金》、三木露风的《白手猎人》……

"哦，都是名家名作。子规、铁干、透谷、藤村、茂吉……"枪中发现我目光移动，也把注意力转移到了那些书籍上。

"好像都是初版装帧，说不定是货真价实的初版书。"

"啊，铃藤，你的口水都要流下来了。"

"这里也有几本小说。"

"是藤村的小说啊。看来这位收藏家先生特别欣赏藤村和白秋啊。"

"喂，藤村是什么啊?"彩夏不知道何时来到我左边，抛出了这样一个令人难以置信的问题。

"就是岛崎藤村啊。"我认真地回答她，"你不知道《初恋》这首有名的诗吗? '苹果树下初次相遇，你的额发刚刚挽起，一把雕梳插在发间，衬得你如花似玉。'"

"我才不知道呢。"彩夏嘟起丰满的嘴唇，微微偏着头，"不过，白秋就是北原白秋吧?"

"你知道他的诗?"

"怎么可能知道?"

"你应该知道吧! 白秋写了很多童谣，比如《赤鸟》。"

"不知道。"

"怎么可能!"枪中说，"就算是彩夏，也应该知道《这条路》吧?"

"那是什么啊?"

"'这条路，好像曾走过，啊，是啊，洋槐花盛开着。'"枪中很快地吟唱了几句，可彩夏还是一脸茫然。

"那么，《摇篮曲》呢?"我说，"'金丝雀啊，唱着摇篮曲。'"

"啊，这个我知道。"

"《叽叽喳喳的小鸟》和《手忙脚乱的理发师》也是白秋的作品啊。"

"还有《赤鸟小鸟》《雨》《暖炉》……他的作品真的很多。"

"还有大家更熟悉的吧。"深月忍俊不禁地眯起细长的眼睛，插嘴说，"《五十音》也是白秋的作品啊。"

"五十音？"

"大家都学过吧！"

"红色水黾游啊游，a、i、u、e、o，小虾也在水藻中。"枪中说着，笑了起来。彩夏双眼圆睁，说道："啊，就是发声练习用的那个……"

大部分剧团或戏剧社都把《五十音》当作发音发声的基础训练教材。说实话，我也是直到这个时候才知道原来作者是北原白秋。

不知为何，我的心情放松下来。我试着去拉柜子的玻璃门，并没有上锁。于是，我从并列摆放的书籍中轻轻抽出《邪宗门》。鲜红色的书脊配有金色文字，封面右半部和书脊一样是鲜红色，左半部是淡黄的底色配上以线条勾勒的细致图案。我曾经在某个资料中看过这本书的照片，这确实是一九〇九年——明治四十二年印刷的初版书。

"铃藤，你还记得《邪宗门扉铭》吗？"枪中说。我停下翻书的手，开始在记忆中搜寻。

"'过此乃旋律烦恼之群，过此乃官能愉悦之园。'对吗？这应该是戏仿《神曲》中的一节，对吧？"

"对，我很喜欢这些句子。怎么说呢，我觉得戏剧的开幕也是如此。"枪中露出陶醉的神情，双手抱胸，"'过此乃神经苦涩之魔睡'……可不是嘛。铃藤，你不这样认为吗？"

九

先前，枪中向忍冬医生介绍说我是他的"大学学弟"，这话并没有错。不过，我们虽然就读于同一所大学的文学院，科系却不同。他在哲学系，我在文学系，而且还相差三个年级。在学生数量庞大的综合大学里，我们两个人相遇相识，自然有一定的因缘际会。

我的老家在三重县津市，来到东京后，在高圆寺的一间小公寓里开始了独居生活。那座公寓有个拗口的名字——"神无月庄"，而房东不是别人，正是枪中秋清。

当时，枪中是同一所大学四年级的学生。一个学生居然是公寓房东，刚开始我也很诧异。后来才听说，"神无月庄"原本属于他父亲所有，在他上大学后就交由他来管理。公寓的租金收入就充当他的零用钱。我们这些靠微薄生活费勉强度日的穷学生都很羡慕他。

学生时代的枪中，身材极瘦，脸色苍白，又留着长长的头发，看起来像个孤傲的艺术家。和他熟识后，我才了解到，他是个很爱说话又会照顾人的好青年。而且，他的头脑很灵活，掌握了各种领域的丰富知识，令我望尘莫及。更重要的是，他以不受旧有规范束缚为信条，并冷静地付诸实践。而我自幼就讨厌那些束缚，所以，这一点尤其吸引了我。我想，直到现在，他的信念也没有改变过。

我很仰慕他，常常会去他住的一楼管理员室找他。当时我一心想成为小说家（而且是所谓的纯文学作家！），在写作上付出的时间与热情远远超过学习大学课程的时间。他知道这件事后，不但没有对我投以异样的眼光或嘲笑我，还听我发表幼稚青涩的文学评论。现在想来不禁脸红（"铃藤棱一"是我当时使用的笔名，顺便一提，我的本名是佐佐木直史）。

一九七五年，大学毕业后，枪中考上了哲学系研究所。可是，当他修完硕士课程正要开始博士课程时，却毅然退学了。听说是他父母当时意外身亡导致他退学的。不过，他本来其实也无意成为学者。身为独子的他，继承了资本家父亲的土地与财产后，就搬出了"神无月庄"的管理员室。没过多久，公寓被转让给他人，我也不得不另寻住处。

之后，我有一段时间没见过他。花了五年的时间从大学毕业之后，我没有正经找工作，依然抱着成为作家的决心窝在公寓里。写好作品就投给各家文艺杂志，入围过几次新人奖，也拿过佳作奖。可是，以目前只能靠几个无聊杂志的邀稿勉强糊口的情况来看，作家前途非常渺茫。不过，在某种程度上，我的心态倒很轻松，有时甚至还很享受这种类似自甘堕落的状态。

我再度见到枪中是在四年半之前，当时他刚刚创立了"暗色天幕"这个剧团。那是一九八二年的四月，剧团首次公演的宣传单无意中映入我的眼帘，让我大吃一惊。大学时，枪中并没有参与戏剧活动，不过他一直很喜欢戏剧，曾经公然宣称有一天要自己导演一部戏。现在，他居然拥有了自己的剧团。当然，这种事必须以他的热情、才能、人望以及经济实力为基础才能实现。身为朋友的我，自然由衷地替他高兴。另一方面，不能否认的是，我非常羡慕他。

公演首日，我们在吉祥寺的一间小房间里久别重逢。枪中对我的热情欢迎远远超出我的想象，我也对他送上了诚挚的祝福。就这样，我们再次开始密切交往。这两三年来，我经常应他的要求帮忙编写剧本，在剧团的练习场进进出出。

"我啊，一直在找寻'风景'。"我想起某一天，枪中曾经对我说过的话，"一个我应该置身其中的风景。在那里，我可以最真实地感受到自己存在的意义。或者也可以称作'原风景'，虽然意思上有些微妙的不同。我心血来潮地考进研究所或继承父亲经营的古董店，说穿了都是为了找寻那东西。现在，利用多余的时间与金钱，有幸创办了这个剧团，也是为了同样的目的。没错，我一直在寻找'风景'，那也许是我已经遗忘的儿时记忆，也许是在更久之前母亲的子宫里梦到的情景，也许是在出生之前的混沌中看到的某种东西，也许是自己死后的某个去处。是天堂也好，地狱也好，我都不在乎。我说，你明白我的意思吗？"

那么，属于我的"风景"究竟是什么呢？

如今，我会怀着莫名的伤感回想起这件事，可能也是因为我的心情正处在一种亢奋状态中吧。不知不觉，我离开了枪中与深月所在的装饰柜前，打开了通往阳光房的花纹玻璃门。

十

"什么？"

当我听到惊恐慌乱的叫声时，刚过晚上九点。

在阳光房里，茫然面对窗外黑暗的我吓了一跳，诧异地向会客室望去。其实，声音并不是很响，只是刚好在没有任何人说话的空当突然冒出来，显得特别响而已。

发出声音的是甲斐幸比古，他正面向我，坐在其中一张沙发上。

"怎么了，甲斐?"隔着桌子，坐在甲斐对面的榊问。

"没什么，就是……"甲斐戴着耳机，黑色耳机线从脖颈处垂落到穿着对襟毛衣的厚实胸部上。他应兰的要求，从房间里拿来了附带收音机功能的随身听。

"就是……"甲斐欲言又止，异样地沉默了好长一段时间，"刚才新闻报道说，大岛的三原山今天下午火山爆发了。"好半天才吐出这句话，他用神经兮兮的眼神巡视着大家的表情。

最先有反应的是彩夏，她惊叫一声，立刻冲向沙发。

"真的吗? 甲斐，真的吗?"

"嗯。"

"火山爆发有多严重? 城里有没有伤亡?"

"这我就不清楚了。"甲斐垂下眼，"因为我也是从中间开始听的。啊，对了，彩夏，你是大岛人吧?"

"天气预报说什么了?"兰根本不理会火山爆发的事，高声问甲斐，"喂，把那东西借我听听。"

"嗯，稍微等一下，"甲斐把双手压在耳机上，"天气预报开始了。"

"我去借电话。"彩夏坐立难安，脸色苍白，啪嗒啪嗒地跑向门口，飞快冲出走廊。没有人来得及喊住她。她毕竟还是个未满二十的小女孩，听到故乡出了事，一定很担心亲人朋友的安危，巴不得早一刻得知他们的消息。

"天气如何？"兰迫不及待地催促他。

"情况好像很糟。"经过短暂的沉默，甲斐依然把手压在耳机上，"暴风雪暂时不会停，还发出了大雪警报。"

"啊……"兰沮丧地垂下头。我从阳光房走回会客室，用余光打量着兰的反应。然后，我慢慢绕到沙发背后。

"可是，我明天下午一定要赶回去啊。"兰咕哝了一句，她好像突然想起了什么，转头对坐在壁炉前的忍冬医生说，"医生，您的车子可以使用吗？"

"恐怕不行。"老医生面露难色，抚摸着光秃秃的头，胖胖的双颊不停抖动着，大概又在咀嚼糖果了，"雪这么大，根本看不清前方的路。即使明天早上雪停了，积雪大概也会非常深，我的车子不可能开得动。"

"不要为难人家啊，兰。"枪中离开装饰柜前。

"可是……"兰咬紧涂有红色唇膏的嘴唇。

"你说你明天下午一定要赶回去，到底有什么事呢？如果是打工，打个电话请假不就行了吗？"

"不是那种事啊。"兰无力地抱住头，"……是试镜……"她的喃喃自语还是被枪中听到了。

"试镜？什么试镜？"枪中问，而兰只是抱着脑袋缓缓摇头。

"是电视剧的试镜。"旁边的榊代她回答，"没办法，你还是放弃吧。"说完，轻轻拍拍兰的肩膀。

枪中哼了一声，说："你还应征了那个啊？错过了又有什么关系？试镜什么的，现在多的是。"

兰立刻生气地抬起头来，说："这次是特别的。"她听起来有点歇斯底里。

"原来是这么回事啊。"站在忍冬医生旁边的名望奈志冷笑着说，"对了，小兰，前不久我看到了哦，好像是星期四，我看到你和一个男人深更半夜走在道玄坂，那个人好像是某电视台的制作人吧？就是枪中的朋友，有一次公演时来过的那个大叔。"

"你看错人了。"兰背过脸去。

名望摊开长长的双臂，说："我的视力非常好，两只眼睛的度数都是二点零。"

"那又怎么样！"

"不怎么样，只是我看你们两人之间的气氛好像不太妙，去往的方向似乎也有问题。"

"不用你管！你到底想说什么？"

"我是担心你啊。虽然上电视是很好，不过，如果只靠肉体的话，是很难在那个世界生存的。你的那种蹩脚演技，能撑半年就不错了。"

"谁要你多管闲事！"兰坐直身体，满脸通红地瞪着名望，"我要出名。女人要趁着年轻好好打拼，我不能把大好青春都浪费在这个小剧团里。"

面对这样剑拔弩张的局面，我一时哑然。我悄悄窥视站在装饰柜前的深月的表情，她正用无以形容的悲戚眼神盯着大喊大叫的兰。

"那么，我也只能说'随便你啦'……对了，你跟那个大叔睡过几次了？"名望奈志仍是笑嘻嘻地提出更尖锐的问题。兰越发歇斯底里，整张脸都扭曲变形了。

"我爱怎么做是我的自由吧！"

"哎呀，哎呀。"名望舔舔薄唇，"榊，就算下半身有那种需求，交这种女朋友也太辛苦了吧？"榊一副事不关己的样子，耸耸纤细的肩膀，用桌上装饰物造型的打火机，点燃细长的薄荷香烟。

"名望！"枪中实在看不下去了，开口训斥，"不要太过分了，还有忍冬医生在呢。"

名望奈至就像个尖酸刻薄的小丑，总是到处调侃别人，这种行为并不是从今天才开始的，只不过他今天尤为毒舌。被大雪困在这里，也许他也有什么挂心的事，因此才会这么心烦气躁吧。就好像在回应我的想法似的，他说："因为回不了东京而伤脑筋的不只是小兰啊。"他像调皮孩童般用手指蹭着鼻子下方，"说实话，我被困在这里，也很麻烦啊。"

"怎么，你也要去哪里试镜吗？"枪中问。

"什么话！我现在能在你的剧团里演出，已经很满足了。"

"谢谢你能这么想。那么，你到底有什么事？"

"没什么，只是一件很无聊的事。"名望稍微移开视线，如此说道。

就在这时，哐啷一声，通往走廊的门被撞开，彩夏仿佛 B 级片 ① 中被杀人狂魔追杀的女主角一般，冲进会客室。

"怎么了？"枪中问。

彩夏的脸色比刚才冲出去时更苍白，表情也更僵硬，她用力摇摇头。"他们不肯借我电话。"她用快哭出来的声音说。

"不肯借你电话？"

"我不知道该怎么走，就想下楼看看。结果我下了那边的楼梯，来到一个很大的厅堂。我在黑暗中徘徊的时候，碰到一个男

① B 级片是按制作成本划分的电影等级，产生于 20 世纪 30 年代的美国，当时将成本低廉、水准相对粗糙的电影称为 B 级片。如今多指低预算影片，大部分是恐怖片、黑帮片及软情色电影。

人……"

"是那个男人吗?"

"不是,是另一个男人,一个留着胡子、更年轻的男人。他突然跑出来,用恐怖的声音对我说:'你在干什么!'"

"那你告诉他了吗?"

"嗯。可是,我实在太害怕了,没办法解释清楚。然后,那个很像弗兰肯斯坦的男人就出现了。"

"那个管家吗?"

"对。"彩夏吸吸鼻子,"我跟他解释了,可是没有用,他说:'这个家里的人晚上很早就休息了,有事明天再说,现在请你马上回到二楼。'"

"还有这样的!太过分了吧!"

"枪中,还不只是这样呢,我还看到了更奇怪的东西。"彩夏接着说,"我下楼后,看到一幅画,一幅很大的油画,上面画着一个女人,那个女人的脸……"

"女人的脸?"枪中不解地喃喃低语,彩夏立刻打断他,"画上的女人和深月长得一模一样!"她大声叫道,"很漂亮的女人,简直跟深月是一个模子里刻出来的,穿着黑色礼服,梳着和深月一样的发型。"

最诧异的一定是深月本人。

"深月，你知道这是怎么回事吗?"枪中回头问她。

"怎么可能!"她一只手贴在额头上，有点站立不稳地靠在后方的柜子上。

"奇怪，这真是太奇怪了。"忍冬医生从矮凳上站起来，"这栋房子果然不太对劲，怎么越来越像怪谈了。"

"枪中，还有呢!"彩夏说。

"还有?"

"嗯，我往回走时，那边的楼梯发出奇怪的……"彩夏说到一半，突然响起与这房间里曾发出过的声音迥然不同的声响，彩夏立刻闭上嘴。

声音是从壁炉方向传出来的。忍冬医生正站在火势已经开始变弱的壁炉前，越过他圆胖的肩膀，可以看到放在装饰架上的螺钿小盒的盖子被打开了。

"真没想到，这居然是个八音盒!"好像是忍冬医生打开了盒盖，他顶着光秃秃的脑袋、蓄着白胡须、瞪大眼睛傻傻站着的模样，活像童话故事里打开了百宝箱的浦岛太郎。

声音的确是从那个盒子里传出来的，音色响亮清澈，引人哀愁。阴郁伤感的熟悉旋律断断续续地演奏出来，回荡在室内。是一首著名的童谣曲调。

"是《雨》啊?"甲斐已经摘下了随身听的耳机，喃喃地说。

"是白秋的诗。"枪中说,"用螺钿盒子做成八音盒,这种设计还真有意思。"

就在旋律告一段落时,重重的咳嗽声从通往走廊的那扇门传来。注意力集中在八音盒上的我们惊惶地回过头。

"对不起,这里不是旅馆。"那个名叫鸣濑的管家打开门,站在门边。忍冬医生慌忙关上螺钿盒子的盖子,《雨》的旋律也同时消失了。

"这里不是旅馆。"鸣濑又重复了一次,"请恕我直言,我们是出于人道主义立场,才收留各位的。这一点请诸位务必牢记。"他瞪了一眼满脸惊恐的彩夏,"刚才我也跟这位小姐说过,晚上最好早点休息。你们在这里吵闹,会给我们带来麻烦,因为我们平常最晚九点半就各自回房休息了。"

"请等一下。"枪中向鸣濑跨近一步,"是这样的,因为她是大岛人,所以……"

"新闻报道说,那里的城镇并没有伤亡。"鸣濑用不带任何感情的声音说,"今天晚上,请就此解散吧。还有,请不要随便碰触房间内的装饰物,好吗? 拜托各位了。"

在鸣濑冰冷视线的监视下,我们默默地离开了会客室。沉重、压抑的气氛笼罩着我们。这并非完全是由板着面孔的管家以及这屋子里其他居住者的态度造成的。

昏暗走廊另一侧的墙壁上并排着几扇高高的落地窗，窗外好像是面对中庭的阳台。在走回房间的途中，我驻足片刻，用手抹去结在玻璃窗上的冰冷雾气。

　　窗外是一眼望不到头的黑暗，丝毫不受黑暗污染的纯白雪片狂乱地飞舞着，没有任何减弱的迹象。一瞬间——仅仅在一瞬间，某种莫名其妙的预感震撼了我。当时，一定不止我一个人产生了那种预感。

第二幕　暴风雪山庄

一

这是哪里啊?

刚醒来时,脑海中首先浮现这样的疑问。在陌生的地方醒来,难免会陷入这种轻微的混沌状态。

我躺在一张稍窄的双人床上。

床上有触感舒适的毛毯和柔软的大枕头,室内温暖宜人。我瘦削的身体侧卧蜷缩着,如同浮在羊水中的胎儿。

我微微睁开眼睛,看到放在床头柜上的手表。指针指向中午十二点半。还没有清楚地意识到自己身处何处,所以我的第一个反应是"还这么早啊"。平常,我都是睡到下午很晚才起床开始一天的生活。

我坐起来,上半身靠在枕头上,伸手去拿跟手表放在一起的香烟和打火机。点上火,我的视线追随着吐出来的烟雾,整个人陶醉在因尼古丁在神经中流动而造成的轻微晕眩中。狂乱飞舞的白雪与旋涡般的烟雾重叠浮现,那时候——在暴风雪中发现这栋房子的点点灯光之时,那种仿佛被抛入浩瀚梦境中的感觉又渐渐在心中复苏。

雾越邸。

我终于想起了这个名字，顺手把烟灰磕在烟灰缸里。

那是一只椭圆形的厚玻璃烟灰缸，从其独特的深沉色调来看，应该是用脱蜡铸造法工艺制作的。所谓脱蜡铸造法，是在十九世纪末的新艺术运动中被重新发掘、重新评价的古代美索不达米亚的玻璃制法，是一种把玻璃放入糊状物中铸烧的手法，可以打造出柔和的不透明感和陶器般圆滑的触感。摆在烟灰缸旁的铜质台灯造型别致，上面雕刻着缠绕攀爬的花草，同样是新艺术风格的设计。

书桌前方有细长的垂直拉窗，透过纯白的蕾丝窗帘，可以看到透明玻璃外厚厚的百叶窗帘正紧闭着。旁边的大落地窗同样安装着百叶窗帘，白色光芒从窗板的间隙轻柔地照射进来。

我下床穿上鞋，走向位于房间角落的洗脸池。水龙头有两个，分别有红色和蓝色的标记。转开红色的，就流出了热水。我想，这个热水供应装置应该是现在的屋主白须贺秀一郎三年前整建时安装的吧。

然而……

与这个房间一模一样的房间，光是二楼起码就有八间。忍冬医生说过，住在这里的人"完全不与外界往来"，可是从这个洗脸池以及干净整洁的寝具来看，这些房间分明就是为了招待外来客人而准备的。

梳洗完毕后，为了让室内空气流通，我打开垂直拉窗。刚刚稍微拉开外面的百叶窗帘，就立刻灌入了简直可以称得上是骇人的冷气。我全身发抖，赶快拉紧对襟毛衣的领口。

不过，雪好像小了一些。我想去阳台上看看，于是打开了落地窗。

外面的空气冰冷入骨，仿佛能切出尖锐角度的水晶。远处传来寒风呼啸的声音；放眼远望，一片雪白的世界。

因为有屋檐的缘故，阳台上的积雪很少，我向外跨出一步。

这个房间位于"コ"字形建筑物突出部位的前端内侧，阳台下方是中庭式平台，建筑物的两个突出部位隔着平台遥遥相对。对面，并排在象牙色墙上的窗户，有几扇已经打开了百叶窗帘。

被建筑物三面包围的平台的右手边，即面对湖泊的一侧，呈圆形延伸到湖面上。平台中央有一座被雪覆盖的雕像，好像是用来喷水的。离那里几米远的湖面上，漂浮着一个小岛般的圆形平台，上面也有雕像，应该也是喷水装置吧。

这面被称为雾越湖的湖泊与昨天在暴风雪中呈现的景致截然不同，清澈的水面泛出淡淡的绿色，如镜子般映出了四周的景色，显得格外神秘、静谧。伸向湖面的稀疏枯木，在湖面上投下漆黑的阴影。远处耸立着重重群山，山峰的棱线像被锉刀锉过般尖锐。

面对眼前令人叹为观止的雪景，我不由自主地在心中感叹"太美了"。想起昨天迷失在大雪中的种种苦难，我再一次发出安心的长叹。

二

离开房间，我先往会客室方向走去。我敲敲隔壁房间的门，那是枪中的房间。但是没有回音，他大概已经起床离开了。

会客室里只有忍冬医生一个人，他坐在其中一张沙发中，好像在看杂志。看到我走进来，他的圆脸上绽开笑容，大声说："休息过来了吧，铃藤先生？"

"嗯，我睡得很好。"我笑着回答他，"您在看什么呢？"

"这个啊？"老医生把摊开在两手之间的书竖起来，把封面展示给我。这本又薄又大的书大约有 B5 大小，封面上写着"第一线"几个大字。

"这是什么杂志？"

"呃，怎么说呢，这是警视厅发行的内部刊物，刊登最近的罪案情况，以及既往案件的调查报告书。"

在这里听到"警视厅"这三个字，感觉非常突兀。看到我一脸诧异的样子，医生眯起了藏在圆圆眼镜片后面的眼睛。

"别看我这副样子，以前也帮警察做过事呢。因为有这一层关系，所以现在仍会收到这样的刊物。"

"是帮警察验尸或解剖吗？"

"嗯，差不多就是那一类的事吧。"

"您担任过法医吗？"

"没有。这么偏僻的小地方怎么会有那种职务！在日本，只有东京、大阪等大都市才设有这种法医制度。"

"那么……"

"相野警察署署长跟我是老朋友，所以发生紧急事件时会找我去帮忙。不过，这种地方也不太可能发生什么大事，顶多就是旅馆发生窃案或流氓打架闹事之类的。这三十年来只发生过两三起凶杀案。这里的治安真的非常好，不过要说无聊也的确很无聊。喂，你可不要误会，我并不是希望发生更多凶杀案啊！只是，该怎么说呢，应该说是希望出现某种刺激吧。人难免都会期待刺激的事发生嘛。"

"哦……"我含糊地应了一声，老医生不好意思地挠挠头。

"所以呢，为了消遣，我就请他们寄这本刊物给我。这里面的内容惊险刺激，还刊登了一些尸体的照片，比那些没水准的电视剧或推理小说好看多了。不过，一般人很难看得到。"

光是听到"尸体的照片"就让我有点不舒服了。小说或电影中出现再残酷的杀人情节我都无所谓，也可以理解那些乐在其中的看客的心理。可是，对于刊登在报纸或周刊杂志上耸人听闻的真实凶杀案，我实在无法以享受"刺激"的心情去阅读。

"那边有早餐，我已经先吃过了。"他这一说，我才发现通往餐厅的门敞开着，枪中、深月、甲斐三个人就坐在餐桌前。

"嗨!"枪中举起手，用快活的声音招呼我，"早上好。不过这个时间好像已经不早了。"

"还早得很呢，这个时间。"我微微一笑，一边回话，一边走向餐厅，"雪好像小了一点，说不定可以回家了。"

"好像会再下呢。"枪中轻耸肩膀，"而且，雪积得太深，也不可能下山。"

"不能叫车来接吗?"

"听说电话打不通。"坐在枪中旁边的深月说。

"什么!"我惊讶地停住了正要拉开椅子的手。

"好像是昨天很晚的时候发生的。"枪中接着说，"我们暂时要被困在这里了。兰真是很可怜。"

摆着九把椅子的十人餐桌上，放置了九人份的乳酪锅，里面盛着炖煮食物；盘子里有面包、奶油派以及生火腿和烟熏鲑鱼做成的沙拉。连我那一份在内，还有五份没有人动过。

大约过了十分钟，彩夏才遮住打着大呵欠的嘴巴走进餐厅。昨晚逃难似的从一楼冲回来时的惊恐表情，已经完全看不到了。

"睡得好吗？"枪中问。

彩夏又打了一个呵欠，点点头，"嗯"了一声。她把乳酪锅的小炉子点上火，立刻吃起沙拉来。

"我得去借电话呢。"

她好像仍担心三原山火山爆发的事。枪中听到她这么说，只好把电话不通的事告诉她。

"真的吗？"彩夏瞪大眼睛看着枪中，"这可怎么办啊！"她鼓起双颊，低下头沉思了片刻，随即把视线转向坐在对面的甲斐，"甲斐，等一下把随身听借我可以吗？我想听新闻。"

"这个恐怕……"昨晚大概没睡好，甲斐眨着充血红肿的眼睛，很抱歉地说，"电池没电了，我也没带充电器来。"

"啊！怎么会这样！"

"放心吧，彩夏，"枪中温柔地安慰她，"第一次爆发是在昨天下午，即使情况很严重，岩浆也不可能瞬间淹没全岛。"

"可是……"

"如果你还是很担心的话……啊，对了，忍冬医生。"枪中往会客室望去，对着敞开的门高声说。

"啊？什么？"医生坐在沙发上扭过臃肿的身体看向枪中。

"呃……您的车不是停在这栋房子旁边吗？"

"是啊。"

"如果方便的话，等一下可以让我们听一下车上的收音机吗？我们想知道三原山火山爆发的情况。"

"哎呀，恐怕不行。"忍冬医生不好意思地拍拍额头，"真抱歉，我车上的收音机已经坏了。我想也差不多该换新车了，就索性没去管它。"

"这样啊，那就没办法了。"枪中把视线转回到彩夏脸上，"看来只能向这家人借电视或收音机了。"

"向这家人借？"彩夏的表情虽然不至于到了惧怕的地步，却明显地阴沉下来。

"我帮你借好了，你不要露出这么可怜的表情嘛。"枪中一边说，一边不住地点头，让彩夏安心。

又过了一会儿，榊跟兰才双双走进餐厅。不知道为什么，我觉得他们当时的脚步有点蹒跚，好像喝醉了。

在空位上坐下来之后，兰仍是一副郁郁寡欢的样子，动也不动一下眼前的早餐。可能是昨天在雪地里急行军时感冒了，她不断地抽着鼻子。榊看到她那副模样，好像一点也不担心。他自己似乎也没什么食欲，没动那个乳酪锅，只吃了几口沙拉。

下午两点过后，最后一个人才姗姗来迟，那就是名望奈志。

他在兰旁边的空位坐下来，一看到放在盘子旁边的刀子，就惊叫一声"哎呀"。他战战兢兢地用食指推动刀柄，把刀子推到餐垫外。

"你还是这副样子。"枪中苦笑着说，"要不要请他们替你准备筷子？"

"不要笑我。"名望把嘴巴噘得像章鱼一样，"每个人都会有害怕的东西啊。"

他有"刀刃恐惧症"这种毛病（或者应该说是一种疾病）。也许是因为某种童年阴影，从菜刀到小刀、剃刀、拆信刀……任何能称为刀的东西，他都会怕，连摸都不敢摸。进餐用的餐刀也不例外。他本人曾经说过，唯一值得庆幸的是他还能用剪刀。

"这间房子里的人虽然都是'那副德行'，不过，饭菜做得真好吃。"他右手拿起叉子，狼吞虎咽起来，真不知道他那瘦骨嶙峋的身体哪来这么旺盛的食欲，"喂，小兰，你不饿吗？你不吃的话，我就帮你吃了啊。"

枪中找到一个适当的时机，把电话不通的事告诉了桌前的三位。预定今天在东京进行"特别"试镜的兰，妆面斑驳的脸颊猛然变得僵硬。不过，可能是因为看到外面积雪太深，已经死了一半的心，所以并不像昨晚那么歇斯底里，只是默默垂下头。

"电话也不通了啊。"名望停下撕开面包的手，露出沉重的表情，"唉，那就没办法了，彻底无计可施了。"

"对了，昨天你说有什么无聊的事要回东京，到底是什么事啊？"枪中问。

名望耸耸肩膀，说："哎呀，不要问我这件事。"

"因为我很在意啊。不是什么不可告人之事吧？"

"不是。不过，也不是很想让人家知道的事。"

"那么一开始就别说嘛。"

"喂，枪中，你这么说也太冷漠了吧。"名望轻轻呻呻嘴，"你就不能说'你这么说，我就更想知道了'之类的话吗？"

"好吧好吧。"枪中觉得好笑，露出了洁白的牙齿，"其实你很想说出来吧？"

"嘿嘿，我就是那种藏不住心事的人啊。"名望用手抚摸着豆芽菜似的淡色鬈发，"说实话，我又要恢复单身了。"

"啊？"

"也就是说，我正在考虑离婚。"

"哦？"枪中强忍住笑，"是你老婆跑了吧？"

"不要说得这么直白嘛。别看我这个样子，我的心灵也受到过很大伤害啊。"

"这件事和你非要赶回东京有关系吗？"

"十七日，也就是星期一，我老婆要提交离婚协议书。怎么说呢，我对她还是有些眷恋的。所以旅行期间我一直在想，要不要最后争取一下。"

"最后争取一下？"

"就是回去之后再跟她好好谈一次。"

"原来如此，的确是很无聊的事。"

"你还说这种风凉话？真过分。"

"对了，名望，你不是上门女婿吗？"

"没错，因为她和你一样是有钱人，拥有很多房产。老实告诉你们，与其说我舍不得她这个人，不如说我是舍不得放弃那些财富。"

"哦……原来名望奈志是上门女婿，真是想不到呢。"彩夏插嘴说，"那么，松尾是你太太的姓吗？"

"当然是啊。"

"那么，离婚后就要恢复本姓了吧。你的本姓是什么？"面对彩夏毫不客气的询问，名望好像也不是很在意，回答道："我的本姓是鬼怒川。"

"鬼怒川？"

"没错，就是鬼怒川温泉的鬼怒川，魔鬼发怒的河川。"

"好奇怪！跟你的气质一点都不般配。"彩夏"扑哧"一声笑出来。

"有这种感觉吗?"

"因为名望奈志就是'连名字都没有',怎么看都不像魔鬼发怒啊。"

"谢啦,谢啦。"

"不过,老婆没了,很惨啊。"

"你同情我吗?"

"嗯,有一点吧。"

"那给我介绍个女朋友吧,只要漂亮有钱,什么人都可以。拜托你啦,彩夏。"

名望奈志说起话来还是一副吊儿郎当的口吻。但是,从他的言辞、表情中可以隐隐约约地看到一个完全不同于平时的他。我觉得他说他在乎的只是妻子的财富应该是在逞强嘴硬。

三

上完卫生间回来后,我看到枪中独自站在走廊上,双手插在灰色法兰绒长裤的裤袋中,凝视着靠近中庭的那面墙上悬挂的大型日本画。

"你看,铃藤。"我一靠近,枪中就指着那张画对我说。

"是春天的风景吧。"画中,远处群山蒙眬,透着鲜嫩的新绿色。近处画着漫山遍野的樱花。我眯起眼睛,端详着怒放的白色花朵。

"不是，我不是让你看花，你看这里。"枪中再度伸出右手食指，明确地指向画面右下角，"我是说这个落款。"

"落款?"我稍微弯下腰，仔细看他所指的地方，原来，那个地方有作者的署名与印章，"这……"辨认出那几个草体字后，我顿时说不出话来，因为我所看到的是"彩夏"这个名字。

"这是……"

"这个'彩夏'念作'saika'，而不是'ayaka'。或许不太为人所知，在昭和初期，有个十分活跃的风景画家，名叫藤沼彩夏，这幅画大概就是她的作品。"

我一时语塞，先是忍冬纹样的绒毯、三叶龙胆图案的玻璃，现在又出现了彩夏这个画家的署名。这些当然都是巧合，但是，这样的巧合一再出现，就有点恐怖了，让人觉得非常诡异，好像已经不再是一句"巧合"就能解释的。

"那一幅呢?"邻接中庭的墙上有四扇落地窗，两幅画把四扇窗夹在中间，另一幅差不多大小的日本画上画的是红叶满山的景色。

我看着那幅画，问："那幅也是同一个人的作品吗?"

"不是。"枪中摇摇头说，"那是另一个画家的作品，也有署名，只是跟我们没有任何关系。"

这时候，彩夏从会客室走来，一看到我们，就踏着暗红色绒毯跑过来。

"看，有你的名字呢。"

听到枪中的话，彩夏一头雾水地向枪中所指的落款处望去。

"啊，真的。"彩夏大叫一声，立刻转过身去，召唤正走到走廊上的深月，"深月，你看！你看！"

枪中开始对她们两个人解释关于昨天傍晚以来在这个屋子里发现大家名字的事。

"喂，我们去探险吧。"彩夏突然提议。

"探险？"我不懂她的意思。

"就是在这栋房子里探险嘛。"彩夏翘起丰满的嘴角，露出天真无邪的笑容。

"你昨晚还被吓得脸色苍白呢。"

听到枪中的话，彩夏挠挠头，嘿嘿笑着说："我的长处就是恢复得快。而且，我也想让你们看一样东西。"

"什么东西？"

"哎呀，我昨天不是说过吗？有一幅很像深月的画像。"

"啊……"

没错，的确有这么回事。

昨晚，彩夏去借电话，回来时说，在楼下看到一副肖像画，画中的女性与深月长得一模一样。如果真有其事，也就是说，这个房子又呈现出了一个奇妙的"巧合"。

"可是，人家不是警告过我们，不要在屋子里随便走动吗？"深月显然不赞成。

"只是看一下，有什么关系呢。"彩夏一脸调皮的模样，她的确恢复得很快。

"我赞成，只是看一下就好。"枪中推推金边眼镜，一本正经地说。他脸上清楚地写着"这有什么不可以呢"。因为这栋建筑物里，仅仅会客室和餐厅里就有那么多收藏品，枪中早就迫不及待地想去其他地方参观了。

我与无言苦笑的深月对视一眼，不禁也露出了苦笑。

"这边！"彩夏所指的是面对中庭右手边的方向，也就是我和枪中所住的房间那边，与昨天我们被带上二楼时的方向相反。我们像参观美术馆的游客，紧跟在身穿牛仔裤和粉红色毛衣的彩夏后面，开始了所谓的"探险"。

餐厅、会客室、图书室的三扇门并列的墙面上挂着两张大型挂毯。近前那一张的图案是金灿灿的太阳，以及阳光下的大海；另一张则是银装素裹的雪景。用大量金线、银线编织出来的华丽美景《夏》和《冬》，与对面墙上的两幅日本画《春》和《秋》结合在一起，完美地表现出四季的景象。

走廊尽头有一扇合拢的双开大门，门上的装饰精美绝伦，充满新艺术风味。镶毛玻璃的蓝色镜面板上攀爬着黄铜藤蔓。走到门前，彩夏回头看了我们一眼，确定我们都跟来了，才用双手握住门把，把门打开。

门后是比较宽敞的楼梯平台，正好悬浮于一楼挑高大厅的半空中，衔接通往一楼和三楼的楼梯。黄铜栏柱支撑着环绕楼梯的咖啡色扶手，栏柱上雕刻着复杂缠绕的草木，这也是非常典型的新艺术设计。

"哇！"深月看到楼梯平台向右延伸的空间里放置的一只玻璃箱时，顿时发出惊叹。

"好可爱！"彩夏欢呼着冲到箱子前面，"好小的雏人偶！"

放在黑色木台上的玻璃箱，高度和宽度都是六七十厘米左右，里面放着小小的雏坛。雏坛小归小，却有标准的五层台阶，最上层摆着男雏、女雏，接下来是"三人官女""五人杂子"……其他种类的雏人偶也一应俱全。最大的人偶还不到十厘米高。

"这是芥子雏吧？"深月眯起细长的眼睛，看着枪中。

枪中靠近箱子一步，手摆在膝盖上，弯腰观看。"这好像是出自有名的上野池之端的七泽屋。真是这样就非常值钱了。"

"芥子雏是什么？"彩夏歪着头问。

"又称为牙首雏，人偶的头是用象牙雕刻出来的。"

"哦?"

"现在的雏坛造型是进入江户时代之后才定型的。后来，江户及大阪的富商又利用各种工艺把雏人偶做得更加精致华美。可是，有一段时期，幕府杜绝铺张浪费的行为，并限制了雏人偶的材料与尺寸。于是，工匠们就像跟幕府对着干似的，在限制范围内发挥巧思，做出了这样的小型雏人偶。"

"哦，听你这么说，这些东西还真是了不起啊。"

"你们看，那里面的雏人偶多么精美。"

枪中说得没错，那些道具比标准尺寸小了许多。但是，若论其精巧细腻的程度，实在让人叹为观止：直径约五厘米的贝桶里装满了直径不到一厘米的各种贝壳；约三厘米见方的砚台盒里收着砚台、墨和毛笔；鸟笼里面住着身长不到五厘米的小鸟；还有拉着牛车的牛，牛身上植有纤细的毛发……总之，每一件道具都做得无可挑剔，绝没有因为尺寸小就敷衍了事。

大家都被这个精致的迷你世界深深地吸引，目不转睛地看着箱子里的东西。

"咦?"彩夏突然惊叫一声。

"怎么了?"枪中问。

彩夏猛然转过头去，脸上阴云密布："讨厌，又来了……"

"到底怎么了?"枪中又问了一次。

彩夏的眉毛皱成八字。"你们没看到吗?"

"看到什么?"

"刚才那只箱子的玻璃上映出了一张陌生的人脸。"

"什么?"

"你说什么啊?"深月问。

彩夏眉头皱得更紧:"我也不太清楚,好像有一张脸突然浮现在我们背后。"

"什么样的脸?"

"模模糊糊的,看不清楚,不过……"彩夏的右手往前伸,"我想应该有人站在那扇门后面。"

她指的门是芥子雏人偶箱正对面的那扇门——也就是走出走廊的左手边、位于三层楼梯口的那扇门。那扇单开门镶嵌着拱形的透明玻璃,现在是紧闭的。

"那扇玻璃门后面吗?"枪中抚摸着下巴,"你是说有人躲在那里,影子映在箱子上?"

"嗯。"彩夏含糊地点点头,小跑到那扇门前,双手握住哑光的金色门把,挺直身体往玻璃后面张望,"没有人啊。"

"是你看错了吧?"

"才不是呢……啊,这扇门打不开,锁住了。"

"那个管家说过,绝对不可以上三楼。"

"昨晚也发生了怪事。"彩夏握着门把，回头对我们说，"我正要从这里下楼时，突然听到这扇门后发出奇怪的声音。"

"奇怪的声音？"

"嗯，好像是硬物敲击声。"

"是脚步声吧？"

"听起来不像。"彩夏满脸疑惑，拼命往门内窥看，我们催促她，继续往楼下走。

通往一楼的楼梯比走廊稍窄，不过还是有将近两米宽。走到约二楼夹层高度时，左边有一条沿着墙面环绕大厅的回廊。

"嘿，你们看。"打头的枪中站在 L 形回廊的转折处，抬头看着尽头处墙壁上的一幅水彩画，"画的是这栋房子。"枪中喃喃说着，语气中充满了感叹。我也走到他身旁，看着裱在银框中的画。昨天傍晚，在暴风雪中，我们只看到这栋建筑犹如展翼巨鸟般的黑色轮廓和点点灯光。可是，不知道为什么，我可以确定这幅画里的建筑就是这栋雾越邸。

这幅画是从建筑物的正面取景，该建筑以维多利亚式结构为主，这是一种发源于北欧及北美、在明治二十年代到昭和初期之间流行于日本的木建筑样式。一条条搭建在象牙色墙壁上的黑色木骨十分漂亮。除了中央的凸窗之外，其他很多地方都使用了玻璃，玻璃材质与非玻璃材质的比例恰到好处。屋顶是所谓的孟莎式屋顶①，其上设有纤细的装饰物、阁楼窗、红砖烟囱以及蓝绿色的斜面坡线。

"是半木式建筑啊。"枪中着迷地看着画。

"不过，应该只是借鉴了外形而已。"我说出自己的看法。

"为什么这么说？"

"这栋建筑的骨架应该不是木造结构。这里经常下雪，又用了这么多玻璃，如果百分之百使用木造结构的话，根本承受不了重量。"

"原来如此。那么是钢筋结构吗？"

"应该是。"

"大正时代有钢筋建筑吗？"在我们背后的深月问。

枪中回答："应该是从明治末期开始传入日本的，钢筋本身几乎都是直接从国外进口的……啊，有签名呢。"枪中扶扶眼镜，向前跨了一步。

"又是具有某种'巧合'的名字吗？"我问。

"不是。"枪中摇摇头，"总之是跟我们无关的名字，不知道是读作'akira'还是读作'shou'。"

我看了一眼枪中所指的签名，只用汉字写了"彰"这个字，

---

① 孟莎式屋顶是法国从文艺复兴时期到古典主义时期典型的屋顶形式，屋顶为四坡两折，每一坡被折线分成上下两种坡度，下部的坡较上部的坡陡一些。

"是某位知名画家吗？"

"至少不是我知道的画家。"枪中微微地摊开手，"也可能是业余画家画的。这幅画虽然技巧高超，但是画家的个人魅力表现得不够。"

眼光挑剔的枪中还是看得如痴如醉。画中的季节应该是春天，淡绿色的背景中矗立着一座华丽的西洋建筑。我们仰望着那幅画，在那里站了好一会儿。

四

走到一楼，刚才的楼梯平台就在正面右上方。从二楼下到这里，几乎绕了这个大厅半圈。左后方有一扇很大的黑色双开门，应该是通往建筑物正门的玄关的。

昏暗的大厅里飘荡着冰冷的空气。面积只比二楼的会客室、餐厅大了一点点，可是因为屋顶挑高直通三楼的关系，感觉空间大了好几倍。

三面墙壁上，一扇窗户都没有。只有我们左手边，与湖泊反向的那一面墙上，并排着高至二楼的圆拱形长窗，镶嵌着有色玻璃。窗户的上半部分是由彩色玻璃组成的装饰画，画中被天使告知受胎的圣母玛利亚好像正从高处俯视着我们。

黑色花岗岩地板夹杂着白色大理石勾勒出的花纹，墙壁也是由厚重的灰色石头砌成的。呈现红色、蓝色和黄色的微弱光线穿过彩色玻璃洒落下来，隔开微暗的空间，营造出古老教堂般静谧庄严的气氛。正面墙上挂着两张巨大的戈布兰挂毯[①]，分别是基督诞生图和复活图，仿佛马赛克壁画般与灰墙融为一体。

"就是那幅画。"彩夏说着，横穿大厅。两张巨大挂毯中间有一个大理石壁炉，彩夏说的就是悬挂在壁炉上方、裱在金框里的那幅画。

"快看。"彩夏站在壁炉前，回头对我们说，"很像深月吧？"

"真的很像。"枪中发出惊叹声，摇摇晃晃地向前走去，"这究竟是……"

那幅油画画在五十号画布上。画中的女性身体纤细，穿着全黑的礼服，坐在窗边的椅子上，透过昏暗的光线直盯着我们的方向。她的黑发垂在胸前，细长的眼睛微微眯起，微笑中带着几许哀愁，散发着一种通达世事的沉静气质。正如彩夏所说，这个美丽的女性的确和芦野深月长得一模一样。

"到底是谁啊？"枪中抬头看着肖像画，喃喃说道，"深月，昨天我也问过你，你真的没有任何头绪吗？"

站在楼梯口的深月用力摇头，好像要把这个疑问甩开。"我

---

① 戈布兰挂毯是织锦挂毯的一种，约 15 世纪由巴黎戈布兰家族创制。

真的不知道。"

最巧的是，她也穿着跟画中女性同样颜色的衣服：黑色毛衣和黑色长裙。

"不过，真的很像啊。你自己也这么觉得吧？"

"嗯。"

"有一部英国恐怖电影叫《遗产》，"枪中自言自语似的说，"由凯瑟琳·罗斯主演。故事说，有人偶然来到山中一座大宅，结果在里面看到了一幅跟自己一模一样的肖像画。"

"不要说了！"深月低声喝止他，"好恐怖。"

"喂喂，往这边走吧。"彩夏不知道什么时候离开了画像前，站在右手边的蓝色双开门旁边招呼着他们。

深月立刻从肖像画上移开视线，向彩夏跑去。枪中仍站在原地仰望那幅画，过了片刻，他终于长叹一声，离开了那里。

彩夏握着门把，等着枪中过来。她缓缓推开门，突然"哇"地叫了一声，动作也随之停了下来。

"是那个人，"彩夏轻声说，"就是那个男人昨晚在这里训了我一顿。"

从微微张开的门缝中可以看到长长的宽阔走廊，与二楼一样铺着暗红色的地毯。一个穿白色运动服的高大男人走在地毯上。因为他背对着我们，所以无法确认他的长相，不过，好像比那个叫鸣濑的管家年轻多了。

他走到笔直延伸的走廊尽头，打开同样是蓝色的双开门，消失在门后。我们就那样呆立了几十秒钟，其实应该说我们根本不敢动。

"走吧。"首先开口的是枪中。

"可是，我还是觉得不太好。"深月面带难色。

"被发现了再说嘛，总不会立刻就把我们从这里轰出去吧。"枪中用似是而非的理由搪塞她，随即把门推开到和身体一样宽，溜进走廊。

前方有一条右转往湖泊方向的侧廊，我们不约而同地朝那里前进。毕竟，在屋内"探险"会犯了人家的禁忌，所以，罪恶感让我们无法往建筑物中心走，前进的脚步也下意识地放轻。

侧廊的尽头有一扇单开门，蓝色镜面板上镶嵌着毛玻璃，有藤蔓花样的黄铜装饰，和其他几扇门完全一样。

"没有上锁。"彩夏小跑到门前，低声说。看到枪中沉默地点点头，彩夏缓缓打开门。

一瞬间，我们还以为走出了户外。

门后有一道长廊，两侧被透明的玻璃墙包围。玻璃墙外，白茫茫的积雪炫人眼目，新雪随风起舞，继续堆积。雪显然比我刚起床走上阳台时看到的大多了。

右侧，隔着厚厚的玻璃墙就是雾越湖，湖面随风荡开涟漪。左侧是几米宽的长平台，沿着湖面伸展开来。稍远的湖面上，漂浮着那个仿若小岛似的圆形平台。

七八米长的走廊尽头还有一扇跟我们所在的这边一样的单开门，我们蹑手蹑脚地朝那里走去。左侧中央附近还有一扇透明的玻璃门，通往平台。经过时，我顺手转了一下门把，发现那扇门并没有上锁。

"不知道里面有什么。"

"不知道会是什么房间？"

深月跟彩夏同时发出疑问。现在，我们真像是在"探险"了。

"我看看。"枪中说。他透过玻璃门看着前方隐约可见的建筑物。

"那应该是……"枪中还来不及说出他的猜测，彩夏已经打开了走道尽头的那扇门。"哇，好棒啊！"她像孩子一样发出热烈的欢呼。

比刚才更异样的光芒如洪水般直射向我们的眼睛。房间里绿意盎然，鲜艳的红色、黄色点缀其中，散发出浓郁的香味，还有热气……这里是温室？

没错，就是温室。

"太棒了！"彩夏欣喜若狂地冲进去，我们也跟在她后面，踏入了漂浮在白色湖面上的绿色温室。

"天啊，这户人家真是……"枪中环顾明亮的室内，咕哝了一句。室外是肃杀的冬景，而室内则充满着勃勃生机——这种强烈的对比让我感到轻微的晕眩。

"外面还下着大雪呢。"深月走进室内，反手关上门，她也掩饰不住惊讶，感叹道，"太美了！这么多花……"说到一半，她突然转向枪中，"这些都是兰花啊。"

"兰花……"枪中皱皱鼻子，"哦，是兰啊。"

又发现了一个和我们相关的名字，兰——希美崎兰的"兰"。

那一丛丛的绿色是盆栽洋兰的叶子；卡特兰、军舰兰、仙鹤兰、石斛兰、蝴蝶兰……五颜六色的兰花争相绽放着。

全玻璃构造的宽敞温室，从天花板来看，应该是正八角形房间。一条约一米宽的通道从入口处延伸到室内中央。中央有一个圆形广场，摆着白色的木圆桌和木椅。

"也就是说，这些花是兰的分身喽。"枪中指着广场前盛开的黄色卡特兰，"你们说，这种花的华丽姿态和娇艳色调是不是都很像她？"

"的确。"我点点头，咽下苦笑。

直径约二十厘米的硕大花朵，有着鲜艳的黄色花瓣和鲜红的萼片像极了兰昨天穿的艳丽衣衫，枪中称之为"华丽"，对她实在没什么好感的我却想加上"有毒"之类的形容词。

这时候，背后传来开门声。

我还以为是这个家的人进来了，赶紧摆出防御架势。枪中和深月他们也摆出同样姿态，回头看向门口。

"哎呀。"看到进来的男人，彩夏叫出声来，"原来是甲斐啊。"

他大概也是闲着无聊，在屋里"探险"吧。看到我们时，他也吓了一大跳，但是他马上放松表情，举起一只手，跟我们打招呼。

"你也很吃惊吧？"看到甲斐瞪大眼睛四处张望的样子，彩夏得意地说。

"啊，嗯……"甲斐双手插在茶色皮夹克的口袋里，低声说，"太惊人了，没想到还有温室。"

我们往中央广场走去，站在那里，再度环视一圈。铁丝花架上并排摆放着大大小小的盆栽花卉。还有一些盆栽用铁丝从天花板垂吊下来。争奇斗艳的繁花中还挂着几个鸟笼，笼子里的鹦鹉、金丝雀在轻柔鸣唱。

"铃藤，你知道吗？要让这么多种兰花同时盛开，比想象中还要困难得多。"

枪中把双手搭在白木圆桌上，看着桌上时钟形状的温度计："这里有二十五度。"

"温度这么高啊。"

难怪进来后，穿着厚毛衣的身体不到几分钟就冒出汗来，而玻璃墙外的冰天雪地恐怕只有零下几度。

"这些花原产于热带和亚热带，都是非常娇贵的品种。温度、湿度、日照强度、通风等任何一个条件出现问题，就不会开花，甚至还会枯萎而死。"

听完枪中这番话，彩夏嘟囔着嘲讽了一句："这花虽然跟某人同名，特质却完全不一样呢。"

枪中有些诧异："喂，你说得太刻薄了吧？"

"人家就是跟她合不来嘛。"彩夏半开玩笑似的说。当时，我仿佛看到她的茶色眼瞳中瞬间吐出了暗红的火舌。

五

不知道过了多久，就在枪中提议离去时，加上甲斐在内的五人"探险队"突然遇到了我们一点都不想遇到的人。双方都大吃一惊。

"你们……"从走廊进来的人朝我们大叫，"你们在干什么？"是昨晚那个戴着黑框眼镜的女人，深月说她叫"的场"。

"你们来这里做什么？"重复着这句话的她，手上端着银色托盘，上面摆着白瓷茶壶和杯子。度数颇深的眼镜片后面，有一双看起来颇有智慧的眼睛，但此刻正冷冰冰地瞪着我们。

"啊，没什么。"连枪中都显得狼狈不堪，"那个……这里的兰花很漂亮啊。"

"我应该跟你们说过不可以在这个屋子里随便走动吧？"她的声音比一般女性低沉，而且有些沙哑。接着，她用沉着镇定、丝毫不带情绪的语气说："这里不是旅馆，请马上回到二楼。"她对我们下了逐客令，措辞和昨晚的鸣濑一样。

我们无言以对，默默垂下头。当我和甲斐正准备离去时，枪中又开口了："请等一下。"

"怎么了？"女人微微皱起眉头。

"我们随意走动，真的很对不起，也没有理由可以辩解，不过……"枪中坦然地面对女人的视线，"可不可以也请你们体谅一下我们的心情呢？"

"什么意思？"女人说着，几步走到圆桌旁，把托盘放在桌子上。

"我们都很不安。"枪中说，"说得夸张一点，昨天我们几乎是在生死边缘苦苦挣扎，幸亏你们伸出了援手，可是……"

"你们有什么不满吗？"

"当然不是不满，你们为我们这些萍水相逢之人提供了很好的条件，食物、住宿全都无可挑剔，我们非常感激，可是……"

看到枪中欲言又止的样子，女人冷冷地眯起眼睛："你是认为我们不该限制你们在屋内任意走动吗？"

"也不是，只是……我们想知道自己借住的地方是怎样一个地方、住户都是些什么人。我想这也是人之常情吧？而且，我们也想见见你们的主人，向他道谢。"

"我家主人不会见你们的。"女人斩钉截铁地说，"而且，你们也不必知道这个家是怎样的一个家。"

"可是……"

"的场小姐，"深月插话，"我知道我们的要求很无理，可是，我们真的很不安。大家都想早点回东京去，却被困在这样的大雪中，甚至连电话都不通。"

"呃，是。"这个叫的场的女人的态度明显有所不同了。深月本人好像也觉得很意外，她不解地看着对方化着淡妆的脸，说："我想请教一个问题。"

女人冷漠僵硬的表情骤然一动："什么问题？"

"刚才我在那边的大厅里看到一幅女人的肖像画，那究竟是谁的画像？"女人没有回答，深月又继续说，"画中人和我长得很像，真的很像，简直就像是我本人。那个人到底是谁？"

女人沉默数秒，死死地盯着深月的脸，说："是我家夫人。"

"夫人？房主的太太吗？"

"是的，那是夫人年轻时的画像。"

"那么，为什么会如此像我？"

"不知道。昨天，我和鸣濑看到你，也都吓了一大跳，因为实在太像了。"

原来是因为这样，所以他们昨天一直盯着深月啊！

"完全只是巧合吗？"

"只有这个解释吧。因为夫人生前既没有兄弟，也没有表兄弟，只有孤零零的一个人。"她说的是"生前"。深月好像也察觉到了，她紧皱眉头，问道："夫人已经……"

"过世了。"女人回答的声音已经没有先前冷漠了。

"是在这里去世的吗？"深月再问。女人悲伤地摇摇头，说："四年前，横滨的房子发生火灾时……"

"火灾？"

"都怪那家电视机制造商，电视机显像管半夜起火……"说到这里，的场突然打住了，露出慌乱的神色，好像不知道自己为什么要如此多嘴，"我说得太多了。"她自责似的微微摇头，从深月脸上移开视线，"请回二楼去。"

"我……"深月还想说什么，枪中举起手，阻止了她，自己却问道，"对不起，可以再请教一个问题吗？"

女人轻咬下唇，抬起头，脸上又挂上了冷漠的假面。

"请问，这位过世的夫人怎么称呼？"

"你不必知道。"

"请告诉我，只要名字就行了。"

"没有这个必要……"

"是不是叫深月？"枪中高声说。

女人瞪大了眼睛，闭口不言。

"是叫深月吧？深沉的月色，深月。或是读音一样，汉字不一样？"

"你怎么知道？"

"那是我的名字。"深月说，"难道这也是一种巧合？"

这时，某处突然响起异样的声音——咔嚓——好像是坚硬的皮鞭猝然折断时发出的尖锐声响。

"在那里。"

枪中指的地方就在我们头上——圆桌放置处的正上方，挑高天花板的一部分。

"你们看那块玻璃。"

铺在天花板上的一块玻璃出现了"十"字形龟裂，一条裂痕长约三十厘米，还有一条长度相当的裂痕与之垂直相交。

"是刚才裂开的吗？"深月讶异地问。枪中轻轻点头："应该是吧——的场小姐，以前就有那处龟裂吗？"

女人沉默地摇摇头。

"是因为积雪的重量而自然裂开的吗？可是，那也未免……"

"请不要过于担心。"女人对疑惑地看着玻璃龟裂的我们说，"这个家常常发生这种事。"

"常常发生？"枪中不解地问，"因为房子太旧了吗？"

"不是，这栋房子本来就有点怪异，尤其是一有客人来访，这栋房子就会自己动起来。"

这句神秘的话里充满了疑团，但是不知为何没有人追问。不过，即使我们追问，一定也无法从她那里得到任何答案。

在女人的催促下，我们准备离开温室。正要离开时，枪中又回过头，问那个女人可不可以把收音机借给我们。她听我们说明理由后，只冷冷地回了一句"我会请示主人"。

六

傍晚，枪中和我窝在二楼的图书室。忍冬医生和名望奈志、彩夏三个人在隔壁会客室闲聊，其他人好像待在各自的房间里。

图书室的结构和餐厅差不多。通往会客室那扇门的对面墙上有混色大理石做成的厚重壁炉，正好隔着会客室，与餐厅形成相对称的位置关系。

今天，每个房间的壁炉都没有点燃。因为开着中央暖气，所以没有那个必要。昨天是为了从暴风雪中逃生的我们特地生起了炉火。

　　用于收藏珍本的大型装饰柜在冷却的壁炉右边。其他墙壁，除了靠近阳光房那一面之外，都摆放着高达天花板的书柜。涉及各种领域的书籍分门别类、整齐地排列在书柜里。很多处都是前后并排两列，所以，图书数量说不定可以媲美高中图书馆。

　　数量最多的是日本文学，其中又以诗集最为丰富。外国文学也绝不在少数。美术全集及其研究的书籍数量也相当可观。其他还有医学相关专业书籍、现代物理学著作、东西方哲学及其文艺评论。小说方面，连最新的畅销书都一应俱全。这里的藏书真可谓包罗万象。

　　"铃藤，我有点不想回东京了。"枪中坐在壁炉前的摇椅上，抚摸着尖细的下巴说，"真希望这场雪可以永远不停。不过，这样想好像不太好。"

　　我不置可否地笑了笑，站在壁炉旁的装饰柜前。

　　装有玻璃门的柜子里，除了书之外，还收藏着漆器信匣、笔墨盒等物品。日式线装书也不少，其中最吸引我的是摆在中间那一格、翻开书页的某卷《源氏物语》。从和纸上的暗花和手写文字的颜色来看，应该是年代久远的古书。

　　《源氏物语》是我特别喜欢的日本古典文学作品。对我而言，这是一部讽刺小说，而不是恋爱小说，是描写平安时期贵族们的晦暗幻想故事，而不是他们的生活起居录。

我不禁伸出手想拿那本书，可是玻璃门上了锁。

"这里太棒了。"枪中看也不看我一眼，自顾自地说着，"这栋房子真的太棒了。"

枪中茫然地眺望远方。这种眼神，我好像很久以前看到过。

"我在追寻'风景'。"

昔日，他对我说这句话时的表情浮现，与他现在的表情重叠。那是什么时候的事呢？我离开装饰柜，在脑海中搜寻记忆。

对了，那是四年半前的春天，暗色天幕首演的那天晚上。演出结束后，我们两个人在吉祥寺的一家酒馆喝酒叙旧。好像是我先问了他剧团名字的由来，我问他剧团取名为"天幕"，是不是打算哪天举办帐篷公演。

"我在追寻'风景'。"在嘈杂的酒馆里，他坐在吧台上，眯着双眼眺望远方，喝了一口兑水烧酒后，接着说，"一个我应该置身其间的风景，在那里感受我的存在……"就这样，他自顾自地说了半天与我的问题毫无关系的话，随后才言归正传，"'天幕'这个名字并没有什么特别深刻的意义，我也无意仿效什么'红帐篷''黑帐篷'，所以并不想举办那种帐篷公演。不过以前我在新宿中央公园目击到的那个事件，可能多少对我产生了一些影响。"

他指的是发生在一九六九年的"红帐篷暴动"，连我这种对戏剧没太大兴趣的人都知道那个著名事件的梗概。

那个事件发生在那一年的一月三日晚上，由唐十郎带领的状况剧团预定在西新宿的中央公园演出《腰卷阿仙——振袖火事之卷》。然而，当时的美浓部都政府依据《都市公园法》禁止他们演出。当天，剧团在未获许可的状况下强行演出。机动队包围了帐篷，并用扩音器喊话。剧团仍不为所动，坚持表演。那一晚的演出自此成为传奇。

"当时我十六岁，读高一，是十足的不良少年，经常逃课，瞧不起老师，同年龄的朋友也没有几个。不过，我不会在外面四处游荡，总是独自躲在房间里看书。按一般的说法，就是封闭在自己的世界里。一九六九年正是大学生运动最激烈的一年，东大安田讲堂攻防战也是发生在那一年吧？我就读的高中也受到了波及，但我对此毫不关心。我多少也读过一些马克思的著作，然而我根本接受不了那一套……并不是能不能理解的问题，而是对那种东西很排斥，因为我根本不在乎安保、革命之类的事。看着他们的斗争如火如荼，我只作壁上观。我想，那时候我一定是个很惹人厌的少年吧！不光是政治，同时代的戏剧，我也毫无兴趣，当然也从来没注意过当时盛行的小剧场运动。这样的我会目击到那一晚发生的事件，当然是有理由的。一个高中生，会在那么晚的时候经过那里，也是很奇怪的吧？我有一个相差十五岁的表哥，他很喜欢戏剧。那一天，我跟他去外面办事，回家时他说要带我去看好玩的东西，就把我带去那里了。"

很久以后，我才知道，他那个喜欢戏剧的表哥就是芦野深月早已过世的父亲。

"他事先什么也没告诉我，我根本搞不清楚发生了什么事。晚上的公园里聚集着很多人。拿着铝合金盾牌的机动队队员四处走动，探照灯发出的刺眼灯光闪来闪去，还能听到人们在激烈地对吼。就在这样的混乱中，鲜红的帐篷突然从黑暗深处浮现出来……真是一幅不可思议的'画'。对一个向来只注意内在世界的十六岁少年来说，那是非常震撼的场面。同时，心中涌起些许类似感动的情绪。但是这种感动绝非来自这个事件的具体意义，而是源于内在风景与外在场景产生的完美共鸣——如梦似幻，却又真实存在。一边在噩梦般的恐惧中发抖，一边感受到那种凄切之美。那一晚，我们只在远处看到演出终于在红帐篷上演，然后就回家去了。带我去看的表哥只对我说了一句'很精彩吧'，没有对我作任何解说。第二天，我才从报纸上了解到整个事件的社会意义，兴奋感在心中复苏。我恍然大悟：原来是这么回事啊！

"我就是因为这个契机才开始喜欢上现代戏剧的。但是我并不赞成后来跟风的地下剧场形态的戏剧运动，因为我本来就很讨厌所谓'戏剧是时代函数'的老套观念，对于风行的'集体创造'这种思想也没有任何共鸣。所以，这些就不谈了……

"对我而言，最有价值的应该只是那一晚、那个场景本身：流淌着妖异鲜血的帐篷像是有生命的物体般渐渐支撑起来。这幅'画'无论是社会性的还是艺术性的，总之，一切被赋予的意义都被去除了。虽然没有任何理论支撑，单纯只是我的一种主观印象，但它的确引导着我走向了我所寻找的'风景'……不过，别听我说得这么玄奥，追根究底的话，说不定和小时候看到马戏团帐篷时的感觉有一定的相通之处。"

七

"你在发什么呆？"

枪中的声音把我从回忆中拉回来。图书室中央有一张黑色大理石桌子，周围摆放着几把有扶手的椅子。我在其中一把椅子上坐下来，手指间还夹着快要烧到头的香烟。

"我在想以前的事。"我拉过桌上的烟灰缸，直白地告诉他。枪中摇晃着摇椅，满脸疑惑地"哦"了一声。

"我在回忆你的事，想起你说你在寻找的'风景'。"

"哦，我也有过说那种话的时候吗？"枪中自嘲似的扬起嘴角。

"说得好像你已经有所醒悟了似的。"

“也不是。只是，最近感性处于低潮，不管看到什么、做什么，都不会在内心深处产生共鸣。”枪中起身，移到桌子对面的一把椅子上，“不过，来到这里之后，好像又摆脱了那种状态。嗯，撇开住在这里的人不谈，我真的很喜欢这栋雾越邸。”

“你还真执着。”

“该怎么说呢？这栋房子太完美了。”

“完美？”

“从各种意义上来说，我都有这种感觉。”枪中兀自点着头说，“例如，在西洋式建筑的传统室内装潢中隐约可见的新艺术风格的设计，与随处可见的日本情调完美地融合在一起。不过，新艺术运动确实受到日本浮世绘的影响，所以能互相搭配也是理所当然的事。然而，问题在于，这里聚集了众多风格不同的庞杂物品，只要有一点偏差，就会毁掉一切，所以需要一种走钢丝般的平衡感。”

“是这样吗？”

“这是一个颇为主观化的问题。我不知道白须贺先生是什么样的人，不过，我很想见见他。”

我也很想见见这里的主人。我点点头，正要点燃另一支烟时，枪中又开口说：“你有没有想过在一楼那间大厅里演出上次那出戏？把黑花岗岩地板布置成一个棋盘，让观众从上面的回廊往下看……"

暗色天幕上个月演出的《黄昏先攻法》是我和枪中共同创作的作品。这部戏把舞台布置成棋盘，把出场人物装扮成棋子，把纵横交错的谋略与恋爱比拟成一局棋赛。对枪中而言，这是一次难得加入实验性尝试的演出。所幸，公演博得的好评远比预期的要高。

对啊，如果可以在这栋房子的大厅里演出那出戏，一定非常有趣……

"对了……"我转变话题，"在温室里，那个叫的场的女人说的话让人有点在意。"

"你是说和深月长得很像的白须贺夫人那件事吗？居然连名字都一样。"

"那件事也是，不过……"我下意识地抬起头看看天花板上的吊灯，"我指的是她最后说的那件事。当她看到屋顶玻璃裂开时，说这栋房子有点怪异。"

"哦，那件事啊。"

"她说的到底是什么意思？你不觉得这栋房子里的怪事太多了吗？例如，名字的巧合就是其中之一。还有，彩夏所说的人影和怪声。"

"的确如此。"枪中微微闭了一下眼睛，"不过，你不觉得无论任何事物，带点神秘色彩会比较好吗？”

“带点神秘色彩会比较好？”

“再有魅力的东西，等你全部了解之后，就会觉得不过如此了。人也是一样，比如说，铃藤，你对深月了解多少呢？”

“啊？”冷不防的问话让我方寸大乱。

枪中冷淡地打量着我说：“你的心思我太清楚了。原本对戏剧没什么兴趣的你会答应我的邀约，常常来剧团，就是因为你在排练场上见到了她。”

“那是……”

“不要生气，我不是在调侃你。深月是个很出色的女孩，不喜欢她才不正常呢。”

“枪中……”我不知道我到底想说什么，又能够说什么。

就在这时，通往会客室的门开了。对我来说，这无疑是一种解脱。

“嘿，名望。”枪中露出若无其事的笑容，看着走进来的名望奈志，“怎么了？觉得无聊吗？”

“嗯，有一点儿。”名望摊开长长的双臂。

“彩夏呢？”

“在那边请忍冬医生用名字帮她算命。”

“那个医生还会算命啊？”

"我对算命实在没兴趣。"

"你一点都不相信吗?"

"正好相反,我这个人一抽到凶签,心情就会很绝望。所以,算命的时候万一听到不好的结果怎么办?"

"真没想到你是这样的人。"枪中笑了起来。名望撇撇嘴,夸张地耸了耸肩。"话说回来,这里有好多书啊。"名望双手插在牛仔裤的前兜,穿过图书室,走到壁炉左边的书柜前。他弯下腰,看着一整排的书脊,然后突然用惊异的语气说:"啊,真是怪事!"

"怎么了?"

"枪中,你快来看,这里有我的名字。"

"名字?"

枪中和我同时从椅子上站起来,朝名望走去。

"这里。"名望动动尖下颚,示意书柜中间那一格,"你们看,正中间那四本。"

名望所指的地方有几本同样体裁的书,并排装在枯叶色的盒子里。每本书的书名都不一样,但作者都是白须贺秀一郎,也就是这个家的主人。书脊上没有出版社的名称,可见应该是他自费出版的。

名望只说"正中间那四本",我根本不知道他指的到底是哪四本,于是困惑地顺着书名一一看下去——《星月夜》《时之回廊》

《名唤之时》《望乡星座》《奈落涌泉》《志操之笼》《梦之逆流》……

"还看不出来吗?"看到我的反应,名望露出前齿,得意地笑了起来。

"就是这四本啊,《名唤之时》《望乡星座》《奈落涌泉》《志操之笼》,你把这些书名的第一个字横着念念看。"

"啊!"

"原来如此。"

书脊上的书名都印在等高的位置,每个书名的第一个字横向整齐地排列成一条直线。如名望所说,各取其第一个字来看,就是"名""望""奈""志"——的确就是他的名字。看到这个再度出现的巧合,我和枪中面面相觑……

我打开书柜的玻璃门,拿出其中一本《望乡星座》。我猜得没错,果然是自费出版的书,里面收录了几十篇散文诗。其他几本大概也同样是诗集吧。

"枪中,我听彩夏说了。"名望对站在我身旁看我手上那本书的枪中说,"她说,这个家里到处都有我们的名字。虽然她是笑着说的,可是,仔细想想,我却觉得很恐怖。"

"没错,无论把它想成某种暗示,或是归于纯粹的偶然,都很古怪。"

"只剩下枪中、甲斐跟榊三人的名字还没有出现。"听到我这么说，名望露出笑容。

"不，我发现了其中一个。"

"真的吗?"

"在哪里?"我的声音跟枪中的声音重叠在一起。名望举起大猩猩般的长臂，指着会客室的方向。"那里的桌子上，有显示'榊'这个姓氏的东西。"

"什么东西?"枪中催促他说下去。

"就是那个四角形的盒子啊，里面装着烟灰缸的那个。"那套沙发旁的茶几上放着一个收纳烟灰缸和烟杆的木制烟具盒。名望说的好像就是那个东西。

"那个烟具盒吗?"枪中摸摸鼻子，"那里有榊这个姓?"

"你没看到盒子旁边有透雕图案吗? 我也是刚刚才发现的，那个图案是源氏香之图中的贤木 ① 图案。"

"源氏香之图?"枪中蹙起眉头，看来也有他不知道的东西。

"俗称源氏图案，经常被使用在和式房间的格窗上。"我充当了解说员，"原本就是把源氏香的不同味道用图案表现出来。"

"哦，猜味道吗?"

"嗯。把五种薰香分别包成五包，一共包成二十五包。由香会主办人从中任意挑出五包来烧，靠嗅觉辨别气味，用五条线来

---

① "贤木"和"榊"在日语中发音相同。

表现味道差异。用这五条线的组合来衡量光源氏与各位女性的恋爱关系，沿用在《源氏物语》全部五十四帖的各帖中，各种组合统称为源氏香之图。"

严格来说，五十四帖中的"桐壶"与"贤木"及"明石"与"梦浮桥"用的是同一个图案。据说也有加上"柳"和"若叶"的特殊案例。

"好像我也听说过这东西。你是说那个烟具盒使用了其中的贤木图案？"枪中把双手紧紧抱在胸前，"不过，如果是铃藤也就罢了，名望，你怎么会知道源氏香之图这么风雅的东西呢？"

"哼，你不要瞧不起人，我和铃藤老师一样，在大学读的是文学系，而且也算是优秀学生呢。"

"不过，我还是很佩服你能分辨出那么精细的图案。"

"因为写毕业论文的缘故，我跟那个图案死磕了很久。那段时间下了不少苦功，所以现在还深深地烙印在脑海里。"名望说着，挺起单薄的胸膛。我苦笑着把手中白须贺秀一郎的著作放回书柜里，按原来的顺序排好，"名""望""奈""志"这一行字又恢复了原状。

八

暴风雪丝毫没有减弱的趋势，甚至在日落之后越下越大，站在走廊上或阳光房中都听得到尖锐高亢的风声，简直可以用"凶暴"两个字来形容。即使在开着暖气的屋内，也可以感觉到气温比昨天冷多了。

晚餐依然丰盛，用来招待不速之客实在有点奢侈。送菜进来的是昨天我们刚到时从厨房门缝探出头来的矮小中年女人。听说名望有刀刃恐惧症，她特地拿了一双筷子来。可是，她也跟这家其他人一样，非常冷漠，不说一句多余的话。

晚餐结束时，大约是晚上七点多。深月和彩夏拿起餐车上准备好的咖啡壶，为大家倒咖啡。

"现在这样，越来越有暴风雪山庄的感觉了。"忍冬医生往咖啡里加了三勺糖，"以前的推理小说里常常有这种情节：在一栋与外界完全隔离的屋子里，发生了恐怖的连环凶杀案，里面的人既无法报警，也逃不出去。"

"拜托您不要说这么不吉利的话。"我立刻说，"这栋屋子已经够恐怖了。"

"哈哈哈！"老医生擦拭着被咖啡蒸气熏得雾蒙蒙的圆形眼镜，"没想到铃藤先生这么胆小，小说家的头脑不是都充满奇思妙想吗？"

"因人而异吧，至少我不会想象那么血腥的内容。"

"你不写侦探小说吗？"

"嗯，我会看推理小说打发时间，不过，没想过要写那种东西。"

"您喜欢看侦探小说吗，忍冬医生？"大概是昨晚没睡好，甲斐那双眼睛里还是布满了血丝，脸色也很差，"您以前帮警察做过事，不会觉得那些故事太不真实，看不下去吗？"

"不会，没那回事，现实和小说本来就不一样啊。"忍冬医生在喝了一口的咖啡里又加了一勺糖，"小说有小说的乐趣。活生生的真实案件当然有其趣味性，但是，和推理小说的趣味又不一样。"

"可是，今天早上……不对，那时候已经过中午了，当时，您不是说警视厅寄来的杂志比推理小说好看多了吗？"我说。

"我是说以刺激程度来看，侦探小说也有其乐趣。"

"刺激程度？"

"对。与真实案件不同，推理小说可以带给头脑另一种程度的强烈刺激，人们可以在完全脱离现实的环境中，尽情享受恐怖残虐的乐趣。"

"哦，也对。"

"所以，在侦探小说中发生的案件越离谱越好。如果作者光写一些现实中可能发生的事件，那么读者还不如直接去看警察的搜查记录。搜查记录描述得更逼真，因此也刺激多了。"

"真没想到!"枪中用轻快的语气说,"忍冬医生,您这一代的读者说到推理小说,应该首推松本清张的作品吧?"

"清张吗?嗯,我以前看过很多,因为那时候正流行那一类书籍。可是,人一上了年纪,头脑好像就会回到孩童时期,不,我不是说变成老糊涂了。现在,我几乎不再碰清张的书了,反而非常怀念乱步的作品。"

"哦,乱步吗?我也很喜欢乱步,像《孤岛之鬼》《帕诺拉马岛奇谈》等等,都很精彩。至于经常在两小时剧场中播放的'明智小五郎'系列就算了。"枪中的心情显得特别好,满脸笑容地看着大家,"没想到会在这里跟您谈论推理小说,我们剧团的大部分人都喜欢看推理小说。"

"哦,你们吗?真难得啊。"

"难得吗?"

"在这种乡下地方,一把年纪还看推理小说,会被当成怪人的。"

"真的吗?"

"说被当成怪人,好像夸张了一点儿。不过,我去世的老婆就很不喜欢我看那种书,她常说,那种杀人的故事有什么好看的!"

"哦,是这样啊。说不定有很多这样的人。我们剧团的人都喜欢看推理小说,也是有原因的。您知道神谷光俊这个作家吗?"

"好像听说过。"

"不是有本叫《奇想》的杂志？是专门刊登推理小说的杂志。他三年前拿了这家杂志创办的新人奖，从此成了职业作家。"

"啊，我想起来了。"忍冬医生抚摸着白色的胡须，"他那本书很轰动，就是写吸血鬼的那本。"

"那是《吸血森林》，他的处女作，也是第一部作品集的书名。"

"对、对，我看过。这个神谷光俊跟你们有什么关系？"

"其实，他本名叫清村，两年前还是我们的人。"

"你们的人？你们剧团的人吗？"

"是的，所以大家都认识他。"

"哦，所以呢？"

"人就是这样，自己圈子里的人成了推理小说家，就会想去看他的书。于是，有一段时期，推理小说就在暗色天幕流行起来了。不过，我和甲斐的情况不一样，我们本来就喜欢看。"

"原来如此。"

"我们之中最不喜欢看推理小说的是彩夏，不过，与其说她讨厌推理小说，还不如说她讨厌铅字。"枪中调侃道。彩夏不服气地鼓起脸颊，说："我很喜欢赤川次郎啊。"

"和我女儿一样。不过，我也看赤川次郎，因为他跟其他量产作家不太一样。"把眼睛眯得像米粒般大小的忍冬医生微笑着，然后他转向我说，"铃藤先生，处在这样的环境中，你还不写推理小说吗？"

"不，我……"我还没说完，枪中就抢着说，"我向他建议过，可他就是不想写，大概很难舍弃年轻时的纯文学理想。"

"也不是，我早就放弃纯文学了。"我提出小小的反驳，"写推理小说需要特殊才能，我根本写不出来。每次看推理小说，我都痛感自己能力不足。"

"是这样吗？"忍冬医生噘起厚厚的下唇，"那种让我觉得谁都写得出来的书也有不少呢。"

"那么，医生您自己也写写看吧。"

"哎呀，这个……"

"对了，你请医生帮你用名字算命，结果怎么样？"枪中转向彩夏。

"那个啊……"彩夏又鼓起脸颊，沉默了片刻，"结果不太好，可是，我很喜欢这个名字。"

"医生，是这样吗？"

"我手边没有详细资料，只是粗略算了一下而已。不过，她名字的笔画也不是那么差，因为主格有十六这个最吉利的数字，只是外格不太好。"

"什么是外格？"

"姓名学中有五格，对应五种重要的笔画组合，即姓格、主格、名格、外格、总格，各有各的意义。"

滑稽的是，秃头的老医生一开始认真解说，就像极了街头的算命先生或庙里的住持。

"五格之中，对运势影响最大的是主格，乃本小姐的主格非常好。外格是代表一个人的人际关系、恋爱、婚姻等，也就是自己与周边的联系。她的外格是十二画，这个数字非常不好，表示她的家庭运薄弱、体弱多病、短命、易遭劫难等。"

"算命时用的应该是平常的称呼而不是本名吧？"

"没错。"

"所以，请您帮我想想办法吧。"彩夏说。

"你要改名字吗？"

"嗯，总觉得心里发毛。既然要取艺名，当然是越吉利越好啊。"

"说得也对。"

"其实也不必做太大的变动，只要保持原来的主格，更改外格就行了。"忍冬医生说，"我还顺便算了其他两三人的笔画。"

"哦，结果怎么样？"

"芦野小姐的名字非常好，虽然不是完全没有瑕疵，不过，今后继续在演艺圈发展的话，绝对不会有问题。给你取这个名字的人，对这方面有研究吗?"

"没有，不过，我有个懂姓名学的朋友也这么说过。"

我永远忘不了深月回答这个问题时的微笑，因为那个微笑虽然和平常一样娴静美丽，但同时也流露出无法言喻的寂寞与哀愁。

"不过，名字的好坏根本不能信。"

难得听到她这么不以为然的说话方式，老医生好像被泼了一头冷水似的，眨着眼镜片后面的眼睛，说："当然，信不信是你们的自由。身为医生的我，说这种话也许有点奇怪，不过，姓名学真的很准呢。"

"太可笑了。"一直保持沉默抽着烟的榊用嘲笑的语气说，"我赞成深月所说的，不管是姓名学还是占卜，全都不能信。"

"哎呀呀，榊，是这样吗?"名望奈志睁大深凹的眼睛说，"占卜不是追女人的必要招数吗?"

"哼，别看我这样，我可是个彻底的现实主义者。"

"这我可看不出来。"

"我曾碰过一件很好笑的事。高中时，有个朋友说奇门遁甲很厉害，用那个帮我算命，说什么可以算出死期。"

"死期? 算自己什么时候会死吗?"

"对，只用出生年月日和出生时间来算。算出来我的结果是会在十二岁到十七岁之间死亡，而且，死因是他杀。可是当时我已经过完十八岁的生日了。"

彩夏心无城府地哈哈大笑起来。名望则用让人摸不清究竟有几分认真的严肃口吻说："不过，榊，你也不要太小看那种东西。八年前，我伯父在街头让人算命，结果算出凶兆，第二天他就突然去世了。"

"你够了，名望，别说傻话了。"榊耸耸肩，脸色苍白。

"我觉得你还是小心一点比较好。啊，对了……"名望转向坐在身旁的兰。兰失去了平常的霸气，一直低着头，偶尔吸吸鼻涕。

"小兰，你也请忍冬医生帮你改改名字吧？你的名字一定不太好。"

"你是什么意思！"兰用熊猫眼瞪着名望。

"因为你用身体换来的试镜机会就这样泡汤了啊。"

"名望！"枪中用尖锐的声音说，"损人也要有分寸，不要再提那件事了。"

"是、是。"

"你有资格说人家吗？离婚的人，运势也没好到哪里去吧？"

"哎呀，你说到我的痛处了，我好不容易才忘了这件事。"名望抓着豆芽菜似的鬈发，"啊……回东京后，我得想办法赚钱，维持我当演员的生活。唉，好悲哀啊。"

"啊，对了。"榊敲了一下桌子，看着甲斐，"说到钱，喂，甲斐，你向我借的钱，赶快还啊！"

"啊？"甲斐慌张地抬起眼睛，随即低沉地应了一声"哦"。

"最近我的祖父很小气，我手头很紧，还要应付种种开销。"

"哦，嗯。"

"你想办法早点还我吧。"再强调一次后，榊离开座位，往会客室走去。兰也站起身追随他离去，就像昨天晚上一样。

甲斐目送他们两人离去，神情凝重地叹了一口气。

九

不到八点，刚才那个女人进来收拾餐具。就在她刚收完的时候，外面响起了敲门声。餐厅里只剩下枪中、甲斐、忍冬医生和我四个人，其他五个人都去会客室了。

"对不起，这么晚才拿来。"进来的是那个叫的场的女人，"我找不到比较好的收音机，这台已经很旧了，如果你们不嫌弃的话，就借给你们用吧。"说完，她把黑色收音机递过来。那台收音机大约和一本《广辞苑》一样大，的确是很古老的机型。

"啊，不好意思，"枪中走到门口，接过她手中那台收音机，"谢谢你特地送过来。"

"里面没有电池，请使用那里的插座。"女人指着通往会客室那扇门旁边的插座。

"谢谢,还有……"枪中想再说什么,女人却扶着眼镜,点头致意说,"昨晚,鸣濑应该说过吧?晚上最好尽早回房休息。可能的话,请在十点前解散。我先告辞了。"女人说完匆匆离去。碰了一鼻子灰的枪中把收音机抱在胸前,耸耸肩说:"一点都不可爱。"然后,他朝会客室大喊,"喂,彩夏,借到收音机了!"

彩夏立刻从会客室敞开的门冲进来,拿过枪中手里的收音机,放在餐桌边,兴奋地把插头插在插座上。接着又忙着找开关、拉天线,手忙脚乱地鼓捣了一阵子,喇叭中终于传出了一些杂音。

"新闻、新闻……"彩夏没坐下来,迫不及待地转动着调频钮,"啊,都没有播新闻。"

"不会有事的,彩夏,"甲斐移到靠近收音机的座位上,"如果是引起大灾难的强烈火山爆发就会有新闻快报。我想一定不是很严重的火山爆发。"

"是吗?"彩夏还是显得很担心,继续寻找她想听的频道。

"继续播报原山火山爆发的消息……"收音机传出了男性播报员断断续续的声音,夹杂在噼里啪啦的杂音里,"十二年来一直很平静的伊豆大岛三原山,在十五日傍晚发生了火山爆发,现在还在持续冒烟、喷火……东大地震研究所表示,熔岩已经开始在火山口底堆积，预计此火山活动将会长期化……十六日上午十点多，还连续发生了数十次有感地震，所幸没有对城镇与当地居民造成直接损害……目前，喷火并没有加剧的趋势……观光客反而有所增加，他们前来欣赏如同烟花般照亮夜空的火山喷火……"

"听到了吗?"枪中笑着说，"看来，目前状况并不严重，也没有人受伤。"

彩夏这才松了一口气，松开手中的收音机，说："可我还是很担心。我六七岁的时候也爆发过一次，好可怕，好像整座岛都要沉下去了。"

"不用担心，连观光客都来了。"

"可是……"

"有危险的话，政府会马上发布逃难指示，不会放任不管的。"

"继续为各位报道下一则新闻。今年八月，在东京都目黑区的李……"

"啊!"彩夏突然尖叫一声，紧接着，收音机从桌上滑落下来，好像是彩夏的脚钩到了电线。

"你没事吧?"

枪中从椅子上站起来，奔向彩夏。坐在附近的甲斐也一脸错愕，坐直身体。彩夏慌忙蹲下来，捡起掉落在地上的收音机。

"啊，会不会坏掉了？"

新闻播报中断了，喇叭发出瓦斯外泄般的咻咻声。

"我看看。"甲斐从惊慌失措的彩夏手中接过收音机，"不要紧，只是掉落时把频道弄乱了。"

"那就好……啊，真是的，天线弯了。"

"收进去就看不出来了。"甲斐一转动调频钮，调到了另一个频道的音乐节目。

"啊，等一下，"我有点事情很在意，所以对甲斐说，"可不可以调回刚才那个频道？"

"怎么了，铃藤？"枪中问，"你回去后想去看那座火山？"

"怎么可能！我只是想听一下后面播报的那则新闻。"

"什么新闻？"

"你没听到吗？新闻里说'今年八月，在东京都目黑区的李……'我只听到这里，不过，我想下面说的应该是目黑区的……李家。"

"目黑区的李家？啊，那个案件啊。"

"我想知道是不是有什么新的进展。"

"原来如此。"

"铃藤，新闻好像已经结束了。"调着频道的甲斐抬眼望着我，"已经进入广告了。"

"那就算了，也可能是我听错了。"当时杂音很大，播音员的声音不是很清楚，我也拿不准是不是真的听到了那样的内容。

甲斐收起弯曲的天线，关掉开关，拔下插头，把电线整齐地缠绕在把手上。"可不要再碰掉了。"然后，他把收音机靠墙放在插座附近。

会客室的门一直敞开着，所以那里的人应该也都听到了这边的对话，可是没人继续谈论"那个案件"。甲斐和彩夏当然知道我想说什么，只有忍冬医生一个人蒙在鼓里，呆愣愣地看着大家。但我们都不想详细解释。

片刻之后，希美崎兰从会客室走过来。

"忍冬医生。"她走向神情忧郁地跷着短腿、嘴里咀嚼着糖果的老医生，"我有件事想拜托您。"

"啊？"医生迟缓地坐直身体，"拜托我吗？真难得……啊，我知道了，你今天一直在吸鼻涕，是不是身体不舒服？"

"有一点……"

"要不要我帮你看看？常用药我都带来了。"

"不用了，没那么严重，"兰虚弱地摇摇头，"我只是昨晚没睡好，所以……"

"我知道了。"医生点头说，"你是想跟我要安眠药，对吧？"

"您有吗？"

"有是有，不过，不能在发烧时吃。你发烧了吗？"

"没有，只是鼻子不舒服而已。"

"你对什么药物过敏吗？"

"没有。"

"嗯，那就好，我给你一种非常有效的安眠药。"忍冬医生从椅子上站起来，兰温文有礼地向他致谢。他对兰说："你看起来很疲惫，今天晚上好好睡吧。"

"谢谢。"

"我的皮包在房间里，你和我一起去拿吧。"

"嗯，好的。"

"那种药的药效很快，你要在回房后准备睡觉时再吃，知道吗？"

医生带着兰走出餐厅时，我们也跟着转移到会客室。名望奈志在壁炉前和坐在矮凳上的深月闲聊着。榊坐在沙发上，一双腿随意伸展着，百无聊赖地抽着烟。

"八月的那个案子，抓到犯人了吗？"枪中在榊对面坐下来，问他。

"什么？"榊挑高眉梢，"什么案子？"

"就是在目黑区你祖父家里发生的那起抢劫杀人案啊。"

"啊，那个案子啊。"榊突然别过脸去，吐出烟雾，不耐烦地回答，"不知道，应该还没抓到吧。"他好像很不愿意提起那件事。所以枪中也不再多问，我也没再说什么。

过了一会儿，忍冬医生从餐厅走进会客室。兰大概拿了药回自己房间了。

"榊，你不用去陪陪兰吗？"壁炉前的名望说。

榊轻轻摆动夹着烟的手，微微一笑："我最不会应付心情不好的女人。"

"还有没有其他人身体不舒服？请不要客气地告诉我。"医生环视大家，顺手关上了门。就在这一瞬间，在众目睽睽之下发生了一件怪事——放在沙发前茶几上的烟具盒突然掉在地上，发出巨响。最吃惊的人是我。当然，其他人也吓了一大跳。

可能是榊或者别人不小心碰到了烟具盒，或者是有人推动了桌子……这些都是合理的解释。然而，其实这都不是烟具盒掉落的真实原因，至少我看到的不是那样。

我看到了……没错，我看到了。当时，我看了一眼榊回答名望时的表情，然后听到医生的声音，正要回头时，清清楚楚看到烟具盒从桌上掉下去的瞬间。

并没有任何外力施加在烟具盒上。当我听到医生跟大家说话的声音，还有关门声响起的同时，烟具盒就像在冰上滑动一般，突然滑落地面，根本没人碰到烟具盒。

我怀疑过自己的眼睛，也曾想过会不会是医生关门引起的震动造成的。烟具盒的确放在茶几边缘，可是，刚才关门的力量并不足以把它震落。

"刚才发生地震了吗？"我没头没脑地问了枪中这么一句。

"地震？我没有感觉到啊。"看到烟灰缸中的烟灰撒落一地，枪中慌忙跑过来。

"可是，刚才……"

"不是我碰掉的。"榊耸耸肩。他好像没有看到烟具盒掉落的那一瞬间。

"那怎么会……"

"大概是某种寸劲儿吧。"

某种寸劲儿——这是我们在日常生活中经常用的一句话，含义模糊，但是不知何故，却很具有说服力。我怎么也想不通，而且越想越觉得恐怖，最后也只好强迫自己接受榊的说法。

可是，另一方面……

的场在温室里说的奇怪的话再度掠过我的脑海——这栋房子有点怪异，尤其是客人来访时，就会自己动起来。

"糟糕。"正要捡起烟具盒的枪中忧心忡忡地说，"麻烦了。"

枪中握着烟具盒的把手，把它慢慢拿起来。另一只手则把从烟具盒中滚落的圆筒形烟灰缸放在茶几上。那个黑色烟灰缸的材

质是南部铁器 ①，看起来很重。

"摔坏了吗?"从餐厅拿来抹布的深月在枪中旁边蹲下来。

枪中皱起眉头，给她看盒子的侧面，说："这里裂开了。"

"真的啊。"

"这东西恐怕不便宜。"枪中对旁观的我说，"你看，刚才说的源式图案透雕完蛋了。"

现在想来，源氏香之图"贤木"的破裂，的确是一个暗示、一个预言。然而，当时没人想到这一点。

十

钟盘为正十二角形的钟摆式挂钟在九点半时发出鸣响。片刻之后，从隔着玻璃墙的阳光房方向也传来了更响亮、更低沉的钟声，那是摆放在图书室最深处、高约两米的长箱形钟表发出的声音。

经过烟具盒掉落的骚动后，气氛显得有些沉重。枪中提议今晚就此解散。

"烟具盒的事，我会去道歉。如果对方要我们赔偿，那也没办法。总之，今天大家先乖乖去睡觉吧，不要再自找挨骂了。"

---

① 南部铁器，指日本岩手县的盛冈市和水泽市出产的铁器。这里的"南部"指日本旧南部藩。

没有人提出异议，也没有几个人互道晚安，大家纷纷各自回房。

"铃藤。"枪中叫住正往门口走去的我，"你困了吗？"

"不困。"我摇摇头，"睡不着的话，我会在房里看书。对了，图书室的书可以借来看吧？"

"我想应该可以吧。"枪中从沙发上站起来，一手插在裤兜里，"不过，你愿不愿意陪我一下？"

"陪你？"

"今天晚上，我大概也很难入睡。怎么说呢，我好像有点太兴奋了。"

"因为这个家太棒了吗？"

"对。"枪中拢拢垂落在前额的头发，企图掩饰自己的不好意思，"所以，我想构思下一场戏的大纲。怎么样？你可以陪我吗？"

"嗯，当然可以。"

"好，那么……啊，晚安。"枪中挥挥手，回应正要走出会客室的彩夏。

"这样吧，有资料的地方比较好，就在隔壁讨论吧。我去拿笔记本和笔，你先去等我。"他看向通往图书室的门。

"不好吧？如果被看见了，又会被说的。"

"不要太吵就行了。"枪中抚摸着冒出一点儿胡茬的下颌，露出少年似的调皮笑容，"他们总不会装了窃听器吧？"

第三幕 《雨》

下雨了，下雨了。

我想出去玩，可是没雨伞。

红色木屐的夹脚带也断了。

雾越邸的一天开始得很早。

用人们通常六点半起床，七点过后开始各自的工作。

负责屋内所有杂务的末永耕治首先会去锅炉房检查锅炉，调节中央暖气，然后再去温室检查气温、湿度和灌溉系统。

这天早上，他先去锅炉房把暖气稍微调高，然后打开用来除去屋顶积雪的自动洒水器，接着便走向温室。

还没打开门，他就听到温室内有类似淋浴的声音。温室内当然没有淋浴设备，也不可能有那种特意来温室洗澡的怪人……他满腹狐疑地打开门。声音是喷壶发出的。

温室里的铜喷壶被一根铁丝吊在天花板上，大约有一人多高。壶里塞着一条从水龙头拉过来的蓝色塑胶水管，水像一条条的丝线，从喷壶壶口洒落下来。

下面躺着一具湿淋淋的男尸。

*　*　*

一

这一天是十一月十七日，星期一，在雾越邸度过的第二个早晨在单调的敲门声中拉开了序幕。

起初，我在梦中听到那不断重复的声响。在梦里，那不是敲门声，而是敲打玻璃墙的声音。

有人在厚厚的透明玻璃墙的另一面不断敲打。那个人的身体紧贴在玻璃墙上，紧握的拳头敲打着玻璃墙，嘴里还在拼命喊着什么。但是，声音无法穿透，只能看到对方张大的嘴巴。坚硬的玻璃毫发无伤，而捶打玻璃的拳头已经皮开肉绽，鲜血喷涌而出，染红了半面玻璃墙。

我的梦与现实中的敲门声重叠，感觉似乎无比漫长。但是，在现实的时间里可能只过了几秒钟而已。

我怎么都看不见玻璃墙对面那个人的脸，不知道对方是什么人。但是，心中又好像很清楚那个人是谁。我也开始嘶吼，敲打墙壁回应对方，结果才敲了一下，玻璃就咔嚓一声龟裂了……我猛然清醒，从床上跳起来时，两手还紧握着拳头。

"来了!"我回应一声，抓起放在床头柜上的手表，确认时间。已经快早上八点半了。昨天晚上和枪中谈到很晚，回到房间已经是凌晨四点半左右，将近五点才蒙眬入睡，所以我只睡了三个多小时。我披上毛衣，蹒跚地走向房门。

"对不起，打搅您休息了。"

敲门的是那个叫鸣濑的管家，他穿着黑色西装，打着黑色领带，花白的头发梳得非常整齐。我一开门，他就用标本般木然的眼神盯着我，神情还是那么冷漠，对我行了一礼。

"请马上到楼下的正餐室集合。"

听到这句话，我一时没反应过来，揉着惺忪睡眼，不解地"啊"了一声。

"从大厅走到中央走廊，再往前直走，右边尽头的房间就是正餐室。"

"哦，请问有什么事吗？"

"总之，请马上过去。"

出事了？

刚清醒过来的头脑中立刻涌出这样的想法，因为从他的声音中，可以听出微妙的异样。

说完该说的话，鸣濑又行一礼，然后快步从我房门前离去。

一定是出事了，但会是什么事呢？

我匆匆梳洗完毕，走出房间。在走廊上碰到了其他同伴。他们好像也是被叫醒的，脸上还带着睡意。

"铃藤，"枪中叫住我，"怎么回事，这么突然……"

"我也不知道。"

"那个男人难得那么惊慌。"

"是啊，我也觉得……"

"不过，真受不了，我几乎没怎么睡。你的眼睛也很红。"

我们从昨天"探险"时走的楼梯，来到那个通透的大厅。刚来到一楼走廊，就看到鸣濑指示的"右边尽头的房间"的门敞开着。

这个房间非常宽敞，比二楼中央比邻的三个房间大了一倍左右。房间里有四个人。刚才见过的鸣濑和戴着黑框眼镜的女人的场，对前天才踏进这栋房子的我们来说，他们两个人算是"熟面孔"。

另外两个人中的一个，也曾经见过。这个身穿白色运动服、高大魁梧的年轻男人应该还不到三十岁，留着一头粗硬的长鬈发，嘴边也蓄着浓密的胡须。在昨天的"探险"中，我正要从大厅走到走廊时看到的那个背影就是这个男人。

最后一个人，坐在房屋正中的长桌前端。这个穿着高级橄榄色长袍、看似五十多岁的男人背窗而坐。蓝色厚窗帘敞开着，一眼望去就是镜子般清澈的雾越湖的湖面。雪还在猛烈地下着。

"请坐。"那个男人坐着说。

他的褐色头发梳成背头，五官轮廓很深，不太像日本人。那张微黑的脸上，一双茶褐色眼睛直勾勾地盯着我们，眼神却非常锐利。与之形成对照的是，挺拔的鼻子下方蓄着一小撮胡须的嘴巴却挂着沉稳的微笑。

"我是这个房子的主人白须贺秀一郎。你们好。请诸位随便坐吧。"他的声音沉着而威严。

他就是这个雾越邸的主人，也是图书室里几本诗集的作者。我们不敢发问也不敢说话，只是听从他的指示坐下来。

稍后，深月、兰和彩夏三位女性也到了。

"鸣濑，好像都到齐了，准备咖啡吧。"白须贺秀一郎的笑意更深，微微举起右手。

一直站在桌旁待命的黑衣管家弯腰深深行礼，然后走向房间角落的吧台。

"对不起，白须贺先生，还有一个人没来。"坐在我旁边的枪中惶恐地说。

有一个人没来……听到枪中的话，我才意识到。

如果我们所有人都被叫来的话，应该有九个人。可是，现在桌边只有八个人，还少一个人。

"他叫什么名字？"雾越邸的主人神色自若地询问枪中。枪中一时没有反应，只是"啊"了一声。

"那个没来的人叫什么名字？"白须贺重复了一遍问题。

"啊，他啊，他叫榊由高。"枪中环视桌边的每一个人。

"是这样啊。"白须贺突然收起了嘴边的微笑，"那么，不管等多久，这位榊先生都不会来了。而且很遗憾，是永远不会来了。"

"永远不会来？"枪中惊讶地反问，"这究竟是什么意思？"

"那位先生已经亡故了。"白须贺说。

二

这句话所代表的含义和说话的人平静的表情实在太不协调了。那一瞬间，一定没人相信自己的耳朵。我也不例外。我甚至一直在怀疑此情此景是不是刚才那场梦境的延续。

"您说什么？"枪中的声音打破了现场的沉默。

雾越邸的主人眉头也不皱一下地回答他："我是说那位先生已经亡故了。"

"不可能……"兰用断断续续的颤抖声调说，"你开什么玩笑？"

"我可没有开那种玩笑的癖好。"白须贺的嘴角再度浮现出微笑，他看着脸色苍白的兰，"榊先生真的死了，就死在我家的温室中。"

温室？榊死在昨天去过的那个温室里？

"胡说！"兰嘶吼，"你骗人！"

"兰！"枪中立刻出言制止，"冷静点，先把话听完。"

"我就是因为这件事，才请大家来这里的，希望各位多多

157

包涵。"

白须贺用睥睨的姿态看着我们，语气从容淡定，脸上再度浮现的微笑完美地隐藏了他内心的情感。

"末永！"白须贺一声呼唤，那个站在墙边、留胡子的年轻男人立刻应声"是"，向前跨出一步。

"他是在这个家工作的末永耕治。"白须贺把他介绍给我们后，就对他说，"把今天早上的事说给他们听。"

"是！"用粗犷的声音回答主人后，末永就站在原地，一板一眼地说起他在温室发现榊由高尸体的经过，"我保持了现场原样，立刻找来的场小姐。不过，一眼就可以看出他已经断气了。"

"的场小姐是这个家的主治医生，非常优秀。"白须贺补充说明。那个戴黑框眼镜的女人用眼神向我们致意。

说起来，刚到这里的那天晚上，忍冬医生说过，这个家有自己的医生，原来就是这个女人。知道她是医生后，立刻觉得她的确很有"女医生"的架势。

"那个人……榊先生是昨天晚上死的，而且，是他杀。"白须贺说。

几张椅子同时发出"嘎哒"一声。站起来的是枪中、忍冬医生和兰三个人。

"他杀？"兰的声音和表情都是扭曲的，"什么意思？"

"就是字面的意思，"白须贺平静地回答，"不是病死或意外身亡，而是被某人杀死的。"

"怎么可能！"兰惊愕地瞪大眼睛，"不会的……"她喃喃自语着，表情从紧张到松弛，又骤然转为激动，紧抓着桌子边缘的双手开始猛烈颤抖，瞪大的眼睛闪着凶光，怒视坐在对面的名望奈志，"是你干的吧！"

"你、你、你说什么啊！"名望大吃一惊，拼命挥动双手。

"你再装也没用！"兰厉声道。

"喂，你……"

"好角色都是由高的，你一直耿耿于怀，所以你就杀了他泄恨！"

"别胡说八道了！"

"不然还会有谁会做出这种事……"

"不要说了，兰！"

枪中尖锐地制止她。忍冬医生也按着她的肩膀安慰："好了好了。"兰的双手在褐色长鬈发里乱抓一通，瘫倒在椅子上。

"不会的……不会的，由高怎么可能被杀死，不可能的……"

兰的声音中断了，她垂下头，黄色连衣裙下的肩膀不停颤抖着。

"对不起，让您见笑了。"枪中坐回椅子上，用沉重的语气说，他拼命想掩饰自己的不安，但是放在膝头紧握的双手泄露了他的情绪，"您说他是被杀死的，您可以确定吗？"

"很遗憾，那是不容置疑的事实。"

"是吗？"枪中像喘不过气来似的，深深吸了一口气，然后迎上白须贺冷静的视线，"可以去现场看看吗？也需要确认尸体吧？"

"我就是为了这个目的请你们来的。"白须贺缓缓颔首，"的场医生，麻烦你带他们去现场。不过，女士们最好不要去看。"

深月、兰和彩夏留在正餐室，其他人都跟着女医生走向命案现场。

三

八角形的温室里。

榊由高的尸体就在中心广场的白木圆桌前，女人般纤细的身体仰躺在铺着褐色瓷砖的地板上。

那张美貌出众的脸肿胀发紫，丑陋扭曲，让人不忍直视。双唇像夜叉般翻翘，两眼翻白凸出，湿淋淋的茶褐色头发凌乱不堪。

下颌高抬的白皙脖子上残留着被某种带状物勒过的痕迹，像一块黑痣。生平第一次近距离目睹被谋杀的尸体，我感到浑身无力，用双手按住几乎瑟瑟抖动的膝盖，看着这个惨不忍睹、已经失去生命的躯壳。

修长的双腿包裹在蓝色修身牛仔裤里，上身穿的是鲜红的毛衣。已经不能靠自主意识活动的双手在心窝处交叉，好像在拥抱着自己。悬吊在尸体上方的铜喷壶被固定在一根从天花板垂下来的铁丝上。如刚才末永所描述的，里面塞着一条从水龙头处拉过来的蓝色水管。水龙头已经关掉了，但尸体还是湿淋淋的。

还有一件东西吸引了我们的目光。

除了他穿在脚上的那双黑色运动鞋之外，在他笔直向前伸出的双脚边，还有另一双陌生的鞋子，那是一双涂漆的红色木屐。

"请问……"枪中看着站在尸体旁的的场，"这双木屐是这个家里的东西吧？"

"嗯，是的。"女医生点点头。

枪中双眉紧皱："这东西应该是收藏在一楼大厅装饰架上的玻璃盒子里的吧？"

我当时大概是被那幅挂在装饰架上方的肖像画吸引了全部注意力，所以一点都不记得大厅的装饰架上有那种玻璃盒子。

可是，我们百思不得其解，为什么那个东西会出现在这里呢？应该是凶手留下来的，可是，在尸体脚边留下红色木屐到底有什么意义呢？

"让我看看。"忍冬医生小跑过来。可能是以前有过类似经验的关系吧，他毫不迟疑地蹲在尸体旁边。

"唉，死得好惨啊。"医生大声说，蹲在原地抬头看着同行的脸，"应该是被勒死的。你觉得呢，的场小姐？"

"没错，可是……"女医生微皱眉头，"请你看看他的后脑。"

"啊？"忍冬医生稍微抬起尸体的头部，从侧面观察尸体的后脑，"嗯，嗯。"医生喃喃自语，"你是说肿起来的这一块吧？也就是说，有人先从后面把他打昏，然后再把他勒死。"说完，他又抬头看着女医生，"你检查得很仔细，这个家的主人说得没错，你的确很优秀。"

"过奖了。"

"那么，依你看，他死了多久？"

听到老医生提出的问题，女医生好像畏缩了一下，她把眼镜扶正，耸耸肩膀，回答说："我不太能确定。"

"你在大学没修过法医学吗？"

"这……"

"目前暂时不能报警，我们最好在死亡时间还没过去太久之前先做个初步判断。"

"嗯……是的。"

女医生有些心虚地点点头。她隔着尸体单膝跪在老医生对面，紧张地看着那具僵硬的尸体。

"好像已经出现死后的僵硬现象了。"

"没错，通常死亡三到四小时后才会开始僵硬。先从下颚的关节开始，很快蔓延到手臂和腿部的大关节，接着再到手指、脚趾……按照这样的顺序发展，也就是所谓的下行性僵硬。"说完，医生把右手放在榊痉挛歪斜的嘴边，"下颚已经非常僵硬了。"接着，再把手移到环抱着身体的手臂上，"这里也非常僵硬了，腿呢？"

的场小姐慢慢伸出手，触摸尸体的腿，说："开始僵硬了。"

"再看看手指。"忍冬医生抓住死者贴放在腰间的手，"这里还没有很僵硬，稍微用力就可以掰开。也就是说……"

"我记得死亡十个小时后，手指才会开始僵硬。"女医生说。

忍冬医生满意地点点头："没错，而下颚和四肢关节大约是七到八小时后开始僵硬。所以，大致可以划定死亡时间了。"

"尸斑呢？"女医生问。

老医生用力将尸体侧翻，尸体脖颈后方皮肤已经浮现出紫红色斑点。

"嗯，用手指一压就马上消失了。通常，死后过久，这种斑点就会逐渐褪色消失。"

"那么，果然是死后七到八小时了？"

"对，不到十小时，这么判断应该不会错。不过……"忍冬医生的手离开尸体，很快环视一遍绿意盎然的温室，问道："这间温室的温度是多少度？"

"啊？"女医生露出诧异的表情，回答，"大约二十五度左右。"

"比常温稍微高一点，不过，应该不会有太大误差。"

"图书室里有法医学专业书，"枪中插嘴，"待会儿去查一下吧。"

"也好。"忍冬医生皱起微微冒汗的圆鼻子，"目前，我们只能检查到这个程度。其实胃内残留物是最能够判断死亡事件的关键，可是总不能在这栋屋子里进行解剖。总之，应该是死后七到八个小时，不，还是把范围拉到九个小时左右比较好。如果更谨慎地考虑误差的话，应该是六个半小时到九个半小时吧。"

我看看表，现在是上午九点十分。往回推算的话，推定死亡时间应该是在昨天晚上十一点四十到凌晨两点四十之间。也就是说……这个时间段，我正好……

"喂！"这时，名望奈志的声音突然从温室入口处传来，"你们过来看！"

我们离开广场，向名望那里走去。名望站在进门左手边，沿温室墙壁环绕的通道转弯处，看着同样铺着褐色瓷砖的地板上的某一点。

"你们看这个。"

名望指着的地方掉落了两样东西。一件是附有金环扣的黑色皮带，金环扣上雕刻着三条互咬尾巴的蛇。我见过这个名为"衔尾蛇"的设计，那是死去的榊的物品。

另一样东西和摆在尸体脚边的红色木屐一样怪异，那是一本四六规格①的盒装纸本厚书。我弯下腰查看那本书，白色纸盒的表面沾着斑斑点点的黄色污渍，上面印着几个哥特体的黑色文字。

"这是……"我不由得叫出声来，"这是白秋的书。"

与"杀人现场"格格不入的书名《日本诗歌选集：北原白秋》出现在杀人现场。

四

回到正餐室时，桌上已经摆好印花的明顿②杯子，四处飘荡着咖啡的迷人香气，我们却没有心情享受。

坐在椅子上的深月、兰和彩夏同时用询问的眼神看着我们。我们无言以对，慢吞吞地坐回原来的位置。雾越邸的主人和面无表情的管家仍待在原来的位置上，末永耕治已经走了。

---

① 四六规格是书籍的开本规格之一，长为188毫米，宽为127毫米。
② 英国皇家道尔顿旗下咖啡品牌。

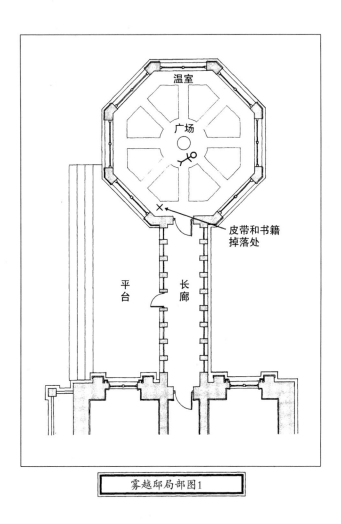

温室

广场

皮带和书籍
掉落处

平台

长廊

雾越邸局部图1

穿着白色围裙的矮小中年女人推着餐车从左手边的门进来，餐车上摆着一个装满三明治的大盘子。

"我来介绍一下。"白须贺说，"她是负责厨房工作的井关悦子。"

白须贺的嘴角依然挂着微笑。女人停止推动餐车的动作，向我们恭恭敬敬地行了一个礼。

白须贺喝了一口咖啡，坐在桌子的一头看着我们说："我与各位素昧平生，各位在前天极为偶然地来到了我家。你们之中……"与嘴角微笑不相称的锐利眼神，瞬间落在深月身上。

他应该已经从用人口中得知，我们之中有一个女孩跟肖像画中的女性，他已过世的夫人，碰巧长得一模一样，而且她们的名字碰巧都念作"mizuki"。可是，他的表情没有明显的变化，只是摇摇头，继续说：

"你们之中，我一个人也不认识，当然，我家的用人们也是一样。是这样吧？"

没人开口回答他。

"今天早上，你们之中的一个人死了，而且是那样的死法。我想，你们该不会认为凶手是这个家里的人吧？"

这句话在现场引起一阵骚动。他话中意思非常明白，也就是说，可以由此判断，杀死榊由高的凶手当然是在我们八个访客之中。

他若无其事地看着我们："你们之中有所谓代表吗？"

"应该是我。"枪中回答。

"请问怎么称呼？"

"我叫枪中秋清。"

"枪中先生吗？"主人点点头，估价似的眯起眼睛，打量着这个"代表"。

"好。那么，枪中先生，我作为这个房子主人，想跟你这个代表谈谈。"他非常冷静地说，"事实上，你们已经严重影响到我们的生活。偏偏现在电话不通，雪又下个不停。即使雪停了，积雪也很严重，所以你们可能得继续在这里住一段时间。可是，你们之中有一个凶手。

"以目前的情况来看，根本不可能报警。说实话，我很想现在就让你们离开，可是我又不能这么做。所以，枪中先生，"白须贺的眼睛眯得更细了，"我希望你负起责任，赶快找出你们之中的凶手。在无法报警的情况下，你这样做是理所应当的。你应该不会有异议吧？"

他讲话时心平气和，而且非常具有绅士风度，却给人无法反驳的压力。那种感觉，就像他高高在上地俯视着我们。连枪中都有点招架不住，他咬着下唇，一时接不上话。

"可以吗？枪中先生。"白须贺再度向他确认。

"我明白了，"枪中直视着白须贺，百般无奈地说，"我会接下这个侦探的任务。"

雾越邸的主人笑意加深，仿佛在说"当然应该这么做"，然后他把双手放在桌上，准备起身离去。

"请等一下，白须贺先生。"枪中叫住他。

"什么事？"

"您要我接下侦探的工作，现在我接下来了，那么，请恕我失礼，您是不是应该协助我呢？"

"这就难说了。"白须贺轻轻耸动肩膀，"不过，也许我可以给你某种程度的协助。"

"那么，我想先请教您两件事。"

"你问吧。"

"第一，住在这个房子里的人，只有您、的场小姐、鸣濑先生、末永先生和井关小姐吗？可不可以请他们集合？"

"他们之中绝对没有凶手。"白须贺冷淡地说。

"可是……"

"第二个问题是什么？"

白须贺催促他往下说，枪中不满地皱起眉头，但还是照做了。

"请准许我们进出温室，因为那里是犯案现场。"

"我可以答应你。"

"啊，还有一件事。"枪中对正要站起来的白须贺说，"榊的尸体怎么处理？把他丢在那里也太可怜了。"

"搬到地下室去吧。"白须贺立刻答复他，"把那种东西留在那里，我们也会很困扰。这样吧，先拍照，绘图存证，再搬到地下室去，如何？"

听到对方毫不犹豫地把尸体说成"那种东西"，枪中的表情顿时僵硬起来，但是他立刻回答"可以"，然后又对着低头不语的兰说：

"可以吧，兰？"

兰猛地抬起头，但很快又低下头去，用绝望无力的声音说："随便你们。"

五

白须贺离开后，的场也随后离去。井关悦子消失在她刚才进来的那扇门之后，鸣濑管家为几个杯子加满咖啡，再把大盘子放在餐桌上，也离开了正餐室。

枪中拿起冷掉的杯子，深深叹了一口气。名望奈志在一旁看着这样的他，说："枪中，这样好吗？"

名望愁眉不展，勉强挤出笑容，又接着说：

"把可怜的榊的尸体交给那些人，总觉得今天晚上他们就会把他的脚或哪个部位拿来下饭。我知道了，可能前菜是一人一根水煮手指，主菜是……"

"不要说了！"兰抬起眼睑，用沙哑的声音说。

"榊看起来最好吃了，呵呵，那些家伙八成一开始就想把他杀掉吃了。"

"我叫你不要说了！"

名望夸张地耸耸肩闭上嘴。兰单手拍在桌面上，说："明明是你杀的！"

"唉，你怎么还在说这种话啊。"

"除了你之外还会有谁！"

"你好像很讨厌我啊。"名望抓着头说，"可是，我其实并不是很讨厌榊啊。虽然我老爱说他这个那个，但也只是个性使然。"

"你现在再怎么解释都没用了。"

"我希望你可以相信我。"

"如果不是你，又会是谁呢？"兰把米色的桌布抓成一团，咬着没有血色的干枯嘴唇。她就像被逼到了绝境，咬牙切齿地说：

"我知道了，是你！"

她把目标转移到甲斐身上，正要喝咖啡的甲斐惊讶地放下了杯子。

"为什么是我？"

"你不是向由高借了钱吗？借了好几十万，你还不起，所以杀了他。"

"怎么可能！"甲斐苍白着脸，求救似的看着其他同伴。

"喂，你不要随便瞎猜，把同伴都当成了凶手，好不好？"名望奈志嬉皮笑脸地勾起嘴角，说，"我也可以说，在我看来，最有嫌疑的人是你。"

"我？"

"你们是情侣关系吧？因为感情纠纷而萌生杀机，也不是不可能的事啊。而且，回想前天的事……"名望用舌头舔舔嘴唇，"从巴士出故障我们下车走路开始，一直到下大雪迷路为止，都是榊走在最前头。"

"那又怎么样？"

"所以，你认为迷路回不了东京都是他的错。"

"我才没那么想。"

"真的吗？难得的试镜机会，你却去不了。而且，那机会还是你靠出卖身体换来的。"

"不要说了！"兰大叫一声，她突然脱下一只鞋朝名望奈志扔过去，廉价的红色高跟鞋从吓得魂飞魄散的名望的太阳穴擦过，撞到背后的墙壁上，又猛地斜弹回来，掉落在地毯上滚了几圈，正好滚到开门进来的的场小姐跟前。的场圆睁双目地看着我们。

"啊，不好意思！"枪中慌忙冲过去，捡起高跟鞋，"对不起，被杀的男人是她的男朋友。"

被高跟鞋打中的墙壁上留下了清楚的痕迹。枪中满怀歉意地说："请不要跟她计较，她只是情绪太激动了。"

"我知道，"女医生柔和地说，"不过还是让她休息一下比较好。"

看到她镇定的反应，枪中显得有些诧异。他以为对方一定会毫不留情地斥责他们。

"我去拿药来。"忍冬医生站起来说。

女医生轻轻摇摇头，说："不用了，我想应该有人需要镇静剂，所以拿来了。"

枪中很不好意思地说："麻烦你了，谢谢。"

"不用客气。"

的场对难掩疑惑的枪中微微一笑，这是我们第一次看到她的笑容。

"还有，我们主人说会开放礼拜堂，你们随时可以使用。"

"太感谢了。"枪中向她道谢后，转过身来对我们所有人说，"我们失去了一个同伴，大家一起去礼拜堂为他祈祷冥福吧。"

六

忍冬医生陪兰回二楼房间，其他人则在的场的带领下往礼拜堂走去。

礼拜堂在一楼大厅靠湖的那一侧。围绕着夹层二楼的回廊的下方有几阶宽阔的楼梯，从那里走下去就是礼拜堂的入口，形成半地下结构。

打开蓝色的双开门，迎向我们的是一个比大厅微暗的静谧空间，吐出的气息微微冻结在沉淀的冷空气中。

白色的天花板呈半球形的拱状。在相当高的位置，有好几块彩色玻璃拼成的小图案。前方右手边墙上也有彩色玻璃拼成的长方形图案，描绘的好像是《圣经》里的某个故事。

正面的祭坛前，通道两侧各有两排三人座席。我们默默坐下，的场小姐说：

"弹首曲子吧。"

说着，她走向了放在祭坛旁的钢琴。这架钢琴形状类似大型三角钢琴，只是尺寸好像太小了。钢琴的深红褐色紫檀木侧板上雕刻着精致的装饰图案。

"请大家默祷。"

很快，琴声在礼拜堂内响起，那不是一般的钢琴声，而是羽管键琴的声音。幽暗的透明旋律在沉静的和弦伴奏中缭绕着，那是贝多芬《月光》中的第一乐章。没想到这首钢琴奏鸣曲竟很适合羽管键琴坚硬而又忧伤的音色。

坐在前排最右边的我，一边倾听着在昏暗拱顶中回响的音乐，一边观察着坐在我旁边的每一个人。

深月紧绷着美丽的脸庞。彩夏静默地垂下头来，双手紧紧互握。甲斐紧闭双眼，耷拉着肩膀。名望一直看着熟练演奏古乐器的女医生。接下"侦探职务"的枪中眉头紧皱，抬头看着右边的彩色玻璃图案。稍晚才到的忍冬医生悄悄在我后面坐下来。

这些人之中，真的有杀死榊的凶手吗？或是……

离开礼拜堂，在回二楼途中的走廊上，枪中戳戳走在前头的我，说：

"你发现了吗，铃藤？"

我不解地看着他。

"你看到刚才那个彩色玻璃图案了吧？"

"嗯，看到了啊。"

"你没发现那是什么图案吗？"

"没有。"我实在不知道枪中想说什么，"那个图案怎么了？"

"那个图案的主题应该是《创世记》第四章的故事。"

"那是什么故事？"

"图案里不是有两个男人跪着吗？一个男人的面前堆着谷物类的东西，另一个人的面前有一只羊。那些东西都是奉献给耶和华的供物。"

"那么，那两个人是该隐和亚伯喽?"

"《圣经》上说，该隐拿地里的出产作为供物献给耶和华，亚伯也将他羊群中初生的羊羔和羊的油脂献上。没错，那是该隐和亚伯。"枪中抚摸着中间微微凹陷的下巴，说，"该隐（cain）和甲斐（kai）的发音相似，这是第八个巧合了。"

七

大概是为了表示哀悼之意，的场换上了深灰色的套装。她给餐桌前的我们分发酒杯。

她拥有女性中少见的高挑身材，姿态也非常优美，而且皮肤白皙、五官深邃，摘下眼镜说不定也是个大美女。可是第一次见面时，她给人留下的"男人婆"印象还是很难消除。这样的她，正把杯子分送到餐桌边的每一个人面前。

"这是什么?"

忍冬医生把杯子拿到眼前，端详着杯里的透明液体问。女医生放松了化着淡妆的脸颊，说："是兑了苏打水的紫苏酒，如果合您的口味，可以再来一杯。"

现在是中午十二点半，我们在二楼餐厅用餐。用餐时，的场一直在旁照应，态度还是淡淡的，可是说话的口气和表情都比之前柔和多了，有时候还会露出沉稳的笑容。也许有人会说这种转变让人心里发毛，不过我认为那是她在表达同情或体贴，毕竟我们以那种方式失去了一个同伴。

午餐前，她在图书室和忍冬医生聊了一个小时。老医生好像很欣赏这个年轻的同行，脸上堆满笑容，有一搭没一搭地和她闲聊。

"对了，的场小姐，你在大学读的是医学吧？可是，技巧真不错呢。"

"您是指哪方面？"

"刚才你在礼拜堂弹的羽管键琴，实在弹得太好了。"

"过奖了。"

"不过，这种琴很麻烦吧？我好像在哪本书上看过，调音非常困难。"

"调音由末永负责。"

"那个满脸胡茬的年轻人吗？"

"他以前好像专门学过乐器调音。"

"哦，看不出来呢。他几岁了？"

"大概二十八岁吧。"回答问题的的场并没有表现出不耐烦的样子。

"对了，你的名字是什么？"

"步。"①

"汉字怎么写?"

"没有汉字。"

"哦,真巧啊,"忍冬医生用手拍打着光秃的额头,说,"我总觉得你和我的小女儿哪里很像,没想到连名字都一样。"

连名字都一样……对这句话反应敏感的人当然不只我一个。

"说到名字,的场小姐,"不出意料,枪中开口说话了,"有件事很奇怪,可以请教你吗?"

"什么事?"

"就是……"枪中把从来到这里直到今天早上在这栋房子里发现的名字巧合一一说给女医生听。刚开始,她只是诧异地听着,可是,听着听着,脸上就渐渐浮现出紧张的表情。

"就是这样,如果把这些都归于单纯的巧合,当然很容易。可是,巧合也未免太多了吧?"枪中窥探着女医生的表情,"你认为这是怎么回事?"

"我不知道。"她含混地回答。

"现在只剩下我的名字枪中秋清没有发现任何巧合。在这栋房子里面,有没有可以表现出我名字的东西?"

---

① 此处日文原文为"あゆみ",读音为 ayumi。译本为更符合中文出版规范,统写为同音字"步"。

她思考片刻，给出一个答案："一楼有一个房间，收藏了甲胄、头盔等古代武具，其中一样东西应该可以勉强扯上关系吧？"

"什么东西？"

"枪，'枪中'的枪。"

"原来如此。"枪中点着头，神情却显得有些沮丧，"枪……的确是我名字的一部分，可是，跟其他人比起来，就没有那么明显了……"

"你不用这么在意吧？这种事本来就随着每个人的看法而有不同的意义啊。"

"嗯，你说得没错。"

枪中抱着手臂，连连眨眼，好像在深入思考这件事。

"我现在要说的与忍冬医生的姓名学无关。名字这种东西，有时候不单单是这个人或事物的名称，还具有更重要的意义。自古以来，世界各地的民族都会去探索名字中蕴含的某种力量。"

枪中又接着说：

"在未开化的社会以及古代社会中，人的名字不只是一种记号，而是被当成一个实体，相当于一个人身体的一部分。例如，古埃及人认为人类是由'肉体'等九种要素构成的，其中之一就是'名字'。格陵兰人与因纽特人也认为，人类是由'肉体''灵魂''名字'三个要素构成的。

"所以，他们相信只要掌握一个人的名字，对它施咒，就可以随心所欲地控制这个名字的主人。因此他们很少把自己的名字告诉别人。即使知道别人的名字，也不会随便喊。听到别人喊自己的名字，也不会回应。据说，非洲的某个部族，一个人有三个名字。一个是'内名'，或称为'存在之名'，是不可以告诉他人的秘密；第二个是在通过仪式时所取的名字，代表一个人的年龄与身份；第三个是所谓通称，与这个人的本质无关。"

枪中半是自言自语地继续说：

"在日本与中国，当然也有这种跟名字相关的禁忌习俗。例如，不能直接称呼高贵之人名字，这种习俗现在依然存在于这个国家。"

"所谓的讳吗？"

"对，就是所谓的讳，原意是'不敢直称其名'，即讳名，现在已经被当成天皇逝世后的敬称，也就是说，与谥同义。其实，这本来是指高贵之人隐秘的真名。在中国，甚至有关于讳的'避讳学'这门学问。

"总之，名字和事物之间应该超越了'名字只是偶然被赋予的符号'这种关系……也就是说，名字与本质，有一种内在的必然关系。"

枪中停顿了一下，把视线转向听得一头雾水的女医生。

"例如，你会有'的场步'这个名字，一定是基于某种理由。

并不只是出生于'的场'家，而被冠上了这个名字，应该还有某种与你这个人的本质相关的必然意义。"

"必然意义？"

"是的，如果是在中世纪的欧洲，当然就会跟唯一绝对的'神'的存在扯上关系。人、事物和语言都是全能的神创造出来的。所以，一样食物和表现这个食物的记号之间的必然关联，就是神的旨意。这样的世界观是大家都认同的。

"我好像偏离主题了……啊，其实也没有。嗯，换句话说，就是名字和命运之间有某种关联的思想。"

枪中用手指推推镜框，说："有一种思考模式是：名字本身具有神秘的力量，会影响人的命运；另一种思考模式正相反，把重点放在命运上，认为名字只是用来表现早已注定的命运的符号。不用说，姓名学当然是衍生自前一种思考方式，不在乎真名、只重视通称的做法引起了很多争议。不过对在场的演员们来说，艺名比真名更接近其人格核心。所以对这些人来说，应该是那样的做法比较正确吧。

"总之，这种对言语、文字和名字过于拘泥的表现……追根究底，就是所谓的'言灵信仰'，在全世界都存在，是非常普遍的现象。即使在现代，社会模式已经从咒术、宗教转移到科学，那种观念也继续存在于我们心中，怎么都摆脱不掉。

"所以，虽然没有理论支撑，可我就是无法不这么想。当然，如果要从'这个房子里有我们的名字'这样的偶然中找出某种必然，就必须去否认我们平常的思考依据，我们所相信的归纳主义的科学精神。"

枪中把紫苏酒的杯子移到嘴边："好了，先不提这些了。的场小姐，我想问你一件事，可以吗？"

"什么事？"

"这张十人坐的餐桌，只有九把椅子，还有一把去哪里了？"

"啊。"女医生发出叹息般的声音，说，"那把椅子断了一条腿，放在仓库里了。"

"什么时候断掉的？"

"前天上午。"

"哦，是这样啊。"枪中缓缓点着头，"昨天，温室里也发生了奇妙的事，天花板的玻璃突然龟裂了。"

"是的……"

"那时候你说这个家有点怪异，到底是什么意思？"

的场的眉毛猛地一动，垂下了视线。枪中继续追问：

"你还说，每当有客人来访时，这栋房子就会突然动起来，对吧？"

"这些事……"的场停下来，好像在整理思路，然后又说，

"不去在意，就不会有事。一般人是不会去注意这些的。"

"哦，"枪中低吟着，眨眨眼睛，"隔壁房间的烟具盒掉下来的事，我已经向你道过歉了。不过，仔细想想，那个盒子从桌子掉下来的状况也有些奇怪。"

"怎么说？"

"没有人碰到那个盒子，那个盒子好像是自己掉下来的。"

昨晚大家解散后，我在图书室和枪中谈事情时，顺便把我看到烟具盒奇怪移动的情形告诉了他。当时，我们不得不把原因归于"某种寸劲儿"，毕竟还是存在这种可能性的。

"就像我刚才所说，那个烟具盒上雕刻着源氏图案'贤木'。这个烟具盒昨晚刚刚坏掉，今天早上就发现了榊的尸体。这……"

枪中注视着女医生："难道这也是因为这栋房子动起来了吗？"

的场并没有打算矢口否认，只是好像不想多说什么了。

"算了，"枪中摇摇头，很快说下去，"其实我可以想象你那句话的意思。没错，一般人的确不会去注意这种事，也可以说这种事取决于'个人观感'。既然你不想说，我就不再追问了，改天再谈……"

八

"对不起，请大家注意一下。"饭后，的场给大家端上芳香的花草茶时，枪中突然紧张地开口说，"大家应该都冷静下来了吧？兰，你还好吧？"

"嗯……"

服下镇静剂，在房间里休息了一会儿，兰的脸色更阴沉了，几乎没有吃东西。不过，其他人也差不了多少，食欲一如平常的只有忍冬医生，以及用筷子取代刀叉的名望奈志。

"好，那么，现在我想讨论一下昨天晚上发生的事。说实话，我也不想像警察办案那样询问你们，可这也是没办法的事，希望你们都能回答我的问题。这么做，不只是因为白须贺先生的要求，对我们来说，也是必要的。"

枪中巡视过全桌的人后，回过头看着站在餐车旁的的场，说："的场小姐，我也需要你的协助。"的场小姐老老实实地点点头。枪中说："谢谢你，请找个地方坐下来。"

"首先……"枪中看着在我旁边的空位坐下的的场，说，"我想再度确认榊的尸体被发现时的状况，可以请你再说一次吗？"

"好的，"她清楚地回答，"末永找我去温室时，是上午七点四十左右。我一看就知道他已经断了气。当然，我还是依照程序检查了他的脉搏、瞳孔。也是在那时候发现了后脑的肿块。

"尸体被喷壶里的水淋得湿淋淋的。我只是先关了水龙头，然后就那样把他放着。所以，尸体被发现时的状况大致上就是你们刚才看到的那样。"

"然后就把我们都找来了?"

"我跟主人商量过后,由我和鸣濑分头去把你们找来。"

"那时候大约是八点半左右吧?"

"是的。"

"我们去现场看时,你和忍冬医生开始验尸,那时候大概是九点十分吧?验尸结果是窒息而死,也就是被勒死的。凶手从后脑将他击昏,再用皮带状的凶器勒住他的脖子。大约已经死亡六个半到九个半小时,所以简单推算的话,凶杀案发生在昨晚十一点四十到凌晨两点四十之间的三个小时里……是不是这样呢,忍冬医生?"

"没错。"老医生严肃地点点头,"刚才我又跟的场小姐讨论过一次死亡时间,大致上应该就是在那个时间段。范围已经设定得很宽,如果有误差,应该也只是加减十分钟而已。如果可以尽快解剖,详细检查,就可以进一步缩小时间范围了。"

"尸体被水浸泡过,这不必考虑进去吗?"

"温室使用的水来自湖水。"的场说,"你们知道雾越湖这个名字的由来吗?"

"不知道,有什么关系吗?"

"因为这附近的雾气很浓。那个湖是火山活动后产生的堰塞湖，湖底有好几个地方喷涌温泉，水温相当高，所以才会产生浓雾。"

"你是说水温很高，所以不会对尸体造成太大的影响吗？"

"是的，几乎没有冷却效果，况且水量也没那么多。"

"原来如此，"枪中抚摸着鼻头，"那么，对于名望奈志发现的皮带和书，你有什么看法呢？"

"末永找我去温室时，我就发现那两样东西了。"

"是吗？所以呢？"

"我认为那条皮带应该是勒住死者脖子的凶器。"

"那么，书呢？"

"那原本应该是图书室里的书，你们也都看到了。那本盒装书非常厚重，我想凶手应该是用那本书击打了被害人的头部。"

"对，我也这么想。"枪中连连点头，"忍冬医生，您的意见呢？"

"我也赞成。"老医生回答说，"拿书当凶器是有点奇怪，不过，用书脊部分用力敲打的话，还是可以造成很大的伤害。榊的身材又那么纤细，恐怕连女性都有可能把他打昏。"

听到这句话，深月、彩夏和兰隔着桌子彼此互看了一下。三个人都很诧异又惊慌，只是程度不同。

"还有那条皮带，"忍冬医生继续说，"枪中先生，那是榊的吧？我并不是看过才这么说的，而是看到他的裤子上没有皮带。"

"您说得没错，那的确是他的皮带。"枪中深深点着头，双手抱胸，"现在，我们可以判断那条皮带和书就是凶器。问题是那两样东西为什么会掉在温室入口附近……距离尸体那么远的地方。"

"这个嘛，"的场陈述她的看法，"各位，不知道你们有没有注意到，皮带和书掉落的地方有碎裂的花盆和挣扎过的凌乱痕迹。也就是说，榊是在那个地方被杀死的，而不是在中央广场。我想这样的判断应该是正确的。"

"你是说凶手行凶后移动了尸体？"

"是的。"

"嗯，我们去看时，尸体的双手缠绕在身体上，好像抱着腹部。一开始就是那样吗？"

"好像末永发现尸体时就是那样了。"

"被勒死的尸体会呈现出那种姿态，实在太不自然了。"

"嗯，我想应该是在死亡后还没开始僵硬之前，被弄成了那种姿势。"

"你认为是凶手做的？"枪中不紧不慢地喝了一口红茶，"还有，放在尸体脚下的那一双红色木屐，也是一开始就在那里了吧？"

"是的。"

"木屐、喷壶里流出的水、尸体的不自然姿势，到底代表了什么意义呢？"

枪中说得没错，奇怪的事实在太多了。从这些已知的事实可以大约推测出凶手昨晚所采取的行动：以某种借口把榊带到温室，或把他叫出来，趁他不注意时用从图书室带出来的书殴打他的头。等榊昏倒后，再抽出他的皮带，用这条皮带把他勒死。

问题是，凶手把尸体搬到中央广场弄成那种姿态，把从大厅拿来的木屐放在尸体脚下，还用铁丝吊着喷壶，把水管塞在喷壶里。凶手这一连串的奇怪举动，究竟有什么意图？

"甲斐，你想说什么吗？"枪中发现在鸦雀无声的一群人当中，甲斐的视线闪烁不定，好像有话要说。

"也没什么。"他神经质地微微垂下单眼皮，点上了烟。

"你想到什么都可以说。"

"好吧，"甲斐的视线依然朝下，点头说，"我刚才想到了，那本书……就是掉落在那里的那本书，是北原白秋的诗集吧。"

"嗯，没错，所以呢？"

"所以，"甲斐面露不安，"我想可能是《雨》的模仿杀人？"

九

"雨的模仿杀人？"枪中紧紧皱起了眉头。

甲斐镇定地抽着烟，说："是的，北原白秋的作品。"

"白秋的《雨》……"

一阵不安降临，所有倾听甲斐说话的人都露出了困惑的神情，其中有不少人根本听不懂他在说什么。

下雨了，下雨了。

忍冬医生打破了沉默，像哄小孩子睡觉似的，开始唱起那首歌……

我想出去玩，可是没雨伞，
红色木屐的夹脚带也断了。

惊呼声像波浪般掠过整张餐桌。枪中眉梢挑起，轻咳几声。名望奈志瞪大了凹陷的眼睛，轻轻吹了一声口哨。兰苍白的脸颊痉挛般颤抖着。深月把手贴在白皙的额头上，缓缓摇着头。彩夏睁大眼睛，东张西望地看着大家。

"下雨了，下雨了……"就是从喷壶喷出来的水；"红色木屐……"就是红色木屐。

"为什么要这么做呢?"我一边在胸前口袋摸索着香烟，一边嘟囔。

"模仿杀人吗……"枪中不知道有没有听到我的喃喃自语，食指按着太阳穴，神情复杂地叹了一口气，"没错，只能这么想了。可是……"

"什么叫模仿杀人？"彩夏瞪大眼睛，一脸茫然地问，"到底是怎么回事？"

"'模仿杀人'……"枪中回答她，"就是模仿童谣的歌词或小说的内容来杀人。你没看过英国女作家阿加莎·克里斯蒂写的《无人生还》吗？"

"没看过。"彩夏摇摇头，随即接着说，"我知道了，有部电影就是模仿拍球歌的歌词来杀人。"

"《恶魔的拍球歌》吗？没错，那也是典型的模仿杀人。现在你懂了吧？凶手就是模仿忍冬医生唱的那首歌的歌词，把现场布置成那样子……用喷壶的水来表示雨水，用红色木屐来表示歌词里的红色木屐。"

"原来是这样啊，"彩夏老实地点着头，"白秋的《雨》就是那个房间里的八音盒中的音乐吧？"

"八音盒？啊，对啊。"枪中把视线投向通往会客室那扇门的方向，随即用指甲弹一下杯子的边缘，把视线转向大家身上。

"好了，这件事就说到这儿吧。我想知道昨天晚上大家的行踪，也就是所谓的不在场证明调查。

"昨天大家是在九点半左右回了房间，那之后，尤其是十一点四十到凌晨两点四十之间的行踪，是最大的问题。首先，我和铃藤在那之后一直待在图书室里讨论下一部戏剧，凌晨四点半以前，我们两个都在一起，所以，很幸运的，我们的不在场证明完全成立。对吧，铃藤？"

"嗯，"我像吃了一颗定心丸似的，用力地点着头，"没错，枪中先回房间拿笔和本，然后我们就一直讨论到四点半。"

"这期间，各自上了一两次卫生间，不过，顶多两三分钟而已。这么短的时间，根本不可能完成凶手做的那些事。要做到那样的程度，最少也要二三十分钟吧。"枪中吐了一口气，看着大家，"现在我要一一询问你们，也许那种感觉不太好，可是，请尽量详细地回答我。首先，从名望奈志开始吧，你昨天晚上有不在场证明吗？"

"怎么可能有？"名望奈志皱起骷髅般的脸说，"我回到房间倒头就睡了。我这个人不管何时何地，都可以马上熟睡。

"在被那个大叔叫醒之前，我一直都在梦中。顺便告诉你我做了什么梦吧：我梦到雪停了，我回到东京，去追上正要去办离婚的老婆……"

"好了，"枪中不悦地挥挥手，"下一个，彩夏呢？"

"我跟深月在一起。"彩夏回答说,"我担心火山爆发的事,睡不着,就去了深月的房里。"

"深月,是真的吗?"

"嗯,"深月瞟了彩夏一眼,"不过,并不是一直在一起。"

"怎么说?"

"彩夏到我房间来是在十二点左右。之后,我们东聊西聊了一阵子。两点左右,彩夏说她好像可以睡得着了,就回房去了,所以……"

"不算是很完整的不在场证明。"

"是的,的确不完整。"

"好,下一个,"枪中把视线移到兰的脸上,"你拿着忍冬医给你的药第一个回到房间。那之后,你做了什么事?"

"把药吃了啊。"兰轻声说。

"哦,没去榊的房间吗?"

"哪有心情去啊。"

"药很有效吗?"

"嗯。"

"你一直睡到天亮吗?"

"是啊,枪中,你不会是怀疑我吧?"兰的神情变得僵硬。

枪中缓缓摇摇头,叹息。"怎么说呢,答应这项调查的工作,我也很为难。以前，我从来没想过自己能不能当侦探。不过，怀疑一切是基本条件吧?"

"我没有杀由高。"

"这句话可能是真的，也可能是假的。"

"好过分!"

"兰，你不是有一段时间很着迷于推理小说吗? 凶手通常都是那个最不可能的人。"

"不要跟小说扯在一起。"

"我也不想啊! 可是现在在被风雪封闭的房子里发生了模仿凶杀案，现实与小说之间的界限到底在哪里呢?"枪中半绝望地说，把视线从咬着嘴唇的兰身上移开，转到忍冬医生身上，"很抱歉，医生，可以请您说明昨晚的行踪吗?"

"我跟名望、希美崎一样。"老医生抚摸着白胡须回答，"回到房间没多久后就睡着了，在早上被叫起来之前，没有见到任何人。"

"是吗? 谢谢。"枪中叹了一口气，"好了，就剩下甲斐了。"

枪中显得非常疲惫，垂下肩膀，视线先落在凝视着桌子正中央的甲斐身上，再移到我的脸上："甲斐也有不在场证明，我和铃藤是证人。"

我默默点头。没错，跟我和枪中一样，甲斐也有不在场证明，昨天晚上的那个问题时间段，他和我们一起待在图书室里。

"不过，还是请他本人来说吧。"

"好，"甲斐睁开充血的眼睛，"我九点半回到房间后，怎么都睡不着，就去了图书室，想找本书看，结果看到枪中和铃藤都在图书室。"

"那时候大约十点半吧？"

"嗯，差不多是那个时间，然后我就一直待在那里了。"

他说怕带回房间里又不想看了，就坐在壁炉前的摇椅上看书。偶尔会听我和枪中之间的谈话，插几句话。等他回房间时，已经是凌晨三点多了。

我之所以记得，是因为当时日光室的箱型钟正好响了起来。我也清楚地记得，当时他看着自己的手表确认时间后说了句"已经这么晚了啊"。

"好了，"确认完大家的不在场证明后，枪中双手抱胸，"结果只有三个人有不在场证明。深月和彩夏的不在场证明不够完整。名望、兰和忍冬医生完全没有不在场证明。单纯想来，凶手就在这五个人之中。"枪中看着在一旁默默观看"不在场证明调查"的女医生，说："我也想问你同样的问题，可以吗，的场小姐？"

"你在问我的不在场证明吗？"她有点惊讶地眨着眼睛，但马上恢复镇定，淡淡地回答说，"因为要早起，所以我平常最晚十点就睡了。我一向很注意维持充足的睡眠，昨天也是这样，十点上床后就睡着了。"

"其他人呢？"

"你认为我们之中有凶手吗？"的场挑高眉梢，反问枪中。

"虽然白须贺先生那么说，可是，我还是不能漠视这个可能性，你能理解吗？"

的场思考片刻，点头表示赞同。

"用人们每天早上七点就要开始做各自的工作，所以，不会有人熬夜。晚上最晚九点回到各自的房间，尽量早点睡觉。前天晚上因为各位突然到来，所以晚了一点，不过，昨天晚上应该是跟平常一样。"

"也就是说，每个人都没有不在场证明喽？"

"嗯，恐怕是吧。"

"为了参考，请告诉我你们的房间的位置。"

"我和井关在三楼尽头，鸣濑和末永在二楼尽头。"

"白须贺先生的房间也在三楼吗？还是一楼？"

"三楼。"

"他也很早就睡了吗？"

"主人的事情，我不太清楚，如果跟平常一样的话，应该也是很早就休息了吧。"

"哦，那么其他人呢？"枪中连珠炮似的问出了一串问题。

我可以看出女医生白皙的脸颊微微颤抖着，眼镜后的眼睛也霎时浮现出防备的神色。

"这个家里没有其他人了吗？"枪中又问了一句。

"没有。"她冷冷地回答。

"是吗？好，我知道了，谢谢你。"枪中一定是怕再逼问下去，她不但不会回答，恐怕连合作都不肯了，所以很干脆地停止了询问。"对了，还有，"枪中把视线拉回到大家身上，"昨天那个问题时间段内，或之前和之后，有没有人听到可疑的声响？或是注意到任何事？"

没有人回答，大家都垂着眼睑，避开彼此的视线。这期间，我一直看着坐在对面的深月，她的脸色和兰一样不是很好。发生了杀人这种惊心动魄的事，当然会这样。可是这一点都不影响她的美。

我还是无可救药地对她着迷，对她的一切着迷，若以"坠入爱河"来形容也行，我无法否认。

也许，我不该在这种情况下想这种事……不，也许在这种情况下，才更应该用明确的字眼来确定我心中的感情，同时，我也想起了昨天晚上……不对，应该说是今天凌晨……枪中在图书室对我说的那句话。我并不了解他那句话的真正意思，可是，对我来说，那也许是比榊由高的死还要重要的问题。

"如果不方便在大家面前说，等一下可以直接来告诉我。不管是多小的事都行。"枪中又说，"对了，的场小姐，现场的那双木屐……"说到这里，走廊的门被打开了，打断了枪中的话。

"的场医生，"管家走进来，用沙哑的声音说，"对不起，可以来一下吗？"

十

"现在，我们针对动机来讨论吧。"的场被鸣濑叫离座位后，枪中转向大家说，"不管凶手是谁，一定有杀死榊由高的理由。虽然现在常有所谓'无动机'的疯狂杀人，可是，依我看，这里并没有那种精神异常者。

"有动机杀死榊的首先是名望，其次是兰和甲斐。"

"枪中，怎么连你都这么说呢，你认为我恨榊吗？"名望不服地噘起嘴巴。

"起码在旁人眼里，你不是很喜欢他。"

"那不只是对榊，我没有喜欢男人的癖好。"

"还有，从你今天早上所说的话可以听出来，你认为昨天我们迷路都该怪一直走在前头的榊，因为他的关系，我们被困在这里，破坏了你挽回婚姻的计划，所以你恨他。"

"是，是，"名望赌气似的举起了双手，"总之呢，从今天开始，我就是'鬼怒川'了，以后只要说到这个姓，又要被嘲笑。"

"至于兰，正如名望刚才所说，是因为爱情纠葛。还有，不能回东京参加试镜也可能让你产生恨意。"

听到枪中这么说，兰已经不想做任何反驳。她低下头来，不断叹着气。

"甲斐，你欠榊的钱，是事实吧？"

枪中的目光一转到甲斐身上，甲斐就缩起了壮硕的身体，点了点头。

"借了多少？"

"不是很大的金额，大约五十万。"

"嗯，你应该不会为这么一点钱杀人。不过，也很难讲，现在借你钱的人已经不能开口说话了，你也有可能借了更多的钱。他要你回去就还他，你有办法吗？"

"总会有办法的。"

"哦……"把视线从甲斐身上移开后，枪中又用指甲弹了一下已经空了的杯子，"其他人就没有什么动机了。"

"谁说的，"兰抬起阴沉的脸，用沙哑的声音说，"既然你怀疑我，也该怀疑彩夏和深月啊。"

"哦，为什么？"

"因为彩夏喜欢由高啊！由高那个人，来者不拒，所以，好像陪她玩了一阵子。"

"不要说了！"彩夏用激昂的声音打断兰的话，"你没资格这样说我！"表情跟口吻不再那么孩子气，跟平常的她简直判若两人。她用憎恶的眼神瞪着兰。

"这是真的吗？"枪中问。

彩夏涨红着脸，暧昧地摇着头，说："榊长得帅，又很有派头，我的确是喜欢过他，可也不是真的爱上他啊，所以怎么可能因和他玩过一阵就恨他呢？"

"说得真好听。"

兰气冲冲地反瞪彩夏一眼，彩夏也不甘示弱地反驳她：

"我看是你在忌妒我吧？"

"我忌妒你？你……"

"好了，别吵了。"枪中无奈地制止她们，"兰，你说深月也有动机，为什么？"

"因为，"兰嗫嚅道，"榊最近骚扰过她。"

"是真的吗？"枪中看着深月。

深月的表情还是那么沉静，只是多了一点凝重，她缓缓地摇摇头说："事情没那么严重，他是约过我几次，可是，我都没答应过。"

"他强迫过你吗?"

"怎么可能。"

"啊、啊,真是这样的话,枪中一定也会很不高兴吧?"名望说,"枪中,你向来很宠爱深月,如果那家伙敢对深月下手,你一定会很生气吧?"

"开始反击了?"枪中耸耸肩说,"这一点我不能完全否认,所以,也算是一种动机吧。"

说完,他意味深长地看了我一眼,好像在对我说:如果榊骚扰深月,你也有相同的动机。

"结果只有忍冬医生完全没有动机。"

"枪中,这也未必吧?"

听到名望这么说,忍冬医生瞪大双眼,说:

"我也有动机吗?"

"有可能啊,譬如说,你的小女儿去东京上大学时,在那里认识了榊。"

"你是说她可能被榊玩弄过?"

"没错。"

"如果真是这样,那就太巧啦。"老医生摇晃着圆圆的身体笑着说,"真的太巧了。"

"对不起，说了这么失礼的话。"枪中瞪了名望一眼。

"没关系，这栋房子里本来就充满了令人惊讶的巧合。"

"该怀疑的事还真多呢……"枪中喃喃自语地说，然后深深叹了一口气，"这栋房子里的人也……"

这时候，被鸣濑叫出去的的场回来了，她离开了大约二十分钟，现在是下午两点多。

"我有件事要告诉各位。"女医生一进来就神色紧张地对我们说，"不过，在说之前，我要先确认一件事，死去的榊先生的本名是不是叫李家充？"枪中回答"是"。女医生又问："他是李家企业社长的儿子吗？"

"没错。怎么了？"

我一点都猜不出来她到底要跟我们说什么。不过，从她的语气可以知道，她带来了非常重要的信息。

"电视新闻里出现了他的照片。"的场重新落座。

"电视新闻里出现了他的照片？"枪中惊讶地问，"这到底是怎么回事？"

"警察正在找他。"

"警察？"枪中更惊讶了，探出身子，"怎么回事？他做了什么吗？"

"嗯，"女医生点头说，"他是八月在东京发生的那起入室杀人案的重要嫌疑人……"

十一

那个案件发生在八月二十八日，星期四的深夜。有人闯入东京都目黑区李家产业会长李享助家中，杀了李家一名警卫后逃逸。

据现场状况判断，凶手是搜寻财物时被警卫发现的，所以杀了警卫。不过，死因是后脑被撞击引起的脑出血，所以也可能是在打斗中发生了意外致死。凶手可能吓坏了，所以没有带走任何财物就跑了。

那栋房子非常大，所以案发时的声响没有吵醒任何人。第二天早上才发现出事了。案发两个月后，警察仍查不出一点线索，案情陷入胶着。直到最近，才出现了有力的目击者。

那位目击者说，在推定的案发时间内，有一辆可疑的车子停在李家附近的马路上，他看到一个人影突然从李家冲出来钻进车子里，然后加速离去。目击者根据记忆描述的车型和车牌号，正是榊由高，即李家充的车子。

于是，警局便将榊由高视为重要嫌犯，开始通缉他。当然，在这之前一定做过更详细的调查，只是我们正好被困在雾越邸，只能从电视得知大概的调查结果。

"榊是那个案件的凶手吗？"听完的场的说明，枪中显得非常震惊，"可是，他是李家会长的亲孙子啊，怎么可能……啊，对不起，这种事问你也没有用。"

"不，枪中，这也是有可能的。"名望奈志插嘴说，"也许我不该批评一个已经死去的人，可是，榊在李家是最糟糕的一个，做事又不够深思熟虑。他有可能因为钱不够花，抱着好玩的心态闯入他熟悉的爷爷家偷钱。"

"抱着好玩的心态当小偷吗？"

"可能是喝酒后的一时冲动吧，而且……他好像有嗑药的习惯。"

"药？"枪中不悦地皱起眉头，"你是说他服用兴奋剂之类的药品？"

"不是的，不是那么不健康的东西，是比那种东西健康一点的，比如大麻，顶多就是 LSD^① 而已。"

"LSD 是健康的药吗？"

"因为没那么容易上瘾。"

"你也吃过吗？"

"没有，我不靠药物也会自动兴奋起来。"

"是吗？对了，昨天榊好像说过他需要某些开销……兰，你

---

① 一种半人工致幻剂。

知道些什么吗?"

"我不知道……"

兰脸色苍白,好像故意似的拼命摇着头。看到兰这样的反应,枪中严厉地眯起眼睛,不过很快就把视线转向了的场:"这则新闻是什么时候播报的?"

"第一次播报听说是在十五日晚上。"

"前天吗?"

昨天晚上我只听到一半……"今年八月发生在东京都目黑区李家……"果然就是在报道那个案件。如果那时候彩夏没把收音机从桌上摔下来,我们当场就会知道警察把榊当成了嫌疑犯,正在到处缉捕他。

警察恐怕也已经询问过与剧团相关的人,掌握到我们十三日前往信州的线索。说不定前天我们离开后,就有警察去御马原的旅馆查询过了。然而,应该在这一晚回到东京的榊依然没有现身,所以他的嫌疑就越来越重了。警察一定想不到我们还在信州,而且陷入了这种状况之中。

昨晚,榊又不知道被什么人杀了。这两个案件之间究竟是否有关联?还是只是单纯的巧合而已?

"有件事我有点在意,"甲斐轻声说,"关于在这个事件,八月的事件中,死亡的警卫的姓。"

"姓?"枪中喃喃念着,眼睛突然一亮。

"他好像是姓鸣濑吧?"

"没错,果然是这样。"

我们面面相觑,心情难以形容。雾越邸那个刚迈入老年的管家的脸和"鸣濑"这个姓重叠在一起。刚来的那天晚上,深月说到"naruse"这个姓时,我立刻联想到"鸣濑"这两个汉字,就是因为我看过八月那起案件的新闻。那个姓残留在记忆之中,所以便无意识地浮现出来。

"的场小姐。"枪中严肃地问,"他……这个家的鸣濑先生,名字是什么?"

"孝,孝顺的孝。"

"我记得被杀死的警卫的名字是'稔',大概四五十岁吧?"

"难道……"的场的声音顿住了,"你认为那个人是鸣濑的弟弟或其他什么亲戚吗?"

"不可能吗?"

"我没听他说过。"

"可是,这个姓并不常见,即使不是弟弟,也可能有什么血缘关系。如果真是这样,他就有杀死榊的强烈动机,你不这样认为吗?"

女医生沉默不语,不知所措地缓缓地摇着头,似乎既不否认，也不赞同。

令人不舒服的沉默持续了很长一段时间，心仿佛被悬挂在即将坍塌的废屋房梁上，每个人的表情都非常复杂，眼神飘忽不定，时而看看走廊或天花板。宽敞的房间里飘荡着不信任、疑惑、混乱、不安、焦躁、恐惧……各种情绪相互牵制着。

"枪中，"的场打破沉默说，"还有一件事，我想最好告诉你。"

"什么事？"

"关于放在尸体脚下的那双木屐的事。"

"嗯，你说吧。"

"这件事是末永告诉我的，"她抬头看着枪中，刻意掩饰了情绪，"你也知道那双木屐是放在大厅装饰架上的玻璃箱中的，箱子里还有一只装了水的小杯子，末永每天都会补充杯子里的水。"

"这样漆才不会干掉，对吧？"

"没错。昨天他去加水时，发现玻璃门微微开着。"

"那时候木屐还在玻璃箱中吗？"

"嗯，可是位置好像跟原来不太一样。"

"哦，也就是说，在那之前，曾经有人打开玻璃把木屐拿出来？"

"这个家里的人都说没碰过那个箱子。"

"你是说我们之中有人碰过吗？"枪中缓缓抚摸着下颌，"末永先生是昨天什么时候发现的？"

"他说大约是傍晚六点。"

"我知道了。"枪中点点头，用锐利的眼神扫视全桌的人，"昨天下午六点以前，有没有人碰过放木屐的玻璃箱？虽然这个人未必就是杀死榊的凶手，但如果没做什么亏心事的话，应该可以坦然承认。"

没有人回应枪中的询问。

"好吧，我明白了。"枪中推推眼镜，严厉地眯起眼，"这个人的确做了什么'不可以承认的事'吧！也就是说，昨天碰过箱子的人就是凶手。我这样的判断没问题吧？"

十二

这天下午，雪还在不停地下着。

与世隔绝的"暴风雪山庄"，这是古今中外的推理小说中经常设计的异常状况。现在，就在这种状况下，以雾越邸为舞台，上演了一出杀人剧。而且，剧情还是现实中非常罕见而在侦探小说中经常出现的"模仿杀人"。

午餐后的"审问会"一结束，我一个人来到楼下的礼拜堂。

我非常喜欢那个空间里的幽静和微暗，仿佛空气粒子就那样静止着，沉默着，而光的微粒轻缓地飘荡其间。这里会勾起我的怀念之情，大概是因为小时候曾去过附近的教堂吧。或许正是出于这种原因，总之，我现在只想一个人在这里想些事情。

礼拜堂的门敞开着。

我在前排右边的椅子上坐下来，微弱的光线透过拱顶的彩色玻璃，洒落在祭坛的十字架上，为十字架涂上了微妙的色彩。被钉在十字架上的耶稣用虚无的眼神俯视着我。

只睡了三个多小时，当然会睡眠不足。我的眼睛浮肿，全身微微发热，觉得很疲惫。但不可思议的是，情绪却非常亢奋，毫无睡意。

到底为什么会发生那样的事？占据我大部分头脑的还是那个事件的种种疑点。

为什么榊由高会被杀？是谁杀了他？至少，凶手毋庸置疑一定是这栋雾越邸里的某一个人。可是，真的如白须贺判断的那样，凶手是包括忍冬医生在内的我们八个人之中的某人吗？或是枪中所提到的"可能性"，即凶手是居住在这栋屋子里的人之一呢？比如，在八月的案件中被杀死（被榊杀死？）的警卫和管家鸣濑真的有血缘关系吗？如果有的话，真的只是巧合吗？

喷壶的水、红色木屐……这些特地为尸体准备的道具，究竟有什么意义？虽然已经知道是模仿北原白秋的《雨》，可是……

被当成凶器之一的那本书，暗示着凶手确实是依照白秋的诗

《雨》来布置杀人现场，可是，凶手为什么要做那样的模仿？

还有，尸体那种不自然的姿态应该也是凶手弄出来的。凶手为什么要那么做？这也是一个疑问。双手环抱身体般的姿态跟《雨》的内容完全扯不上关系。凶手做这么奇怪的事，难道有什么其他特殊的意义？

我东想西想也找不出答案，脑中一片混乱，漫无目的地空转着。只有时间被外面呼啸的暴风雪裹挟着，掠过我倦怠的身体。

除了那个案件之外，还有一片黑云盘踞在我心中，那就是今天凌晨回房睡觉之前，枪中在图书室里对我说的话……

昨晚，从九点四十左右开始，我们一直在讨论下一次的公演内容。枪中表现出最近难得一见的热情，发表他对新戏的意见和构想，还不时把中途进图书室来看书的甲斐拉进来讨论。就在凌晨三点多钟，甲斐离开图书室之后，枪中突然问我："喂，铃藤，你对深月了解多少？"

昨天傍晚，在同一个房间里，他也问过我相同的话，那时候我也是毫无心理准备，像个陷入初恋的初中生一样结结巴巴，说不出话来。

"你为什么会喜欢深月呢？简单来说，是因为她很漂亮。她很漂亮，所以深深吸引了你。这样的说法非常简单明了。当然，肯定不只是这一个原因，不过，我觉得即使是也无妨，甚至觉得这样的感情更纯粹。

"我也很喜欢用眼睛捕捉到的所有'美'，不论是人、物还是观念。可是，深月这个女孩又是这之中最特别的一个。她真的是太完美了，她的存在具备了艺术之美。

"啊，你不必这么担心地看我，我从来没想过要以男人的身份来占有她，甚至觉得那么做对她是一种亵渎。不，不，话虽如此，我也不会因此否定你对她的感情。"

我听得出来，枪中的话绝对没有挖苦或调侃我的意思。

"铃藤，你知道她为什么那么美吗？"枪中问，"也许你不知道也好。我想那是因为她心中存在着'断念'的情感，一种平静的'断念'。"

"断念？"我不解地重复这句话。

"你不懂吗？"枪中轻叹，"平静的断念，也称为谛观。这就是她现在的心境，她已经断念了。这不是绝望或老年人的那种觉悟，而是对于无可奈何的未来断念了，只是心如止水地度过当下，简直就像奇迹一样。所以，她才会那么……"

"为什么？"我无法忍受地打断了枪中的话，"那是什么意思？"

可是他没有回答我，只是默默摇着头，仿佛在告诉我，总有一天我会明白的。然后他缓缓起身来离去。

他所说的"断念"到底是什么意思？为什么她必须断念？她……深月究竟有什么我不知道的秘密？

这时，背后突然传来微微的声响，是某种硬物发出的声音。我吓了一跳，直起身转过头去。门仍是敞开着，我好像看到一个身影飞快地消失在蓝色门的阴影中。

"谁？"我的叫声仿佛在冰冷而微暗的礼拜堂内卷起小小的旋涡，回响着。

"是谁？"

没有人回应。

我疑惑地走向大门，又喊了一声："是谁？"然后探头往门外看。可是，门口一个人都没有。难道刚才的声音是我听错了？刚才的人影也是我的错觉？不，不可能，即使因为睡眠不足而疲惫不堪也不可能。

的确有人站在那里。那个人本来要进礼拜堂，却因为看到我在，又退回去了。听到我叫他也不回应，而是匆匆离开。

那个人到底是谁？为什么要那样落荒而逃呢？

我离开礼拜堂时，脑海中复杂凌乱的疑问又添了一个。

十三

走出礼拜堂，我看到旁边的墙壁前摆放着大装饰柜，里面收藏着古老的日本人形，还有一个区域并排摆着各种能剧面具。

　　人形的种类有御所人形、加茂人形、嵯峨人形、衣裳人形……其中又以御所人形的数量最多。人形的肌肤雪白，躯体浑圆，三头身的头部简单画着天真的五官。据说，人形是从婴儿形状的"除魔人形"发展而来的，起初叫作"婢子"。其款式也多彩多姿，有趴着的、站着的，有穿着能剧衣裳的仿人物人形，有戴着能面具的机械操控式人形，还有腿部有三处可以弯曲的"三折"人形。

　　看完各种姿态、衣裳、表情的人形后，我不由得发出感叹。我虽然不太清楚它们作为古董的价值，但也能感受到它们不可思议的美。一直盯着它们看，仿佛能听到它们的呼吸声和说话声，令人毛骨悚然。那种诡异的感觉正好跟四周皆是石砌墙壁的微暗大厅里的气氛非常契合。

　　我想起枪中评论这个房子的那些话——纯西洋建筑的房子里，洋溢着日本情趣；混沌与调和，走钢丝般的平衡感……没错，也许真是这样吧。

　　可是，现在我强烈感受到的是飘荡在这整栋屋子里的某种"情感"般的东西。但是那东西非常模糊，只能凭我的直觉去感受而无法做明确的分析。如果硬要用语言来形容的话，应该是"祈祷"吧。

这栋房子在祈祷。

建筑物的每一个部分和数量庞大的收藏品浑然一体，共同祈祷着。安静、专注地向某种东西祈祷着……（到底是在向什么东西祈祷呢？）

离开人形装饰柜后，我穿越大厅，站在壁炉前。那只收藏木屐的玻璃箱仍留在装饰架上。为了防止干燥，里面深蓝色台子的一角放着一个装了水的小杯子。这只玻璃箱高三十厘米，宽度和深度都是五十厘米，前面是双开门。这扇门，昨天傍晚时分微微开着吗？

我抬头往上看，就是那幅镶着金框的肖像画，画里是一名叫"mizuki"的已故白须贺夫人。我试着把她那寂寞地微笑的脸与芦野深月的脸重叠在一起……我又想起了枪中说的"断念"……

"铃藤。"

突然听到有人叫我，我吓了一大跳，刹那间还以为是画里的人开口了。

"可以跟你谈谈吗？"

说话的正是深月本人。我惊慌地回过头去，看到她正从迎面的楼梯上走下来。

"什么事？"

我可以感觉到自己的脸颊发烫。平常她找我说话，我并不会如此脸红心跳。到了这个年纪，也并非完全没有恋爱经验，会有这种反应只是"时机"问题，因为她出现时我正好边看画像边想着她的事。啊，不，我不应该找这种借口。对我而言，深月跟我以前爱过的几个女孩完全不一样。跟她认识三年多了，我却从未向她吐露过半点从初遇时就怀有的情愫。

"我想跟你谈谈。"刚开始，深月有些吞吞吐吐的，好像犹豫着该不该说，"关于八月的事。"

"八月的事？你是说李家会长宅邸发生的案件？"

"嗯。"

"你有什么线索吗？"

"嗯。其实，案发当天晚上快十二点时，榊曾经打电话到我住的地方。"

"真的吗？他有什么事？"

"他说他住的地方有个派对，问我要不要去。"

"那么晚突然找你去？"

"是啊。现在想起来，当时的他好像和平常不太一样。"

"怎么说？"

"他讲话时口齿不清，语调又很轻浮。我本来以为他喝醉了，可又好像不是。"

"那么……"

"刚才名望奈志说……"深月眯起细长的眼睛，神情有些哀伤，"榊好像有嗑药的习惯，所以，我想那时候，他说不定也是……"

"我懂了。那么，你拒绝了他吗？"

"嗯。"

"也就是说，"我开始叙述因深月的话而轻松联想到的事，"那一晚，榊在自己的房间举办吸大麻或LSD之类的派对。案发时间是深夜两点到三点左右。所以，如果他是凶手，恐怕就是在他打电话给你而被你拒绝后，然后嗑多了，犯下那起案子。

"啊，对了，你说他办了一个派对，那么，至少在他打电话给你的时候，他应该不是一个人吧？还有其他人在吗？"

"没错，"深月点点头，"我听到了兰的笑声，在电话的另一端。"

"你是说她也有可能一起吸大麻？"

那么，兰很可能知道那之后发生的事。我想起刚才枪中询问她时她的反应。当时，她的脸色比以往更加苍白，而且很不寻常地用力摇着头。

"电话那一端只有希美崎吗？"

"这……"深月又哀怨地眯起了眼睛，"我不敢如此断言，因为我觉得好像还有一个人也在。"

"除了她之外吗？"

"嗯，我并没有清楚地听到那个人的声音，榊也没有说出任何人的名字，可是，从他说话的语气中可以感觉出来。"

"会是谁呢？"

她欲言又止，犹豫了好长一段时间。

在这段沉默中，我瞬间有一种很奇怪的感觉，好像除了我和深月之外，还有一个人也在这间昏暗大厅的某处。这个人一直在屏住气息，偷听着我们的谈话。

我不由自主地看看四周，没有半个人影。不过，我看到通往走廊的那一扇双开门稍微打开了一道缝隙。到底是谁在那扇门的后面呢？当我正在思考这个问题时，深月开口了。

"我不知道，"她的手指滑过黑色的发丝，嗫嚅地说着，视线停留在我脚下附近，"本来就只是猜测，所以还是不要随便乱说吧。"

"可是，这件事说不定跟那起案件有重要关系呢。"

"所以就更不能乱说了，"深月轻轻摇着头说，"如果搞错了，后果会很严重。"

"可是……"说到一半，我就停下来了，因为我无法强迫她说出她不想说的事，而且也不可以那么做，无论那是什么事。想了一会儿，我又说："这件事你跟枪中提了吗？"

"不，还没有。"

"还是跟他说说比较好吧？"

"嗯。"

她老实地点了点头，可见，她心中猜测的那"另外一个人"，至少应该不是枪中。

可是，既然如此，她为什么先把这件事告诉我而不是枪中？因为她下楼时正好碰到了我吗？还是……哎呀，不要想那么多了，就当她多少有些信任我才告诉了我吧。

我心绪纷乱地垂着头，偷偷抬眼注视着深月。她身穿黑色窄裙、黑色毛衣，毛衣领口处露出了白衬衫的领子。她的视线也是微微朝下，好像在寻找下一个话题。

她的脸突然出现在我今天早上所做的梦中，让我一阵惊愕。今天早上，鸣濑叫醒我之前，我正梦到有一个人在玻璃墙的另一边，握紧拳头猛敲着玻璃。当时那个人怎么看都看不出来是谁。而现在，那人的脸居然和深月的脸重叠在一起。

难道那就是深月吗？如果是的话，那个梦究竟象征着什么？

其实，再怎么想都是枉然。因为即使找出了象征意义，也只是摸索出了我自己内心的某种情感而已。

可是，我感到忐忑不安，心情起伏不已……这就是隐藏在那场梦底下的情感。我想都不用想就直觉地这么认为。下一个瞬间，我下定决心问她，关于今天凌晨枪中在图书室所说的那个字眼——"断念"。

"不要！"

我还来不及问，就听到女人的尖叫声响彻挑高大厅。我跟深月都惊讶地抬起头来，往发出声音的回廊方向望去。

"不要！我不要！"

我看到鲜艳的黄色连衣裙仿佛被隐形人的手玩弄着一般，在咖啡色扶手前飘飞旋转，以无规律的不稳定姿态在回廊上移动着。

"兰！"深月小声惊叫，"你怎么了？"

"不要，不要说了！不要过来！"兰不理会深月的呼唤，对某人声嘶力竭、语无伦次地嘶吼着，声音里充满了恐惧。

我和深月发现情况不对，赶紧冲上楼梯。

"不要说了，求求你！"

根本没有别人在场，兰却用双手捂住耳朵，用力甩着头。她的鬈发胡乱飞舞着，肩膀像得了疟疾般抖动着，已经掉落一只鞋的脚跟踉踉跄跄，一会儿背部用力撞在墙壁上，一会儿又像被弹飞似的冲向栏杆。

"希美崎！"我赶紧冲上去，死死按住差点飞出栏杆的她，"好危险！你清醒一点儿，到底发生什么事了？"

"我听到了!"她看着我，梦呓般嘟囔着，眼神飘忽不定，没有焦点，放大的瞳孔里充满了强烈的恐惧，"我听到了，我听到了!"

"你听到了什么?"

"我听到了，啊……"兰双手捂住耳朵，摇着头，"到处都在窃窃私语，墙壁在说，天花板、窗户和地毯也都在说，连图画和人形都是活的!"

她说得很认真，不像是在开玩笑或演戏。如果这是演戏的话，我就得对她作为演员的才华刮目相看了。

"你听，你听呀，听到了吧?!"

"那是错觉，"我万般无奈地对她说，"冷静点，墙壁和天花板怎么可能说话呢?"

"不!"兰惊声尖叫，甩开了我的手，"它们会说话，它们会说话，到处都是说话声，挥也挥不去，向我冲过来了。啊……啊……"

"希美崎!"

"兰!"深月在我背后叫她，"你清醒点儿，到底怎么了?"

"它们说下一个是我。"

她好像真的听到墙壁、天花板在说话，难道是幻听? 可是，为什么会……

"我会被杀、我会被杀！"她松开捂住耳朵的双手，开始拼命摆弄自己的身体，像一个在恍惚状态下跳着滑稽舞蹈的原始人。

"啊啊啊啊……你们看，我的身体已经软绵绵的了。"她疯狂地诉说着，"我的骨头瘫软了，啊，要溶化了，一点一点溶化了。它们开始杀我了，我就快死了，我、我已经……"

"你清醒一点儿啊，希美崎！"不管我的语气多么强烈，都得不到她的回应。

"我什么事都没做啊！"兰把摆弄自己身体的双手贴在脸颊两侧，突然对着我说，"我什么事都没做，我只是在车子里等着而已。我还说不能那么做，可是……"

她的脸不断靠近我，好像要把我吞噬，红色唇膏已经脱落、斑驳的嘴唇的唇角冒出白色泡沫。

"芦野！"我先用力按住兰的肩膀，以防她又把身体探出栏杆，然后回过头去对深月说，"快去叫枪中来，还有忍冬医生，麻烦你了！"

十四

兰的精神错乱情况相当严重。火速赶到的枪中、忍冬医生和我三个人好不容易才把她带回房间里。可是，她还是不断说着莫名其妙的梦话，又拼命想挣脱，医生只好让她再次服下镇静剂。

这场骚动平息后没多久，我跟枪中为了实践"勘查现场百遍"的基本推理法而再度探访温室。时间是下午五点多，太阳已经落山了。

"她好像嗑了药。"走在开着壁灯的大厅回廊上，枪中以沉重的声音说，"忍冬医生也说，她大概服用了什么烈性的迷幻药。"

"应该是吧，不然那个样子，只能说她真的疯了。"

"兰房间里的桌子上不是有类似那种药物的东西吗？"

"好像是有药片盒吧？"

"没错，里面有几颗药，体积非常小，是边长大约只有两毫米的锥形白色颗粒。"

"是 LSD 吗？"

"大概是。"枪中苦涩地叹了一口气，"麦角酸二乙酰胺的致幻作用比大麻还要强，不过不像迷幻药或古柯碱那么容易上瘾。大概因为这样，名望才说那是'健康的药'吧。"

"那么榊果然嗑那种药啰？"

"嗯，他跟兰两个人在这趟旅行中瞒着我们吃那东西。其实，我并不会怎么去苛责这种事。"

我这才想起来，昨天午后，一起走进餐厅的榊跟兰的脚步都有点奇怪——好像喝醉了般摇摇晃晃——这或许也是头一天晚上嗑药的后遗症吧。

"兰这家伙，榊死后受到打击，想逃避这个事实，结果不但逃避不了，还引起了幻觉。"枪中皱眉咂嘴，大概是想到警察介入时的状况，正在头痛吧。

"枪中，我要告诉你一件事。"我告诉他刚才深月说的八月二十八日晚上的事。

"唉，那就更糟了。"枪中在回廊的转角处——挂着雾越邸那幅画的地方——停下脚步，右手掌贴放在额头上，说："也就是说，除了榊之外，兰也有可能被卷入了八月的那起案件。"

"刚才她一直喊着'我什么事也没做，我只是在车子里等着而已'。"

"没错，原来是那个意思啊，"枪中的手仍贴在额头上，用力地闭了一下眼睛，"当她知道凶手可能是鸣濑为了替警卫报仇才杀死榊时，她开始慌张起来，怕跟八月那个案件有关的自己也会遭到杀害。"

"我有一个疑问。"

"什么疑问?"

"服用大麻或 LSD 之后还有气力去杀人吗?"

"你为什么会这么问?"

"那种迷幻药不是会让人全身无力、对什么事都没兴趣、什么都不想做吗?"

"一般是这么说的，你服用过吗？"

"一次而已。"

"听你的口气，大概不是很兴奋吧？"

"听得出来吗？"

大学毕业后，有过一次那种机会，在此没有必要说明是在怎么样的场所。不过，当时服用的是"哈吸"。的确如枪中所说的，对我而言不是一个很好的经验。

"那种药是一种神经扩张剂，会产生什么效果跟服用者的精神状态及其所处的环境有很大的关系。

"例如，对音乐有兴趣的人，听觉会变得异常敏锐，连平常听不到的微小音波都听得到，甚至还会有'看声音''触摸声音'的感觉。喜欢绘画的人，也会在色彩上出现同样的感觉。如果是在充满情欲的气氛中服用，就会让那种气氛更加高涨。至于你，"枪中看着我说，"大概是感觉和体认如排山倒海般不断往你体内啃噬，或是陷入不断地让自己的思想状态变成思考对象的状态吧？"

他说得没错，我记得当时的我可以感觉并思考我所感觉到的事、我所想到的事，然后再置身事外地去感觉、去思考……陷入那样的无限状态中。

"这是常发生在你这种人身上的案例。我年轻时第一次服用时情形也跟你一样，真的很疲惫。"枪中斜嘴微笑，"所以，服用那种药物，还是有可能引发暴力或犯罪的冲动。例如：抛开了不安，变得异常乐观，等等。不过，也有可能像兰刚才那样，侵袭大脑的恐惧感反而越来越剧烈，被拖入疯狂的噩梦中。"

想起刚才她在这个地方的狂态，我默默地点了点头。

"不过，我一直在想，深月所说的'另一个人'到底是谁呢？会是我们剧团的人吗？"

"我觉得好像是。可是，她说不能确定，所以不想说。"

"她就是这样的人。"枪中又开始往前走，低声说，"稍后我再问她吧。"

我们从大厅走到一楼的中央走廊，转入侧廊走到尽头，打开那扇紧连着走道的蓝色门。玻璃墙外，雪还在平台外被灯照亮一角的黑暗中狂乱飞舞着。霎时，一股寒气窜入领口，吐出来的气息也冻结了。遍布全屋的暖气没有延伸到这里，冷得让人全身颤抖。

温室里的灯开着。一进去，顿感温度急速上升。一屋子的绿、浓郁的花香和鸟在笼中歌唱的声音，让今天早上看到的榊的尸体又活生生地浮现在我脑海里，于是，我又不由自主地打了一个寒噤。

走进温室后，我们先往左边通道走去。被当成凶器的书跟皮带的散落处，褐色瓷砖地板上现在仍看得出失禁的痕迹，大概是考虑到警察到来时的状况，所以一直放着没打扫吧。皮带跟书不在那里，今天早上的场小姐说过，已经用塑胶袋密封起来，跟尸体一起搬到地下室去了。

"凶手在这里杀了榊，"枪中两手插在牛仔裤裤袋中，像说给自己听似的喃喃自语着，"然后，把两件凶器都留在现场，只把尸体搬到中央广场。"

"忍冬医生说女性也可能做得到。你认为呢？"

"我赞成，要把他抱起来可能很困难，可是用拖的方式就容易多了。"

"如果是拖，应该有痕迹吧？"

"这是瓷砖地板，所以不容易留下痕迹。"枪中稍微弯下腰看看脚下，摇了摇头。接着，我们又折回去，走向从入口延伸到中央的通道。

"嗯？"他突然在圆形广场前停下脚步，回过头来对我说，"铃藤，你看，"他指着前面那一带，"这些花是怎么了？"

"好惨啊，"我瞪大眼睛，"完全枯萎了。"

那里是卡特兰盆栽并排的区域。昨天到温室里时，枪中说"很像兰"的大朵黄色卡特兰昨天还鲜艳地盛开着，现在却完全枯萎了。

"今天早上是这样的吗？"枪中问。

我摇摇头，说："不记得，那时候哪有心情注意这种事？听说这种花很脆弱，可是，会在一天之内就枯萎吗？"

"不知道，"枪中抚摸着下颚说，"如果要追究原因，应该是水吧。"

"水？"

"嗯，就是从喷壶中流出来洒在尸体上的'雨'，害得花朵吸收了过多的水而枯萎，这也是有可能的。"

"可是，就算是，也未免太……"

我的视线从花朵上移开，往上方移动。视线先是落在交错成几何图案的黑色铁骨以及镶嵌其中的玻璃上，再移动到中央广场的正上方，随即捕捉到玻璃上的龟裂痕迹。

成"十"字形交叉的两道裂痕、昨天产生裂痕后的场所说的谜一般的台词、这个房子里到处都是我们的名字以及摔坏的"贤木"烟具盒……

"谁！"

枪中突然对着某个方向大叫一声，打断了我的思绪。

"怎么了？"

"好像有人在那根柱子后面。"枪中走到广场的圆桌旁。

"谁在那里？"他对着温室深处喊，可是没有人回答，也没有任何声响。

"真的有人吗?"我慢慢走到他身边,问,"你看到了人影吗?"

"好像看到了,"他疑惑地皱起眉头,往更深处走去,"是一个穿着黑衣服的身影。"

我想起在礼拜堂里发生的那件事,当时我听到背后有声音,就回过头去看,看到一个身影消失在门后面,那个人好像也穿着黑衣服。

"如果有人,就快点出来……"

"怎么了?"

这时候,背后有声音打断了枪中的叫喊。我回头一看,的场小姐正从入口处朝这里走来。

十五

"怎么了?"的场小姐直直地向我们走来,重复问着这句话。表情跟昨晚之前一样冰冷,声调也十分冷漠。

"我看到,"枪中指着一片绿意的温室深处说,"好像有人在那里。"

"是你的错觉吧?"女医生往那个方向看了一眼,面无表情地说,"没有人啊。"

"可是……"

"你们已经检查完现场了吗？"的场绕到拼命往温室深处查看的枪中前面，两手叉腰，挡住了他的去路，仿佛在袒护枪中所说的"在那里"的某人，"枪中有没有什么线索？"

"没有。"枪中微微耸肩，死了心似的转过身来，把手放在圆桌上说，"关于八月那起案子的事，你问过鸣濑先生了吗？"

"问过了，"女医生站在原地说，"可是，他说跟他无关，那个被杀死的警卫跟他毫无血缘关系。"

"是吗？"枪中点点头，但并未因此完全解开心中的疑问。

因为，如果鸣濑真的是凶手，那么，即使有血缘关系，鸣濑也会否认到底。

"这些卡特兰是什么时候枯萎的？"

被枪中这么一问，女医生也微微"啊"了一声，眼镜后的眼睛瞪得圆圆的。

"什么时候变成这样了？"女医生今天早上大概也专心看着尸体，没有注意到花的状态。

"昨天还开得很漂亮呢，难道已经过了盛开期吗？"

"不知道，我也不是很了解花的栽培。"

"我想过可能是被喷壶的水淹死的，或者……"枪中的视线离开卡特兰，在温室内缓缓巡查了一圈，"或者这也是你昨天所说的'这个屋子会动起来'的其中一个'动作'呢？"

"无可奉告。"

枪中冷眼看着言辞暧昧的女医生，两个人之间的心理关系好像跟刚才完全倒过来了。

"我能继续早上没问完的话吗？也就是关于雾越邸这栋房子的特质。"

"这……"

"你说全看个人想法，只要不去在意，就不会觉得怎么样。"枪中深思似的抚摸着下颚，说，"我说过我大概可以了解你的意思，采取某种想法的话，就自然地会看得到这个家的特质以及这栋房子所拥有的不可思议的力量。的场小姐，你们住在这栋房子里的人是怎么想的呢？"

的场小姐没有回答，只是微微抖动着嘴唇，却没有说出只言片语。

"最先引起我注意的是二楼餐厅的椅子数目。"枪中大胆地继续说，"十人座的餐桌竟然只有九把椅子，少了一把，好像为了配合我们的人数。而你又说，坏掉的那把椅子是前天中午突然坏掉的。当然，这很可能只是巧合，可是，换一种角度来想，也可能是一种暗示。餐厅的椅子变成九把的同一天傍晚，就恰巧来了九个人。说得极端一点，好像是用'9'这个数字，预言了一种未来。你觉得呢？"

女医生把视线朝下，没有回答。

"迎接我们到来的这栋房子，好像早就预期我们会来似的，以各种方式显现出我们的名字。而其中一个'贤木'烟具盒摔坏之后，今天早上就发现了榊由高的尸体。这也是一种暗示……如果作更积极的解释，也可以视为一种预言。"

说到这里，枪中停下来盯着女医生看。经过短暂而异常紧张的沉默后，女医生猛然抬起头来，用低沉的声音说：

"这栋房子是一面镜子，它本身不会做出什么事．只是会像镜子一样，映照出进入这里的人。"她的声音仿佛是从很遥远的地方传来，沉静的眼神也好像注视着宇宙的尽头，"从外面来访的人，通常最关心自己的未来，为了将来而活。对你们而言，现在的时间只是连接未来的一瞬间。所以，这个房子就会映照出来你们的心情，像是跟大家的心之存在方式产生共鸣一般，开始预见未来。"

我看着对峙的枪中跟的场，有一种很不可思议的感觉，好像被某个巨人抱起来，身体不断地往空中浮升。在温室中四处啼叫的小鸟声，像沉静的波纹般蓦然扩散开来，逐渐形成更大的旋涡，仿佛要把伫立在温室中央的我缓缓拉到一个不知名的场所。

"镜子？"枪中喃喃重复着。

女医生眨眨眼睛，缓缓摇着头说："我刚才所说的，都只是我个人的感觉。所以，请不要误解了，这些话没有一点根据：既不科学，又很滑稽。说不定，真的只是单纯的巧合呢。"

"你自己相信哪一种呢?"枪中问。

的场小姐没有回答枪中这个问题，淡淡地接着说:

"其实也没发生什么超自然现象，都只是一般的自然现象。那只椅子会坏掉，是因为该坏了；烟具盒是因为某种震动而滑落下来的；而这些花也是……"她看了卡特兰一眼，又轻摇着头说，"总之，我能说的就是，要怎么想，全凭个人意识。"

暗示、预言、映出未来的镜子……我到底该相信多少? 我整个人陷入不可思议的飘浮感中，无法做任何判断。这种事的确太不科学也太荒唐了，我并不想跟那些被灵魂或幽灵之类的事冲昏了头的女学生一样，不做任何评判就去相信那种事。还不如把它解释成单纯的"偶然重叠"比较符合现实，也比较有说服力。不过，我也确实无法全盘否定那些事。那么，如果真如那个女医生所说的，这个家是一面"镜子"，那么……我不寒而栗地看着枯萎的黄色兰花。

十六

时间是下午七点。

跟昨天差不多时间上桌的晚餐几乎没有人去碰。大家的食欲都比中午更低，餐厅里弥漫着沉重、郁闷的气氛。

在中午的"审问会"之前，大家可能还不能完全接受"发生了那种事"的事实。虽然一定会造成冲击，也会对不曾经验过的事产生困惑和紧张，但是，还是会觉得好像是在虚假、缺乏现实感的时空中。

现在，接受度已经起了很大的变化，冲击转为不安，困惑转为恐惧，紧张转为疑心——很明显地渐渐地在改变着形态。可以想见，这些都会如黑色乌云一般不断膨胀开来，兰刚才的狂乱也多多少少会造成影响。眼看着一天又要过去了，外面的雪势却还是没有减弱的趋向。

用餐期间，枪中沉默地思考着；深月跟甲斐也是一样。兰没有出来，大概是前天累积的疲劳，还有医生开给她的镇静剂起了效果，所以一直没醒来吧。自认为"复原得最快"的彩夏也失去了平日的活泼。连名望奈志都很明显地沉默下来，虽然照常帮他准备了筷子，他却完全没有动筷子的意思，偶尔刻意说个笑话，也没有人笑。只有一个人几乎没什么改变，那就是忍冬医生。他不但把晚餐吃得精光，还毫无顾忌地跟与自己女儿同名的女医生交谈着。不知道是他太粗线条，还是故意装出这副样子。不管怎么样，他那副样子多少缓和了现场令人窒息的气氛。

"对了，乃本，"忍冬医生边在咖啡里加入一堆糖，边对彩夏说，"昨天我帮你想了新的名字。"

彩夏心不在焉地"哦"了一声，眼睛看着天花板。她并不厌恶的榊被杀了，而凶手就在这个家里。现在的她，大概也没有心情去管姓名学的事吧。

"也许我不该说这种话，不过既然发生了这种事，最好还是早点把不吉利的名字换掉。"老医生的语气不像是在开玩笑，"昨天我也提过，你的名字的外格，表示人际关系的格，是十二画，很可能会遇难或短命。"

"什么?!"彩夏完全张开了眼睛，"难道榊的死也是我的名字害的吗?"

"不是的，"忍冬医生连忙挥挥手，说，"当然不是的，这只是一种心理问题。在目前的处境下，每个人都会越来越不安，心也会不断地往黑暗的地方走去，这是无可厚非的事。所以，我才想帮大家除去一些不安的因素，即使是一点点也好，对精神卫生比较好。"

"原来您是关心我们啊。"双肘抵着桌面，双手交错着顶着下颚的彩夏表情缓和下来，忽然深深地叹了一口气，说，"谢谢您，医生。"

"不要这么说。"忍冬医生抚着白胡须，很不好意思地干咳了几声，"所以呢，我帮你想到'矢本彩夏'这个名字。"

233

“矢本？”

“我只把乃本的‘乃（no）’改成‘矢（ya）’，这样下面的名字就没有问题了。”

“就这么简单吗？”

“外格的笔画是乃本的‘乃’，加上彩夏的‘夏’，可是，我觉得彩夏是个很好的名字，所以只改‘乃’字。我突然想到把二画的‘乃’改成五画的‘矢’，外格就会变成十五画，是好数字。加起来的总格，姓名的总笔画是三十一画，也是非常好的数字。你觉得怎么样？”

“几乎跟本来一样，不觉得改了什么。”

“你希望把名字全改掉吗？”

“不，怎么会呢，我很喜欢彩夏这个名字。”彩夏天真地笑着，向医生行了一个礼，然后对枪中说，“从今天起我就用这个名字，可以吗，枪中？”

“嗯，随便你。”枪中微微笑着，喝下没加糖的咖啡，然后对忍冬医生说，“医生，兰不会有事吧？”

“希美崎小姐吗？嗯，我也不敢说，总之，镇静剂蛮有效，应该不会再发生刚才那种事了。不过，最好还是把那种‘药物’拿走吧，那个药片盒里装的就是那种东西吧？”

“嗯，大概是，”枪中苦涩地点点头，“也许交给医生保管是最好的方法。"

"我是无所谓的。对了，等一下我再去看看她吧。"

"拜托你了，还有，如果那时候她的意识清楚的话，请转告她拉上门闩。"

我们住的房间不能从门外上锁或开锁，只在里面有个简单的门闩。所以，只有里面的人可以拉上门闩锁住门。

"你认为她会有危险?"忍冬医生问。

枪中微微摇着头说:"谁都不知道会发生什么事，小心一点总是好的，我只是这么想而已。"

我只是这么想而已。枪中特别加上了这个可有可无的注解。可是……

我想起傍晚在温室里的事，偷瞄了的场小姐一眼，然后紧紧闭起眼睛。暗示、预言、映出未来的镜子……我实在不愿去相信，但是心里还是忐忑不安。我相信枪中一定是跟我一样的心情。

好想抛开一切，好好睡一觉。吊灯的灯光刺激着充血的眼睛，疲倦感也不断从体内涌出来，但大脑还是处于兴奋状态。

我想即使就这样回到房间钻进被窝里，恐怕也很难睡得安稳。

"对不起，忍冬医生，"我面向正喝着咖啡的忍冬医生，"今晚可不可以也给我安眠药？我睡眠不足。"

"哎呀，"忍冬医生看着坐在隔壁的我，说，"你好像真的很疲倦呢，睡眠不足却睡不着吗？"

"嗯。"

"也难怪。好，你会不会过敏？"

我回答说："不会。"

"还有没有其他人需要？"医生看看全桌的人。

"我也要。"彩夏举起手。

医生点点头说："没有其他人需要了吗？那么，我回房间去拿皮包。"

过了一会儿，忍冬医生抱着黑色皮包回到餐厅。甲斐跟名望刚好与他擦身而过，去上厕所。医生把皮包放在餐桌上，打开青蛙嘴般的皮包口，开始在里面摸索。我从旁偷窥了一下医生摸索的皮包，各种排装药混杂放置在听诊器、血压计等器具之间，凌乱不堪，简直就像小孩子的玩具箱。看来这个医生也不是一个很严谨的人。一瞬间，我感到不安，实在很难相信他可以分清楚那都分别是什么药。

摸索了一阵子，忍冬医生好不容易才取出一排药说："就是这个。"淡紫色的椭圆形药锭并排着。

"这是新药，吃一片就很有效。请回到房间再服用，在这里服用的话，恐怕回房间途中就在走廊上睡着了。"

医生又对我们叮咛了一遍注意事项，然后才从一排药中撕开两锭，分别递给我和彩夏。

十七

井关悦子把餐桌收拾干净后，我们就趁的场小姐离开时，把阵地转移到隔壁的会客室。

"收音机不是还没拿去归还吗？你今天不听新闻了啊？"名望奈志隔着桌子对彩夏说。

"不用了，"彩夏靠在沙发椅椅背上，像刚刚拼命跑过百米赛跑般虚弱地说，"现在再去担心火山爆发的事，我的头脑就要爆炸了。"

"没想到你的神经这么细呢，彩夏，我还以为你不会有什么感觉呢。"

"白痴才会没有感觉吧？！"

"你还是会想榊，对不对？"

"讨厌，不要连名望都这么说嘛。"

"的场小姐说，傍晚的新闻报道了三原山的消息。"忍冬医生安慰紧绷着脸的彩夏说，"好像会变成长期喷发，但是没什么重大伤亡。总之，近期内不必太担心。"

我坐在壁炉前的矮凳上听他们在沙发上的对话。枪中像被关在笼子里的瘦弱北极熊，两手交叉在胸前，不停地在会客室里走来走去，过了好一阵子才走到我附近来，说：

"你看起来真的很没精神，只睡三个小时果然不行。"

"枪中，你的脸色也很差呢。"

我这么回答他。枪中原本就瘦削的脸颊看起来更瘦了，眼睛四周也出现了黑眼圈。

"看来我们两个都不会长寿。"枪中耸耸肩说，然后走到壁炉旁，"等一下可不可以到我的房里来？我想在睡前再跟你讨论一件事。"

"你知道什么了？"

"没有，"枪中噘起干燥的嘴唇，"虽然我做过很多不负责任的推测，但是都没有结果。看来我不太有做侦探的才能。"

接着，他像是突然想到什么似的，把手伸向放在装饰架上的音乐盒——这个螺钿小盒子上的波斯风图案是用各种贝壳、玳瑁和玛瑙装饰而成的。枪中用双手轻轻打开了盖子。

从音乐盒里流泻出来的音乐吸引了所有人的注意。没有人说话，大家都露出复杂的表情，倾听着音乐盒所演奏的悲戚旋律。

下雨了，下雨了，

我想去外面玩，没有雨伞，

红色木屐的夹脚带也断了。

我下意识地配合着音乐，哼起这首歌的歌词。每一字每一句，都跟今天早上看到的杀人现场的画面重叠着。

第一段结束后，曲子又回到最初。就这样重复了三次，到第三次时拍子越来越慢，不久，就没有了声音。

"发条转到底了吗？"

枪中关上箱子，微微叹口气，从壁炉前走开了。

"你一定在想为什么是白秋吧？"我说。

枪中轻轻"嗯"了一声，把靠墙的矮椅子搬到我旁边坐下来，说：

"前天晚上我们也在这里听到音乐盒的音乐，那时候是忍冬医生打开的吧？所以，并不是没头没脑就冒出了这首歌，而且这个家里的人应该也知道这个音乐盒里有白秋的《雨》。"

"凶手是因为白秋还是因为《雨》这首歌呢？"

"不知道。"

"刚来的那天晚上，我们就讨论过白秋的事吧？"

"没错，因为那边的柜子里有那本书。"枪中看着斜背后墙上的装饰柜，"我们跟彩夏谈起了很多白秋所写的诗，那时候大家都在。忍冬医生打开音乐盒时，大家也都在。正好在那个时候，管家进来了。"

"没错，就是那样。"

"你比我了解诗人北原白秋。你有没有想到什么?"

"白秋吗?"我摸索着胸前口袋里的香烟。这趟旅行我带了几包烟来，现在几乎快抽光了。

"说到白秋，首先令人联想到的就是柳川，因为他的故乡在现在的福冈县柳川市，老家是历史悠久的造酒厂。白秋是家里的长男，本名应该是石井隆吉。"

"柳川、石井隆吉啊⋯⋯"

枪中嘟嘟囔囔地重复着，好像对名字特别敏感。

"二十岁前，中学辍学，上京后进入早稻田英文科预科班，但是不久后也辍学，进入'新诗社'，开始在《明星》上发表作品。"

"早稻田、《明星》⋯⋯嗯，那个'面包会'①也跟白秋有关吧?"

"嗯，退出'新诗社'后，跟木下奎太郎一起发起了'面包会'，应该是在一九〇八年吧。"

---

① 原文为"パンの会"，英文"Pan"的日文片假名写法。Pan，日文中指面包，也可译作潘神或潘恩，又称牧神。

这个冠上希腊神话中牧神名字的"面包会"是活跃于《方寸》《URUBA》《三田文学》《新思潮》等杂志的年轻美术家与文学家之间交流的场所。除了白秋和木下奎太郎，还有吉井勇、高村光太郎和谷崎润一郎等优秀成员，成为新兴文坛上所谓耽美派的原动力。

"一九〇九年，白秋二十四岁的时候自费出版了处女诗集《邪宗门》。'面包会'的机关杂志《屋上乐园》也是在那时候创刊的。"

我想到什么就说什么，不过，我不太认为这些文学史上的事情会成为解开"《雨》的模仿杀人"之谜的关键。

"如果你想知道得更详细，最好去图书室查查吧？"

听到我这么说，枪中苦恼地耸耸肩说："说得也是。不过，我还是想先听听你的白秋观。"

"哪谈得上是什么白秋观，我又不是研究白秋的专家。"

"可他是你喜欢的诗人吧？"

"算是。"我在手指之间玩弄着没有点燃的香烟，"关于他的说法很多，不过，可以肯定的是，他是日本近代文学史上最伟大的总合诗人，跨明治、大正、昭和三个时代，在近代诗、童谣、民谣、短歌等各个领域都留下了划时代的功绩。就这一点来看，我觉得他真的很优秀。"

"一般人听到白秋一定会先想到童谣吧，《鹅妈妈》这首翻译歌谣也很有名。"

"应该是，即使是对诗或文学毫无兴趣的人也一定听过几首他写的童谣……我可不是在说彩夏。甚至有评论家认为，白秋最优秀的资质与才能都充分发挥在童谣创作中。"

"哦，那你是怎么想呢？"

"我喜欢初期的白秋，也就是他二十来岁创办'面包会'时期的作品。"

"像是《邪宗门》或《回忆》吗？"

"其他像是《东京景物诗集及其他》，还有歌集《桐之花》，都非常鲜明强烈。现在再看，不但不觉得陈旧，反而鲜明强烈得令人惊悚，不由得屏气凝神。说不定在现如今的时代来看，才更能体会到那样的感觉：非常艳丽，有着恶魔般的，甚至可以说是猎奇之美，但又带着几许悲戚和滑稽。"

《邪宗门》与《回忆》都是这样，接下来的《东京景物诗集及其他》应该也同样是白秋初期诗风到达高峰的诗集吧，出版时间是一九一三年，但是，制作年代要追溯到三年前，正好跟《回忆》重叠，排在《邪宗门》之后。

白秋的初期创作原本就受到波德莱尔与魏尔伦等法国世纪末诗人的影响，难免会有这样的倾向。但是，这些充满浓郁异国情绪、神秘与梦幻得甚至颓废到无可救药的感觉诗、官能诗却盈溢着异样的魅力。

我第一次接触这些作品是在中学时代，当时我也认为"白秋等于童谣"，印象上的极大落差曾让我错愕不已。

"原来如此，我也喜欢初期的白秋。"

枪中露出满意的微笑。

《回忆》中不是有一首名为《制作人形》的诗吗？我小学时不小心看到，因为文字描写太过强烈，害我一整个晚上都睡不着，好害怕……不对，跟害怕又不太一样。"

说完，他眯起眼睛，开始背诵那首诗：

　　长崎的、长崎的

　　人形制作真有趣。

　　彩色玻璃……蓝色光线照射下，

　　反复搓揉白色黏土，用糨糊搅拌，混入抛光粉，

　　黏糊糊地迅速放在木工旋盘上，

　　盖上再掀起，头就成形了。

我接着念：

那是个空虚的头颅，

白色的头转呀转……

枪中露出一丝笑容，看着我说："怎么样，比《雨》更适合用来当作模仿杀人的题材吧？"

"的确。"我点点头，又把在手指间把玩的香烟收到口袋里，"后来，这样的文风因为某个事件而改变了。他隐藏之前颓废到无可救药的情趣，转变成'歌颂人类''毕恭毕敬地祈祷'之类的诗风。"

"你是指通奸事件？"

"对。"

那是发生在一九一一年，即大正元年的事。白秋跟他一直思慕的有夫之妇发生了关系，对方的丈夫到法院告他，结果他在市谷拘留所里被拘禁了两个月。虽然很快就获释了，但是也因为这件事改变了他的诗风。

"那位女性叫什么名字？"

"俊子，松下俊子。"

"哦，好像没什么关系。"枪中一直想从我们的谈话中找到具有某种意义的名字。

"喂，枪中，"我说，"我们最好把焦点放在白秋的童谣类作品上吧？毕竟这次案件中显示的是《雨》，所以，扩大思考范围也只是白费力气而已。"

"说得对！"枪中沉重地点点头，"说到白秋的童谣，最先想到的就是'赤鸟运动'吧？"

铃木三重吉于一九一八年七月创办《赤鸟》杂志。创办前印发的简介中说，这是在日本"创作童话和童谣的最初的文学运动"，以"创作具有真正艺术价值的童话与童谣"为目的。

"当时，文坛中人全都参加了，例如鸥外、藤村、龙之介、泉镜花、坪田让治、高浜虚子、德田秋声、西条八十、小川未明……不胜枚举。"

"童谣作者又以白秋和八十为代表。"

"这两个人经常被拿来比较。有人说白秋的童谣比较田园，八十的童谣比较都市。也有人说两个人的创作动机不同。"

白秋在一九一九年的第一本童谣集《蜻蜓的眼睛》的前言中说：

真正的童谣要用易懂的小孩子语言来歌颂小孩的心，同时对大人而言也必须具有很深的意义。但是，如果勉强自己在思想上培养出小孩子的心，反而会导致不好的结果，必须在感觉上让自己完全变成一个小孩子。也就是，要深知"童谣是童心童语的歌谣"。当时的白秋将主要读者设定在九岁以下的小孩，立志创作完全以"童谣"为基准的新童谣。而八十的动机，除了想给小孩子们优质的歌谣之外，也从一开始就考虑到了成年读者，因为他希望可以唤醒大人们幼年时期的情绪。

不过，白秋的理念后来逐渐产生了变化，随着年龄的增长，他所设定的读者年龄也逐渐提高。一九二九年出版的《月与胡桃》中更提到："我认为写童谣时，不必特意回到儿童时候的心。只要用跟作诗、作歌时同样的心与同样的态度去写就可以了。"

"《雨》是什么时候的作品？"枪中问。

我稍微思考一下，说："应该是他刚开始创作童谣时的初期作品吧，大约在《赤鸟》创刊没多久后。如果我没记错，这首《雨》跟八十的《金丝雀》，是《赤鸟》杂志最初的作曲童谣。"

"哦……"

"对了，你知道《雨》的作曲者是谁吗？"

"我下午查过了。"枪中瞄了一眼通往图书室的门，"是一位名叫弘田龙太郎的作曲家。我本来还期待会发现一个比较有意义的名字呢。"

十八

"可以插个嘴吗？"一直没有说话、垂着头坐在沙发上的甲斐突然开口说，"我一直在想一件事。"

"什么事？"枪中从椅子上站起来，往沙发那边走去，"想到什么就说出来，什么都行。"

"好。"甲斐的一只眼睛"啪哒"抖动似的眨了一下，"我在想，住在这栋屋子里的，真的只有他们几个人吗？"

"哦？"

"白须贺、的场、管家鸣濑、留胡子的男人末永，还有在厨房工作的那个女人，她姓井关吧？加起来一共是五个人。中午枪中提出这个问题时，的场说就只有这五个人。可是，我总觉得至少还有一个人住在这里。"

他的声音不是很有自信，但是，在场的每一个人听到他这句话时，一定都在那一瞬间倒抽了一口气。

"你为什么这么想？"枪中问。

甲斐不定地移动着眼神，说："我没有很明确的证据，可是，例如……对了，是彩夏吧？昨天在温室碰到你们之前，她不是看到那边的楼梯上有人影吗？"

"嗯，我跟枪中他们去冒险时看到了，在那之前的晚上也听到了怪声。"彩夏很严肃地回答。

枪中虽然点着头，却还是说："可是并没有清楚看到是什么人，也有可能是白须贺啊。"

"你说得没错，所以我才说只是有那种感觉。"甲斐用手按着太阳穴，偏着头说，"还有一件事也很奇怪，昨天我们在温室碰到的场时，她端着的托盘上有一把茶壶和两只杯子。"

"是吗？可是，这又能看出什么呢？"

"一般来说，用人不太可能在温室里喝茶，所以那两只杯子，其中一只应该是为白须贺准备的，那么，另外一只呢？"

"也可能是的场小姐陪他喝啊，感觉的场小姐并不是用人，白须贺先生尊称她为医生。"

枪中嘴巴上这么说，心中一定也怀疑是不是有"另一个人"存在。因为今天傍晚，他也在温室里看到了某个人影；我也跟他提过我在礼拜堂看到人影的事。

"我也这么觉得。"轻轻梳拢着长发的深月也开口说，"今天早上我听到了怪声。"

"第一次听你说呢。"枪中皱起眉头看着深月，"什么时间？在哪里？"

"是今天早上的场叫醒我叫我赶快下楼的时候。在那边……前面走廊上往我们房间那个方向的尽头不是有一扇门吗？跟通往大厅的那扇门的结构一样，也是玻璃双开门。"

她说的那扇门通往第一天晚上鸣濑带我们上来时的楼梯。

"今天早上那扇门是锁着的，我们所有人都是从大厅那个方向下楼的。可是，我正好经过那扇门的前面时，听到门的另一边有声音。"

"脚步声吗？"枪中的眉头皱得更紧了，"脚步声怎么了？"

"那种脚步声，很像是脚有问题的人在走路，就是很像拐杖撞击地面的声音，叩吱叩吱，很坚硬的声音。"

彩夏前天晚上说在大厅楼梯平台听到的也是"某种坚硬的物体撞击地面的声音"，今天我在礼拜堂听到的声响也是。

"我想那个人应该正在爬楼梯，那边的楼梯不是没有铺绒毯吗？所以我隐约可以感觉到，那个脚步声好像是往上，往三楼去了。"深月的脸显得好苍白，细长的眼睛望着天花板，"我们到达下面的餐厅时，除了井关之外，所有人都到齐了，不是吗？那么，我听到的应该是井关的脚步声，可是那时候她应该正忙着为我们准备三明治，而且她也不用拐杖。"

"不错，很棒的推测。"枪中佩服地眯起了眼睛，"唯一可以反驳的是，说不定她只在爬楼梯时需要拐杖，那时候她正好有事上三楼去，正好被你听到了她的脚步声。"

"可是她为我们准备用餐时，还有收拾餐桌时，都看不出来她的脚不好啊。"

"嗯，的确看不出来。"

"还有一件事，"深月接着说，"今天早上，男士们跟随的场去温室时，我不是跟彩夏、兰三个人留在餐厅里吗？那时候，我……"

"又听到了脚步声？"

"不是的，"深月轻摇着头说，"是钢琴的声音，非常小声，所以听不出来是什么曲子。"

"是从哪里传来的？"

"我不太确定。不过，应该是从上面传来的吧。"

"可能是在放唱片吧？"

"应该不是，中途还停了几次。如果是放唱片的话，不会中断那么多次。所以，应该是有人在某个房间里弹钢琴。"

"有没有可能听错？"枪中非常慎重。

"我也听到了啊。"坐在深月旁边的彩夏说，"听不出来是什么曲子，不过的确是有人在某处弹着钢琴。"

"看来真的有那么一个人哦，"名望用手摩擦着尖鼻子的下方，把嘴嘬成新月形笑着，"深月的观察向来很敏锐。你最好留意这件事，侦探先生。"

枪中把眼镜往上推，低低"啊"了一声。

名望故意吓人般地说："不是常有'禁闭室疯子'这种事

吗?"他好像不是开玩笑,嘴角虽泛着笑意,眼神却显得很认真,"你们想想,会偷偷摸摸住在这种乡下,一定有什么原因。山下那些城镇村庄对他们的评语不是也很差吗?"

"你是说这个家里有一个脚不好的疯子,为了避开世人的眼光,所以躲在这种地方?"

"没错,说不定这个人就是杀死榊的凶手。模仿杀人这种事,也只有神经不正常的人才做得出来。譬如说,他以前曾经杀过人,那时候正好响起了《雨》这首歌。"

"嗯,就最近流行的异常心理学来看,是很有可能的。"这句话听起来有点不负责任,但是枪中的表情还是显得很认真,"看来,只能再去探探的场的口风了。"

结果,这件事就这样告一段落。

我们已经讨论过所有关于"这栋雾越邸里有第六个人"的可能性,至于这个人是谁,除了名望提出来的意见之外,没有人有其他意见。"禁闭室疯子"这一揣测虽然有点不切实际,但是,在我们目前所处的环境中还是造成了很大的震撼。我想一定有很多人跟我一样,眼睛盯着天花板,身体不由自主地颤抖着。

跟昨天晚上一样,大家在九点半左右解散,各自回到房间。枪中叮咛大家,睡觉时一定要把房间的门闩拉上。大家都用力点了点头。

十九

"我做了这张表格。"

晚上十点，我依约来到枪中的房间。枪中把他用四张报告纸做成的表格拿给我看。他在这个表中把这个家的所有人（已经知道的人）的不在场证明以及可能杀死榊的动机等做了一个整理。

"做成表格后，不在场证明一目了然。可是，动机方面还是看不出所以然。我做过各种探讨，可是都不足以构成杀死一个人的动机。"枪中把书桌前的椅子让给我，自己坐在床边低声说，"我是不是还有什么疏漏？是不是还有什么隐藏的动机……"

我一边漠然地听着枪中的话，一边想，旁人有可能那么容易了解一个人的杀人动机吗？有可能判断出这个动机够充足还是不足吗？我总觉得，"动机"这两个字说起来简单，可毕竟不是看得见、摸得着的东西，而是一个人的"心"。这种东西，除了本人之外，没有人能看得清楚。

"对了，"我把表格还给枪中，提出散落在脑海中的疑问之一，缓缓问他，"你还是那么在意名字的事吗？我们谈论白秋的事时，你让我有这种感觉。"

"啊，嗯，"他接过那张表格丢在床上，低声回答说，"是啊，我确实很在意。"

"因为在这个屋子里发现了跟我们同名的东西，你认为那些东西的暗示可能以某种形态跟案件扯上关系吗？"

"好难回答的问题。我也不太清楚，不知道为什么，就是会很在意。"

"的场说这个家是能映出来访者未来的镜子。对这句话，你相信多少？"

"这也是很难回答的问题。"大概是累了，枪中用手指按着两边的眼睑，"基本上，我认为自己是个很难逃出近代科学精神束缚的奴隶。以我的立场，应该要否定超科学现象或神秘主义思想。可是，另一方面，我又对我的信仰依据十分怀疑。"他的视线落在我的脸上，"你知道'范式'这个词吧？"

"嗯，大概知道。"

"'科学家们共同运用的概念图示或模式、理论、用具、应用的总体'，是科学史家托马斯·库恩在《科学革命的结构》一书中提出的概念。不只是在自然科学，在社会科学和人文科学上，研究者也都不能脱离当代的代表范式。也有整个框架大转变的例子，譬如天动说被地动说取代了，还有从牛顿力学转为相对论，再转为量子力学，这就被称为范式转移。

"这个词不只应用在科学领域中，整个架构也沿用到我们的世界观、意识和日常生活模式中，这种情形就称为元范式。"枪

不在场证明和动机一览表

榊由高		男，二十三岁。本名李家充。被害者。
	死亡推定时间	十六日下午十一点四十分到十七日半夜两点四十分之间。
	备注	被认为是八月李家亨住宅杀人事件的凶手。
名望奈志		男，二十九岁。本名松尾茂树。
	不在场证明	无。
	动机	似乎对榊由高在剧团的地位不满（？）对榊十五日那天带头把大家领入歧途一事非常愤怒。
	备注	十七日与妻子离婚。恢复原姓鬼怒川。
甲斐幸比古		男，二十六岁。本名英田照夫。
	不在场证明	十六日下午十点半到十七日半夜三点之间与枪中、铃藤一起待在图书室。
	动机	曾经向榊借了五十万日元（金额为他本人的证词），被榊催促还款。
芦野深月		女，二十五岁。本名香取深月。
	不在场证明	十七日零点前后到两点前后在自己的房间里与彩夏聊天。
	动机	榊纠缠她，她似乎对此很生气（？）

不在场证明和动机一览表

希美崎兰		女，二十四岁。本名永纳公子。
	不在场证明	无。服用了安眠药（？）
	动机	恋爱中的矛盾。
		错过十六日的试镜，认为是榊的过错，似乎对他心生埋怨（？）
	备注	似乎也与八月李宅事件有关。
乃本彩夏		女，十九岁。本名山根夏美。
	不在场证明	十七日零点前后到半夜两点前后待在深月的房间。
	动机	恋情的纠结（？）
	备注	十七日，根据忍冬的姓名测试，把艺名改为矢本彩夏。
铃藤棱一		男，三十岁。本名佐佐木直史。
	不在场证明	十六日晚九点四十分到十七日半夜四点半与枪中待在图书室。
	动机	不明。
枪中秋清		男，三十三岁。
	不在场证明	十六日晚九点四十分到十七日半夜四点半与铃藤待在图书室。
	动机	不明。

不在场证明和动机一览表

忍冬准之介		男，五十九岁。相野的执业医生。
	不在场证明	无。
	动机	不明。
	备注	曾经帮助警察查案，对于尸体的论断令人信服。
白须贺秀一郎		男。雾越邸主人。
	不在场证明	无。
	动机	不明。
鸣濑孝		男。管家。
	不在场证明	无。
	动机	与八月事件的被害者是亲戚，向疑凶榊由高复仇。
的场步		女。医生。
	不在场证明	无。
	动机	不明。
末永耕治		男。用人。
	不在场证明	无。
	动机	不明。
井关悦子		女。用人。
	不在场证明	无。
	动机	不明。

中停顿一下，又把手指按在眼睑上，"总之，我们常常透过代表这个时代或社会的某种范式来看待事物或思考……不对，应该说是被养成了这种习惯，不过这也是难免的。而从近代到现在的范式，也就是所谓的近代科学精神——机械论世界观、要素还原主义，我们会以所谓'正确'的价值为前提，依据'科学性''客观性''理论性''合理性'等各种言辞或概念来掌握事物或思考事物。例如奥古斯都·杜邦、夏洛克·福尔摩斯、埃勒里·奎因 [①] 等，活跃在古典推理小说中的侦探都是典型的例子。'客观性'这个概念早就被理论物理学否定了，但并没有因此动摇了一般人的世界观和价值观。"

"'客观性'被否决了吗？"

"对，因为德国物理学家海森堡提出不确定性原理而召开了有名的索尔维会议……啊，不讲得太深奥了，总之就是说，观测时，一定要有身为观测主体的'我'存在。所以，重要的不是身为客体的存在，而是主体跟客体之间的互动。说得更仔细一点，我们所看到的世界，根本就是我们自己所体认到的结构。

"这当然关系到粒子这种极小的世界，但是其他的学科领域也都紧跟着这样的思考方向，驱使范式往同样的方向前进，例如

---

① 分别为爱伦·坡、柯南·道尔、埃勒里·奎因笔下的名侦探。

相互作用论、解释主义等方向。"

我听得有点不耐烦了，拿出刚才在会客室没有吸的香烟塞进嘴里。

"枪中，回到原来的问题，你到底是怎么想的？"

"这个嘛，"他欲言又止，前齿轻轻咬着下唇，眉间刻画出深深的皱纹，"说实话，我也很迷惘。"

片刻后，他接着说："不知道该相信什么是真的，毕竟一切都是从这一点开始，也是在这一点结束。"

"好暧昧的说法。"

"所以我说我很迷惘啊，"枪中两手抵着床铺，转转脖子缓解酸痛，"不过，也可以有这样的极端想法……你知道幸岛猴子的故事？"

"猴子？"我顿时哑然，"什么故事？"

"很有名的故事啊。"枪中瘦削的脸颊上突然浮现出自嘲般的笑意。

他向我说明："有人给栖息在宫崎县幸岛的日本猿猴一颗沾了沙子的脏马铃薯。刚开始，猿猴并不想吃那颗马铃薯。这时，有一只年轻母猴想到可以用水把马铃薯洗干净再吃。就这样，在猿猴的社会里产生了'洗马铃薯'的新文化。不久，这个文化传播到同一座岛上的所有猿猴之间。又过了几年，当洗马铃薯的猿猴达到某个数量时，就产生了一种异常变化。"

"异常变化？"

"嗯，真的是异常变化。为了解说方便，把'某个数量'当成一百只好了。当第一百只猿猴学会洗马铃薯后，不出几天，住在岛上的所有猿猴都开始洗马铃薯了。"

"突然吗？"

"是啊，简直就像那第一百只猿猴的出现是某种临界点。以《职业实习教育法》来说，就是'提升了水准'。而且，从那时候起，隔海的全国其他地区也自然而然地发生了同样的事。"

"真的吗？"

"这是莱亚尔·瓦特逊在《生命潮流》中介绍的案例，不过好像有很多人怀疑他的资料的可信度。"

即使是科学白痴的我，也听说过这个作者的名字跟他的著作。

这本书最近十分受瞩目，成为所谓"新科学"的先驱。

"当相信某件事的人数达到某个数量时，就会有上万的人相信是真的。这一点，从思想和流行文化等社会现象就可以很明显地看出来，在自然界也广泛存在着。瓦特逊假设出一个不为人知的体系——'偶发体系'，企图以此现象来作理论性的说明。"

枪中的视线落在我的膝盖附近，像念咒语般继续说着：

"还有一个类似的'形态形成场理论',是罗伯特·谢尔德雷克的学说。他说同品种之间存在着某种超越时空的联系,会透过'形态形成场'产生同品种同伴的共鸣,不断地反复出现。从某种品种进化而成的新品种拥有自己的'形态形成场'。当新品种的数量达到一定数目时,就会促使栖息在远方的未进化的同种也产生同样的进化。这样说明,你懂了吗?"

"嗯。"

"有趣的是,不只是生物,连物质都会发生这样的现象。瓦特逊也提到一个关于甘油结晶化的有名故事。甘油这种物质,在二十世纪之前,大家都认为不可能以固体形态存在,没有一个化学家可以做到让其结晶化。结果,有一次意外发现了在各种条件重叠下自然结晶的甘油,许多化学家就以此为样本做成了甘油结晶。就在这期间,发生了异常变化。当某个实验室的化学家成功地将甘油结晶化之后,同一间屋子里的所有甘油突然都自然结晶了。而且这个现象在不知不觉中扩展到世界各地。

"谢尔德雷克解释说,这时候,'甘油会结晶'的主题就在甘油这个物质的'形态形成场'中成立了。"

我完全插不上嘴,静静地听他讲述。他看着我的脸,浮现出不知如何是好的表情,深深地叹了一口气。

"所以,我想作个假设,就是某种'旧房子拥有预言的能力',

或如的场所说的'会映出来访者的心'，这样的主题说不定已开始在这个封闭场所之外的世界各地成立。你认为呢，铃藤？"

二十

我点上香烟，默默望着窗户，直到香烟缓缓烧到烟屁股。

窗外的百叶窗帘是开着的，在覆盖了玻璃的漆黑中，隐约可以看到断断续续飘落的白色物体。看起来像有人从屋外窥伺着这个房间，让我用力眨了好几次眼睛。

枪中坐在床沿，拿起刚才的不在场证明及动机一览表，一只手扶着眼镜框，盯着一览表看。时而叹息，时而低声念念有词，但已经不再对我说什么了，我也没有话对他说。

头宛如麻痹般沉重，不可能再去思考枪中之前说的话。思绪在脑中空转着，我完全不知道该怎么去思考，也搞不清楚枪中刚才说的话到底有什么含义。

风力突然增强，玻璃窗抖动了好一阵子。微微打盹的我被这样的声响惊醒，又把视线移到枪中的脸上。

"那件事，你问过芦野了吗？"我问。

枪中沉重地点点头，说："她还是不告诉我她觉得'另一个人'是谁，不过听她的语气，应该是剧团里的人，而且那个人也一起来到了这里。"

"果然。"

"那么，除去你和我，这个某人应该是其他三个人中的一个，也就是名望、甲斐或彩夏。"

"枪中，你认为是谁呢？"

"我觉得他们都有可能，也可能都不是。例如，"枪中的视线又落在一览表上，"名望表面上看起来跟榊和兰都不合，对兰的态度尤其尖酸刻薄，可是，他这个人说话向来很难确定有多少真实性，也可能全是演出来的。甲斐看起来老实，不像是会嗑药的人，可是实际上到底如何就不得而知了，说不定他根本无法拒绝榊那么强势的人。彩夏也一样，她跟兰的关系不好，可是有榊居中协调，情况可能又不一样了。你认为呢？"

"很难说。"

"或者，还有一种可能性。"

"什么？"

"就是深月。其实是她本人跟事件有关，所以故意说出这种好像跟自己毫无关系的谎言。"

"怎么可能会有这种事？"

"你能确定绝对不可能吗？"

我无言以对。此时我深刻感觉到自己完全违反了"侦探"身份的行为准则，枪中说得没错。对我而言，深月是非常特别的一个人，可是，我并不应该因此在这个事件上给予她特别待遇。我不由得大叹一口气，偷窥枪中的脸。他把一览表放在膝盖上，手抵着下颚，用前所未有的严肃表情沉思着。

我又把视线转向漆黑的窗户，发了好一阵子呆。

"喂，枪中，"进他房间后，我第三次提出相同的问题，"关于这个房子，你刚才说了一堆，可是，你的结论到底是什么？"

其实，这也是对我自己的一个疑问。枪中沉默不语，一副心不在焉的样子，用手抵着下颚，缓缓地摇着头，好像在告诉我他也不知道。

"如果在温室看到的卡特兰的样子真的是在暗示着某种未来，那么，不就代表兰也会跟榊一样死掉吗？"

"也许吧。"

枪中喃喃回应，从床上站了起来，背向我缓缓走向落地窗，"如果真的发生那种事，我也只能相信了。"

"你对那个龟裂有什么看法？"我提出突然浮现在脑海的疑问。

枪中回过头来看了我一眼，不解地问：

"龟裂？"

"就是温室的天花板啊，昨天在我们眼前裂开的那个'十'字形裂痕。"

"啊？"

"如果那个龟裂也是这个房子'动起来'的征兆，那么它究竟代表着什么意义呢？"

"嗯，说得也是，目前只有那个东西意义不明。"枪中又转向落地窗，喃喃说着，"'十'字形的龟裂，到底代表什么呢？"

没多久，我就回到了自己房间；时间大约是凌晨零点。

走出枪中的房间时，我记得还特地看着自己的手表确认过。

被不知何时会停——说不定就这样持续到世界末日——的暴风雪包围的雾越邸之夜，越来越深了。

幕间休息

远处传来风声。

我坐在相野候车室里冰冷的板凳上，回忆过去。窗外，在愈发浓重的黑暗中，昭告着冬天到来的白雪还在飞舞着。那首歌的旋律持续在我耳边缭绕着。

那个晚上。

四年前，十一月十七日的那个晚上，在那栋屋子的那个房间里，我跟枪中秋清两个人的对话，字字句句都在我脑海中苏醒过来。于是我又想起枪中给我看的不在场证明及动机一览表，不胜唏嘘地叹了一口气。

现在回想起来，那张表中其实隐藏着重大意义。可能是一种巧合或暗号，也可能是一种暗示或预言。可是，当时的我怎么会看得出来呢？

是谁杀了榊？

我们必须知道这个答案，尤其是被赋予侦探职责的枪中，一定比其他任何人都想知道那个答案。

两天之后，枪中以明晰的推理在大家面前成功地指出了犯人的身份。现在回想起来，从我离开他房间的那个夜晚开始，他就已经抓住了指向真相的线索。

而我跟他谈完之后，就像无能的华生一样，被错综复杂的无数疑问搞得一头雾水。回到自己的房间后，我马上服下忍冬医生给我的安眠药，上床睡觉了。

医生说得没错，那种药非常有效。不到十分钟，我就被拖进了深眠的沼泽，睡到天昏地暗。

但是我仍记得在我沉睡之前的蒙眬意识中一瞬间划过某种明确的不祥预感，猛烈地膨胀爆炸。我全身颤抖，但是依然不可自抑地滑向黑暗的梦乡。我发出病人般的梦呓，喃喃吟唱着北原白秋那首《雨》的第二段歌词。

雾越邸暴雪谜案

下

〔日〕绫辻行人 著

朱田云 译

人民文学出版社

PEOPLE'S LITERATURE PUBLISHING HOUSE

綾辻行人作品

目　录

第四幕　第二具尸体

下雨了，下雨了。

就算不乐意，还是待家吧，

来玩彩纸呀，一起来折吧。

　　　　　＊　　＊　　＊

　　古希腊神话中的三位女神——赫拉、雅典娜和阿芙洛狄忒，一个个都伸长了身子、高举一只手、你争我夺地抢着一样东西。先前，女神厄里斯曾因未受邀请而心怀不悦，于是偷偷来到埃伊纳岛，在帕里斯王子的婚礼上扔下一颗金苹果，而三位女神抢夺的正是这颗写着"送给世间最美之神"的金苹果。

　　白色石雕的女神们伫立在圆形底座上，许许多多的喷水口将她们围成一圈。也许是为了防冻，喷水口里一直有细流涌出。

　　这是一个面向雾越湖的中庭平台。建筑物的另外三面外壁上都搭建着雅致的木造阳台。

　　就在"三美神喷泉"的正前方不远处，圆弧形的平台阶梯延伸向湖面，平缓的台阶一级一级向下延伸，浸入透明的湖水中。湖水并不深，差不多只到成年人膝盖的高度。透过清澈的湖水，沉在湖底的白色石阶看上去近在眼前。

　　面朝湖面时，右前方有另一处长条形的平台，沿着长廊一直联通温室。以这两处平台为两条边，形成一个长方形，其中心附近的湖面上浮着一个圆形小岛。从湖岸的两处平台向下沉入湖底的石阶，又从湖底延展成平缓的阶梯向上攀升至小岛。

小岛中央盘踞着一条长着三个脑袋的海龙。这条三头怪龙与女神们的美貌形成鲜明对比，它面目狰狞恐怖，向天空张开大嘴，露出尖牙。

雪停了。

阴沉似铅的乌云覆盖着整片天空。没有风声，也听不到水声，仿佛所有的声音、所有的动静都被吸入了积雪的白色之中。这是静谧之晨的一道风景。

不过……

湖面上漂浮着一尊怪异的石像，其背部有一粒粒白色的凸起，上面耷拉着一坨与周围景致格格不入的艳俗亮色。那是一具穿着亮黄色连衣裙的女人的尸体。

一

"医生，怎么样？"枪中问。

面对枪中的提问，忍冬医生皱着眉头，一个劲儿地摇头说："没救了。"

医生指指尸体的脖子，说话间已经放弃了施救。尸体趴在三

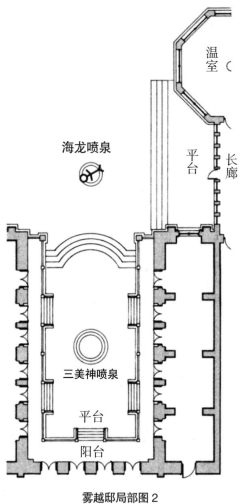

温室 (

海龙喷泉

平台

长廊

三美神喷泉

平台

阳台

雾越邸局部图 2

头怪龙的背上，腹部朝下，身体折成两段。头部耷拉着，裸露的颈部上缠绕的银白色尼龙细绳深嵌在肉中。

"又是被勒死的?"

"头部也有伤，你看这里。"医生的手指向尸体后脑勺，"和昨天的手法完全一样：先用钝器多次击打头部，将其敲晕后，再用绳子勒住脖子。"

"先不管手法如何，我想知道为什么要把尸体弄到这种地方?"名望奈志面朝海龙像，双手缩进茶褐色毛衣的下摆里，瘦弱的身体左右摇晃着，显得非常不安。

"总之，先把尸体运到岸上，再去考虑其他事吧。"枪中出来的时候只在睡衣外披了一件上衣，说话的时候，嘴里呼出白色的热气，那声音听上去就像损坏了的旧卡带那样，带着微微的颤音。"名奈志①，你去抬她的脚。铃藤，你去那边抬肩膀。"

我听命，从忍冬医生背后绕到尸体旁，不料在结了冰的雪地上滑了一下，身体瞬间失去平衡。刹那间，我伸出左手，一把抓住海龙那条细长的脖子。海龙张着嘴，尖锐的牙齿间向下流出水，淋湿了我的手腕。

"唉?"我不由得叫了一声，因为我发现有样奇怪的东西夹在

---

① 此处为枪中声音发颤，发出不完整的"名望奈志"。

275

尸体腹部与龙背之间。

"怎么了?"枪中问我,他的手原本正要伸向尸体的肩膀。

"你看!"我指了指那样东西。为了避免自己的指纹沾到上面,我从裤兜里掏出手帕,将其从尸体下面抽出。

"哎哟!"忍冬医生歪着肥圆的脑袋,"这东西怎么会⋯⋯"话到嘴边却戛然而止,变成了喃喃自语,"原来如此。"他似乎已经明白为什么这东西会在这里。

"你先拿好,别弄丢了。"枪中的声音听上去有些紧张,"可能是凶手留下来的重要证物。"

我乖乖地点头,用手帕将其包好,放入毛衣开衫的口袋里。从这时候起,一种难以名状的不适感开始刺痛我心中的一隅。

名望抱住尸体那穿着红色高跟鞋的双脚,枪中和我分别抱住她的左右肩膀,就这样三人一起将其从龙背上抬下,然后在忍冬医生的带领下,慢慢离开了海龙小岛。

正如昨天的场小姐所说,雾越湖的湖水本身并不冷。但因为冲出来的时候没来得及穿外套,所以感觉上还是很冷。

不知道是不是起风了,湖面上泛起了薄雾,飘飘然地被岸边的白桦林深处吸噬而去。厚厚的云层阴暗低垂,看上去似乎马上又要下雪了。

估计是睡前吃了安眠药的副作用,现在感觉口很渴。我舔了舔冰冷的嘴唇，竟是异样的苦涩。这也是吃药的缘故吧。脑袋感觉还没完全清醒过来，一股与纠缠在唇齿间的味道极其相似的、令人不悦的苦味，开始慢慢地渗入我的内心，并蔓延开来。

第一个发现尸体的是芦野深月。

她早上醒来后，从面朝中庭的窗户向湖面望去时发现了异样的情况。平日里很少乱了方寸的芦野当时发出了惊声的尖叫，甚至连住在与她隔着中庭、正对她房间的我都听到了。她的悲鸣仿佛将我从昏睡的泥潭中一下子捞起。

当时是早上八点半左右，距离现在不过三十分钟。

据说雾越邸的用人们照例在早上七点开始了各自的工作，却没有一个人注意到海龙小岛上的异样。

也许是因为定期除雪，中庭与长廊两处的平台积雪并不算深（话虽如此，但估计至少也在十厘米以上）。上岸后，我们暂时将尸体仰面放在雪地上。此前一直站在争抢厄里斯苹果的"三美神喷泉"旁边看着我们的的场医生向我们缓缓走来。

"医生，"枪中一边调整着粗喘的呼吸，一边看着忍冬医生，"能推定死亡时间吗？"

老医生简短地回了一声"嗯"，与走到身旁的女医生面面相觑。

"您的这个问题，真的挺难回答的。"医生稍稍弯下微胖的身

277

子，双手搭在膝盖上，他的裤子早已湿透。

"这尸体恐怕一整晚都被弃置在寒冷的地方，也就是说一直处于冷冻状态，所以真的很难立马推定死亡时间。"

"大致的时间也行。"

"也很难。"医生抖了抖圆圆的肩膀，转向同行，"的场医生，您怎么看？"

"我觉得不太可能，"女医生脸色苍白地摇着头，"因为在冷冻状态下，很难出现死尸现象。例如，死后僵硬主要是因为肌肉内的三磷酸腺苷发生分解，也就是说，是由一种化学反应所引起的。但在低温下，理所当然地，很难发生这种反应。"

"没错，"忍冬医生再次大幅度地抖了抖肩膀，然后点点头，"在极端的低温环境下，连尸斑都不会出现。不过，如果可以把尸体搬到大学医院，请专门的医生进行解剖、详细调查的话，也许可以找到一点线索。"

女人的尸体横躺在大家的脚边，脸色就像覆盖在平台上的雪一样白，却反倒让她那痛苦扭曲的表情显得没那么丑陋恶心。一想到这是一种她生前不能企及之白，我不由得悲从心来。

深月与彩夏从一楼正面的阳台走了下来，晚起的甲斐也小跑着从她们后面追了上来。

她俩走到"三美神喷泉"前停了下来，靠在喷泉边，远远地望向这里。

"这是?"甲斐走过两人的身边来到尸体近前,低头看着尸体问大家,"这算继续昨天的作案吗?"

"好像是的。"枪中回答,目光转向我。我默默地从毛衣开衫的口袋里取出刚才用手帕包着的东西,在手掌上摊开,给甲斐看。

"啊!"甲斐一阵愕然,目不转睛地盯着看。

"是纸鹤……"

"就在尸体那里发现的。而且为了不被风吹走,凶手还特地把它压在尸体的腹部下面。"

"这是在尸体那里找到的吗?"甲斐听完我的解释,依然一脸吃惊的表情,不解地问,"没有其他东西……吗?在尸体旁的就只有这个?"

"是的。"

"这是为什么啊?"

"你知道《雨》的第二段内容吗?"

甲斐依然凝视着手帕上的纸鹤,喃喃地问:"《雨》?"他的声音有些颤抖,"《雨》的第二段……啊!"

"下雨了,下雨了。"忍冬医生轻声地哼起来,"下雨了,下雨了。就算不乐意,还是待家吧。来玩彩纸呀,一起来折吧。"

这时，突然从湖面吹来一股大风，就像是被咒语般的旋律召唤而来。我连忙伸手去按住手帕，但还是晚了一步，紫色的纸鹤随风飘起，落到了希美崎兰尸体的胸上。她穿的黄色连衣裙上有着深红色的衣襟……这种色彩组合就像那温室里枯萎了的卡特莱兰。

二

我们决定让末永耕治带路，把希美崎兰的尸体搬到这个家的地下室。

我们交换了一下之前的位置，枪中抬脚，我和名望分别抬她的左右肩膀。我们从阳台走到中央走廊，进了水的鞋子咯吱作响。我们跟在末永的后面，在暗红色的绒毯上迈着步。

通过正餐室前时，见门开着，我朝里瞅了一眼，白须贺秀一郎正站在餐桌前，和昨天早上的装束一样，双臂抱在胸前，神情落寞地望着窗外。我们继续向前走，路的尽头是一道蓝色的双开门。末永将门打开，那里正是我们来到的第一天因暴风雪从后门进入的、小小的后厅。

"这边走。"末永有着与其壮硕体格十分相配的粗犷声音，他说完，将手指向通往二楼阶梯右侧的茶褐色的门。

我们拽着尸体那湿漉漉的黄色连衣裙摆，拖着沉重的脚步穿过后厅。打开门，一段通往地下室的陡峭楼梯出现在眼前。

"请注意脚下。"末永边说边先行迈步。就在这时，突然响起一声硬物碰撞的声响，好像是有人突然停下脚步。

我们三个人抬着兰的尸体，一起朝发出声响的方向望去。刚才的声音来自通往二楼的楼梯处。

一瞬间，我仿佛在楼梯缓步台处看到有个黑影一闪而过，与此同时，哐当一声巨响，响彻了整个房间，一根拐杖从楼梯上落下来。

"是谁？"名望奈志大声问道。

"地下室在这边。"末永严肃地说。

名望瞥了一眼这个一脸胡须的年轻杂役，舔了一下薄薄的嘴唇："我爸妈教过我，东西掉了可得捡起来哦。"他的语气像是在开玩笑，原本抬着尸体右肩的手突然松开，指向了楼梯。于是，一个重心不稳，尸体也跟着颤巍巍地倒向一边。

"危险！"末永紧张地冲上前，从背后抓住名望那皮包骨头的肩膀，"您别管了！"

"要你管！"名望粗鲁地狠狠甩掉末永的手，"到底是谁？！不要偷偷摸摸的，快出来！"

"请您自重！"末永伸手想要再去抓名望的肩膀，名望却快速地闪躲过去，冲上楼梯，但还没到楼梯缓步台就停下了脚步，轻啐了一声，"被他溜了。"他捡起地上的黑色拐杖，拿在手里像钟摆一样甩来甩去，甚至还不甘心地抬头望着从楼梯缓步台开始改变角度向上延伸的部分。过了好一会儿，他终于放下手里的拐杖，将其立着靠在墙上，自己回到原地。

末永狠狠地瞪着名望，一言不发地再次回到地下室门口，看了一眼依然抬着尸体的枪中与我，压低声音说："请往这边走。"说完，自己走在了最前头。

"哎，你说，"枪中一边缓缓地走下昏暗的楼梯，一边开口问，"那是谁的拐杖？"

过了一两秒，末永头也不回地回答说："是老爷的。"

"你们老爷喜欢玩捉迷藏啊。"枪中有些嘲讽地说。

末永却心平气和地回答："老爷人在那边的正餐室里。我觉得是他上楼的时候随手把拐杖挂在了上面的楼梯栏杆上而已。"

"你们老爷平时习惯把东西放在那种地方吗？"

末永突然停下了脚步，转头看着我们，黑色胡须下的嘴角瞬间浮现出一副挑战似的愤怒神情。"是又怎样！"他回答说，"我们老爷就是习惯走到哪儿东西就随手放到哪儿，所以我刚才说'您别管了'。"

我理所当然地觉得这个男人在说谎，这一点毋庸置疑。

刚才我的确感觉到楼梯上有人，不，岂止是感觉——也许枪中和名望也感觉到了——虽然只是短暂的一瞬间，我们都看到了一个因我们的视线而受惊逃走的身影。

那是一个黑色的小小身影。

昨晚，彩夏在大厅楼梯缓步台看到的身影；昨天，我在教堂门口看到的身影；枪中在温室里看到的身影；深月听到的拐杖声；还有钢琴声……果不其然，这个家里也许真的住着不为我们所知的第六个人吧。

下楼后是一道短短的走廊，左右两侧有四扇黑色的门。末永推开左前方的一扇门，打开电灯。

十张榻榻米大小的房间里放着大型洗衣机和烘干机。墙壁和地板都是毛坯的水泥面，最深处的正面墙壁上是一个大型整理架。虽然比起屋外已经暖和很多，但在这个没有暖气的房间里，我依然冷得连呼吸都快冻住了。

右前方的角落里有一块白色床单摊开盖在那里，显现出人体的形状。榊的尸体就安置在那里。

我们把搬来的新尸体平躺着放在他的旁边。末永从整理架上抽出另一块白色床单，枪中接过床单盖在了兰的尸体。

"你俩就好好相处吧。"

听着名望自言自语似的感慨，我突然灵光一闪，想到了昨晚之前从未想过的一种"可能性"。我立刻试图说服自己不可能有那么荒谬的事情，身体却再也沉不住气似的动了起来。

"嗯?"枪中见我的手伸向盖在榊尸体上的白布，不由得发出了质疑的声音，"怎么了，铃藤?"

"没什么，只是想看一下。"我含糊地回答说。

"啊哈，铃藤作家，你该不会怀疑榊变成了僵尸吧?"名望伸展开长长双臂，嘴角一扬，"说僵尸是跟你闹着玩的，我猜你是在怀疑榊是否真的死了，对吗?"

"难道昨天发生的事全都是排好的一出戏?"枪中很是惊愕，"这怎么可能? 不可能啊。"

"我只是想到存在这种可能性。"

"昨天我也想过这种可能性，比如在'暴风雪山庄'的闭塞状态下，凶手让大家觉得自己已经最先死亡了。话说这其实是一种常见的套路吧。但如果真是那样的话，我认为一定存在几个同伙。"

"最好还是先确认一下吧。"

"嗯，那是当然。"

我战战兢兢地掀起冰冷的白布，枪中和名望也凑近过来，默默地朝白布下方看去。

白布下的榊，其凝固的表情与昨天早上在温室里看到的模样分毫不差。我甚至闻到了尸体开始腐烂的些许臭味。也许是因为第二起杀人案变成了现实，让我变得越发疑神疑鬼。我强忍着翻涌而上的恶心感，伸手去摸他的脉搏。

毫无疑问，榊由高确实死了。

三

枪中、名望和我三人先回了一趟二楼的房间，去换掉因为下到湖中而被浸湿的衣服，然后又一起来到楼下的正餐室。因为没有带替换用的鞋子来，所以我们都换上了房间里的拖鞋。

甲斐、深月、彩夏与已经换好衣服的忍冬医生也都已经到齐，正在等我们。

"请坐！"坐在桌子一端的白须贺向我们投来一道锐利的目光，然后吩咐管家说，"鸣濑，给大家倒咖啡。"

"我不用。"枪中摆了摆手，然后用同一只手拉开椅子，疲惫地瘫坐在椅子上。鸣濑安静地、连脚步声都听不到地走到吧台前，为名望和我两个人准备咖啡。

"白须贺先生，"枪中的眼睛看着餐桌的中间地带，声音有些喘，"我都不知道该说什么了。"

"凶手，有眉目了吗？"雾越邸的主人冷冷地问道，虽然语调冰冷，但他那有些胡茬的嘴角却与昨天早上一样，带着优雅的微笑。

"还没，"枪中仿佛被对方的气势压倒了一般，有气无力地摇摇头，"是我太没用。"

"我知道现在怪你也没用，但说实话，你们真的给我们添了很多麻烦。"白须贺淡定地掩了掩橄榄色睡袍的前襟，稍稍咳了几声，"鲜血已经把这栋房子弄脏了，真让人觉得不舒坦，希望下次是在雾越邸外。"

一听到"下次"两个字，我不由得屏住了呼吸。

我不知道他说这话是有多当真，居然说还有"下次"！他是嫌两个还不够？想说凶手还会继续行凶？

"电话还没通吗？"枪中问。

"看来凶手并不希望警察马上来，"白须贺的嘴角依然挂着沉着的微笑，浓眉间却拧出了深深的皱纹，"今天早上，鸣濑发现放在后门楼梯间的电话机被人弄坏了。诸位去地下室的时候没看到吗？"

"真的吗？"

"嗯，听筒上的线被扯断了，修都修不好。可能是凶手担心恢复通话，在昨晚干的。"

"这个家里只有一部电话机吗？"

"因为我讨厌电话。"白须贺耸了耸肩，"打电话和接电话都讨厌。但又不能完全没电话，所以只装了一部。"

枪中深深皱着眉、长长地叹了口气："现在仍不能去相野镇吗？雪倒是已经停了。"

"又开始下了哦。"白须贺的目光转向正对着平台的法式落地窗。

他说得没错，透过蒙上雾气的窗户可以看到，不久之前还风平浪静的屋外，现在已是漫天大雪，而且在屋内都能听到外面大风呼啸。

"连续下了三天，积雪已经很深了。如果要下山去镇上，虽然不能断言绝对不可能，但得有相当的心理准备。至少我不会强迫这个家里的人去做这样的心理准备。"

白须贺说这话的口气就好像在说，如果我们执意冒险出去求救，那也是我们自己的事，万一出事，他们概不负责。

枪中低下头，咬着嘴唇。我坐在他旁边，也微微地低着头，却抬着眼观察围坐在桌子前的其他人的反应。

每个人都抬不起头来，脸色苍白，表情僵硬，还时不时地叹着气……坐在我对面的甲斐伸手去接用人送来的咖啡，杯子与碟子在众人窒息般的沉默中嘎哒作响。

"白须贺先生，"枪中抬起头来看着雾越邸的主人，感觉已经做好了最坏的打算。

"请说。"

"您有没有走到哪儿就把东西随手放到哪儿的习惯？"

白须贺疑惑地挑起眉，却并没有马上回答，看他的反应，似乎没明白枪中的问题："谁告诉你的？"

"他！"

白须贺顺着枪中的视线望去，看到了站在他左手墙边的年轻杂役。从我的位置也能看到末永。末永急忙向前一步，看样子是想立刻作出解释，他压低声音开口刚说了一句："事情是这样的……"

没等末永继续，白须贺就抬手制止了他。"真是让大家见笑了。"刚才挂在这房子主人嘴角的微笑现在已经蔓延至颧骨，"但也不用明说那是我的习惯嘛。"

"您使用拐杖吗？"枪中继续追问。

"拐杖？"白须贺又挑了下眉。前一秒还紧闭着双唇，这一秒已经见他开口露出了洁白的牙齿，"嗯，偶尔会用。"接着，他摊开双臂，故意装傻似的，说："哎哟，是不是我又把拐杖忘在哪里了？"但怎么看都觉得他是在演戏。

"拐杖就在另一边的楼梯那里。我们去地下室的途中看到的。"枪中有些苦恼地皱着眉说。

"是吗？瞧我糊涂的。谢谢您告诉我。"白须贺就像在哄一个不懂事的孩子似的，满脸堆笑，喝了一口咖啡接着说，"下次我要是再忘记把东西放哪儿了，就拜托您帮我找吧。"

四

白须贺起身离开后，井关悦子又和昨天一样从同一扇门里走出来，为大家送来了蛋、汤、法式餐包等简单的餐点。现在是上午十点多。

见女医生正帮着井关一起忙着给大家端汤，忍冬医生说："真对不住，的场医生，您的工作并不是服务大家。"

"您别客气。"的场医生很冷静地说道，"昨天、今天一而再地发生那种事，我们老爷只会那样说话。但他并不是讨厌诸位，其实没有人比他更明白突然失去亲人的痛苦。"

之前听说过白须贺夫人四年前在一场火灾中丧生，的场医生指的应该就是那件事吧。

"总之，希望诸位尽早找到凶手。"的场医生一边走开，一边看看大家，眼神中满是不安。

枪中看着的场医生说："唯一可以肯定的是，那家伙现在就在这个家里。"其实他话中有话，"不过关于这一次的被害者兰的死亡时间，我们几乎毫无头绪。本该调查不在场证明，现在却连基本的线索都没有。虽然受命充当侦探，但我真的束手无策。"

"与昨天的案件的凶手是同一个人吧？"

"当然了。你刚才在外面不也看到了那只纸鹤吗？"

"是看到了。"

"这一次，凶手是模仿《雨》的第二段歌词：'来玩彩纸呀，一起来折吧。'所以他特意留下了那只纸鹤。类似的童谣杀人在推理小说中一定是连环作案的，所以发生第二起杀人案也算是在意料之中……但真没想到现实中会如此轻易地发生这种事情。"枪中重重地叹了一口气，"而且遇害的偏偏是兰。这个家里的预言居然那么灵验。的场医生，你怎么看？"

女医生没有回答，只是一下子低下了视线。其他人也都歪着脑袋，百思不得其解。

但枪中似乎并不打算在此赘言说明。"如此看来，我也得改变想法了。"枪中撇着嘴，有些嘲讽地继续说，"这个世界真的存在所谓已经注定了的命运，也就是说，这相当于一种对动态时间的否定，是对理应潜藏着无限可能、向着未来前进的时间的一种否定。如此一来，时间就变成了一种静态的平面。不对，应该说那样的时间只不过是一条直线，而生与死全都早已被预置在那条直线上，只需要等待既定时间的到来。"

的场医生一边听一边微微摇头。她抬起视线问枪中："可以让我看一下刚才那只纸鹤吗？"

"在我这里。"我说着从椅子上站了起来。我都快忘了那只还包在手帕里、放在我毛衣开衫口袋里的重要证物，以后警察来的时候一定会调查这证物的，必须将它和昨天的皮带及书一起用塑料袋密封起来，保存在地下室。

我拿出手帕，轻手轻脚地在餐桌上摊开。也许是之前抬尸体的时候被挤压到了，手帕里的纸鹤已经有些变形。

的场医生走到我旁边，视线落在那只纸鹤上。纸鹤的用纸是由深至浅晕染渐变的淡紫色搭配银色麻叶纹样。

"果然如此。"她喃喃自语道。

"此话怎讲？"我不明所以地问道。

女医生的视线继续停留在纸鹤上，回答说："这是便笺纸。"

"便笺纸？"

"您不知道吗？请看一下它的背面，应该有银色的线条。这是我们为客人准备的便笺纸。"

"是吗？"

"紫色的是竖版便笺纸，还有配套的信封。另外还有一套是黄色的横版便笺纸，在二楼的每个房间里都备着。"

"还真不知道。是在桌子的抽屉里吗？"

"是的。"

我想，如果真是这样的话，也许有必要检查一下每个人房间里的抽屉。凶手房间里的便笺纸一定会比别人少一张。如果能确定哪个房间里少了一张便笺纸，那么……

于是我立刻提出这个想法，但枪中却直接连连摇头："没用的，除非那个人是笨蛋，不然怎么会用自己房间里的便笺纸呢？他完全可以用榊或兰房间里的呀。"

"哦，那倒是。确实如此。"我为自己头脑简单感到羞耻。

枪中摸着有些胡茬的下颚："保险起见，查一查也好。"

"图书室里也备有相同的便笺纸。"的场医生补充说，"凶手也有可能使用那里的便笺纸。"

"原来如此。"枪中点点头，"不过我并不认为通过这纸鹤的用纸就可以确定凶手是谁。即使现在可以调查指纹，估计结果也一样，时至今日怎么还会有凶手会傻到在证物上留下指纹呢？"枪中说完用手指按揉太阳穴，同时默不作声地观望在场其他人的反应。

谁都没去碰餐桌上的餐点。

过了一会儿，枪中打破沉默，又开口说："我原本想稍后再讨论这个问题。这一次，就算所有人都没有不在场证明，但如果从杀害兰的动机来判断谁是凶手的话……不对，这种设问本身并没有什么意义，"他用手指继续按压太阳穴，缓缓地摇了摇头，"即使凶手与兰无冤无仇，也可能存在不得不杀的情况。比如，假设兰知道了谁是杀害榊的凶手，并且掌握了确切的证据。"

"会是你说的那样吗?"名望奈志开口问,"可是凶手模仿了《雨》的第二段歌词哦。所以凶手应该是一开始就想好要杀死两人的,这是计划好的童谣杀人。难道不应该按这种逻辑进行推理吗?"

"嗯,你说的也非常有道理。"

"你当真这么觉得?"

"怎么?"

"啊。就是你那种眼神! 真叫人不舒服。好像下一秒就会脱口而出'看他俩最不顺眼的就是你吧'。"

"你倒是很有自知之明嘛。"

"枪中,你!"

"我还是给大家说一个符合逻辑的推理吧。"枪中看着名望,声音听起来有些焦躁,"在榊的案件中,我和铃藤、甲斐三人都有充分的不在场证明;而深月与彩夏是女的,很难想象她俩有本事把兰的尸体弄到那个小岛上去;忍冬医生则完全没有动机。所以剩下的就是凶手,名奈志,就是你!"

"你在说笑吧,"名望奈志难得涨红了脸,从椅子上站起身来,"我跟你说,枪中,我绝对不……"

"你干吗那么激动啊,这可一点都不像你。"枪中毫不客气地继续说,接着转过头来看着站在我身旁边的的场医生,"在正式把他确认为凶手之前，的场医生，我有一件事情必须问你。"

"我与凶案无关。"女医生的声音听上去有些紧张。

枪中缓缓地摇摇头："是否有关，还是等你回答完我的问题再做判断吧。客观上来说，你也应该同意我这么说吧。"枪中说话的语气有着前所未有的强势。

的场医生刚开始有些被震慑到，但她很快就平静下来，叹了口气说："您想知道什么？"说完，她绕到餐桌边，在一把空椅子上静静地坐了下来。

五

"我想问的当然是关于这个家的事。"隔着餐桌，枪中直直地盯着女医生的脸。此时，其他用人已经离开。

枪中问："我想知道关于这栋雾越邸的事情……我不是要问昨天在温室里已经听过的事，我是要问关于白须贺家的事。你似乎不太愿意让外人知道这个家的事情，比如昨天已经纠结过的关于鸣濑的事。但你得明白，我们现在已经被卷入命案的旋涡之中，会很自然地冒出对你们不利的各种揣测。无论你们如何声称与己无关，都无济于事。所以就当是为了洗脱嫌疑，请你坦白告诉我们一些必要的信息，可以吗？"

"这……"的场医生一脸为难，欲言又止。

"必须得到白须贺先生同意吗？那我去找他谈。"

"不用！"的场医生挺了挺背，打断枪中，"我知道了，我可以自己判断。我会回答我认为有必要让各位知道的问题。"

"谢谢你。"枪中的脸上露出一丝笑意，双手置于桌上，十指交叉，"首先，我想请问你关于这房子的主人白须贺秀一郎的事。他究竟是怎样一个人？从事什么工作？看上去，他不过五十出头，为什么正当壮年却选择了遁隐深山、避人耳目？"

我听着很是担心，毕竟从昨天早上开始，的场医生对我们的态度已经变得多少温和了一些，不知道她会不会因为枪中的这个问题，再一次对着我们换上冷冰冰的、没有表情的面具。

"我觉得老爷也许有一点点偏执和顽固。"她想了一会儿才给出这句回答。让我有些诧异的是，她的声音听上去并没有我以为的那么冷淡。

"这一点我也很有同感。"枪中苦笑着说。

"我刚才也说过，他绝不是冷酷的人，只能说他不太喜欢与人打交道吧，但其实以前的他不但性格沉稳，还很喜欢与人相处。"

"以前？你是指在他夫人去世之前吗？"

女医生微微点头："以前他们一直住在横滨，老爷每天为公司的事四处奔波。因为是贸易公司，很多时候还会待在国外。但是四年前，老爷不在家的时候，家里发生了火灾，夫人因此去世了。"

"他以前很爱他夫人吗？"

"老爷对夫人的爱不是过去式，而是进行式。"她的声音听上去很悲伤，语气却十分肯定。

枪中一下子松开了交叉着的双手："发生那场火灾的准确时间是？"

"四年前……也就是一九八二年十二月。"

"关于火灾的原因，你昨天已经说起过了吧，是电视机的信号接收器起火引起的？"

我看着默默点着头的女医生，突然涌起一股强烈的直觉。"四年前""电视机起火""火灾"…… 某段记忆在我的内心一隅开始慢慢苏醒——我记得那场火灾是……

"当时有没有怀疑过是有人纵火？"枪中继续向的场医生发问，并没发现我其实已经有了些想法。

女医生摇着头说："我没听说过这种事。"

"是嘛。不管怎么说，夫人是在那场火灾中丧生的吧？当时她还很年轻吧？"

"还不到四十岁。"

"她的名字是叫'mizuki'吧？"

"是的。"的场医生看了一眼与她并排而坐、正默默低着头的深月的侧脸，"和这位深月小姐的名字发音一样，但夫人的名字写作'美月'。"

"挂在大厅的那幅画是谁画的？"

"是老爷画的。"

"哦？"枪中一脸讶异，还特地朝我看看，好像希望我也和他一样反应，"太厉害了，你们老爷居然还有绘画的本事。"

"听说他年轻的时候曾有志于从事美术。"

"他还会写诗吧？我在图书室里看到过他的诗集。"

"我猜想老爷原本应该是能够靠他在绘画或诗歌方面的才能谋生的。"

"那他为什么会去开贸易公司呢？"

"这我就不知道了。"

"一定有什么原因。所以，是四年前的那场火灾让白须贺先生放弃了工作？"

"他把社长的位子让给了别人，现在只是会长身份。但事实上他已经几乎不再过问公司的事，只不过每个月去公司露个脸而已。"

"我明白了。他是去年春天搬来这里的吧？哦，这是我听忍冬医生说的。"

"是的。"

"是怎么找到这栋房子的？"

"我听说这栋房子本来是属于夫人娘家的。"

"那么，去世的美月夫人就是那个盖了这栋房子却隐居起来的人的亲戚？"

"这我不太清楚。"

"平常会有客人来这里吗？哦，我之所以这么问，是因为我们所住的二楼房间看上去都像是事先知道会有客人来而预留的。"

"其实很少会有客人来。倒是会有几个与老爷、夫人比较亲近的朋友来这里聚会，但一年也就只有一次。"

"是吗，是在夫人的忌日那天来吗？"

"不是，"女医生的唇上抹着淡淡的口红，露出一瞬浅浅的微笑却又立刻收敛起表情，"是他们的结婚纪念日，每年九月末。"

枪中默默地点点头，从桌上抬起一只手，又开始揉按自己的太阳穴。

过了一会儿，枪中接着问："我能问问其他人的事吗？先问关于鸣濑的事情吧，他一直为白须贺家工作吗？"

"我听说是的。"

"在横滨的那个家时，也和现在一样吃住都在家里吗？"

"是的。"

"井关小姐也是吗？"

"她好像是已故的夫人从娘家带来的。"

"那你呢，的场医生？"

"我在白须贺家工作快五年了。"

"那么是从火灾发生的前一年开始的？"

"是的。"

"一直都是作为白须贺家的主治医生吗？"

"刚开始的时候，算是家庭教师吧。"说到这里，的场医生突然闭上了嘴。

枪中镜片后的眼睛里仿佛闪过一道光，旁听他们问答的其他人，当然也包括我在内，都不由得重新打量一番女医生的脸。

刚才她的确说出了"家庭教师"这四个字，也就是说……

然而枪中并没有立刻抓住这一点不放，而是若无其事地继续问下一个问题："那个叫末永的年轻人也是以前就在白须贺家工作吗？"

"不是的，他是我们搬来这里之后才雇用的。"

"是吗？我这么说，听上去可能有些冒犯，但无论是末永还是你，才这么点岁数，就窝在这么偏僻的地方，是不是有些太早了？莫非是有什么原委？"

"我……"女医生顿了顿，目光稍稍避开了枪中的直视，"其实我以前在大学医院工作的时候，就多少对人际关系感到有些厌倦。不过主要的原因还是因为身体不太好。"

"是得了什么病吗？"

"嗯，算是吧，"她点点头，骤然间，神情仿佛蒙上了一层阴霾，"因为经历了很多事，怎么说呢，结果就是……我对自己的未来失去了兴趣。末永也不太喜欢谈论过去的事，也许他选择来这里是因为和我有着同样的心境吧。"

枪中应该也听出了女医生话中所暗含的某种深意。"对未来失去了兴趣"这句话，指的不仅是的场医生和末永，还包括失去爱妻的白须贺先生，甚至还有鸣濑和井关。

的场医生之前说过，有客人来访时，这个家就会"动"起来。她还说过，这个家是一面镜子，能与来访者的内心产生共鸣，并将其映射出来。

所有来自外部的访客最为关心的就是各自的未来，每个人都是心向未来，活在当下。换言之，这个家可以映射出来访者的未来。相反，对于那些"对未来没有兴趣的人"，也就是住在这个家内部的人们，这个家的"动作"就会有所不同。

"住在这里的所有人都是单身吗？"枪中又提出问题。

"我听说鸣濑的妻子很久以前就过世了。"的场医生突然眯起眼，视线投向了枪中身后的落地窗外，"井关的丈夫，以前好像是负责厨房工作，也死于那场火灾，听说他是因为去抢救没来得及逃出来的夫人而丧命的。当时是深夜，又是老宅，火势蹿得很快。"

"你结婚了吗？"

"没有，也许今后也不会结了。"

"末永先生也是吗？"

"他……"女医生有些言辞闪烁，过了一会才低声说，"听说他结过婚。"

"结过婚？那么，现在是已经离婚了吗？"

"不是的，"她把声音压得更低了，"听说他妻子在婚后不久就自杀了。但具体情况，我也不是很清楚。"

"原来是这样啊，"枪中有些尴尬，于是低下头，缓缓地点了点头，"真的很谢谢你，回答了我那么多其实很难开口回答的问题。"

"没有什么值得道谢的，"的场医生平静地摇着头，"我只是不想被人怀疑我做过什么对不起良心的事。我想老爷和其他人的想法也和我一样。"

"原来如此，您所言极是。那么，的场医生，"枪中看着女医生，神情严峻，"我再问一个问题也没关系吧？"

"什么问题？"

"白须贺先生与美月夫人之间有没有孩子？你刚才说过，一开始你在这个家里是当家庭教师的……"

对于这个问题，的场医生表现出明显的不知所措，只发了一声"啊"，接着就有些狼狈地低下了头。

"那个孩子后来怎么样了？"枪中加重了语气，"现在一起住在这个家里吗？还是也死于四年前的那场火灾？"

"是的，"的场医生继续低着头，"已经去世了，也是因为那场火灾，和夫人一起'走'的。"

枪中没再继续追问，只是双眼放空，直直地看着前方。

六

我几乎没吃什么东西，只喝了几口已经冷掉的汤，就先行离开正餐室。从挑高的大厅走上二楼，我直奔图书室，因为我想确认的场医生所说的便笺纸。

我从走廊径直来到图书室。握住图书室的门把手时，我突然有一种强烈的踌躇，因为那个徘徊在这个家里的神秘人物（到底是何方神圣呢？）让我产生了猜疑与恐惧，而这种又疑又惧的感觉已经膨胀到不容忽视的程度。

图书室内空无一人。

即使周围悄无声息，我也竖起耳朵留意着是否有可疑的声音，然后小心翼翼地在靠墙的书架上仔细搜索。我有一种感觉，也许就在这一秒，藏在某处的某个人正在监视着我的一举一动。

图书室的中央摆放着一张黑色大理石桌，之前我并没在意，现在却发现这桌子的桌板下面有一个很浅的抽屉。

我拉开抽屉，里面放着的正是刚才的场医生所说的、成套的信封和便笺纸，紫色与黄色各一套。便笺纸是 B5 的尺寸，一本便笺本里约有三十张便笺纸。

我拿出印着竖直线条的紫色便笺纸，翻开封面，不仔细看也许没法发现，但确实有第一张被撕掉的痕迹。

当然，不能因此断定被撕掉的那一张就是凶手用来折纸鹤的纸，说不定是在更早的时候被别的客人撕下拿去用的，而且不一定是昨晚。

仔细想来，我终于明白了。

如果不能确定各个房间里便笺纸原本的张数，即使调查现在剩下的张数也无济于事。而且，不管那个管家有多仔细，也不可能经常去检查客房内所剩便笺纸的准确张数。

可能凶手使用的并不是这间图书室里的便笺纸，而是其他房间里的相同便笺纸。可能是已经被杀的榊或兰房间里的，也可能是凶手自己房间里的……虽然枪中认为凶手不会那么笨，刚才一口就否定了这种推定。

对于自己思考力的迟钝程度，连我自己都觉得很是懊恼。我把信封和便笺放回抽屉后，双手撑在桌上，长长地叹了一口气。

"来玩彩纸呀，一起来折吧。"模仿北原白秋的童谣《雨》所进行的杀人事件，一而再地发生了。可是，至今还是无人知晓凶手的真正动机。

难道只是单纯地为了制造混乱和恐慌吗？还是另有深意？我内心的一隅，又一次感到了不适的刺痛感。

在欧美侦探小说里，当作家们构思模仿童谣实施杀人的案件时，经常会用到那首《鹅妈妈》，比如范·达因的《主教谋杀案》，阿加莎·克里斯蒂的《无人生还》，埃勒里·奎因的《从前有个老女人》……我稍稍想了想，脑海中就浮现出好几部相关的知名作品。也许凶手有类似的意识，所以才故意选择北原白秋的诗作为自己实施犯罪的道具，毕竟北原白秋正是因为翻译了《鹅妈妈》才广为人知。

我缓缓地摇了摇沉重的脑袋，不由自主地回过头去看身后那个贴着靠走廊墙壁的书架。

书架上密密麻麻地摆满了书，一直高到天花板。我朝一本本书的书脊看过去，发现书架中间偏上那一排里有一套《日本诗歌选集》。我立刻走上前去。

我从第一本按着书名顺序看下去，发现少了一本《北原白秋》，而那本书正是前天晚上被凶手用作杀死榊的凶器之一。

在已经推定的前天晚上的案发时间段内，我、枪中和甲斐一直都待在图书室里。现在想来，早在那时候，白秋的那本书应该已经不在书架上了，而当时的我们却无法察觉。

凶手一定事先就从这里拿走了那本书。这么说来，我们每一个人都有嫌疑。虽说是装在盒子里的厚厚一册，但毕竟只是一本书，谁都可以轻而易举地偷偷进入这间图书室，再把书藏进诸如上衣里之类的地方带出去。

我左思右想，继续看那套选集里的其他书名。突然，我发现了一件奇怪的事——从被抽走的白秋那本书所在的位置向右数到四的那本书，被上下颠倒地放置着。在整齐排列着的全集中，这本颠倒着放的书看起来非常不协调，特别惹眼。

我歪了一下脑袋，觉得可疑，于是伸手从书架上抽出那本书。当我把书拿在手里一看，越发觉得奇怪，不由得又歪了一下脑袋。

这本书虽然被装在白色的厚纸盒里，但纸盒好像有点受潮，又有点脏。而书脊上方的一角有着严重的塌陷，纸的表面也有不少破损，摸起来很粗糙。

这究竟是怎么一回事？

书的封面上用黑色粗体字写着《日本诗歌选集 西条八十》。我愣愣地站在书架前，百思不得其解。

没过多久，我听到脚步声和说话声，于是赶紧把书放回原处，打开通往隔壁会客室的门。正在这时，枪中等人从走廊方向走了进来，的场医生也在。

"呃……的场医生。"我怯生生地叫住她。这是我第一次主动向她搭话。

她看着我，应了一声："是。"

"图书室里好像有一本书破损了，那到底……"

"啊？"的场医生用手推了推黑框眼镜，似乎没听懂我在说什么。

站在她身旁的枪中从裤袋中伸出手来，交叉抱在胸前，嘀咕了一声："欸……"

枪中又说："铃藤，那本书应该也是凶手用过的凶器，兰的后脑勺不是也和榊一样有被重物击打过的伤痕吗？那是同一种作案手法。"

"你也这么想？"

"是不是书角处有凹陷？"

"嗯，而且有点湿，还有点脏。"

"那就对了。"

"但是榊被杀的时候，书是被丢弃在案发现场的，凶手为什么这一次特意把书放回图书室呢？"

"嗯，这个啊，我估计，"枪中伸出右手，摸了摸他下巴上长出的稀稀拉拉的胡茬，"有可能是因为西条八十的书与模仿《雨》的杀人方式不匹配吧。"

"噢，原来如此。"一时间，之前的问题似乎已经解决，但马上又产生了新的疑问。

如果凶手是因为觉得西条的书与既定的杀人方式不相符，所以把书送回图书室，那他为什么不从一开始就使用白秋的书呢？除了那套全集里的一册，只要在图书室里好好找一下，应该可以找到白秋的其他书。

我把我的想法告诉枪中，他却不以为然地耸耸肩说："可能是因为凶手没找到能用来当作凶器的书。因为要用来击打对方头部、使其晕厥，所以必须是装在硬纸盒里的那种很厚的书。凶手大概是找不到符合这种条件的、白秋的其他书，所以才不得已地用了西条那本吧。哦，对了，的场医生，"枪中似乎突然想起了什么，回头去问的场医生，"外面的平台一直都除雪吧？最近一次除雪是什么时候？"

"昨天傍晚。"的场医生立刻回答他，"怎么了？"

"没什么，只是想确认一下。这关系到脚印的问题。"枪中说着又摸了摸下巴，"我们去查看兰的尸体时，中庭与走廊那边的平台上一个脚印都没有。刚才雪停过一阵子，而今天早上还没除过雪，所以凶手肯定是在昨天晚上趁着下雪把尸体搬到那座小岛上的。"

"嗯，确实如此。"

"所以，如果可以知道昨晚的雪是什么时候停的，就可以推定出大致的作案时间了。你今天早上醒来的时候，雪停了吗？"

"应该已经停了。"

"那时候是几点？"

"和平常一样，六点半左右。"

"嗯，那就是至少在六点半前。要是能知道雪到底是什么时候停的就好了……有人知道吗？"枪中环视了一下在场的所有人，但无人作答。

"我也会去问一下其他人，但我觉得应该没人会知道得那么清楚。"的场医生说。

"拜托你了。"枪中一脸苦笑，捋了捋耳边散乱的头发，"当然了，最好是能向气象台查询。话说这个家这么大，除雪可是个重体力活。这是末永的工作吗？"

"没错，不过并没你想得那么辛苦，因为可以使用巧妙的方法。"

"什么方法？"

"就是洒水。昨天我也说过，湖水有一定的温度，足以轻易地让雪融化。走廊那边的平台有点向湖面倾斜，所以融化后的雪会自动流入湖中。"

"原来如此。"枪中用中指推了推眼镜的鼻梁部分，脸上没有苦只有笑，"托你们的福，我们可以欣赏到美轮美奂的三美神。"

<h1 style="text-align:center">七</h1>

因为之前大部分人冲出去的时候都没来得及好好梳洗，所以枪中提议大家先各自回房收拾一下自己，然后再到会客室集合。上午十一点半左右，我们开始讨论希美崎兰案的作案时间。之前一度离开的的场医生也差不多在这个时间回来，加入了我们的讨论。

"刚才那件事，我问过这家里的其他人了。"女医生一来就先向枪中报告，"很遗憾，没有人知道昨晚雪是几点停的。"

"是吗？谢谢你特地帮我们问了。"枪中向的场医生郑重地道谢后，又转向围着桌子坐在沙发上的我们。他拿出一册报告用纸放在桌子上翻开，第一页上画着这个家二楼的户型图，据说是枪中昨晚画的，为了准确地掌握每个房间的住客情况与位置关系。（参见第324页《雾越邸二楼房间户型图》）沙发上已经没了空位，所以的场医生从壁炉前搬来一张矮凳，静静地坐在离桌子稍远的地方。

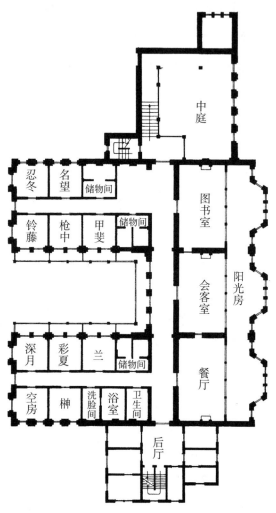

雾越邸二楼房间户型图

"首先，我想确认一下从昨天晚上到今早之间发生的事。"枪中开始说话，"昨晚我们在这里解散时，是九点半左右。兰因为傍晚时分的那次大闹，已经先回房休息了。解散之后，回房之前，我还和忍冬医生去看过她，那个时候并无任何异样，对吧，忍冬医生？"

"是的。"老医生若有所思地点点头，圆圆的双下巴几乎碰到喉结处。

"你们有没有叮嘱她要从里面插好门闩？"我问道。

枪中紧紧地皱起眉头："我们去的时候她睡得很熟，所以还特地把她叫醒，叮嘱过她。但她当时睡眼惺忪的，随随便便地答应了几声。最终她有没有照我们的话去做，说实话，我们心里也没底。早知道会发生那种事，我们当时就该无论如何都确认一下她是否锁好门再走，真是后悔啊。"

"枪中，那是没办法的事啊，毕竟她吃了药，意识本来就很模糊。"忍冬医生安慰枪中。

"话虽是这么说，"枪中的嘀咕声里夹杂着叹息，接着又皱着眉头继续说下去，"我和忍冬医生回到房间时，大约是十点左右。之后铃藤来我房间，一起讨论了前天的凶案。铃藤，你回房时大概几点？"

"十二点多。"

"差不多就是这样。不过，因为这一次无法推定死亡时间，所以这些事实也无法作为不在场证明。"枪中的视线扫了一眼众人，"不过姑且还是想问一下大家。有没有谁是在解散后又与其他人在一起的？"

没有人回答。枪中又留出一些时间，看看有没有人回答，确认没有之后，接着又说，"那么，我们开始讨论天亮之后，也就是今天早上发生的事吧。首先，最先发现尸体的是深月。你是从房间窗户向外看的时候发现的吧？"

深月见枪中看向自己，默不作声地微微点头。

"我是因为听到深月的惊叫才醒来的，当时差不多是早上八点半。还没等我搞清楚到底发生了什么事，深月就来到我房里说湖面的小岛上躺着一个人，看上去好像是兰。"枪中说。

之后枪中就匆匆忙忙地冲出房间，来到隔壁房间把我叫醒。虽说听到深月惊叫时我已经醒来，但因为我没明白究竟发生了什么，所以有些慌乱失措。

接着我们拜托深月和听到尖叫后匆忙奔至二楼的的场医生去叫醒其他人，然后我们俩就冲到了楼下。

我们在大厅里遇到了鸣濑，向他说明情况后，一起从阳台走向中庭。没过多久，忍冬医生和名望奈志也一起赶到了那个喷水小岛。

"还有没有人要补充？"枪中问大家。

深月微微抬起脸，似乎想要说些什么，但忍冬医生先开了口："那条被用作凶器的绳子是从哪里弄来的？"

"那种用来捆扎货物的尼龙绳应该到处都有，我说的对吧，的场医生？"枪中回头看着女医生，"对于那根绳子，你有什么头绪吗？"

的场医生双手相叠，端庄地放在并拢的双膝上，就像一个监视着危险患者的精神科医生那样一直看着我们。

当我们的目光集中在她身上时，她之前那僵硬的表情稍稍舒缓了一些："这个啊。"她稍稍歪了歪头，"我不确定具体在哪里。但如果去二楼储物间找的话，应该可以找到很多类似的绳子。"

"储物间平时上锁吗？"

"没有。"

"也就是说任何人都能拿到？"枪中盯着桌上的房型图，面露难色，双臂交叉抱在胸前。

原本想要开口说话的深月，再一次低下头，沉默不语。

她到底想说什么呢？正当我在犹豫该不该开口问她时，枪中似乎也注意到了她的异样，"深月，你是不是有话要说？"

经枪中这么一问，深月这才一边将着垂到胸前的长发发梢一边说："其实，"她慢慢地抬起头，"昨天晚上睡觉前，我也曾透过房间的窗户往外看。因为一直睡不着，想呼吸一下新鲜空气，所以我打开了窗户……"

"哦？"枪中露出十分惊讶的表情，放下抱在胸前的双手，"莫非你看到凶手了？"

"没有。"

"那么……"

"我看到了灯光，好像是一楼，那道长廊亮着灯。"

枪中再一次低头看了看桌上的房型图，我也凑了上去看。

深月的房间正对着我的房间，但中间隔着中庭，也就是在建筑物左边突出部分的最外端位置。从她阳台那边的窗户往外看，自然可以看到其左前方的长廊。

"你还记得当时是几点吗？"枪中问。

深月默默地用双手捂住胸口，好像喘不过气来似的，纤弱的肩膀大幅度地上下起伏着说："半夜两点左右。"

"嗯？你没事吧？深月。"枪中担心地看着她，"你的脸色很差啊，不舒服吗？"

"没事，我可以。"深月依然捂着胸口，缓缓地摇摇头。

"那就好。"枪中的表情仿佛透着一缕忧郁的阴霾，但他马上就将其挥去，"那时候你有没有看到什么人影？"

"没看太清楚……只是觉得有点奇怪。因为当时很冷，雪不断地吹进房间里，所以我很快就把窗户关起来了，没想到……"深月那美丽的脸庞显得有些拘谨，缓缓地左右摇着头。

她那晶莹剔透的白皙肌肤让我突然想到一种形容——"病美人"。我有些不解，因为这是我第一次对她产生这样的感觉。

"那道长廊上的灯，平时半夜里都会关掉吧？"枪中问的场医生。

"是的，当然。"

"会不会是这个家里的人半夜两点钟左右去温室？"

"不可能。"

"有没有可能是忘了关灯？"

"不可能，鸣濑每天晚上都会确认灯是否全关了。"

女医生回答每一个问题时的语气都非常确定，于是枪中又把视线转回我们。

"你们之中，有没有谁昨天半夜两点去过那个长廊？"枪中问大家，"没有吗？那么按照常理来判断，深月所看到的走廊上的灯，应该就是杀死兰的凶手打开的。"

没有人反对。

"如果深月所说属实，那么我们就能以这个线索为前提，还原一下昨晚凶手的行动轨迹。半夜两点左右，凶手去了兰的房间。那时候，我们不能确定房门有没有从里面反锁。也许没有，

315

但即使有，凶手也可以把兰叫醒，让兰打开房门。住在兰隔壁的是……"枪中看了一下房型图，"是彩夏啊。彩夏，你昨天晚上有没有听到什么声响？"

"我不知道啊，"彩夏眨着大眼睛，用力地摇着头，"我吃了医生给的药，很快就睡着了。"

"这样啊……反正凶手一定是用什么借口把兰骗到了屋外。而作案现场，目前还无法确定。有可能是凶手把兰带到长廊后袭击了她，也可能是在其他地方杀了她，再把她搬走。当然，凶手应该会尽量找一个远离其他人房间的地方来行凶吧。总之，凶手在作案时间前后所打开的灯被深月看到了。而凶手在杀死兰后，估计先从长廊来到平台，再从平台将尸体搬到喷泉小岛上。凶手把事先准备好的纸鹤压在尸体腹部下方，接着，顺着刚才的路径回到屋内，再把作为凶器的书放回图书室。之后，凶手又去破坏放在后厅的电话机。我想差不多就是这样吧。"

"不对。"有人低声说道，是甲斐幸比古，他弓着背，手掌贴着额头，颤巍巍地摇着头，"不对。"他又嘀咕了一声。

"嗯？"枪中目光犀利，瞪着甲斐，"哪里不对？"

"啊，没有不对。"甲斐放下摸着额头的手，用力地摇摇头，鼻梁上冒出一颗颗带着油光的汗珠，脸色比其他人都更苍白憔悴，"没，没任何不对。对不起啊，我在想别的事情。"

枪中没再说话，眯起眼，疑惑地看着甲斐。

甲斐缩着肩膀，有气无力地耷拉着脑袋："我在想与案件无关的事情。对不起。"

"没必要道歉。不过如果真想到什么问题，别藏在心里，有话直说。"

"好的。"

"枪中，我能说两句吗？"我刚才突然想到一件事，"凶手把尸体搬到小岛上时，一定会把衣服弄湿吧？所以……"

"你是要我检查所有人的随身物品吗？如果从谁那里找出了弄湿的衣服，那个人就是凶手，对吧？"枪中噘了下嘴，轻轻耸了耸肩说，"凶手不可能犯这种错误吧。虽然只有一条裤子，但有一整晚的时间，用取暖器烘干就行了。更何况凶手有可能是先脱了裤子才走进湖里的，鞋子也一样。"

枪中说得很有道理。之前说到便笺的时候也是这样，是我太急于找出凶手，以至于脑子短路。

"还有谁想说什么吗？"枪中问大家。

过了几秒钟。"那我来说几句吧。"名望奈志晃悠悠地举起手，"要是我现在再不开口，恐怕又要被人当成凶手了。"

"此话怎讲？"

"榊被杀的时候，虽然有些不情愿，但也不得不承认铃藤老师、枪中和甲斐都有不在场证明。但这一次，我想反驳你之前认为女性不可能把兰的尸体搬到那个地方的说法。"

"你觉得女性也有可能？"

"没错。"

"你该不会想说兔子急了都会咬人之类的吧？"

"您真会说笑。我们假设兰是在长廊上被杀害的，那么只要打开门把尸体搬到平台上，之后就很轻松了。可以让尸体顺着结冰的平台'扑通'一声滑进湖里去，然后让尸体浮在水里拖着走，这样就不需要太大的力气。当然，要把尸体抬到喷泉雕像上还是比较困难的，但只需要那么一小会儿的爆发力，在座的各位女性应该都行吧？"

"你说得也有道理。"

"是吧。"名望奈至斜着眼，时不时地瞅瞅一旁的深月和彩夏，露出栗鼠般的门牙，"我并不是说要把她俩当作凶手，毕竟这家里还有另外两位女性。"

看起来名望认为可疑的是这个家的人。我突然想起了他昨天说过的那句"禁闭室里的疯子"，身上不由得起了不少鸡皮疙瘩。

八

下午一点左右，讨论结束了。

就结果而言，我们只是根据深月的证词判断出凶手的作案时间大约在半夜两点，并没有其他收获。最后枪中提出一个问题：为什么凶手要那么执着地模仿《雨》的歌词来实施杀人？但是，还是和昨天一样，没有得出任何有说服力的结论。

的场医生问大家要不要吃午餐，没人说要。甚至连昨天还很有食欲的忍冬医生，现在都看上去很憔悴地摇着头说："谢谢你的好意。"

女医生担心地说，如果晚餐之前什么都不吃，会对身体不好，她建议我们吃点甜品下午茶。枪中也同意。于是大家决定下午两点半到餐厅。

解散后，大家所采取的行动方式大致可分为两种：一种是不想独处的，另一种是想要独处的。

忍冬医生、名望奈志、深月和彩夏四个人属于前者，他们并没有事先商量过，只是不约而同地留在了会客室内。枪中说他要一个人好好想想，所以回了自己的房间。甲斐也一脸憔悴地回到自己的房间。

我应该也算属于后者。因为有点担心深月，我在会客室里待了一小会儿，但之后越来越受不了屋内沉重的气氛，于是在枪中走后没多久，也跟着离开了。回房途中，我突然改变主意，转而下楼去了教堂。

我知道一个人在这个家里走来走去也许是一件非常危险的事，但我必须去那个地方。在那里，我那颗因各种疑惑而混乱的心能得以平复。

　　教堂内空无一人。

　　我和昨天下午一样，坐在前排靠右的椅子上，又一次与祭坛上那尊在微弱的彩色光芒中凝视着前方的耶稣像对视着。我听到半地下室构造的圆顶教堂外狂风大作，且越来越猛烈。

　　"下雨了，下雨了……"

　　我嘴里断断续续地哼起这首童谣。今天早上在海龙小岛上近距离看到兰的尸体时，那种时断时续却一直挥之不去的不适感（连我自己都很难说清这究竟是一种什么感觉）如针刺似的，让我感到头疼。而现在，我努力将那种不适感从内心深处挖出来。

　　　下雨了，下雨了。

　　　就算不乐意，还是待家吧，

　　　来玩彩纸呀，一起来折吧。

　　这是《雨》的第二段歌词。

　　虽然我还是不知道凶手的目的究竟为何，但凶手在第一次杀人即杀死榊之后，确实又在第二次杀人时模仿了北原白秋的

《雨》。尸体身下用"彩纸（便笺纸）"折的纸鹤，就是证明。

但是……啊，对了，就是这种感觉。

但是，如果真是如此，为何凶手非要把尸体搬到海龙背上呢？

就昨天发生的凶案而言，所有人都没有不在场证明，也就是说，任何人都可能是凶手。如果凶案现场真的就是那条长廊，那么正如名望所说，连柔弱的女性都有可能把尸体搬到小岛上。从长廊通往平台的门，只要从里面按下门把手上的按钮，就可以轻易地锁上。打开也是如此，打开后再锁上也一样毫不费事。所以只要事先计划好如何烘干衣服和鞋子，任何人都有可能轻易地实施作案。

但凶手为什么要大费周折地做那些事呢？

把尸体搬到平台上这一行为不但和《雨》的内容毫无关系，甚至和《雨》的歌词相互矛盾。

《雨》的歌词是"就算不乐意，还是待家吧"，既然是"待在家里……"那么第二具尸体就不该在室外，而应该在屋内啊！

我在头脑中反复思考这个问题，但不管我怎么想，始终都没想明白。不过……

我那不负责任的直觉告诉我，答案应该很简单，可能近在咫尺。可是我越这么想，那种看着近在眼前却伸手不及的焦躁感就越发膨胀。

我在冰冷沉重的空气中呼出白色的气息，伸手去摸衬衫胸前的口袋。我并不是想在这个神圣的场所抽烟，只是想确认最后一包尼古丁的供给来源还剩下几根。

略微被压扁的香烟盒中只剩下四五根香烟，大概今天就会抽完。过一会儿，等我烟瘾发作后，之前的那种焦躁感一定会愈发膨胀吧。

风的呼啸声愈发激烈，好似形成一个巨大的旋涡，将这座教堂团团围住。我茫然地望着祭坛上的耶稣，暂时放弃那个无解的问题，转而将思考的触角伸向别处。

这时，脑海中清晰地浮现出温室里那枯萎的卡特兰。那……那真的是这个家对未来的"预言"吗？

如的场医生昨天所说，被解释为这个家的"动作"的那些事本身未必是什么超自然现象，说到底，都可以对其进行现实性的解释。无论是在各处见到的我们的名字，还是温室天花板上的龟裂，或是从桌上掉下来的烟具盒，还有那卡特兰……

正是如此。说到底，问题在于每个人的主观意识，在于个人如何理解那一连串事件。有人会当作所有的事情都是纯属偶然，有人则会看出其中的关联，进而认同某种"神秘力量"的存在。

当人们直面此类问题时，一定会真切地意识到：所谓的"真实",其实都是暧昧。

"映射出未来的镜子"。对的场医生而言,这就是她的"真实"。但对于不认同非科学事物的人而言,"真实"就是把一切视为"纯属偶然"。最终,这或许会归结为一种宗教式的争论吧。我觉得,那些事事以"科学"为绝对依据的人,其实也不过是一种名为"科学教"的新兴宗教的信徒而已。

那么,对于现在的我而言,"真实"究竟是什么呢?

我一边思考,一边无意识地摇晃着脑袋。外部的这个动作鲜明地反映了我内心的摇摆。想得越多,就摇晃得越厉害,但这并不是一种舒服的感觉。

摇着摇着,我的脑海中渐渐浮现出一种假设。

首先,我的立场是:在现实世界里,"老宅具有预言能力"一定不成立。但另一方面,确实发生了一些事,如果只以"偶然"来解释会显得太过牵强。而且据我所知,在这栋老宅里,至少有一个人是"深信"那个命题成立的,就是的场医生。

她相信这个家具有一种"力量",当有外来者进入时,这个家会"动"起来,映射出该来访者的未来。

可以这样假设:是的场医生的精神出现了"异常",导致对她而言的"真实"发生了某种倒置,那么结果会怎样?我觉得会出现这样一种情况——只要一有来访者出现,这个家就必须

"动"起来、必须做出映射出来访者未来的动作。换言之，是的场医生为了让自己相信的所谓"真实"变成"真实"，而去按照那个倒置的逻辑杀死了两个人。

前天晚上，代表榊由高的、有着"贤木"图案的烟具盒因为"某种机缘"从桌上落下来摔坏了，所以榊非死不可。

昨天，代表希美崎兰的、温室里的黄色卡特兰因为"某种原因"枯萎了，所以兰非死不可。

为了将这个家的"动作"打造成未来的"预言"，她不得不杀了那两个人。

如果我的假设是正确的，那么我们就有必要对这个家的"动作"有所重视。接下去特别需要注意的就是那道不明所以的裂缝：温室玻璃顶上的那道"十"字形龟裂。如果那也是预言某个人未来的现象的话——假设的场医生主观上是如此解释——那么，她就会不得不第三次杀人，让所谓的预言成真……

到此为止，我一度想得有些兴奋，但马上又觉得自己的想法有欠考虑，进而感到汗颜。

我原本自以为是地觉得这种假设很有意思，但和案件中的细节一比对，却发现这种假设明显无法成立。

仔细想来，的场医生如何能知道前天晚上发生在会客室里的事？她是第二天才知道烟具盒摔坏了，而且前天晚上她还不知道访客中会有一个叫榊由高的男人。

<h1 style="text-align:center">九</h1>

"哎?"

听到背后突然传来的声音,我吓得从椅子上跳了起来。回头一看,门口阴影处站着一个人,正朝里窥探,是乃本……不对,是矢本彩夏。

"原来是你啊。"我松了一口气,刚才一瞬间,我还以为是那个不明身份的黑影。

"你在干什么啊,铃藤先生?"彩夏的声音听上去有种天真烂漫的感觉,她迈着轻快的脚步从过道向我跑来。

"我在想事情。"我说完重新坐回椅子上。

彩夏穿着牛仔裤,上身是一件柔软的蓝色毛衣。差不多从昨天开始,她不再化那种不适合她的妆。现在,她那张圆圆的小肉脸看起来比十九岁的实际年龄更年轻,甚至可以说,看上去嫩得像个孩子。

"一个人来这里,你不怕吗?凶手可还潜伏在这个家里哦。"听我这么一说,彩夏稍稍鼓起一边的脸颊,看着我说:"那是肯定的啊。"

"和大家一起待在楼上不好吗?"

"但是……"她在我旁边轻轻坐下，"待在那儿觉得可难受呢。大家都不说话，感觉都快窒息了。"

"那万一我就是凶手呢？"

"你？怎么可能！"彩夏乐呵呵地笑着，"我相信绝对不可能是你！"

"为什么？"

"你长得就不像是会杀人的样子。而且，你有不在场证明啊。前天晚上案发时，你不是和枪中、甲斐他们在一起吗？"彩夏一直盯着我看，语气很轻松，"难道你耍了什么把戏，制造了不在场证明？枪中和甲斐都是你的同伙？"

"同伙？怎么可能！"

"对啊，"彩夏亲昵地微笑着，"所以你是绝对安全的。甲斐也是，他也有充分的不在场证明，所以不是凶手。不过他今天的样子有点奇怪。"

"嗯，好像很害怕，对吧。不过，害怕也是正常的。"

"是啊。铃藤先生，你认为凶手是谁？"

"怎么说呢？"我不置可否地摇摇头。

彩夏把双手伸进宽大的毛衣袖子里："你说你在想事情，应该是凶案的事吧？如果不是案子的事，那就是深月的事？"

我的神经一紧，重新打量了一番彩夏的脸，只见她的嘴角流露出恶作剧般的笑容。

"啊，你不可以生气哦。"

"我才没生气呢。"被枪中看穿也就算了，居然连这个小姑娘都看透了我的心事，我觉得自己实在太没出息了。可是，在这种时候做任何辩解都无济于事，于是我装出满不在乎的样子，耸了耸肩反问她："那你认为凶手是谁？"

彩夏没有回答，而是坐在椅子上，身体朝后仰，看上去马上就要翻下去似的。她看着半球形的挑高天花板："真美！"凝视着镶嵌在贴了石膏线的天花板上的花窗玻璃。过了一小会儿，又把视线移到右前方墙壁上的一幅大型作品，说："铃藤先生，那画的是什么？"

我觉得她是故意岔开话题，但仍回答她："画的是《圣经·旧约》中《创世记》第四章里的一个场景。"我回答她。

"什么场景？"彩夏还是不明白，一脸茫然。

"你知道该隐与亚伯的故事吗？"

"我可不知道那种故事。啊，不过，昨天枪中先生好像说起过教堂的该隐什么的，还说他指代的就是甲斐的名字之类的。他说的该隐和你现在说的是同一个人吗？"

"对，该隐和亚伯都是亚当与夏娃的儿子。该隐种地，亚伯放羊。那幅作品画的就是他们向耶和华献上供品的情景。"

"谁是该隐？谁是亚伯？"

"右边的是亚伯，他不是带着羊嘛。左边那个身前放着稻穗似的东西的，就是该隐。"

"左边那个人看上去很不开心嘛。"

"因为该隐好意把供品献给耶和华，耶和华却只收下亚伯奉上的羊，无视了该隐的供品。所以，他俩的表情刚好相反。"

"好可怜啊。"

"该隐一气之下杀了亚伯。这就是人类的第一次杀人。"

"哦……"彩夏盯着花窗玻璃，双手交叉摆在脑后，沉默了好一会儿。

"榊是第一个，"突然，她一本正经地把话题又拉回到凶案上，"之后是兰。总之，凶手就是想好了要杀这两个人。如果是这样的话，通常情况下，会按照惹人厌的程度下手吧；或是会挑那个杀起来更费劲的先杀吧？但结果先死的是榊，这就奇怪了。"

"为什么？"

"因为兰更惹人厌，杀起来也更费劲啊，要杀她的话，必须来个突然袭击。"

我心想，怎么会有这种逻辑？！但表面上只是歪了歪脑袋对她说："为什么这么说呢？也许只有你们女生才觉得兰更惹人厌吧？至于说到费劲，就算再怎么瘦弱，榊毕竟是个男人。所以，我觉得你的那种推理不成立。"

"才不是呢。不然我问你，铃藤先生，你喜欢兰吗?"

"我……"

"看吧，名望奈志和甲斐也一样。枪中心里也一定很讨厌那种类型的女人。而且我就是觉得杀兰更费劲，一旦她歇斯底里起来，谁知道她会做什么?"

"我无话可说。"

"一定是这样的!"彩夏充满自信地说，"不过，如果这次的凶手非常、非常讨厌她，也有可能故意把她排在后面。"

"为什么?"

"把她排在后面，可以先吓吓她啊。先杀一个给她看，给她一个杀人预告，告诉她下一个就轮到她了。"说完，她的视线落到了膝盖上，"不过，好像没人恨她恨到那种程度吧? 一定要说有的话，那就是名望奈志? 而且他没有不在场证明。"

"你认为他是凶手?"

"可能吧。不过，名望奈志就算再怎么恨一个人，应该也不至于会杀人，因为他平常已经在用言语挖苦他讨厌的人了，没有必要再去勒死谁。嗯，那么……"彩夏转动着茶色的眼珠，摆出一副侦探的架势，继续她东拉西扯式的推理，"没有不在场证明的还有忍冬医生，但他又完全没有动机。"

"你和芦野小姐一样，也没有不在场证明啊。"

"讨厌！"彩夏噘起嘴来，瞪着我说，"我怎么可能是凶手？深月也不可能！"她说得非常坚决，却没有任何站得住脚的证据。

我尴尬地笑着点点头，心中却暗自思量。姑且不说深月，眼前的这个彩夏，也许真的有可能就是凶手。

说到"恨"，最恨兰的与其说是名望奈志，倒不如说是彩夏。（前天在温室里，她曾说过那么刻薄的话，当时她的眼睛就像在喷火。还有昨天的"审问会"上，她与兰针锋相对时的语气里也充满了憎恨！）如果她现在这种无忧无虑、天真烂漫的表情、动作和言语，全都是她设计好的一种表演呢？

"的场医生也很可疑。"彩夏没管我在想什么，突然说。

"为什么？"

"因为从昨天开始，她突然变得好像和我们很熟络似的，连吃饭的时候都在，还为我们端茶送水。但在那之前，她曾经那么冷淡。我觉得她变成现在这样子一定是为了侦查我们……哇，这儿的耶稣好帅啊。"她抬头看着十字架上的耶稣，突然很兴奋地冒出一句。

我看着她的侧脸，催她继续往下说："然后呢？"

之前我也怀疑过的场医生。我倒并不是念念不忘之前那个已经被我自己否定了的假设，只是经她这么一说，我也觉得的场医生从昨天早上开始态度骤变，其背后一定另有原因。

"嗯……我觉得说不定和四年前的那场火灾有关。"彩夏继续用刚才的语气说，"虽然她告诉我们没人放火，但说不定就是有人放火，只是犯人还没抓到，而那个犯人也许就在这里。"

这倒是一种全新的思路。"四年前的火灾"这几个字又让我感到了一种强烈的纠结。我应了一声"原来如此"，接着追问："你的意思是，榊就是纵火案的凶手，而白须贺家的人知道了这件事之后杀他报仇？"

彩夏错愕地大叫一声："怎么可能！"

"我不是那个意思，我是说凶手在那一家子人里，"她指了指自己的太阳穴，"有个'这里'不太正常的人把以前的房子烧了，然后假装事不关己的样子一直工作到现在。'那个人'可能是的场医生，也可能是鸣濑或井关。而我们来了之后，'那个人'就一时兴起……"

"一时兴起杀了榊和兰？"

"嗯，"彩夏一脸认真地点点头，"也有可能是那个留着胡子的末永，的场医生不是说过他老婆自杀了吗？可能是因为那个打击，'这里'出了问题。"

"一时兴起？"

"没错，现在回想起来，榊和兰都属于人群中特别惹眼的人，

'那个人'很可能就是看谁更惹眼就先杀谁。"

我无法判断她说这些话时究竟有几分认真，半信半疑地将视线从她脸上移开，若无其事地再一次望向右前方的花窗玻璃。

"关于火灾的事，"我说，"不管是不是放火，你不觉得有什么说不通的地方吗？"

"嗯？"彩夏不解地问，"什么地方说不通？"

"事情发生在四年前，原因是信号接收器在深夜起火燃烧，这应该是厂商的责任。"说到这里，我突然明白了自己之前"纠结"的到底是什么了。我终于想起来了！"原来如此！"我不由得大叫一声。

彩夏不解地歪着脑袋看着我："到底怎么了，铃藤先生？"

"你不记得了吗？虽然四年前你还只是初中生或高中生。"我直面彩夏说道，"当时，接连发生了不少大型电视机起火的事故，造成了很大的社会问题，其中有几户甚至因此引发了大火。"

"我记不太清楚了，不过听你这么一说，好像有点印象。"

"那些有问题的大型电视机都是由同一家厂商生产的，也就是李家产业！"

彩夏一下子猜到了我接下去要说的话，"啊"地张大了嘴。

榊由高——本名李家充，是李家产业社长的公子，对于在火灾中失去爱妻的白须贺一家而言，他就是让他们恨之入骨的"凶手"之一。我们不知道关于赔偿和刑事责任等火灾后的善后事宜处理得如何，但无法排除这种可能性——当白须贺知道偶然进入自己家里的榊的真实身份时，萌生了为妻子报仇的念头。

在火灾中失去丈夫的井关悦子也有同样的动机。的场医生肯定也参与了，因为她似乎非常仰慕已故的夫人。

但问题是……我慎重地进一步推敲。

刚才在"的场医生等于凶手"的假设中已经出现过同样的问题：他们如何得知来访者中有这么一个人？

不，还是有可能知道的。

先不管"榊由高"这个艺名，单说"李家充"这个本名，也许早在我们到达的第一个晚上，在电视新闻报道八月那起案子的时候，他们就已经知道了。

据说电视上第一次播出榊被列为嫌犯而遭通缉的新闻是在十五日晚上，如果当时的电视新闻（也有可能是次日的新闻）中播出了他的本名"李家充"及其照片，那么，看过新闻里照片的鸣濑、的场医生或井关悦子就能在访客中发现"李家充"……

"难道凶手真的是这个家里的人吗？"彩夏突然东张西望了一下，压低声音说，"不过，如果动机真如你刚才所说，那么，我和你应该不会有事吧？因为凶手没有理由恨我们啊。"

"可是也没有理由杀了希美崎啊。"

"但她是榊的女朋友啊。"她嘟哝着，好像在自言自语。说完，她双手撑在椅子上，开始晃起脚来。沉默了一会儿，她突然话锋一转，"下次的公演要演什么？"

"还不知道。"

"那天晚上你不是和枪中讨论过吗？"

"嗯，但那时候还没发生凶案。"

"你们本来打算让榊做新剧的男主角？"

"是的。"

"别人不行吗？"

"我说了不算。"

"总不会因为死了两个人，剧团就倒了吧？"

"这得看枪中。"

"那就不用担心了，因为枪中很有钱。"彩夏神情舒展、很放心地说，"兰已经死了，不知道我会不会得到比较好的角色。"她说这话的语气似乎没有一点恶意，而是一副天真无邪的模样。

见我不回话，她噌地站起身："我上去了。"说完向教堂外走去。走到门口的时候，她停下了脚步，突然想到了什么似的，对坐在椅子上目送她的我说："深月的事，你还是蛮有机会的，她看着你的时候，眼神非常温柔。"

十

快到下午两点时——彩夏离开后，又过了一会儿——我也离开了教堂。

我按原样关上门，沿着夹层的回廊来到大厅，不禁吃惊地停下了脚步。芦野深月正独自站在壁炉前，像是在与那幅肖像画面对面地对视。

听到我的脚步声，她转过头来看了我一眼，有些意外地"啊"了一声。我瞟了一眼教堂的门，示意我是从那里出来的。

"你很在意这幅画吗？"我一边说一边向她走去。

深月没有回答我，只是微微点了点头。

"一个人待在这里可不好，很危险呢。"

这次她对我摇了摇头，不知道是什么意思。接着又继续抬头看着墙上的肖像画。

她今天也是黑色长裙配黑色毛衣，当她与肖像画面对面时，镶在金边框里不再是画，倒是像一面大镜子。

"不知道她是几岁过世的？"深月的声音里充满了感慨，也许是因为长得太像，她对画中人似乎产生了一种共鸣，"死亡，真的是一件悲伤的事啊，特别是那些以为自己还有无限未来、却突然死了的人。"她喃喃自语般的声音听上去实在太过悲哀，我不忍心再听下去，于是又迈出一步靠近她。我努力地想要说些什么转移话题，突然，我想起了那件事——昨天凌晨在图书室里听枪中说过的事，还有那之后在梦里出现的、玻璃墙对面的面容。

"芦野小姐，我想问你一件事。"

听到我一本正经的语气，深月的脸上浮现出些许带着疑惑的笑容，手则向下抚弄着乌黑的长发。

"今天早上，的场医生说的那句'对未来失去了兴趣'，其实昨天枪中也对我说过类似的话。"

"枪中？他说了什么？"

"他说有人放弃了未来，"我还是决定说出来，"他说的就是你。"

"啊？"深月刚才还在抚弄着长发的手指突然停了下来，之前的疑惑神情变成了一脸惊讶。

"他到底是什么意思？他说你放弃了未来，所以才会这么美。我不明白他的意思，他却说还是别明白的好，还说有神秘感才好。可是我……"我抑制不住内心的冲动，滔滔不绝地说起来，但当我看到深月的反应后，只能一下子闭上了嘴。

她避开我的视线，默默地、一次又一次地摇着头。

"我是不是问了什么不该问的？"我有些手足无措，惴惴不安地任自己的视线在黑色花岗岩地板上胡乱游移，"有什么不能让我知道的事吗？"

长时间的沉默萦绕在宽敞的挑高大厅内。

我与她面对面地站着，相距两米左右。我就像个断了发条的小丑玩具一样杵在那里，既无法再靠近她，也无法再说任何话。深月低着头，和我一样默不作声地站着，仿佛下一秒就会被吸入身后的肖像画里，就此消失。如果真的发生那种事的话，我想我一定会一直站在这里，直到永远。

"我……"

听到深月开口，我立刻振作精神。

"我活不长了，所以……"

我一时间没明白她这句话的意思，不，其实我已经大致猜到会是这种答案，大脑却拒绝去接受这句话的意思。

又是一阵沉默。紧绷的空气中，深月长长地叹出一口气。

"什么意思？"我好不容易才发出声来，"我真的不明白……"

"我和一般人不一样，"她静静地说着，将右手轻轻贴在胸前，"我的心脏。"

"心脏？到底……"

"我的心脏天生就很虚弱，更准确地说，是一种先天畸形，在此我也不便详说。从小到大，只要稍稍剧烈地运动，就会让我很痛苦，甚至昏倒。后来因为病情严重，就去看了专科医生，才知道是心脏方面的疾病。那时候我在读中学。"她细长的眼睛望着我的脚下，淡淡地说着这一切，却听不出一丝一毫的自怨自艾，"我父亲听医生说，我很难活过三十岁。父亲苦恼了很久，最后还是告诉了我实情。"

"怎么会……"我从喉咙里挤出呻吟般的声音，哽咽道，"怎么会这样……"

"我刚听说的时候，也很受打击，哭过，也消沉过。但奇怪的是，一年之后就觉得无所谓了……但那并不是所谓的自暴自弃，也并非对人生感到绝望，该怎么说呢……"

我想到了枪中说过的话——那是一种平静的大彻大悟，那正是深月内心的模样。

是的，她放弃了一切，但并非绝望，亦非那种上了年纪的人会有的醒悟。

"总之，我觉得内心很平静，连我自己都觉得不可思议。"深月说。

她放弃的是没有希望的未来，她选择的是平静地过好现在的生活。

"枪中很早就知道了这件事？"

"嗯，很久以前他就知道了。"

"他明明知道还让你站在舞台上？你这样的身体怎么可以

演戏……"

"他也说不好。但我喜欢演戏。"

"哪怕会因此缩短自己的生命?"

"是的。"

这完全就是一个奇迹,所以她才……

这就是枪中所说的,正因如此,她才这般美丽吧。

没有比这一刻更让我憎恨这个交了十年的朋友了,他明明已经看出我对深月有好感,为什么从未对我提起过此事?不,我不该指责他,没有当事人的同意,他确实不能随便把这个秘密说出来……是的,一定是这个理由。

可是,作为一个喜欢她的人,枪中为什么不把她的心引向另一个方向?为什么认同她的"放弃",还用那些话来赞美她?这也许是枪中的一种美的观念吧。然而……难道不是"有生命才有美"吗?

"应该可以做手术或想想其他办法的?怎么能现在就说放弃……"我望着深月的脸。

深月的视线依然停留在我的脚边:"好像需要移植,但我是特殊血型,很难找到合适的心脏。即使找到,成功的概率也很低。"

"可是……"

"而且，我也不想靠别人的心脏活下去。我觉得我没那种资格。"

我很想大声对她说："你有！你绝对有！"如果可以，我甚至真心愿意现在就掏出心脏献给她……但从我的嘴里吐出的只有沙哑的声音和陈词滥调，"你不可以就这么轻易地放弃自己的生命，哪怕只有一线可能，也应该抱有希望。"

我没法像枪中那样想。

也许枪中说得没错，正因为从那种对生的执念中解放了出来，深月才得以拥有如此平静的心，才能创造出她现在这种女神般的美。但是，我不要她那种美，无论她多不像样、多丑陋，我都不在乎，我只希望她牢牢抓住属于她的、唯一的生命。

"我……我希望你……"

深月没有让我继续说下去，抬起头来看着我，绝没有讨厌，也没有逃避，似乎只是在告诉我她已经明白了。

"谢谢你，铃藤先生。"美丽的她微笑着对我说。

我不要那种美，不要……我在心中反复呐喊。

我确信，这个世界上只有她一人有资格接受厄里斯投出的金苹果。这样的想法一点都不夸张。

"对不起，我知道这种事即使有人问及，也不该随便说出。但还是忍不住要告诉你，因为我想让你知道。"

听到她这么说，我实在无言以对，唯有束手无策的心痛。我把手贴在额头上，眼睛依然凝视着她，好不容易才发出喘息般的一声"啊"。

"对了，我想和你说一件事。"深月把头发捋到后面，好像在暗示我换个话题，"昨天我不是在这里说起八月的那起案件吗？当时我不是很确定，所以没往下说。"

"啊，嗯。"我觉得头皮有点发麻，于是甩了甩头，这才反应过来，接过了这个新话题，"你是说当时在电话另一头可能存在着另一个人？"

"嗯，虽然我还是没什么自信，只有模糊的印象。但是，连兰都遇害了，所以我想，也许……"

突然，"哐当"一声巨响，响彻整个大厅，把我俩吓了一大跳。

我抬起头，深月则回过头。我们都朝着深月的斜后方看去，发现声音来自壁炉上方。

"那幅画……"深月用手捂着嘴，"怎么会突然……"

挂在墙上的肖像画突然掉了下来。也不知是拉着画框的绳子或链条断了还是挂钩断了，幸亏是垂直落地，没有向前倾倒。金边的画框看起来很重，如果是从别的角度掉下来，恐怕已经砸坏了摆在壁炉上面的装饰物品，比如那个装着木屐的玻璃盒。

此时，右边通往走廊的门打开了，一身笔挺黑色西装的鸣濑突然出现，也许他是刚巧路过时听到了巨响才过来的。

看到是我和深月后，他脸上依然像戴着假面，毫无表情。

"出什么事了？"他用嘶哑的声音问道，"刚才是什么声音？"

"那幅画掉下来了。"深月回答，"我们没有碰它，是它自己突然掉下来了。"

管家走到壁炉前，看着掉下来的画框说："是链条断了，估计是老化了。"他若无其事地说着，边说边直勾勾地看看深月，又看看画框中的肖像，好像现在才发现两者的相像，"我会叫末永来修理的，请不要放在心上。"

我始终一言不发，冻僵了似的，伫立在原地。深月似乎对我这样的反应感到十分诧异。

我问自己，发生在我们眼前的这个"动作"到底意味着什么？

链条老化了，断裂了，于是画掉下来了。没错，就是这样，一点都不奇怪，这是很正常的现象。可是……

损毁的烟具盒、温室里枯萎的花朵，而这一次……这一次是……

"铃藤先生。"

听到深月的声音，我这才回过神来。

"已经两点半了，我们该上楼去了。"

我们在鸣濑冷漠的目送下离开了大厅。

走上楼梯，从回廊走到楼梯缓步台，我踩着梦游般的步子走在深月前面。明明有很多话想告诉她，却一句也说不出来，甚至忘了问肖像画掉落之前她原本想要告诉我的事。

途中经过走廊尽头的边厅时，我突然注意到摆在角落里的鸟的标本。

之前，我并没有特别关注过这个标本。这只鸟身长约五六十厘米，翅膀是深深的紫黑色，与翅膀同色的长尾巴上有几条白色的条纹，眼睛周围又圆又红。这时候我才发现，那是雉鸡的标本。

刹那间，我觉得心仿佛被狠狠地揪了一下。

　　下雨了，下雨了。

这首童谣早已侵入我的脑内，有点感怀、有点哀怜……不，事到如今，它已经完全变成一种带着诅咒、充满恐怖的曲调了。

　　小雉鸡，叽叽叫，
　　你也很冷吧，你也寂寞吧。

啊，莫非……

我不由得停下脚步，回头看着走在我身后的深月。可是，我终究还是一句话都没说出来。

十一

我俩到达餐厅的时候，其他人都已经到了。

彩夏坐在靠近餐桌暖炉的角落里，正用暧昧的眼神看着我。看到我和深月一起进来，想必她又浮想联翩了。

我没有回应她的眼神，找了一个空位坐下来，正对着彩夏，旁边是忍冬医生。

"末永说，发生了一件怪事。"的场医生提着茶壶为大家倒完红茶，在枪中旁边坐了下来，"温室里有很多鸟笼，由末永负责照顾，他说其中一只鸟突然变得很虚弱。"

"鸟？"枪中疑惑地看着女医生，"什么鸟？"

"是一只金丝雀，德国品种，会唱歌的黄色金丝雀，名叫梅西安。"

"梅西安？"枪中重复着这个名字，"是创作《图伦加利拉》交响曲的那个梅西安吗？这是谁取的名字？"

"是末永取的，他给鸟取的名字全是他喜欢的作曲家的名字。"

"哦。他说那只'梅西安'突然变虚弱了?"

"是的,他说昨天还好好的,今天早上突然不行了。"

"会不会是病了?"

"末永说好像不是。"

"你没替它看看吗?"

"我只会看人。"女医生一脸无奈。

枪中耸耸肩,尴尬地搓了搓鼻子:"确实挺奇怪,不过,这好像和案子没什么关系吧。"

涂着黑漆的餐桌上摆放着美味可口的酸樱桃水果蛋挞。的场医生推荐说,这是井关悦子亲手做的,味道特别棒。

"到底什么时候才能离开这里啊?"名望奈志几乎一口吃掉一个蛋挞,他之前一直沉默不语,现在却像平常一样发起牢骚来。他用舌头舔掉沾在嘴角的奶油,那表情实在有些滑稽,又说道:"雪还那么大呢。真是的!"

"这场暴雪确实是个问题啊,"忍冬医生在红茶里加了一大匙砂糖,"大约十年前,我也曾经遇到过类似的暴雪。当时我正要去山那头的村子,却突然下起暴雪,于是被困了整整一个礼拜。"

"只能乖乖地等雪停吗?"

"是啊。不过,相野町的人已经习惯了暴雪,所以现在差不多该开始铲雪了。我估计最迟再过两三天吧,就会有办法的——

况且这期间，雪也该停了。"

我听着他们的对话，脑子里却一片空白，无法思考任何其他事情。我看着坐在斜对面的深月，她大概也注意到了我的视线，一只手贴在脸颊上，微微低着头。也许是我多心了，总觉得她的脸色比平常更苍白，表情也更僵硬。

"车子还是不能发动吗？"

"至少我的车子还不行。"忍冬医生撇了撇嘴，露出厚实的下嘴唇。

名望把目光转向的场医生："这个家里的车子呢？"

"除了普通的轿车外，还有一辆越野车。"女医生回答。

名望"啪"地打了个响指："那就行啦！"

"很不巧，上周初的时候，发生了故障，之后就一直没修好。好像得开到修车厂修理才行。"

"唉，怎么那么巧呢！"

"车库在哪里？"枪中问。

女医生朝磨砂玻璃墙望去："在前院的对面。"

"不在这栋房子里面？"

"嗯。那里本来是马厩，后来改装成了车库。"

我犹豫着该不该把刚才肖像画的事告诉枪中，但至少现在，当着深月的面，我开不了口。即使我不说，鸣濑迟早也会把那幅画掉下来的事告诉的场医生，然后的场医生会告诉枪中。听到这件事后，枪中会怎么看？是看作"纯属偶然"，还是看作这个家的有自主意志的"动作"？

不，我应该先问问我自己：该如何解释这个现象的意义？到底该如何理解？

"要不要再来一杯红茶？"的场医生说。

"还是换咖啡吧。"枪中说完看看大家，"你们同意吧？我们几个本来就都是咖啡爱好者。"

"忍冬医生，您也喝咖啡吗？"

"行啊，只要是甜的我都行。"

的场医生安静地离开座位，走向放着手摇式咖啡研磨机的木制餐车。深月起身想要帮忙，的场医生却举手示意不用。咖啡研磨机里磨着咖啡豆，发出尖锐的声音，刺激着众人疲惫不堪的神经。

"不管怎么说，"枪中对着回到座位上的的场医生说，"说实话，这房子真棒。"

从前天到现在，他已经说了好几遍，但如今这话听起来却有点像是在挖苦。这也许是枪中对沉重气氛的一种抵抗吧，但我还是希望他至少加上一句："如果没有发生那种事。"

"无论是建筑物还是家具和收藏品……特别是收藏品，其中有很多富有日本风情的物品，那些全都是白须贺先生收集来的吗？"

"据说有很多是原本就在这房子里的。当然，老爷收藏的也不少。"

"横滨的那栋房子失火时，估计也烧掉不少吧？"

"没有，那时候的收藏品和书都没有放在被烧掉的主屋里，而是存放在其他房间。"

"哦，不知道该不该这么说……这也算不幸中的万幸吧。那些古董都是普通人难得一见的珍品。"枪中微微叹了口气，"你平时闲着的时候做什么呢？"

"我从来没觉得自己'闲着'过。不过请别误会，我并不是说我很忙，只因为住在这里，会觉得时间过得不一样。"

"此话怎讲？"

"在这里，我们总觉得时间不是在'逝去'，而是在慢慢地卷成一个很大的旋涡。我们并没有靠着时间在生活，而是感觉被包围在时间内部。也许你还是听不懂我在说什么吧？"

"不，不会的，我觉得我能理解。"

"不过，一般人所说的'消遣'也是必不可少的。比如去附近森林散散步；夏天的时候，只要能忍受微凉的湖水，就可以去湖里游泳；另外，这里还有私人靶场。"

"太厉害了，是白须贺先生的兴趣爱好吗？"

"是的。"

"估计他一定也收集了不少好枪吧？"

的场医生回应了一个暧昧的微笑，接着起身朝餐车走去。

咖啡已经过滤完，的场医生将咖啡壶里的咖啡倒入新的杯子里端给大家。

"我真的太羡慕了。"枪中眯起眼睛，目光追随着女医生的身影，"我在东京是开古董店的，鉴赏古董的眼光还算不错哦，你们要不要雇我当管理人？"

女医生一脸诧异："这种事问我没用。"

"哦，如果我是女性的话，就可以拼命向你们老爷抛媚眼，让他雇我。"

"您真会说笑。"

"不，我是认真的。因为等雪停了，我们就得下山，之后恐怕再没机会见到这个家和你们了。"

我喝了一口不加糖的咖啡，却一点都尝不出香味，也不觉得可口，只觉得比平常更苦、更强烈地刺激着舌头。一旁的忍冬医生仍和刚才一样，加了满满的糖，津津有味地一饮而尽。

"你说你开古董店，那剧团呢？"的场医生回到座位上问道。

"靠这种小剧团哪里活得下去！"枪中苦笑着耸耸肩，"我的正职是艺术品古董商，剧团只是玩票。"

"都演过什么戏？"

"你喜欢什么戏？"

"啊，我不太懂戏剧，只在大学的时候和朋友一起去看过两三次而已。"

"我们剧团演的大多是正统的戏剧，因为我不太喜欢那些所谓现代的东西。"

"是吗？"

"那种乱哄哄的大众戏，或是像开机关枪一样不停讲笑话的戏，又或是演员在舞台上跑来跑去的戏，我都不喜欢。还有，光讲些观念思想之类、沉闷难懂的戏，我也不喜欢。"

女医生一脸似懂非懂的样子。枪中仍继续说："也许评论家们会对我的戏剧嗤之以鼻，但是，我就是不喜欢那种所谓'时代性'的东西。"

"时代性？"

"那些演出现代戏剧的家伙们大多逃脱不出'新东西'的诅咒。他们一心想让自己立于时代的尖端。现在，有一种信仰正在蔓延，认为戏剧的价值在于揭露时代与社会的矛盾并推翻，从而将时代不断向前推。我倒并不想激进地否定这种想法。"

枪中说到一半，摘下眼镜，用手重重地按了按两边的眼皮，继续说："我只是不想把时代往前推，相反，我甚至希望它能停下来。这是不可能的。但我至少想在流逝的时间中建造不动的堡垒。从这个意义上来说，也许我更能与古典艺术产生共鸣。"

"你说的堡垒是什么样的？"

"嗯……"枪中眯起眼睛，好似在眺望远方，"打个比方来说，就像这个家，像雾越邸一样的堡垒。"

女医生听完一惊，微微地点了点头。接着她拿起杯子，缓缓喝起咖啡来。

"我想我大概是憧憬着想当一个独裁者吧。"枪中说。

女医生有些诧异地眨着眼睛问："独裁者？"

"是我用词太过极端了吗？"

"什么意思？"

"二十世纪六十年代以后，日本的现代戏剧中存在着一种所谓的'地下模式'，多多少少延续到现在。其中有一个叫'集体创作'的概念，被认为是连接六十年代到七十年代乃至现代的主要架构。从狭义上来说，'集体创作'就是演出戏剧的剧团中的每个人都是作家、是导演、是演员，也是工作人员，是一种强调身份同位性的理想。总而言之，就是要消除剧团内部的等级关系，是一种直接的民主主义，不需要集中强权的领导者，重要的是每个演员的自主性。"枪中重新戴上眼镜，缓缓地左右摇着头说，"我讨厌那种模式，所以才会用'独裁者'这个词。"

"哦。"

"也就是说，我想统治整个世界。啊，请不要误会，我对政治没有兴趣，我要的并不是俗世的权势，只是身为导演，我想要完美地支配自己的舞台，这样才能充分地展现自我，才能越发接近我一直在寻找的'风景'。我只是有着这样一种执念。"

平常在团员面前，枪中也从不避讳说这些。他常说"暗色天幕"是属于他的东西，不是为了其他任何人，只是为了他自己，为了他个人而存在的表现体。

"我这么说，也许大家会生气，因为这样一来，演员就不过是我的棋子而已。当然，我并不否认，他们也是为了他们自己而站在舞台上，为自己而尽力表现。只是，支配着那个上层'世界'的人是我……我希望是这样，并自认就应该是这样的。仅此而已。我很傲慢吧？"

"怎么说呢，"的场医生暧昧地摇着头，"我从没深究过要表现自己，也不想表现自己。"

旁观他俩你一言我一语的忍冬医生，也许是觉得谈话内容太过无聊，于是打了个大呵欠站起身来，举起双手伸了伸身体，说了声"先告辞了"，朝隔壁的会客室走去。

没过多久，名望奈志和彩夏也跟着去了沙龙活动室。

也许是故意要避开凶案不谈吧，枪中继续和的场医生谈论着自己对戏剧的看法以及关于暗色天幕的事情。甲斐双肘支在餐桌上，脸色依旧憔悴苍白，神情恍惚地看着那面磨砂玻璃墙。

我喝完咖啡，整个人靠坐在椅背上。昨天明明睡得很香，现在却很奇怪地感到倦怠。

我看看深月，她一直低着头，一句话也没说……我从没有比这一刻更强烈地渴望能看透她的内心世界。

她真的已经放弃了自己的未来？她难道真的没想过要反抗那种无情的命运吗？她……

突然，深月抬起了头，正好撞上了我的视线。我就那样一直凝视着她乌黑的双眸。

她那淡粉色的嘴唇微微地动了动，似乎想要告诉我什么，但很快又不动了。她缓缓地、轻轻地摇摇头，接着再一次低下头。

她当时到底打算说什么？想要告诉我什么？

没想到，这竟然成了她留给我的永远的谜。

第五幕　第三具尸体

下雨了，下雨了。

小雉鸡，叽叽叫，

你也很冷吧，你也寂寞吧？

*　　*　　*

正对着雾越湖的中庭平台，白得没有一丝阴影，看上去就像是一座异国神殿，而这个"异国"并不存在于这个世间，亦不存在于任何地方。如果一定要说它存在于何处的话，只能说它存在于远古的神话时代，是一个梦幻般缥缈的国度。

日落西山，天色渐暗，厚厚的云层渗出的颜色好似风化了的紫阳花。刚才还在呼啸的狂风暂时偃旗息鼓，雪温柔得有些不可思议，悄无声息地从空中飘落下来。

好安静。仿佛这个宇宙里所有可以被称作"声音"的东西全都消失了，甚至连时间也被冻结了。一时间，无限的寂静完美地掌控了周遭的一切。

好似铺着冰冷的纯白色绒毯的平台一角，躺着一个人。

她的双手朝着湖面向前伸出，横卧在地。身上裹着的纯白色蕾丝几乎与积雪融为一体，乌黑的长发散开成扇子一般……胸前，就像是绽放了一朵深红色的花。

那姿态就像一个正在向众神祈祷时突然断了气的神社巫女，又像是被镶在平台这个巨大画框中的一幅画。

　　一双眼睛从阳台上俯视着这一切。

　　那是一双没有感情的、干涸的、玻璃珠子做成的眼睛，是那只雄鸡的标本。它收起深色的紫黑色翅膀，伸直了长长的尾巴，微微张着黑色的喙，好像马上就要引吭高歌。

一

　　她①在厚厚的、透明的玻璃墙的另一面拼命地敲打，她举着白皙纤细的手，张大嘴巴嘶喊。但我在墙的这一边完全听不到她的声音。没过多久，她的拳头开始渗血，染红了半面玻璃墙。

　　深月、深月……

　　我梦呓般呼叫着她的名字，然而墙那边的她完全听不到我的声音。

　　深月……

　　她在向我求救，一定是的，她想打破这堵墙逃到我这边。

　　我非常确信，握起拳头，举起手朝墙上挥去。这一击让玻璃墙上出现了蜘蛛网般的裂纹。紧接着，"哐啷"一声，四边形玻

---

　　①　本书中的着重号为原文中即有，在此均保留。

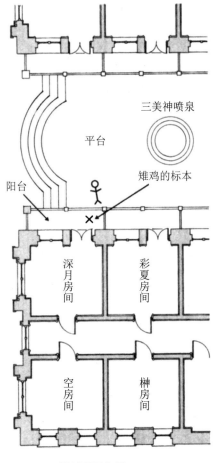

三美神喷泉

平台

阳台

雉鸡的标本

深月房间

彩夏房间

空房间

榊房间

雾越邸局部图3

璃墙突然变成了一个金色的画框。

画框中镶着一幅美丽女子的肖像画，和深月长得一模一样。画开始在灰色墙壁上缓缓地左右晃动，接着越来越剧烈，发出"嘎哒嘎哒"的快节奏震动声，转眼间，一下子掉了下来。

轰的一声，重物落地的响声所产生的共鸣让我觉得头盖骨都被震得嗡嗡作响，它的余音甚至在我的颅内形成回路，无限绕圈。

我好不容易才清醒过来，就像是刚从黏稠的泥沼中爬出来。我似乎还能听到一些微弱的余音，但这已不是刚才梦中的声响，而是现实世界里的声音……似乎是阳光房里落地式摆钟刚刚敲过的声音。

我感觉脑袋里像是被灌了铅似的，沉重不已。我一边摇摇头，一边看手表。

我的眼睛还有些迷蒙，勉强看清是下午五点半。又看了看表示日历的部分，不用说，当然显示的是十一月十八日，星期二。

我一时间还没完全弄清楚发生了什么，似乎是自己刚才趴在桌子上睡着了。现在不只是头部，连身体都觉得有些发麻，眼睛无法准确对焦，眼皮重得睁也睁不开，喉咙很干，舌头上觉着有一股苦味。

到底是什么时候睡着的？

这里是？对了，这里是二楼餐厅，刚才大家还聚在这里喝茶，枪中和的场医生在聊有关戏剧的事，之后……

我突然觉得头晕目眩。啊，没错。还没等我发现不对劲，就已经意识模糊，无法思考了，只觉得身体好像在随波摇曳，身不由己……

在那之前，我记得我看过放在壁炉上的座钟，当时大约是三点四十五分，那是我昏睡过去之前的最后记忆。

我好不容易撑起自己趴在桌上的绵软身躯，环顾四周。黑色餐桌的附近，枪中和甲斐两人都伸着手臂，脸朝下趴着昏睡。之前坐在枪中旁边的的场医生，从椅子上摔倒在胭脂色的绒毯上，身旁滚落着白色的咖啡杯。但从她因呼吸而起伏着的肩膀来看，我确定她还活着。

“枪……”我惊慌地想叫醒枪中，却不由得闭上了嘴。

深月呢？深月不见了！在我昏睡过去之前，深月明明坐在我的斜对面，现在却不见了。我一下子蹿起来，把椅子带倒了。我好像宿醉一般晃晃悠悠，绕到餐桌的另一边。我猜深月也许和的场医生一样从椅子上摔下去了，却发现地上也没有深月的身影。

我的整颗心都在被反复碾压着，被一股莫名的不祥预感煎熬着。我朝隔壁的会客室走去。通往会客室的门敞开着，坐在沙发上向后仰躺的忍冬医生的秃头正对着茶褐色的门，能听到他轻微的鼾声。

包括忍冬医生在内，会客室内的三个人也都昏睡着。名望奈志趴在绣着金银花图案的波斯绒毯上，彩夏则横躺在沙发上，却依然不见深月的身影。

她到底去哪儿了？

我打开磨砂玻璃门，走进阳光房。正对前院的窗外已经一片漆黑，我左看右看，没看到任何人。我又跑到图书室，确定她也不在那里后，又立刻穿着拖鞋，磕磕绊绊地冲向走廊。

那股碾压着我内心的不祥预感开始变得愈发强烈起来，就像是闯入了半梦半醒之境，朦胧恍惚，以至于觉得那个预感以及眼前的这个现实都像是一场恐怖的噩梦。

走廊上没有开灯，很暗。但好在中庭的室外灯亮着，从落地窗向内透进来，让我的脚下有了些许昏白的微光。

我朝左前方飞奔而去，想去深月的房间看看。当我跑到走廊尽头的转弯处时，双脚上的拖鞋都已不见了。

"芦野小姐！"我在昏暗中呼喊着，"芦野小姐，你在哪里？"

在蓝色双开门的前面，向右有一条侧廊，芦野的房间就在这条侧廊最深处的右边。

"芦野小姐！"我又大叫一声，随即却立刻收住声音。我发现深月房间的门敞开着，突然，一个黑影从门后冲了出来。

"谁?!"

那个黑影看上去很瘦小，完全不理会我的质问，径直穿过了走廊。黑影融入黑暗之中，我无法看清楚他的长相，但至少能发现他的行动有些不便，似乎拄着拐杖拖着一条腿在走路。

"谁?!"我叫了一声冲过去。只见黑影飞快地打开对面的房门，像是被吸进房间一样，"嗖"地消失在我眼前。

我冲到那个房间门前。从刚才到现在，虽然没跑多远，我却已经喘息不已，心脏狂跳，感觉马上就要炸裂开来。我先试图打开那个黑影所进入的房间的门，但是打不开，从里面反锁了。我于是转身向右回到那个敞着门的、深月的房间。

"芦……"我的声音戛然而止，仿佛被急速冷冻住一般。

昏暗的房间里一个人也没有，然而……

床上的衣服却散乱不已——黑色毛衣、黑色长裙、白色衬衫……这是她今天穿的衣服。奇怪的不仅是这些，正面阳台的落地窗也敞开着，外面的寒气不断地涌进屋来，整个房间像被冻住了。

我深深地吸了一口气，战战兢兢地朝敞开的落地窗走去。心跳得比刚才更快。我仿佛听到了越来越刺耳、越来越剧烈、碾碎我心脏的声音。

莫非……

积雪的阳台像是孩子们打完雪仗后的战场，坑坑洼洼的，看不出什么清晰的脚印。不过，在差不多与心脏等高的木质围栏前，好像有什么奇怪的东西。

我走到窗前，这才看清楚：紫黑色的翅膀、白色条纹的尾巴。是那只雉鸡，之前放在走廊尽头边厅里那只雉鸡的标本。

这时，我非常肯定，最糟糕的事情已经发生了。

下雨了，下雨了。

北原白秋的《雨》的第三段中这样唱道：

小雉鸡，叽叽叫，

你也很冷吧，你也寂寞吧？

我觉得头皮发麻，于是用力甩了甩头，试图否定自己的想法。我告诉自己，不可能发生那种事，怎么可能发生那种事……

我感到身体好软，脚底下轻飘飘的，站也站不稳。我就像个木偶一样摇着头走上阳台。太阳早已下山，天空漆黑一片。风也停了，只有飘雪静静地飞舞着。

我走到雄鸡的标本旁，伸出双手握住冰冷的围栏。我屏住呼吸，将身体向外探出，借着室外的灯光朝下方的平台看去。终于，我看到了横躺在那里的深月。

　　顷刻间，一股想要呐喊的冲动带着无穷无尽的绝望冲至我的喉头。我本想要忍住，但岂能忍得住？那一声撕心裂肺的叫喊甚至让我怀疑那究竟是不是自己的声音，瞬间将周遭的寂静击得粉碎。

二

　　我双手握着围栏，站在原地一动不动，双眼死死地盯着白色平台。自己刚才的那一声喊叫似乎还在耳边萦绕。

　　她，深月，被杀了！

　　虽然大脑已经接受这个事实，身体却无法进行下一个行动。我像是被雷劈了一样，全身发麻，连一根手指都动不了，甚至连眼皮都无法眨一下。

　　是因为深月被杀的事实吗？还是因为发现这个事实后所受到的打击？当然这两个都是原因。但除此之外，还因为自己眼前这幅死亡景象实在太像一幅远离尘世的"画"作了。我内心的一部分好像被强行拉离现实世界，被扔进一个被人设计的、幻想的微型庭院之中。一种异样的分裂感伴随着巨大的晕眩折磨着我，以至于我的身体一直僵在那里不能动弹。

不知从哪里又传来一声短促的叫喊，那不是我的声音。我这才从鬼上身似的状态开始恢复。我抬起头，寻找声音的来源。

就在我的右前方——平台对面的突出部分、三楼尖屋顶下那个颇有情调的小晒台上，声音的主人就在那里。只见一个黑影背对着室内的灯光，因为逆光和远距离，不能确定到底是谁，但从体格来看，应该是管家鸣濑。他一定是被我的叫声吓到了，冲了出来，发现了平台上的尸体。在他探出阳台围栏的身影背后，又出现了一个人，个子比他矮一点，应该是白须贺。

我好不容易将手从阳台的围栏上挪开，走回屋内。可是身体依然发麻。平台上的那番景象像打了烙印一般牢牢地驻扎在我眼前，那股异样的分裂感也依旧在我的头脑中挥之不去。

深月被杀了。她被杀害了！

我重重地摇着头，拼命想让自己清醒过来。

深月被杀害了！被那个杀死榊和兰的同一个凶手杀害了！

恍惚间，我趔趔趄趄地走到走廊上，看到对面刚才黑影进去的那扇门仍紧紧地关着。我打起精神，再次走向那扇门。我下定决心，如果再打不开，我撞也要把它撞开。我一边想一边握住了门把手……却发现已经没有了刚才的那种抵抗力，门没锁。我打开门，里面漆黑一片。

"喂！"

我在黑暗中问道，声音不由自主地颤抖着。我伸手摸索着电灯的开关。

"别躲了……"

我打开灯，终于看清了房间的模样。这是一间客房，和其他房间的构造相同，家具上盖着白布，房间里一个人也没有。

那个黑影一定是趁着我在阳台上失神的时候溜走了。或许，刚才走廊上的人影只是我的错觉？

我没有时间去想那些。

我又一次用力地甩了一下头，冲向黑暗的走廊。我必须赶快回去告诉大家。

我跑了起来。

发麻的感觉和分裂的感觉已经渐渐变弱，但依然像是被罩在一张无形的网中，以至于身体的行动变得非常迟钝，双脚像是打了结。我越发感到焦躁，总觉得两边的墙壁正发出怪声，歪歪扭扭地向我压来。

我上气不接下气地冲回餐厅，之前从椅子上摔落、倒地昏睡的的场医生已经清醒过来，正要起身。枪中和甲斐依然保持着刚才的姿势趴在餐桌上。会客室里的三个人仍没醒来。

"啊，铃藤先生。"坐起上半身的女医生看到我进来叫了我一声，"我这是怎么了……"她扶了扶眼镜，转了转脖子，舌头仍有些不太自如，"刚才我好像听到一声惨叫。"见我喘着气，脸色像死人一样惨白，她咽了一下口水，"发生什么事了吗？"她用手撑着桌子站起来，看着我的脸。

"她……"我嘴唇干裂，声音嘶哑，"这次轮到她了……"

"她？"的场医生皱起眉头，瞪大了眼睛，"你说的她……难道是……"

"是芦野，就在下面的平台上。她被人杀了！"

女医生轻轻地发出一声悲鸣，趴在桌上的枪中的肩膀也跟着动了一下。

"大家都晕过去了，我也是。正是在这段时间内，有人把她杀了。"说完，我全身无力地当场跪坐在地上，脑海中闪现着刚才的平台上的那副光景。

为什么？

我在心中嘶吼。

那么美丽的深月！她只是静静地过着数年后注定终结的生活，为什么成了连环杀人案的第三个牺牲者？究竟是为什么？

的场医生像在太空漫步似的，踉踉跄跄地冲出餐厅。我发出野兽般的呻吟声，攥紧了拳头，不停地捶着脚下的绒毯，两下、三下……那种痛到麻木的难受直击我的内心深处。

我狠狠地咬着嘴唇，甚至咬出了血。我强忍着，不让自己哭出声来。

三

最先赶到平台的是杂役末永耕治，我发出惨叫声的时候，他正在一楼的配膳室。配膳室是个小房间，在厨房与正餐室之间。他一听到叫声就冲到正餐室，发现了室外的异常情况。

的场医生从走廊回来后，我和她分头叫醒大家，一起冲到楼下。

被叫醒的人都一个个先揉一揉眼睛，甩一甩沉重的头，或是用拳头压一压太阳穴。大概是因为还处在意识混沌、半梦半醒的状态，所以当被告知又发生了凶案时，几乎没什么人立刻做出正常反应。

女医生带我们走出正餐室的落地玻璃门，来到阳台上。跑丢了拖鞋的我光着脚走下平台。我完全顾不上站在积雪上那双冻僵了的脚，只是呆呆地看着两个医生进行尸检。

"凶手好像给我们下了药。"蹲在尸体旁的忍冬医生慢慢撑起胖胖的身子。

"下药？"枪中低沉地说着，神情沉重。他和忍冬医生一样，都还穿着拖鞋。

"没错，"医生圆圆的脸上皱起了眉头，用舌头反复舔着厚实的嘴唇，"你不觉得嘴里有苦味吗？喉咙也很干吧？"

"嗯，确实。"

"估计是我带来的安眠药。"

"你是说有人偷了你的药，然后让我们吃了？"

"没错，我得回房间检查我的皮包才能确定。"

"可是，是什么时候让我们吃下的呢？"

"枪中，"我有些沉不住气地插嘴说，"还是先把她搬进屋吧。"

说完却立刻后悔，觉得一股有苦说不出的难受。我扪心自问，难道要把深月搬到屋内和榊和兰一样放在地下室里，当作日后交给警察的一具横死之尸吗？片刻间，我的心头掠过一个念头：与其那样，倒不如让她埋在纯白的雪地里。我的脑海里又闪现出刚才从二楼阳台向下看到的那幅如幻似梦、镶在巨大画框中的"画"。

"说得也是，"枪中怅然地点点头，"忍冬医生，您已经检查完了吗？"

"反正再看也看不出更多的线索。"老医生的手摸了摸光秃秃的额头，无奈地摇了摇头，"正如你们所见，死因是刀子刺中胸部。大概算好了她吃完安眠药睡着的时机，一刀下去，直插心脏。"

飘落的白雪遮盖了染红白色蕾丝的血色，只在靠近身体中间的部分露出了黑色的刀柄。

"凶手杀了她之后，把她从那个阳台上扔了下来。幸亏是雪地，有缓冲，身上并没有明显的其他外伤。但，还是太残忍了。"

深月的双手像是在祈祷般伸向湖面，身上只裹着白色蕾丝，其他没穿任何衣物。她双目紧闭、嘴唇轻合，脸上没有丝毫因痛苦或恐惧而产生的扭曲。她看上去既安详又美丽。难道是因为在昏迷中死去，所以几乎没有痛感吗？或许，这也是她的一种"放弃"，不再执着于生，所以得到了自由？

"她的身上没有被施暴过的痕迹。另外，身体还残留着些许的体温，应该是刚死没多久，最多也就两个小时左右吧。不过这一次，关于这方面的检查已经没什么意义了。的场医生，你有什么补充？"

的场医生看着尸体，无言地摇摇头。

尸检期间，天空不停地下着雪，曾经平静过一段时间的风也再度开始变强。和今天早上抬兰的尸体时一样，由我、枪中和名望三个人抬起深月的尸体，在冰冷的寒风中走上阳台的阶梯。

彩夏站在阳台上，双手扶着栏杆，伤心地看着这边，用嘶哑的声音念叨着深月的名字。我没有看她的脸，但是我知道她哭了。甲斐双手抱膝，蹲在落地窗前。他的肩膀痉挛似的抽搐着，仿佛在诉说着深月的死对他的打击有多大。

从正餐室走到走廊时正好碰到白须贺。我们停下脚步，他在被我们抬着的深月身旁停了下来。

"啊……"房子的主人穿着橄榄色睡袍，黝黑的额头上显出深深的皱纹。他注视着死去的深月的脸，神色凝重地低声说："太残忍了。"

之前从未在我们面前表露过任何情绪变化的他，现在却不然，嘴角那招牌式的微笑不见了，取而代之的是满脸的悲哀。他紧紧地闭上眼睛，痛苦地耸肩，重重地叹息，还摇了好几次头。他一定是看到深月的脸而想到了四年前去世的妻子吧。

过了一会儿，白须贺抬头问抬着尸体双脚的枪中："枪中先生，这到底是……"

"我知道您一定很生气。"枪中打断他的问话，像是吐出一块堵在胸口的大石一样，"我只能说，我是真的无能为力了。如果可以的话，我希望您现在就撤了这个您让我当的侦探一职。"

白须贺顿时绷起脸，用愤怒的眼神瞪着枪中，但随即转身背对他，微微举起一只手示意"别说了"，然后走向里屋。

默默地目送白须贺离开后，枪中看着站在一旁的的场医生，精疲力尽地说："的场医生，麻烦你带我们去地下室吧。"

四

将深月的尸体放在地下室之后，枪中提议去案发现场看看。于是刚才为我们带路的的场医生又跟着我们直奔二楼深月的房间。

房间里开着灯，枪中让我叙述一下发现尸体的经过。我努力想按照顺序说明，但大脑似乎还没有从打击中清醒过来，声音抖得很，根本没法好好说话，以至于叙述得毫无章法，粗疏凌乱。

大致听完我说的话，枪中用犀利的眼神仔细环视房间。

"凶手是把像我们一样昏睡过去的深月抱到这个房间后将其杀害的，所以杀死她的具体地点就是……"枪中走到散乱着衣服的小型双人床边，"就是这张床上吧。嘿……你们看，床单上有血迹。凶手在这里脱了她的衣服，用蕾丝裹住她的身体，再刺穿她的心脏。那块蕾丝应该是挂在那扇窗户上的窗帘吧？"

枪中说得没错，那扇朝向中庭、垂直方向开关的窗户上的窗帘已经被拆了下来。

"至于那把凶器，"枪中说到这里，转向默默站在房间角落里的的场医生问，"是这个家里的东西吗？你清楚吗，的场医生？"

"应该是原本放在餐厅橱柜里的水果刀，我好像见过那种形状和颜色的刀柄。"

"可以请你稍后确认一下吗？"

女医生点点头。

枪中离开床边，朝敞开着的落地窗走去。

"凶手杀了深月之后，是从这里把尸体扔到平台上的吗，铃藤？"枪中回过头来问我，"你进来的时候，阳台上有没有脚印？"

"我来的时候就是这副样子。"

当我冲进这里时，阳台上的积雪好像被刻意踩乱过，坑坑洼洼的。而现在上面又盖上了一层刚落的雪，连我留下的脚印都快看不见了，所以根本无法辨识出凶手的脚印。

"是凶手故意弄乱的吧？真是个行事滴水不漏的角色啊！"枪中叹了口气走到阳台上，"这就是那只雉鸡标本吗？原本是放在走廊尽头的，对吧，的场医生？"

的场医生从枪中身后朝阳台看了看，回答说："是的。"

"又是模仿《雨》的歌词来杀人吗？"名望奈志在胸前搓着双手，屋内冰冷的空气使他说话时吐出来的气息都变白了，"《雨》的第三段歌词是'小雉鸡，叽叽叫'，对吧？"

"嗯，"枪中注视着被大雪掩盖着的标本，"后面那句是：'你也很冷吧，你也寂寞吧？'所以是凶手把雉鸡标本放在积雪上的吧？不过，这可不是'小'雉鸡，只是看起来比一般的雉鸡小一点而已。"

"这叫帝雉，据说是一种栖息在台湾高海拔山区里的品种。"

的场医生补充说，"比日本的雉鸡略微小一点。"

"原来如此，羽毛的色彩也和日本雉鸡截然不同。"说着，枪中又叹了一口气，"这样一直放在外面也不是办法，拿到屋里来吧。我想凶手该不会那么粗心地在标本上面留下指纹。"

枪中蹲下来，从上衣口袋掏出手帕，用手帕包着手，以免沾上自己的指纹。他握住雉鸡脚下的木制底座，拿起标本，然后进屋将其放在床上。

外面的风雪不断地从敞开着的落地窗灌进屋内。

"对了，铃藤，"枪中一边关窗一边用犀利的眼神看着我说，"你说你看到有个人影从这个房间里出来？"

"是的。"

"可不可以说得具体点？"枪中说完，瞥了一眼的场医生。的场医生正盯着自己的脚下，表情看上去有些冷漠。

"那个人长什么样？有什么特征？"

"我不知道，"我无奈地摇摇头，含含糊糊地说，"走廊上没开灯，所以看不清楚……那个黑影，我猜是穿着黑色衣服吧，体格瘦弱，走路的时候好像不太利索。"

"拄着拐杖吗？"

"好像是的，啊，不，我还是不能确定。"

"你说他是从这个房间里走出去的，没错吧？"

"应该是的。"

"出去后又躲进了对面的房间?"

"嗯，我看到他进去了。我追上去，想打开门，可是打不开，好像从里面反锁了。等我再过去的时候，门没上锁，但里面也已经没人了。"

"你怎么看，的场医生?"枪中转向女医生，"铃藤看到那个黑影时，大家都在餐厅或会客室里昏睡着。所以那个人肯定是这个家里的某个人吧?"

的场医生仍继续盯着自己的脚，不作任何回应。

"你认为会是谁呢?"枪中再问一次。

的场医生缓缓地抬起头："也许是铃藤先生眼花看错了。"她睁大了眼睛，一副言之凿凿的语气。

枪中有点生气地说："眼花看错? 不会吧!"

"恕我直言，我认为铃藤先生的话并不可信，因为当时他刚刚从昏睡中醒来，而且还很惊慌失措。他自己不也说过当时走廊上很暗吗? 再加上安眠药的残留药效，使他产生了错觉。所以我认为他说他看到的人，其实根本就不存在。"

"你这说得也太牵强了吧?"枪中耸耸肩，转向我，"铃藤，你有话要反驳吗?"

现在的我根本没有气力与她争论，甚至有些破罐子破摔似的认为，既然的场医生如此坚持，也许那真的就是我的错觉。于是我缓缓地摇摇头。

枪中对我的反应有些失望，不高兴地耸耸肩，却没再继续聊这个话题。他又环视了一下整个房间，接着催促我们离开。

出了深月的房间，枪中径直穿过走廊，打开对面房间的门。

"这个房间是用来干什么的?"他回头问的场医生。

"是客房，不过现在不能住人。"女医生淡淡地回答。

"此话怎讲?"

"暖气坏了。我们可不能让客人住进没有暖气的房间。"

"哦，"枪中摸着他的犀斗下巴，盯着的场医生问，"什么时候坏的? 该不会是最近坏的吧?"

"我不知道是不是最近，周六为各位准备房间的时候，鸣濑就发现这个房间的暖气坏了。"

"在这个家里，包括这个房间在内，总共有十间客房，对吗?"

"是的，大厅夹层的二楼半有两间相邻的大房间，原本是专门用来招待重要客人的，不过现在已经完全弃用，所以一共是十间。"

"明白了。"枪中喃喃地说完后静静地关上房门，"原本是十间客房，因为一间不能使用而变成九间。不仅是餐厅的椅子，连客房数量都成了这个家用来预言的工具啊。"

听到"预言"这两个字，反应最敏感的人是我。我感觉像是被冰冷的手打了一巴掌似的，猛地抬起一直低垂着的脑袋："枪中！"我的声音有些急喘。

"嗯？怎么了？"

"事实上……"我把几个小时前发生在楼下大厅里的事——那个名叫美月的、已故白须贺夫人的肖像画突然从墙上掉下来的事情……告诉了枪中。

我看到镜片后的枪中瞪大了眼睛；的场医生捂住嘴，惊讶得说不出话来；名望奈志吹了一声口哨，夸张地摊了摊双手。

"的场医生，看来我们必须相信你昨天说的话了，"枪中从喉咙深处勉强挤出一丝声音，"这个家所拥有的不可思议的力量，越来越逼真了。"

五

白须贺并没有像昨天早上或今早那样召集我们，但我们自发地在晚上将近七点半的时候，再度聚集在二楼餐厅。

现场的气氛沉重到无药可救，没人想开口说话。

彩夏揉着哭肿的眼睛，还在呜咽着；甲斐低垂着头，肩膀不停地颤抖着；名望双手抱胸，抿着嘴，两边的嘴角向下弯着；忍冬医生鼓着腮帮子嚼着糖，真不知道他到底带了多少包糖来，只是这一次看上去连糖都变难吃了，他正用一种从未在他脸上见过的、严厉的眼神注视着其他人。

包括的场医生在内，每个人都坐在之前喝下午茶的原位上。

空杯子和托盘仍放在餐桌上。唯一不同的是，我斜对面的位子上不再有深月的身影。

"谁都不开口，这可不能解决问题啊。"还是枪中先开了口，他的语气很沉重，"该讨论的事，还是得提出来大家一起讨论，这是我们现在唯一能做的事，大家明白吗？"

如果可以的话，我真想大喊一声："我受够了！"

我真的受够了。无论凶手是谁，就算现在找出凶手又能怎样？人死不能复生！深月不能死而复生！无论我们现在做什么，哪怕把凶手大卸八块，也再不能见到深月那迷人的微笑了。

可我不能在这里将我内心的想法一吐为快。我意识到枪中在看着我，只能默默地点点头。

"首先，医生，"枪中看着忍冬医生，"您确认过药物了吗？"

"确实被偷了。"戴着圆镜片眼镜的医生眯起双眼，神情严肃，"我原本装在包里的安眠药全都被偷走了。"

"那些分量足以让我们所有人都睡着吗？"

"当然，一般人只要吃一粒就会呼呼大睡。那种药的药效非常快，但持续时间不长。我刚刚确认过，十多颗全都被偷了。"

"抱歉，确认一下，医生，您平时包里一直都放那么多安眠药，随身带着吗？"

"怎么可能！只是这次凑巧了，因为不久前制药公司的销售给了我一些样品，我就一直放在包里没拿出来。我这个人，本来就不拘小节。"

"包一直放在您的房间里吗？"

忍冬医生点点头，有些愧疚地用手拍着额头说："我真的太粗心了，但我实在没想到会被凶手拿去犯罪……"

"您最后一次打开包是什么时候？"

"昨天晚上。铃藤和乃本，哦，不对，是矢本，他俩说要安眠药，我就把包拿到这里，给了他们一人一颗，那是我最后一次打开包。"

"药是在那之后被偷的，也就是说，任何人都有嫌疑。"

"的确如此。"

"问题是：凶手是怎么让我们吃下去的？"枪中用指甲轻轻弹了一下桌上的空咖啡杯，"您说过这药的药效非常快，那么，最可疑的就是在这里喝的红茶和水果挞，或是那之后喝的咖啡，问题应该就出在这三样东西上。"

听枪中说完，大家的视线很自然地集中在坐在枪中旁边的的场医生脸上，因为我们当时喝的红茶和咖啡以及吃的甜品全是她送来的。

"都怪我，"的场医生有些懊恼地低声说，"都怪我不好，一定是我……"

"什么意思？"枪中问。

的场医生转过头，看着她斜后方放着咖啡研磨机的木制餐车说："那个时候，那个咖啡研磨机里有差不多一人份的、没磨过的咖啡豆。"

"没磨过的咖啡豆？一开始就在研磨机里？"

"是的，我原以为是之前有谁想煮咖啡最后却没煮，所以豆子留在了里面，于是我当时也没多想，就直接再往里面又加了新的咖啡豆。"

"我懂了，你是说事先留在咖啡研磨机里的咖啡豆里混有安眠药？"

"我应该提高警觉问一问是谁留下来的，或直接倒掉。"

"事情已经发生了，再怪你也没有用。"枪中无奈地看着手中的咖啡杯，"原来是掺在咖啡里了，难怪那么苦。"

这时候，一直听着他们对话、没出声的名望奈志，突然缓缓站起身来，朝壁炉走去。大家正奇怪他想干什么。突然，他瞥了一眼壁炉旁的藤制垃圾桶，惊叹一声："哟！"说着，把手伸进了垃圾桶。他从垃圾桶翻出了安眠药的银色外包装，但里面已经没有药片了。

"没错，就是这个药。"

枪中从名望手中拿过安眠药的包装，放在桌上的杯子旁，又转向女医生："在警察来到之前，这些杯子最好都不要洗，可以吗，的场医生？"

凶手一定是在早上我们发现兰尸体后的骚动过后，到下午大家聚集在这里喝茶之前的这段时间里，从忍冬医生的包里偷走了安眠药。偷药也好，偷偷潜入这间餐厅在咖啡研磨机里做手脚也好，都可能是包括这个家里的人在内的我们中的任何一个人。

凶手算好了我们会喝下掺了药的咖啡，趁大家睡着的时候，又一次作案。

简单来说，有两种方法可以在咖啡里加安眠药。一种是把安眠药溶解在用来盛咖啡的壶里；另一种则是把安眠药混进咖啡豆里。若想确保我们喝下安眠药，应该是前者比较保险。一来比较容易确认药是否完全溶解在咖啡里，二来无论是谁泡咖啡都不会产生怀疑。但这么做会比较费时，因为要等那么多的安眠药完全被溶解需要相当长的时间，要冒被发现的风险。

相比较而言，采用第二种方法的话，只要把安眠药放进咖啡研磨机里，再加入适量的咖啡豆就行了，这样就可以在最短的时间内完成"准备"工作。事实上，凶手确实采用了这个方法。而且，就算有人对事先放在咖啡研磨机里的咖啡豆产生怀疑，或是安眠药没能完全溶解在咖啡里而是被过滤器过滤掉，没能达到预期的效果，凶手也只需当即中止计划就行了。只要不怕麻烦，能够随机应变，这就是最稳妥的方法。

"如果凶手就是我们中的某一个，"枪中冷眼环视着餐桌边的每个人，"那么，这个凶手会假装喝下被他掺了安眠药的咖啡，等大家都睡着之后，再把咖啡处理掉。作案后再回到这里假装昏睡，直到有人醒来引起骚动为止。"

我努力回想当时和的场医生一起叫醒大家的情形，记忆虽有些模糊了，但似乎不记得当时有人有异常的举动。说不定凶手作案后，自己也吃下适量的安眠药，混进"被下药而昏睡"的人群之中。

"总之，就是因为我们喝下咖啡睡着了，凶手才有机会下手。"枪中故意用理性、淡然的语调说，"确定大家都睡着之后，凶手就把深月带到房间里杀死了她。的场医生，你确认过刀的事了吗？"

女医生点点头，目光转向橱柜："就是原本放在那里的水果刀，果然不见了。"

"大家都听明白了吧？凶手脱了深月的衣服，用蕾丝窗帘裹住她的身体，再用那把刀刺进她的胸部。忍冬医生，为什么没有血迹溅出来？"

"大概是因为刀子没有拔出来的关系，所以并没有喷出太多血；而且，裹在身上的蕾丝也有吸收血液的效果。我不知道这是否也是凶手计划好的，总之，就结果而言，说不定凶手身上几乎没有溅到血。当然，如果能做鲁米诺反应① 检测，哪怕只有微量的血，也可以检测出来。"

"所以只能等警察来吗？"枪中皱着眉，咂了好几声嘴，"但凶手也可能从一开始就注意到了这个问题，先脱了衣服再动手。甚至保险起见，在作案后冲过澡。"

"那就完全没辙了。"忍冬说完，举起双手表示无能为力。

"确实啊。"枪中附和道，好像忍着剧痛般紧紧闭上眼睛。虽然极力保持冷静，不过还是看得出他的神经绷得很紧。我的耳边仿佛又响起了他刚才对白须贺所说的话——希望他可以撤掉自己侦探一职。

六

大家静默了好一会儿。

"最大的疑问是，为什么是深月？"名望奈志打破僵局先开了

---

① 化学发光分析，用于确认血迹。

口，"为什么是深月？"他又重复一遍，懊恼地看着双手抱胸的枪中说，"枪中，你怎么看？杀了榊和兰，我还勉强可以理解，毕竟那两个人本来就容易让人反感甚至遭恨，可是深月她……"

没错，他说得一点都没错。

我怔怔地看着前方，恨得咬牙切齿。我实在不相信有人会嫌弃或讨厌深月到像讨厌榊或兰那样的程度。她那么美，却从不炫耀自己的美，是个非常内敛、娴静的女孩。她总是深思熟虑，行事稳重，待人十二分地温柔。也许有人会笑话我罗列出这些常见的溢美之词，认为这只是深陷爱情里的傻瓜才会有的一厢情愿。但是，不管别人怎么说，我的想法都不会改变，也不想改变。

"我说，"的场医生开口说，"有没有可能从剧团内部的立场或利害关系出发，找出他们三个人被杀的共通点？"

"你是什么意思？"枪中反问她。

女医生多少有些犹豫地说："我对剧团的事不是太了解，这只是我自己乱猜的，比如，为了争夺下一次公演的角色之类的。"

"好现实的理由啊，"枪中缩了缩肩膀说，"如果是那些主流的大剧团还有可能，像我们这种小剧团，根本不可能。"

"是吗？"

"如果真是因为这样的理由而萌生歹念，根本不必连续杀死榊、兰和深月三个人啊。如果是名望或甲斐想当主角，那么只要杀死榊就行了；如果是彩夏想当主角，只要杀死兰和深月两个或者她俩其中的一个就行。怎么想都不可能是为了争夺角色而杀死三个人。"

"那么有没有可能是这样一种动机？"的场医生继续发表自己的观点，"为了让剧团出名而故意制造事件？"

"喂！你的意思是说，我为了让大家都来关注我的剧团，所以杀死了三个演员？"枪中双手一摊，愤愤地说，"太荒谬了！如果真是我杀的，我也一定选别人啊。姑且不说兰，单说榊和深月的死，对暗色天幕而言就是致命的打击啊！即使剧团因此成名，可是剩下的几个演员哪有什么本事演好戏啊？"

"哎，枪中！你这话说得可有点过了哦！"被当成"没本事"的名望奈志皱起好似蜈蚣般的眉毛，瞪着枪中。枪中嘟起嘴巴，完全无视名望奈志的抗议。

的场医生继续对枪中说："那么反过来说，如果有人和你有仇呢？"

"和我有仇？所以杀死了对我来说非常重要的演员，想让我这个一团之主陷入困境？"

"对。"

"值得为这种理由杀死三个人吗？怎么可能！我可不记得我做过什么如此遭人恨的坏事。"

"可是……"

"其实，我想到了一种动机。"枪中说着，看了我们大家一眼。在他那犀利的眼神注视下，每个人的表情都有些微妙的僵硬。

"那就是……"枪中话到一半戛然而止，快速地摇着头说："算了，"说完他又转向女医生，"反正就算我说了，你也一定会否认。不过，我仍不会放弃对你们的怀疑，仍坚持凶手未必在我们这几个人之中。"

之前一直低着头的彩夏听到枪中的这番话，猛然抬起头，看向我这边。她的嘴唇颤动着，好像要对我说什么。

下午在教堂的时候，我们曾谈论过四年前发生在横滨白须贺家的火灾起因可能与这次的杀人动机有关，我猜彩夏大概是想征询我要不要把这件事说出来。

我虽然注意到她可能有这样的想法，却什么都不想说。没错，那是杀死榊的强有力的动机。而兰是榊的女友，她的被杀也可以用这个理由解释。可是……

室外灯光照射下的平台上包裹着纯白蕾丝的尸体、在积雪中像扇子一样散开的乌黑长发、鲜血绽放出的深红色花朵、安详地闭着眼的美丽脸庞……

问题是深月死了！

如果真是出于我们在教堂里说起过的那个动机，为什么深月也得死？这个家里的人为什么要杀死和已故的白须贺夫人长得一模一样的深月？

我暗自摇着头，终于忍不住从椅子上站了起来。

"怎么了，铃藤？"枪中讶异地问我。

我像个只会摇头的廉价机械人偶，迟缓地摇着头，好不容易才挤出一句话："对不起，请允许我离席。我想一个人静一静。"

七

走出餐厅，我径直走向一楼的大厅。

大厅里没有开灯，一片漆黑。我在楼梯缓步台处的墙壁上摸索着，终于找到一个电灯开关。我按下开关，回廊的支架，也就是墙上的黄铜骨架，呈现出藤木攀爬般的曲线。骨架前端有灯罩，灯罩下的电灯泡亮了起来。

装在墙上的灯泡数量并不多，有限的光线照在宽敞的挑高空间里，感觉比白天暗多了。站在黑色花岗岩地板上时，觉得更黯淡了。我想应该还有别的电灯。回廊下通往教堂的阶梯附近特别暗，像是一团浓得化不开的黑。

鸣濑已经让末永来修理过了，那幅肖像画又像往常一样悬挂在壁炉上方的墙壁上。我像是被吸住了似的，站在画前，抬头看着画中人泛着寂寞微笑的脸庞。

因为偶然的原因，我们来到这座雾越邸，已经过去了整整三天。这个时候，我们本该已经回到东京，在熟悉的小小的天空下，各自过着无聊却安稳的生活。

当然，也有人会不一样，比如榊由高，因为八月的那起案子，他可能一回到东京就被警察带走；和榊有着同样嫌疑的兰，也是一样。但绝对不至于像现在这样，被夺走了性命。

如果那天没有遇上暴雪，如果我们已经平安地回到东京……明知这么想毫无意义，意识却仍拼命逃向虚无的假设。

那样的话——名望奈志也许可以说服妻子不离婚；甲斐大概会为了还钱给榊而到处奔走；彩夏可能会为了三原山火山爆发的事而大惊小怪；枪中应该还是老样子，努力经营正业的同时，构思着下一出戏的剧本；而我呢，一定是一个人待在那个脏兮兮的两室户里懒散地写着杂文，赚点小钱。还有……

还有深月……

"我活不长了。"这是几个小时前，她在这里对我说过的话。我们当时交谈的每一个字、每一句话仿佛已成远古的记忆。

"我觉得内心很平静，连我自己都觉得不可思议。"

"我不想靠别人的心脏活下去，我觉得我没那种资格。"

我颤抖着告诉她不可以放弃，她回我一个美丽的微笑以示

"谢谢"。她说她忍不住想告诉我这个秘密。

那声"哐当"巨响又在我耳边回荡开来。那是肖像画在我们说完那番话之后突然从墙上掉下来的声音。那幅与深月名字发音相同、长得也极其相似的、已故白须贺夫人的肖像画，以掉落的方式"预言"了深月的未来，短短几个小时之后的未来……

此时，颇有逻辑的一个想法浮现在我的脑海中。

"这个家是一面镜子。"

昨天傍晚，的场医生曾这么说过。

"外来的访客，最关心的就是自己的未来，每个人都在为未来而活。对各位而言，现在通常只是连接着未来的一瞬间。所以，这个家能与各位的内心产生共鸣，看到各位的将来，并将其表现出来。"

的场医生还说过，包括她自己在内，住在这栋雾越邸的人都对未来毫不关心。他们都是因为失去了爱人而变得厌世，为了能活在他们所最珍爱的过往的回忆中，才选择在这样的深山老宅里隐姓埋名地活着。对他们来说，这个家永远不可能成为"映射出未来的镜子"。那么……

深月曾说过，医生告知她很难活过三十岁，所以她已经放弃了自己的生命，放弃了自己的未来。也就是说，她不再积极地看待未来。换言之，可以说她对自己的未来没兴趣。没错，就和住在这个家里的人一样。

然而，这个家却为她"动"了，这个家用"动作"预言了她的未来——即将被杀死的命运。该怎么解释这样的矛盾呢？

如果的场医生说的是真的（啊，我居然也开始相信这个家拥有不可思议的力量了！），那么在那一刻，这个家应该"与深月的内心产生过共鸣"。也就是说，至少在那一刻，她是心口不一的，她"并没有放弃她的未来"。如果真是那样——就当是我自作多情——我觉得是当时我对她说的那些话打动了她……

如果真是这样，那也太讽刺了。当她对曾经放弃的未来稍有心动时，这个家就立刻感应到了她的改变，并预言了她的未来，几小时后的死亡。

我站在那里，抬头看着肖像画，双手紧握，指甲深深地掐入肉里，手臂不断颤抖着。我努力想要冷静下来，却依然颤抖着不能自已。

如果那时候我能更认真地对待肖像画掉下来的事，将其视为这个家的一个"动作"，提醒自己深月可能是下一个遇害者，也许……

我不停地咒骂自己。

同时，对于杀死深月的凶手，我的憎恨与愤怒已经忍无可忍地爆发了。当榊和兰被杀时，我并未如此憎恨凶手，有的只是遇到这种非常事件时的震惊，以及对"凶手就在这个家中"这一事实所产生的不安与害怕。身为社会中的一员，我认同"杀人等于恶"的社会规则，但还不至于因为这个理由去"恨"一个罪犯。也许我的心尚未完全适应这个社会。

可是现在，对于夺走芦野深月——这个对我来说是世间唯一的女子——生命的凶手以及这个凶手的行为，我打心底里感到愤怒与憎恨。

为什么非杀深月不可？这个疑问我越想越不明白。我可以感觉到刚才盘踞在心中、有些自暴自弃的心情已经逐渐变质。

凶手究竟是谁？就算找到了凶手，她也活不过来。即使任由憎恨爆发，亲手打死那个凶手，也不能让她死而复生。可是……我真的很想问问凶手：为什么要杀她？我切实地感觉到我必须知道。

我不能自制地颤抖着手臂，眼泪不知不觉地落了下来，模糊了我仰头望向墙上肖像画的视线。

我不知道自己站了多久，当意识到背后的脚步声逐渐靠近时，才被拉回现实的时间与空间。

"枪中先生很担心你呢。"我回过头，看到的场医生正从楼梯上走下来，她接着说，"你还是回上面去吧。"

"上面已经结束了吗？"我用沙哑的声音问她。她默默地点点头，在楼梯口停了下来。

"讨论出什么结果了吗？"我问。

"你走了以后，我应枪中的要求，把这个家里的人都叫了过去。不过，老爷并没有去。"

"结果呢？"

"我们询问了所有人下午四点左右到五点半之间的不在场证明。所幸，这个家里的人都有不在场证明。"

"真的所有人都有不在场证明？"

"嗯，鸣濑一直待在三楼的娱乐室里和老爷下国际象棋。"

"三楼的娱乐室？是在深月房间斜对面的房间吗？"

"是的。"

当时，我在深月房间的阳台上大叫后，出现在三楼阳台上的人影果然就是鸣濑和白须贺。

"那么，井关和末永呢？"

的场医生继续回答："那个时间段，他们各自待在厨房和配膳室里。井关在厨房里忙，末永在配膳室里修架子。厨房和配膳室之间的门敞开着，他们可以看到彼此。"

"是吗？"我不再看的场医生，而是再次抬头去看壁炉上方的肖像画，不由得重重地叹了一口气。我仰起头看了看挑高大厅的天花板，又很快低下头俯视自己的脚下。

有好一阵子，女医生什么话也没说，就那样看着我站在那里痛心疾首。

"我了解你的心情。"又过了一会儿，的场医生说。不知道为什么，她的声音让我觉得好温暖、好温柔。我有些难以置信地看着她。

"你很爱她，很爱深月小姐，对吧？"

我正要开口回答，她却缓缓地摇摇头打断了我："要不要一起去温室？"

"温室？为什么？"

"我想在那里放点花。"女医生平静地看着壁炉的方向，"她真的和夫人长得一模一样。我刚见到她时，甚至不敢相信自己的眼睛，所以想……"

她应该是想为美月和深月这两个同样年纪轻轻就离开人世的"mizuki"……

"在那幅肖像画前供上花朵吧。"

我点点头，跟在她身后。

八

"关于四年前的火灾，"正要进入通往温室的侧廊时，我豁出去了，问的场医生，"你说过是电视机起火引起的事故。今天下午我想起来了，也就是说……"

走在前面的的场医生，突然停下脚步，回过头来看着我。

"那种电视机是李家产业的商品，我想你们老爷和这个家里的人也都……"

还没等我把话说完，的场医生就回答我："都知道。"

"你是在什么时候知道榊就是李家产业社长的儿子的？"

"我是在昨天榊先生死了之后，看电视新闻的时候才知道的。"说完，她有些诧异地看着我，"难道枪中仅仅因为这一点就怀疑我们？"

"不，我并不清楚他有没有想到这一点。我还没告诉他这个，这只是我自己的猜测。"

"你认为是我们之中的某个人为了复仇而杀了榊？"

"我是说有这种可能性……"刚说到这里，突然觉得自己说的话很不得体，一时语塞。

"绝对没那种事！"她坚决地说道，"我，不，是这个家里的所有人在这里过的都是与怨或恨这类感情无缘的生活，这个家就是这样一个地方。"

我当然不可能因她这一句话就消除对这一家人的怀疑。但是，我开始相信，至少凶手不会是这个女医生，虽然我并没有确凿的客观依据。

走到侧廊时，的场医生叫我等一下。她走进右边一排房间中的一间，说是要去拿一只花瓶用来插花。过了一会儿，她拿着一只墨绿色的花瓶从房间里走出来。那是厚实的玻璃花瓶，底部为球形，上部则是细长的瓶颈。

到了温室，女医生径直走到温室中央的广场区域，环视了一下满屋子的兰花。过了好一会儿，她指着开在温室角落里的美花兰说："就选这个吧。"美花兰挺直的花穗上绽放着许多白色小花，娇小可爱，清新雅致。她把花瓶放在圆桌上，朝美花兰走去。

我跟在她后面朝里走的时候，走道上的一只鸟笼吸引了我的目光。淡绿色的鸟笼中，一只黄色小鸟栖息在杯状的窝巢中。这只鸟好像就是女医生喝下午茶时提到的那只叫"梅西安"的金丝雀。它还活着，只是看上去没什么精神。听说会唱歌的金丝雀中，属纯黄色羽毛的德国品种的金丝雀声音最美妙，可是眼前的这只别说唱歌了，连呼吸似乎都很微弱。

我正弯腰打量着鸟笼，的场医生拿着选好的花回到走道上，站在我身旁问："怎么了？"

"这只鸟……"我指着鸟笼，"就是你提过的'梅西安'吗？"

"啊，没错。"

"好像真的很虚弱啊。"

"是啊，之前也是只听末永说过，我自己还没见。末永说他一直想不通为什么昨天还好好的，今天却……"她注视着笼子里的小鸟，困惑不解地说，"我听说金丝雀是很好养的鸟，不太容易生病。你觉得有问题吗？"

"没……没什么。"

我们没再继续鸟的话题，直接走回温室中央的广场区域。其实我确实感到挺奇怪的，不过并没和凶案联系起来。

的场医生把剪下的兰花插进花瓶里，缓缓地开口："我觉得枪中这个人有很多地方不可思议。"

"哪方面？"

"我也说不好，"她言辞有些闪烁，"比如他的想法、兴趣，还有性格等，都有那么点儿……"

"古怪？"

"也不是古怪。"女医生缓缓地摇摇头，"举个简单的例子来说吧，他经营古董店，同时做导演。在我看来，这就是一种非常不可思议的组合。"

"是啊。"我的脑海中浮现出这个十年多老朋友的脸，那是一张拥有艺术家气质的消瘦的脸。我突然想到一句话，脱口而出："他也许对活着的东西没有多大兴趣。"

"这……"女医生有些惊讶地眨着眼睛，"指古董我还能理解，但作为戏剧导演，为什么会有那种想法呢？"

"这是我自己的感觉，他所创作的戏剧都是那种风格，怎么说呢，是一种'死之生'吧。"

"死之生？"

"这种说法很奇怪吧？但就是这种感觉。今年秋天演出的剧中，出场人物都是国际象棋的棋子，没有一个活人。剧情本身讲的是人性，却又在外部操纵着棋子的属性与意志，而棋子本身全都淡然地看待并接受自己的命运。仿佛早有觉悟，一开始就与血肉之'生'无缘。这就是我刚才说的'死之生'。"

"啊！"

"另外，他也很喜欢用'至死之生'这样的主题。被他人连拖带拽，向着死亡不断倾斜——这是一种从一开始就只有'灭亡'这一个向量的'生'。"

我将枪中在我心中的印象化作言语表达出来。看着的场医生满脸疑惑的表情，我也很奇怪自己怎么变得这么多话。

"另一方面，他对自己的'生'、自己活着的意义，很有执念。他说他在寻找一种'风景'，那个风景就是他的栖身之所，可以让他最真切地感受到自己的存在意义。他曾经说过，他创办'暗色天幕'就是为了这个目的。啊，真抱歉，我一个人说个不停，又说得不知所云，你一定没听懂吧？"

"不会啊，我有点明白。"她嘴上这么说，脸上的表情却依然困惑，"那么，你和其他团员也和枪中先生有一样的想法？"

"应该没有吧。"我摇摇头，"通常，演员的内心只会与有血有肉的世俗之'生'产生共鸣，'死之生'或'至死之生'之类的想法离他们很遥远。不过，芦野……"我哽咽了一下，"她也许不一样。"

"那么你呢，铃藤先生?"

"我吗?"

我沉默下来，看着圆桌上的花瓶。这是一个不透明的绿色玻璃花瓶，从形状、光泽和颜色来看，可能是中国古代的"乾隆玻璃"。所谓"乾隆玻璃"是中国清代制作的玻璃产品的俗称，大多是这种不透明制品。

据说，为了让成色尽可能地接近在中国非常珍贵、被视为权力象征的"玉"，人们在烧制的时候会故意掺进去很多不纯物质。

"虽然我没有枪中那种专业知识和鉴识眼光，但我也会被古老的美术品或工艺品深深吸引。不过，让我着迷的是从一件件作品身上感受到的种种'生'的形态。"

"什么是'生'的形态?"

"例如这个花瓶，"我看着桌上的玻璃花瓶说，"这花瓶本身很美，而创作这只花瓶的人的心以及在制作时所投入的炽热目光也同样甚至更美丽，这些才是我感兴趣的。我喜欢任由自己的思绪驰骋在信匣里的信上或是器皿上的文字中……"

"你是个浪漫主义者。"的场医生微微一笑，拿起插好白色兰花的花瓶说，"我们走吧。"

九

离开温室，我们回到大厅。

的场医生把花瓶放在壁炉中央放着木屐的玻璃盒旁，闭上眼睛默默祷告。我站在她身旁，抬头看着肖像画中的她，强忍着汹涌而至的悲哀与愤怒。

"铃藤先生，对于这个家，你怎么看？"的场医生离开壁炉后这样问我。

"什么叫怎么看？"我一开始没听懂她问这个问题的用意，显得有点无措，但很快就想明白了，"我现在开始相信你昨天说的话了，这个家里有种不可思议的东西。但另一方面，按客观常理来看，又很难承认其存在。所以，只能算半信半疑吧。"

"我并不是非要你相信不可，但就结果而言，的确可以那样去理解。"

"不，"我摇摇头看着女医生，"你说过这个家是一面镜子，会映射出来访者的未来。"

的场医生又看了看墙上的肖像画，点了点头。

我又问："那么，的场医生，对于住在这个家里的你们而言，这个家算什么？是不是也会'映射'出什么来？"

"你还记得刚才去温室途中我说过的话吗？我说我们都已经从恨或怨之类的各种痛苦感情中逃了出来，来到这里生活。这个家就是为了我们这种人而存在的。"

"你是说你们的心是向着过去而不是未来吗？而这个家也映射出了你们这样的心态？"

"怎么说好呢，也不能完全说不是。"

我看着女医生的脸，一时语塞。她也无意继续谈下去。石墙外寒风的声音突然变得尖锐起来，将我俩的沉默团团围住。

"来到这里之后，我一直有一种感觉，"过了一会儿，我看着昏暗的大厅缓缓说，"我觉得这个家好像在'祈祷'。这个家里的每个部分，每一件藏品，都是各自独立的，同时又是合为一体的，一起向着某种东西奉上诚挚的祈祷。"

"祈祷？"的场医生重复着这个词，把手贴在穿着灰色西装的胸前。

我继续说道："也许是建造了这个家的人在祈祷，也许是众多收藏品的创作者在祈祷，又或是收集了这些藏品的人在祈祷。"

"也许吧，是创作者的祈祷，也是收集者的祈祷。"戴着厚厚镜片的眼镜，的场医生眯起眼睛，凝视着远方，"说不定我们家老爷也和枪中先生一样，就像你刚才说的那样，有种'厌生恋死'的心态。而且，说不定这就是这个家、这栋建筑物得以传承下来的……"说到这里，的场医生缓缓地摇摇头，"不对，我收回刚才的话，老爷和我们的心绝对没有被'死'吸引，吸引我们的不是死，而是……"

"是什么？"

"我也不知道。"的场医生有些迷惘地嘟哝着，向我点了点头，"告辞了。"说完转身准备离开，但又回头说，"铃藤先生，你最好也回二楼去。"

我稍微想了一下，回答她："我想去教堂坐一会儿。"

"那请随意。不过，最好不要一个人单独行动。"

"我知道，谢谢你。"

"那么，我告辞了。"

我目送的场医生离开后，一个人走向教堂。

墙上的灯泡发出微弱的橙色光芒，在教堂内刻画出清晰的阴影。冰冷的空气让我的身体颤抖着，我盯着祭坛上耶稣的表情，从中间的过道走到前排右侧的椅子前停了下来。

"铃藤先生！"

突然听到有人在背后喊我，我立刻听出这是谁的声音。回头一看，果然是矢本彩夏，她正躲在门后看着我。

"你怎么在这儿？"我惊讶地问。

她从门后走了出来说："我担心你，所以来这里看看。"

"担心？你担心我？"

"是啊，我怕你想随深月一起去了而自杀。"她说话的语气一点儿都不像开玩笑。

"怎么可能！"我的嘴角自嘲般地抽动了一下，"放心吧，我是个胆小鬼。倒是你，怎么可以一个人随便乱走呢？"

她好像想对我说什么，脚步拖着地走了过来。走到我旁边时，突然看着我的脚说："啊，铃藤先生，你只穿着袜子啊，会着凉的！"

经她这么一说，我这才发现自己的脚已经冻得麻木了。我不知道该回答什么，依旧坐在椅子上。

"你刚才和的场医生说了什么？"彩夏在我身边坐了下来，试图打探我的口风。

"你遇到她了？"

"刚才在楼梯上和她擦身而过，不过我在楼梯缓步台那里听到了你们说话的声音。你们都说了些什么啊？"

"说了很多……怎么了？看你一脸怀疑的样子。"

"因为……"

"你还在怀疑她？"我又看了彩夏一眼，不禁大吃一惊，虽然她因深月的死而哭肿的眼睛已经恢复了，神情却黯淡得令人不寒而栗。我从没见她如此凝重的表情。

"因为……"彩夏不安地回头看看教堂门口，用比平常更沉重的声音说，"深月比我们任何人都更清楚，这个家里还住着另一个人。"

"啊？"

"昨天最先提出这个问题的是甲斐，但其实最害怕的人是深月。"

"到底是怎么回事？"

"不是常有这种事吗？把那些知道太多事情的人杀了灭口。而且我们今天不是也在这里说过被杀的都是比较惹眼的人吗？深月就很惹眼啊。"

"你认为的场医生是从比较惹眼的人开始下手？"

"我说的是那个'另一个人'！"彩夏很严肃地说，"的场医生是来监视我们的，目的是保护那个人。"

在空阔的房子里徘徊着的黑影、坚硬的拐杖发出掷地的声响……那双发了疯似的眼睛也许正躲在阴暗处监视着我们，就像一头嗜血如命的野兽，眼神里透出一种如饥似渴的表情，悄无声息地用舌头舔着嘴唇。而那些家人却拼了命似的想要遮掩他那凶残的抓痕。

刹那间，我的脑海里清楚浮现出那个黑影——在这间教堂里看到过的影子、在后门楼梯上看到的影子、穿过昏暗走廊的那个影子……我不禁打了一个寒噤。

这时候，突然听到一种异样的声音，打断了我的思绪。那声音夹杂在教堂外卷起旋涡的风声之中，却一瞬间与之切断，响彻整间教堂。

彩夏"啊"地惊叫一声，我也大惊失色地闻声望去。

"啊！"我找到了那声音的来源，不禁发出了喘气般的声音，"啊，怎么会这样……"

右前方墙壁上那幅彩色的花窗玻璃画发生了异样的情况：以《创世记》第四章为主题的图案的一部分出现了白色裂痕，画中左边的人物——跪在那里的该隐，头部已经完全碎裂。

十

我和彩夏走出教堂时，已将近晚上九点。我们正要上楼回二楼时，只见一个人神色慌张地从上面冲下来，正是甲斐幸比古。

"怎么了？"

我看到他那身打扮，吓了一大跳。他在豆沙色毛衣开衫外穿上了茶色皮衣，手上拎着自己的旅行袋。到底是怎么回事？难道他想现在就离开这里？

"我已经受不了了！"甲斐脸色煞白，不停地摇着头，"我没法再待在这里了！"

"别这样，外面还……"

"你别拦我！"他就像变了个人似的，用粗暴的声音说，"我要出去！"

"甲斐！"

"甲斐，你怎么了？"彩夏冲上前去，抓住他的手。

"放开我！"他用力甩开彩夏的手，肩膀剧烈地抖动着，"抱歉，我……"他顿了一下，用力吸了口气，"他们说过有车的，我要开着那辆车逃离这里。"

"别闹了，那是不可能的！"

"你给我让开，铃藤！"甲斐用力推开上前阻挡的我，猛地冲向通往玄关处的黑色双开门。

"等一下！"我喊道。他却头也不回地快速消失在门外。

"你快去叫大家来，不阻止他的话，会有危险！"我对着傻傻地站在楼梯下的彩夏大喊，自己则跟着甲斐冲了出去。

甲斐跑出去的那扇门外正是那间挑高二层的大堂，十张榻榻米大小的地板上，摆着一套颇为高级的会客桌椅。甲斐进入大厅后又打开了其右侧墙壁上的门，进入了旁边的房间（应该就是玄关附近）。

"甲斐！等等！"我反复叫他。有一瞬间，他曾停下过脚步，背对着我猛摇头。

"别这样，冷静一点！"

"不要管我!"

在这栋因大雪而封闭的房子里,眼见着同伴一个个地被杀,身处这种异常状态之下,他是不是快要疯了?他害怕那个杀人狂的魔爪下一次就会伸向自己。他因为恐惧而着了魔似的失去了理智,认为与其留在这里等死,不如出去更好。

甲斐双手拉开了最外面的大门,"飕"的一声,冰冷的寒风灌进屋内。甲斐瞬间犹豫了一下,但很快又抓紧旅行袋,将我的叫喊抛在脑后,不顾一切地冲向外面。

"甲斐!"我也跟着跑了出去。

外面的台阶上覆盖着乘风而来的厚厚白雪。虽然看上去除过雪,但积雪还是很深,一步踏出,膝盖以下陷入积雪中。

"甲斐!"风声吞噬了我的呼喊,暴雪在冰冷的黑夜中狂舞。

"甲斐,快回来!"

甲斐已经走出好几米远,胸部以下都陷在积雪之中。只见他奋力地用手臂扒开较柔软、刚落的雪,游泳般向前进。

简直是自杀。他试图走到之前的场医生所说的、前院对面的车库。可是,在这么深的积雪中,根本不可能走到那里。

我冲出去追甲斐,可还没走几步,双脚就已经被大雪困住,狼狈地趴倒在雪地上。我身上只穿了衬衫和开衫毛衣,脚上只穿了袜子。我感到寒冷的空气像针一样刺着我的身体,轻而易举地将我冻住，一种钝痛向我袭来。

我想要爬起身，却又重重摔下去；我尝试伸出手臂撑起身体，却徒劳地陷入积雪。我突然闪过一个念头：甲斐是否会葬身于这片雪地？刚才在教堂看到的景象——碎裂的该隐的脸——那是否就是一种预示？

"甲斐……"

等我好不容易站起来时，甲斐的身影早已被大雪和黑暗吞噬，消失不见了。

十一

没过多久，彩夏把枪中他们都叫来了，鸣濑和末永也随后赶来。

枪中和名望奈志本打算立刻冲出去，鸣濑却拦下他们，先打开前院所有的灯，再准备好手电筒和铁锹，然后才让枪中、名望和末永三个人沿着雪被扒开的印记一路去找。我一边用双手紧紧抱住自己冻僵的身体取暖，一边站在门阶的屋檐下看着他们。

过了一会儿，甲斐终于被他们三人带回来了。

据说还没走到车库，他就已经筋疲力尽，动弹不得，身体冻得像冰块一样，意识也处在半昏迷状态。但万幸的是，命没丢。

十二

晚上十点半。

骚乱终于平息，我们疲惫地躺在会客室的沙发上。甲斐服下忍冬医生配好的营养剂和镇静剂，稍微恢复平静后，就把自己关在房间里。

的场医生为我们泡好了热腾腾的绿茶，可是没人敢喝。

即使并非直接怀疑她，也怕又被谁下了药。当她问大家要不要吃晚餐时，大家也出于同样的理由，一致摇头表示不要。

"对了，刚才井关告诉我说，发生了一件奇怪的事。"的场医生发现大家都没喝，就自己先喝了一口，像突然想到什么似的说，"她说厨房的橱柜里有一把银勺，用来做公勺的那种，突然变了形。"

"银勺？"枪中皱起眉头问，"是被弄弯了吗？"

"不是的，感觉好像被掰弯后又被掰回原形，反正就是有点变形。"

"不是本来就那样吗？"

"我也是这么说的，可她很坚决地说绝对不是。她向来对那些餐具都很小心。"

"哦，难道是有超能力者吗？"枪中摸着湿漉漉的头发，不以为然地说，"勺子又不能杀人，应该与凶案无关吧。"

"对了，的场医生，"忍冬医生开口问，"餐饮没问题吗?"

"这一点请不用担心。"的场医生回答说，"井关是个很负责的厨师，火腿和奶酪都是自己做的，还有很多备用的罐头食品。"

"可是，已经第四天了。"老医生还是显得很不安，双手交叉着放在肚子上，无力地吐了一口长长的气。

"您饿了吗? 我为您准备一些吃的吧?"

"不用了，谢谢你。"忍冬医生无精打采地摆摆手，"我今晚没什么胃口。不过还好电源没被切断，这也算不幸中的大幸吧。如果连电源都被切断的话，就真的彻底完了。"

"您说得没错。我们虽然有备用的发电机，但从来没用过，也不知道能派多大用处。"

从阳光房的玻璃墙外传来了暴风雪的声音，让我无心听大家说话。胸前口袋里的香烟已经所剩无几，我拿了一支出来。那个摔坏的烟具盒已经被拿走，换上了一个蓝色圆形大理石烟灰缸。

一想到刚才教堂里那幅花窗玻璃画裂开来的情形，我不由得打了一个冷战。这个家虽经过整修，但毕竟很老旧了，所以玻璃被强风吹裂也并非不可能。但我已经无法把这件事当作"纯属偶然"。甲斐虽然目前没事，但……

这件事我已经告诉过枪中，但他只是面带难色地点点头，没有发表任何意见。

两位医生的对话结束后，所有人又都陷入了沉默。

"喂，铃藤，"枪中打破了这种令人窒息的沉默，"你有没有好好思考过犯罪的本质？"

"犯罪的本质？"我不太明白他的意思，反问道。

"如果我断言杀人就是犯罪，几乎没人会反驳吧？对于已经社会化了的人而言，这是一种常识。但如果说'杀人'这个行为本身具有'犯罪性'，应该有很多人会提出疑问吧？"

我揣摩着枪中所说的话，觉得有些费解。

枪中继续说："一个多世纪前，法国社会学家艾米尔·涂尔干曾经说过，'某种行为并非因为是犯罪而遭到指责，而是因为人们的指责，才变成犯罪'。"

"这像是一种悖论吧。"

"也就是说，杀人本身只是一种'把人杀死'的单纯的行为，非善亦非恶，就其价值而言，应该可以说是中立的。只有当社会成员的总体意识——涂尔干将其称作'集体意识'——认为这个行为具有属于负面价值的'犯罪性'并做出相应的反应，这时，杀人才会变成犯罪。总而言之，'犯罪性'并无实体的存在，至多只是社会集体意识的认识格局及其反应方式而已。"

法定的死刑和战争等特殊状况下所进行的"杀人"，均不被视为犯罪。我不知道该不该用这么单纯的例子来理解枪中所说的话。

"所以，从极端意义上来说，犯罪是社会制造的。事实上，上世纪六十年代以后开始流行的所谓'犯罪标签理论'就是聚焦'对某种行为贴上犯罪这个负面标签'的过程并进行分析。"

大家都听得目瞪口呆，我也很疑惑枪中为何讲起课来。

"你们怎么看这种极端的理论？"枪中继续问，"要如何才能完全消除这个世界上的犯罪呢？答案就是：不要有法律。"

"枪中，"我不耐烦地插嘴说，"你到底想说什么？"

"总之，按照这种逻辑，我痛定思痛，觉得侦探这种行为及其存在本身都太傻了。"枪中那消瘦的脸上露出了自嘲的表情，"人们常说，推理剧是一种恢复秩序的戏剧，说得太对了。侦探的任务就是揭露那些被赋予负面价值的他人的行为，并恢复集团的秩序。不管侦探本人是否意识到这一点，也无论侦探是否接受，在这个集团里，一定存在着这个社会所谓的'正义'。而正义与否，又是由这个社会所设定的价值说了算的，在其背后更有着以'民主''多数'这种字眼予以粉饰的、无聊的权力结构。这真是一种令人讨厌的结构吧。

"某些警察的存在就是这种结构的具体表现。请你们回想一下校园斗争的情形，我无意美化当时的学生运动，但是你们想想那些长棍对警棒、火焰瓶对催泪弹……两者之间的暴力究竟有何不同？

"两者不过是以硬铝盾牌为界线，一边是由腐败权力掌控着的所谓'正义'，另一边则是妨碍到这种所谓正义的'恶'。不管个别情况之间有多大的差异，有一种事实不会改变，那就是……将他人行为以犯罪的名义进行揭露并予以制裁，说到底，就是一种依仗着低级权力的暴力。我说的对吧？"

"我明白你的意思，但你干吗突然讲这些？"我看着枪中，不认同地说，"难道你想以这种理由来同情凶手？"

"同情？怎么会！这是我自己的问题。自己身边的人被杀了，我当然也很气愤，也认为不可原谅。可是另一方面，我一想到自己被迫站在侦探的立场，不得不依靠自己平常最反感的社会权力结构，就觉得……"枪中耸耸肩，对着在一旁默默听他说话的场医生问，"你好像想说什么？"

"啊，没有。"女医生推了推眼镜框。

"还说没有，都写在脸上啦。我知道不该在这种时候滔滔不绝地说一堆没用的话，我都知道。"枪中把眼睛眯成一条细线，摇了摇头，试图甩掉自己的困惑，"今天我说过，关于凶案的动机，我有一个想法，那就是……"枪中停下来卖了个关子，轻轻眨了一下眼，继续说："凶手为什么一定要在这个家里作案？这恐怕是这几起凶案的关键所在。这个'暴风雪山庄'对凶手而言，从某种意义上来说，应该是最危险的地方，他为什么非要选在这里作案？为什么非作案不可？我现在还不是很清楚，但是，我打算沿着这条线索来进行调查，说不定……"

我猜他后面想说的是——说不定就能揭开事件的真相。

"可不可以麻烦你转告白须贺先生，再给我一点儿时间？"枪中好像真的发现了什么线索。可是，即使我现在请他说得具体一点，恐怕他也不会告诉我。认识他那么久，我知道当他决定只说一半吊人胃口时，再怎么问他都只是白费力气。不必学，自相似。他似乎天生就有一种"名侦探的怪癖"。

"今晚你们怎么打算？"的场医生问枪中，"都不休息？"

"要不……"枪中看着我们说，"大家的脸色都不太好，这也难怪。"枪中自己也是一脸疲惫，他又转向女医生，"总不能一直防着彼此吧！哪怕不睡觉，也撑不了多久。该休息的时候我们会休息的，而且会把房门锁好。"

十三

晚上十一点五十分，我们各自回房。

外面的雪势已经变小，风也安静了下来，白色的飘雪在深沉的黑暗中画出奔放的曲线。

我擦了擦玻璃窗上蒙起的雾气，从温暖的室内透过窗户看外面。刚才出去追甲斐时的暴风雪已经完全变了个模样，空气中飘荡着一股深远的寂静，与我们所直面的血腥现实简直是天壤之别。

　　我离开窗边，坐在床边。掏出胸前口袋里的香烟，发现只剩下一支。我犹豫了一下，还是点上了火。

　　在袅绕上升的烟雾里，我看着房门，视线不由得移向刚才在无意识中插上的门闩。我沉醉在尼古丁进入血液后的轻微晕眩中，突然……

　　我的脑海里响起一个陌生小孩的歌声。

　　　　下雨了，下雨了。

　　　　我想出去玩，可是没雨伞，

　　　　红色木屐的夹脚带也断了。

　　这是北原白秋的那首《雨》。

　　死在八角形温室里的榊由高的尸体随着旋律浮现在我的脑海中。他的后脑勺被凶手用白秋的书敲击过，脖子上缠绕着他自己的皮带……被凶手搬到温室中央广场区域的尸体，双臂环抱住身体，呈现出一种极其不自然的姿态。从吊在半空中的洒水壶里洒出的水淋在他身上，脚边还放着一双红色夹脚带的木屐。

凶手为什么要模仿《雨》的歌词？我觉得这才是整起案件的
关键。

> 下雨了，下雨了。
>
> 就算不乐意，还是待家吧，
>
> 来玩彩纸呀，一起来折吧。

湖中央海龙像背上的希美崎的尸体，也和榊一样是后脑遭到
重击后被勒死的……身旁放着用这个家的便笺纸折成的纸鹤，暗
示着《雨》的第二段歌词。

我曾在图书室的书架上发现过一本上下颠倒放置着的书。书
面肮脏，书角凹陷，是西条八十的诗集。估计凶手就是用这本书
像杀死榊一样击打了兰的后脑勺。而另一件凶器，则是缠绕在兰
脖子上的绳子。

那根绳子并没什么特殊，就是一条普通的尼龙绳，他们说
原本是放在这个家储物间里的东西。对于兰的死，我最大的疑问
是：为什么尸体不是在房子里面，而是被搬到室外的喷泉上？这
样的安排显然与"童谣《雨》的模仿杀人"相矛盾，凶手这么
做，是有什么特别的用意吗？

下雨了，下雨了。

小雏鸡，叽叽叫，

你也很冷吧，你也寂寞吧？

　　第三个遇害的是……啊……是芦野深月。她赤裸的身体裹着白色蕾丝，被凶手扔在中庭的平台上。这一次是用刀刺死的。深月被那把原本放在餐厅橱柜里的水果刀刺进心脏……在雪白的风景中开出了一朵深红色的血之花。这是这起连环杀人案中第一次出现的血色。在阳台上俯视着平台的雉鸡标本，暗示了《雨》的第三段歌词。

　　事到如今，我这才意识到……

　　凶手在杀害深月的时候，为什么要那么大费周折？如果只是想模仿童谣《雨》去杀人，那么，其实去哪里都可以。比如，可以在二楼的阳光房杀了她，再把雉鸡标本放在那里。为什么非得剥光她的衣服，裹上白色蕾丝，再把她丢到平台上？

　　除了这些关于细节的疑问之外，当我静下心来回想这三起案子时，总有一种莫名的不和谐的感觉，总觉得哪里不对劲，不正常。而且越是这么想，这种感觉就越强烈。

　　但要问究竟是哪里不对劲、哪里不正常，我又说不出个所以然来。那是一种颇为暧昧的感觉，就像在整齐的乐团演奏中时隐时现的不和谐音，让人觉得很不舒服，有种被人用针扎刺神经的感觉。

是我想太多了吗？要说不对劲，所有的东西都不对劲，这栋雾越邸本身就不对劲？可是……

是因为那个多次被目击到的黑影吗？

或是因为其他……例如温室天花板上的那个"十"字形龟裂？在这个家所表达出的各个"动作"中，只有那道裂痕的意义至今不明。至于其他……难道是因为温室里有一只金丝雀突然变虚弱了？或是因为刚才的场医生所提到的变了形的银勺？……

我想不明白。

我越是想弄清楚细节，越是有一种倒退至暧昧模糊的感觉。

总之，凶手是模仿《雨》的歌词杀死了三个人。但为什么选择《雨》这首童谣？凶手究竟是谁？

眼瞅着最后一支烟快要烧到烟屁股，我从床上站起来，走到书桌前坐下。我拉开抽屉，拿出那叠便笺纸，提起那支和便笺纸放在一起的笔。我不是要给谁写信，而是想做个笔记。

我在便笺纸——紫色竖版——的第一张写下与案件相关的所有人名。模仿枪中昨晚给我看过的不在场证明及动机一览表，并按此顺序把名字列了出来。

首先是"暗色天幕"的相关人员，共有八人：

榊由高（李家充）

名望奈志（鬼怒川茂树）

甲斐幸比古（英田照夫）

芦野深月（香取深月）

希美崎兰（永纳公子）

矢本彩夏（山根夏美）

铃藤棱一（佐佐木直史）

枪中秋清

对这个家来说的另一位来客：

忍冬准之介

接着是住在雾越邸里的人：

白须贺秀一郎

鸣濑孝

的场步

末永耕治

井关悦子

在这些人名中，榊、兰、深月三人已经成了被害人，他们之中，已经不可能有人还活着。于是，我握着笔，在他们的名字上方打了"×"。我想重新进行一次所谓的"排除法"。

根据第一起案件发生时的不在场证明，我又排除了三个人：枪中、我和甲斐。第一起凶案的案发时间被锁定在十六日晚十一点四十分到次日凌晨两点四十分之间，毋庸置疑，我们三个人在这段时间内都有充分的不在场证明。虽然彩夏说她自己从十七日凌晨十二点到两点之间在深月的房间里与深月聊天，但这算不上充分的不在场证明，所以。到这个阶段为止，我只在三个人的名字上画了"×"。

第二起凶案中，我能把谁排除？这一次的案发时间应该是在深月目击到长廊上灯光时的十八日半夜两点前后，但是在这段时间内，任何人都没有不在场证明。虽然有人提出过女性不太可能作案，但后来大家又一致认为未必如此。所以，在第二起凶案中，没有可以排除的人。

那么第三起凶案呢？

凶手把被下了药而昏睡过去的深月从餐厅搬到她的房间，脱下她的衣服杀死她，再把她从阳台上丢出栏杆外，扔到平台上。但通常女性不会有那么大的力气，应该很难实施那样的犯罪，所以按常理来看，这不可能是女性所为。所以，到这个阶段为止，应该可以排除彩夏、的场医生和井关悦子三人。不过……

彩夏确实没什么力气。记得有一次我在排练场看到她帮忙搬小道具，连那种不太重的小桌子，她一个人都搬不了，当时还遭到旁人的嘲笑。在整个剧团中，论运动神经，她也是数一数二地差，很难想象这样的她能进行那种费力的犯罪过程。

但说实话，的场医生和井关小姐就另当别论了。的场医生的个子比一般女性高，身体也很结实，我第一次看到她的时候还以为她是男的。所以，她还是很有可能做到的。井关虽然个子娇小，看起来没什么力气，但说不定其实很有力气。

慎重起见，我认为这个阶段只能排除彩夏，结果又多了一个"×"。

在剩下的人之中，除了的场医生之外，其他四个是住在这里的人，在发生第三起凶案时都有不在场证明。在案发时间内，白须贺和鸣濑在三楼下国际象棋，井关和末永分别在厨房和配膳室里站在彼此都可以看到对方的位置。除非是共同作案，不然凭这些不在场证明就可以将他们排除。

我犹豫了一会儿，还是在四个人的名字上打了"×"。

最后只剩下三个人。

名望奈志、忍冬医生和的场医生。

从排除法的结果来看，凶手应该就在这三人之中。

我在记忆中搜索着可以进行排除的因素，突然想起当时喝下混有安眠药咖啡时的情景。我喝了一口没加糖的咖啡，苦得皱起了眉头，但坐在我旁边的忍冬医生照旧在咖啡里加了大量砂糖和牛奶，津津有味地一口喝完。我的确看到他喝下了那杯咖啡。

对于的场医生，我也有着同样的记忆。我就坐在她对面，我看见她和身旁的枪中交谈着，时不时地举杯轻啜。那种喝法一点都不像是"装出来的"。如果是装出来的，那她就能成为一流的魔术师出人头地了。也就是说，她的确喝下了那杯咖啡。

凶手将安眠药掺入咖啡的手法，一定就是我们事后讨论出来的那样：凶手事先把足量的安眠药放在咖啡研磨机里，和咖啡豆混在一起。所以，无论是忍冬医生所喝的咖啡还是的场医生所喝的咖啡，当时的咖啡里全都含有安眠药成分。在服下那种安眠药的状态下有可能行凶吗？我的答案是否定的。

我在忍冬准之介和的场医生步的名字上打了个"×"，这样一来，只剩下一个人：名望奈志。

根据刚才的推理，没有任何客观证据可以将他排除。单从这个排除法的机械化结果来看，他应该就是案件的凶手。可是，我想了想他在各种场合的言行、表情和说话的语调等等，缓缓地摇摇头。我很难相信这个男人是杀死三个自己人的犯人。

正如彩夏所说，名望平时常用言语欺负人，他可以用这样的方式来纾解内心的压力，所以不需要杀什么人。我总觉得很难把名望奈志与那个利用童谣杀死榊、兰和深月的凶手联想在一起。不过我也知道，不能仅凭我的主观印象就将他排除。

突然，我想到了必须排除他的理由。我不禁想嘲笑自己的愚蠢，之前居然完全没想到。名望奈志患有"刀具恐惧症"，他连吃饭用的餐刀都不敢碰，又怎么可能用刀杀死深月？如果他是凶手，他绝对不会选择用刀，而是可以选择勒死对方、击打头部或其他方法。而且，事实上，如果他是凶手，他完全可以有余地采用其他方式。

枪中虽然嘴上没说，但应该也已经想到这一点。有可能在深月死后的"讨论会"上，当我离开后，名望本人就已经以这个理由来强调过自己的清白了吧。

我在名望奈志的名字上打了"×"。

这样一来，十四个与案件相关的人，通通被我排除了。

我放下笔，深深地叹了一口气。

这十四个人里没有凶手，这意味着什么？无需我自问自答，结论只有一个，那就是：凶手是这个家里的另一个人。

一想到这里，我的手臂上一下子起了鸡皮疙瘩。

如果我刚才做的排除法没有问题，那么，凶手不可能是别人，只可能住在这个家里的第六个人：那个黑影。

"不是常听说有种人叫'禁闭室里的疯子'吗？"

"模仿童谣杀人这种事，只有疯子才做得出来。"

我的耳畔响起了大家曾经说过的话。

"深月比我们任何人都更清楚，这个家里还住着另一个人。"

"琴声很轻，听不出弹的是什么曲子。"

"不是常有这种事吗？知道太多的人会被灭口。"

我不由得看了一下门闩，在寂静中侧耳倾听。

叹出的一口气，落在了书桌上。

我不知道凶手到底是什么样的人。但我知道，如果凶手真的是"住在这个家里的第六个人"，那么他（也许是"她"）杀了那么多人的动机只可能是因为发疯，否则他根本没有理由连续杀死突然造访的三个人。而且他那么在意地模仿《雨》的歌词，也一定是因为发疯所致……

由此，我得出一个可怕的推论。

北原白秋的《雨》不只三段，还有后文。

下雨了，下雨了。

人偶全倒，雨还不停。

香与烟火，全都烧尽。

这是《雨》的第四段，接着是最后的第五段。

下雨了，下雨了。

白天下，夜晚下。

下雨了，下雨了。

凶手还会继续模仿剩下的两段歌词，再杀死两个人吗？"不可能吧！"我喃喃自语着，缓缓地从椅子上站起身来。我走向床铺，手里拿着那张便笺纸，上有打了十四个"×"的名单。

现在是凌晨十二点三十分。我手里攥着便笺纸，精疲力竭地躺在床上。

凶手就是住在这个家里的另一个人。

我得出了自己的结论，但连我自己也不知道这个结论有多少可信度。

我想起枪中在会客室里对的场医生说过的话："凶手为什么非要在这个家里作案？"我也明白这是案件的关键所在，但他说那句话究竟是什么意思？

我侧身躺着，重新检查刚才的笔记。

难道是我的排除法有错？听之前枪中的语气，他似乎并不认为动机是单纯的"发疯"。枪中到底是怎么想的？他究竟发现了什么？

我盯着便笺纸看，突然发现了一个奇妙的现象。

这究竟是……

我眨了眨眼睛，马上坐起身来，目不转睛地盯着那些名字，再次确认自己有没有看错。

"这是……"

没错！

但这又说明了什么？说不定这只是纯属偶然，并不具有任何意义。

我没再多想，把便笺纸丢在床头柜上，再一次躺回床上。

十四

在我小憩的时候，突然听到一段旋律。

在紧张的气氛中，一顿一顿地刻画出一个个音符，音色清澈却哀伤。是八音盒的声音。演奏的曲子是一首令人怀念的童谣，在很久以前，当我还是小孩子的时候曾经听过，也许是在小学的音乐课上学过，也许是曾经听母亲唱过。

我动了动嘴唇，想要和着旋律哼唱那首歌，但我立刻又闭上了嘴。因为踌躇，困惑，觉得可疑。我跟不上曲调，无论怎么努力，都发不出声音。我没法唱。奇怪，太奇怪了，好像哪里不对劲，哪里出问题了。但究竟是哪里？

八音盒逐渐改变了音色，演奏的曲子也开始变形。那段音乐里夹杂着振聋发聩的风的呼啸声，一点点地传入我耳中……我猛地睁开眼睛。

我发现自己仰面躺在床上，居然连毯子都没盖就睡着了。房间里的灯还亮着，我看看手表，时间显示半夜两点。一定是我这样躺着想事情的时候，不知不觉睡着了。

窗外传来刺耳的风鸣声，我猜暴风雪应该还是很厉害吧。我缓缓地坐起身。大概是睡姿不好，有点恶心头痛，仿佛置身于浓雾之中。我下了床，双手按压着太阳穴。这时，我又一次听到了夹杂在风的呼啸声中的、微弱的、那段旋律。

我全身僵硬。

那是羽管钢琴的音色，是放在教堂里的那架钢琴，有人正在弹奏。究竟是谁？是的场医生？她会在此刻去教堂弹钢琴？

钢琴所演奏的是我曾经听过的曲子，虽然因为风声，听上去有些断断续续，但我还是听得出来，那段忧郁的旋律是舒伯特的《死亡与少女》。

我的毛衣开衫的前襟有些敞开。我用手合了合衣襟，摇摇晃晃地站起身来。在那首旋律的吸引下，径直朝门口走去。意识还停留在半梦半醒之中，身体却毫不犹豫地奔着旋律而去。我拉开门闩，走入黑暗的走廊。也许是建筑物构造的影响吧，钢琴的声音变得更加微弱，微弱到时有时无。

我摸着右手边的墙壁，脚踩着地毯向前走。走廊里的空气非常冰冷，每走一步，体温就好像跟着下降一度。

不知道为什么，我一点都没想到要去叫醒隔壁的枪中，看来我的意识果然还没完全清醒。我明知这是很危险的举动，但还是打算独自前往教堂。

正当我在走廊尽头向左转、打算前往楼梯缓步台、伸出双手想要拉开那扇蓝色大门时，突然听到有人在背后用低沉沙哑的声音叫住了我。

"铃藤！"

我虽不至于惊声尖叫，也吓得感觉心脏都快从嘴里跳出来了。我转过头朝身后看。

"甲斐！"

那个体型结实的人影正缓缓向我走来。我认出来了，是甲斐幸比古。

"这种时候，你怎么会在这里？"我问他，同时也缩回了原本要去开门的手。我心想，他该不会又想一个人冲到外面的雪地里吧？他现在应该已经很清楚，那种行为等于自杀。

"你呢？你为什么在这里？"他压低声音问我。

"你有没有听到？"我说，"好像有人在教堂里弹钢琴。"

"嗯，我也是听到那个声音才出来的。"

"你没事了吗？心情平静下来了吗？"

"对不起，那时候我太不清醒了。"他的声音听上去战战兢兢
的，没有一点精神，甚至有些发抖。

我们说着话的时候，钢琴的声音还在继续。我在黑暗中看着
甲斐有些僵硬的神情说："要不要一起去看看？"

"好。"

打开门后，我们一起走到挑高大厅上方的楼梯缓步台，用手
摸到了开关，打开了回廊上的灯。

钢琴的声音变响了，弹奏的音符也比刚才听得清楚许多。节
奏舒缓，旋律凝重……没错，就是那首《死亡与少女》。这是舒
伯特二十岁时创作的名曲，后来成了他的遗作，同名的弦乐四重
奏中第二乐章的主题。

我俩轻手轻脚地走下楼梯。

你走开！你走开！

死亡的使者！

我还很年轻！

求你别碰我！

我想到了为这首曲子配词的那首马蒂亚斯·克劳狄乌斯的诗。这番话是少女对着降临到她面前的死神所说的话，而死神的回答是：

少女啊！请把手给我！

我是你的朋友啊！

躺在我的怀里吧！

安静地睡去吧！

那张对我述说着自己命运的深月的脸，仿佛也被这压抑沉重的旋律呼唤出来，在我的心中苏醒过来。深月曾经平静地接受了年纪轻轻就被宣告命不久矣的事实。可是，还没来得及等到那一刻到来，她就已经被带去了另一个世界……

我们走到夹层回廊的转角处前，旋律突然停止了。我和甲斐面面相觑，不由得加快了脚步。

可是，琴声没有再次响起。难道是我们被发现了？即使如此，我们还是尽量不让鞋子发出声响，小心翼翼地通过回廊。下到一楼后，我们径直走向通往教堂的门。

回廊下方有几级台阶，向下可达半地下。教堂入口处的双开门中，右侧的那一扇微微敞开着，宽度刚好可以容一个人的身体通过。教堂里亮着灯，在浓得化不开的黑暗中，一道微弱的橙色光线从门缝里透了出来。

我走在前头，沿着这道光线走下楼梯。甲斐走在我后面。

此时已经完全听不到钢琴声。我屏住呼吸，从半开的门缝向里窥探。我的视线直射向祭坛左边放钢琴的地方。可是，钢琴前面没有任何演奏者，昏暗的教堂内也看不到任何人影。

"你在那里吧？"我朝里踏进一步，鼓足勇气大声说，猜对方可能躲在某个阴影中，"刚才明明还在弹钢琴，现在一定躲在那里吧！"

"铃藤，"跟着我进来的甲斐战战兢兢地说，"可能是发现我们后已经跑了吧？"

"也许吧，可是……"我还是觉得很奇怪，又对着那个看不见的人大喊一声："有人吗？这里……"

突然，背后的门外发出了轻轻的"笃"的一声。我大吃一惊，赶紧闭嘴，不再朝里走，而是急忙转身，正欲朝门那边跑去，却发现甲斐也跟着我回了头，但他似乎已经彻底被吓傻，站在原地一动不动。我只能用力推他，硬是和他一起跑到门外。

"是谁!"我尖叫着。

那个黑影在像是反复刷了好几层淡墨的昏暗中移动着,似乎正好爬到最后一级阶梯,马上就要踏入大厅。刚才,当我们沿着投射出来的光线进入教堂时,他(或她)也许就藏身于旁边的黑暗之中,屏气凝神地看着我们。

"站住!"

我也有些慌了手脚。原本只要冲过去追上他就行了,却一不留神在楼梯的第一级台阶处绊了一下,整个人朝前摔了出去。

这期间,黑影已经爬上楼梯,朝斜上方的大厅右边移动,掷地的拐杖伴随着黑影不协调的动作发出响声。我赶紧爬了起来,刚走到第二、第三级台阶时,原本照亮大厅的昏暗灯光突然一下子全灭了,漆黑一片,就像被罩在一张渔网之下,一瞬间,什么也看不见了。

"铃藤!"

甲斐站在我后面,声音抖得很厉害。我也一时脚软,站在原地动弹不得。幸亏有教堂射过来的微弱光线,才让我们得以朦朦胧胧看到一些东西的轮廓。我冲上楼梯,朝黑影前进的方向跟进。甲斐好不容易才追上我。

"铃藤。"他无助地叫着我。

"嘘!"我不让他继续发声,注视着黑影可能逃去的方向,那里比其他地方看上去更黑、更暗。

黑影逃去的地方应该是从教堂出来的右手边，摆放人偶的橱柜附近。我向前一步，睁大眼睛想去确认，可什么也看不见，周围的空间已经陷入浓密的黑暗之中。

"你就在那里吧！"我异常紧张，声音又高又尖好像在飘。这一刻，我听到黑暗中发出了某种响声。

"你干吗躲在那里？！"

"笃——"

这一次我确定是拐杖的声音。还没来得及等我开口，又是一声"笃——"。

我屏住呼吸，严阵以待。

黑影在黑暗深处缓缓移动。从黑暗的最深处，一点一点，朝着昏暗的光照射到的地方走来……那个轮廓逐渐变得清晰起来，一瘸一拐，却努力压住步子的声响。

"谁？"我鼓足勇气又问了一声。

那人影的轮廓渐渐清晰起来。他穿着黑色的衣服，个子很小，消瘦的身形和我所认识的人都完全不同。也就是说，这个人就是住在雾越邸的第六个人。

"你究竟是？"

那个人影终于从昏暗中走了出来，当我看清他的脸时，不由得小声叫了起来："啊!"我身旁的甲斐也几乎同时叫出声来。

我们见到的是一张白皙的面容。

他长着一张鹅蛋脸,接近纯白的脸色显得非常不自然,皮肤看上去很光滑,一对细长的眼睛就像是贴在脸上的两条线。嘴角微扬,笑得让人发怵。但他的眼、他的唇,像冻住了似的,一动不动。

我觉得自己好像鬼上了身,全身僵硬,动弹不了,连声音也发不出来,根本无法冷静地去思考。眼前这个异样的神情究竟意味着什么?站在我身旁的甲斐也和我一样。

在我俩的注视中,那张白色的脸看着我们,像螃蟹一样,横着身子移动着,同时还伴随着"笃""笃"的拐杖声。当他移动到通向走廊的门口时,伸出挂着拐杖的手推开门,迅速走了出去。

那个人影就这样在大厅消失了。足足过了好几秒,我这才觉得好像被解了穴似的,可以动弹了。

"站住!"我和甲斐几乎同时叫喊。

我们踉踉跄跄地冲到门口,从微微打开的门缝钻了进去,跑到外面。

室外的灯光透过正对着中庭的落地窗照了进来,走廊里的黑暗因此变得淡了一些,可是我们已经看不见人影,耳朵也只听到外面呼啸的风声，还有自己狂乱的心跳声。

"铃藤，"甲斐呻吟般地说着，"那到底是……"

"我们去找找吧，"我把手贴在胸前，做了一个深呼吸，"我们分头去找，不，等一下，最好还是不要分开。"

"可是……"甲斐看上去狼狈不堪。

我鼓起勇气，率先迈出了步子。向前走了几步，看了看向右转弯的侧廊。漆黑一片，什么也看不见。他是朝这里逃走了？

此时，中央走廊尽头的那扇门后面突然亮起了灯，先是传来了轻轻的脚步声，接着，磨砂玻璃门上映出一个魁梧的黑影。

我倒吸一口冷气，又一次严阵以待。我回头看了一眼甲斐，他就像个吓坏了的小孩，缩着身子杵在走廊边上。

门打开了，出现了一个人影，但从体型上可以判断，并非刚才那个。这个人影个子很高，肩膀很宽，和我发现深月尸体时从三楼晒台上看到的身影一样。是管家鸣濑。

"出什么事了？"他迈着稳健的步伐走在昏暗的走廊上，依旧是那种没有抑扬顿挫的沙哑声音。

这个已步入初老的管家对我们说："你们知道现在几点了吗？我刚刚听到有声音，所以过来看看。"

"刚才这里有人！"我回答他，"而且还在教堂里弹琴。那个人到底是谁？"

"什么'那个人'？"鸣濑在距离我两米不到的地方停了下来，反问我，依然是那种毫无感情的语调。他在睡衣外披了一件深蓝色睡袍，在昏暗之中，而且又在这种状况下，他看起来真的很像第一晚时彩夏所形容的雪莱夫人笔下的怪物。

"一个拄着拐杖的人，长着一张纯白的脸，那张脸……"

我这才想到，那种白也许是因为戴着一副能乐面具。我记得在那边的装饰柜里的确有一个区域收藏着各种能乐面具。一定是他拿走了其中一副。

"我看您是在做梦吧？"鸣濑瞪着我们，冷冷地说，说完又向前走了一两步，伸出手抓住我的肩膀，"请回房去。"

"我们真的看到了！"

"已经很晚了，请回房去。"鸣濑用严厉的声音重复着这句话。我身后的甲斐低声嘟哝了几声，转身离去，他那落荒而逃般的脚步声在走廊上"咔嗒咔嗒"地回响着。我甩开管家紧紧掐在我肩膀上的手，心不甘情不愿地往回走。

"晚安。"鸣濑冷冷说完，当着我的面关上了门。

十五

我不得不向着二楼走回去，心中的悸动却难以自制。我在墙上摸到了几个电灯开关，随意地按下其中一个，挂在天花板上的吊灯顿时大放光明。整个大厅感觉比白天还要亮堂，刚才的一切宛如一场梦。

我走到装饰柜前，也就是那个谜样的人影刚才的藏身之处。柜子里摆放着各式各样的日本人形，和我之前所看到时的排列位置完全一样。而在人形的左侧一角，大约占据了柜内三分之一的空间里，还陈列着许多能乐面具。

"果然！"我不禁喃喃自语，因为我看到橱柜的玻璃门有一扇是半开着的。

那扇半开着的玻璃门后有个三层架子，中间那一层整齐地排列着几个能乐面具，最前方空出了一个位置。这一层的能乐面具都是女面，有般若、桥姬、泥眼、瘦女、小面、孙次郎……所以被黑影拿走的那个应该就是名叫"增"的女面吧。

一想起那张游荡在黑暗中让人发怵的脸，我就不由得打了个冷战，刚才那种好像鬼上身一样的感觉现在似乎又从身体的各个部位席卷而来。

那究竟是什么人？难道就是杀死三个人的凶手吗？

我颤抖着肩膀，深深地吐了一口气，又甩了甩混乱的脑袋，朝楼梯走去。我再也没什么力气去看甲斐的情况或是去叫醒枪中了。我径直走回自己的房间，钻进毛毯，一心只想快点入睡。

第六幕　第四具尸体

下雨了，下雨了。

人偶全倒，雨还不停。

香与烟火，全都烧尽。

      *   *   *

那天早上的雾越邸被包围在这些天来从未有过的凝重气氛之中。

之前一直呼啸不已的狂风，到了黎明时分突然不见了踪影。雪还在断断续续地飘落着，轻柔的，一触即化，如梦似幻。天空中依旧布满乌云，但也偶有一瞬间露出缝隙，让金色的阳光薄纱般地洒落在湖面上。

鸣濑在白须贺家担任管家已有三十多年。这天早上，他起床的时间也和往常一样。早上七点刚过，鸣濑穿戴整齐地从后门边上的楼梯走到一楼，经过中央走廊，从落地窗朝外看去。他先看了看积满白雪的平台，确认没有异常，又看了看湖面上的海龙喷泉，也一切如常。

接着，他走过中央走廊，朝大厅走去。当他用双手刚刚拉开通往大厅的蓝色大门时，那个东西立刻跃入他的视野。

一开始，他以为是有人恶作剧，或是某位访客故意在那儿吓唬他。

然而，事实当然并非如此。

鸣濑看到的是穿着黑褐色长裤的两只脚，那两只脚既没有站在地上，也没有倒在地上，而是浮在眼前的半空中。

他慌忙从回廊绕到大厅中央，抬头一看，这才明白究竟发生了什么。

绑在二楼楼梯缓步台栏杆上的绳子吊着一个男人的脖子。

一

那面透明的、厚厚的玻璃墙的另一边，躺着三具尸体。

穿着红毛衣被"雨"淋湿的榊由高、紧挨在他身旁穿着黄色连衣裙的希美崎兰，还有全身裹着纯白色蕾丝的芦野深月。

不知从哪里传来一阵哀伤的旋律，就像在为他们的死进行哀悼。绕梁般的乐音高亢且清冽，那是八音盒的音色。可我却想不起来那是什么曲子。

那是一首我非常熟悉又非常怀念的曲子。我应该记得歌词和歌名。我拼命在记忆中搜寻，却怎么也想不起来。

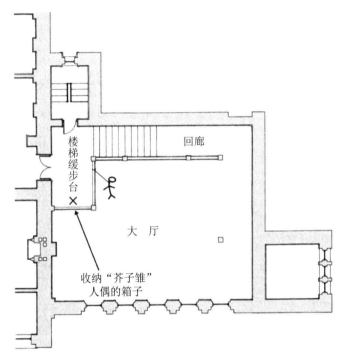

楼梯缓步台

回廊

×

大　厅

收纳"芥子雏"
人偶的箱子

《雾越邸局部图 4》

我透过玻璃墙，呆呆地看着三具尸体。我的眼泪已经流干，我的身体好似化石般僵硬。

三具尸体上叠加着三重影像——从桌上滑落下来的"贤木"烟具盒、枯萎的黄色兰花、掉落下来的美月夫人的肖像画。

乐曲的节奏逐渐慢了下来。没过多久，八音盒的发条不动了，只剩下余韵与回响。玻璃墙的另一边，突然降下了黑暗的帷幕。

此时，我感到背后有一股粗喘的气息。回头一看，那张脸近在眼前——光滑纯白的肌肤、静止却让人发怵的表情。那张能乐面具一直盯着我。这是代表不知人间疾苦的清纯处女的"小面"吗？不对……心中仿佛有个声音在告诉我，不是"小面"，当时见到的那张脸是"增"，就是眼前的这个"增"！

眼前的这个人穿着一身华丽的能乐剧服，手中握着古代样式的大刀。

我不由得向后退了一步！却听到那个面具发出洪亮的嘲笑声。这时，八音盒的音乐再次响起，仿佛在为他呐喊助威。

你是谁？（这是什么歌？）

我想大喊，却完全发不出声音。

之前洪亮的笑声渐渐变成了一种冷酷无情却又含糊不清的声音。只见大刀一晃，闪过一道亮光，向我砍来。

你是谁?（这到底是什么歌?）

这一次，八音盒的音乐戛然而止。刹那间，那个人的身体与高举起的手臂也突然静止，就像净琉璃文乐木偶戏中会突然变成血盆大口的妲己的木偶头一样，那张白色的能乐面具突然裂开，露出一张满嘴獠牙名叫"般若"的恶鬼的脸……

一阵急促的敲门声将我从梦中唤醒。

梦? 刚才的一切只是一场噩梦? 没错，当然是梦。我用力地摇了摇头，想把那张咯咯直笑的般若恶鬼的脸从我的脑海里甩出去。

我走下床。昨晚我睡衣没换、手表没摘就睡着了。我看了看手表，现在是早上八点半。也许是我的错觉吧? 从百叶窗帘缝隙中照进来的光线似乎比昨天亮多了。

敲门声又继续响了好几下。

"来了!"我用沙哑的声音回应道。

门外传来了的场医生那熟悉的声音："我是的场医生。"

"啊，我马上开门。"

她一大早地来找我干吗? 我能想到的答案只有一个。可是，此时的我，却有意无意地想要逃避那个答案。

"不好了!"我刚一开门，的场医生就立刻告诉我，"甲斐先生死在楼下的大厅里了。"

二

　　的场医生说枪中和忍冬医生都已经赶去现场，她要继续去敲斜对面名望奈志的门。我从她身后冲上走廊。

　　通往楼梯缓步台的双开门完全敞开着，可以听到有人在挑高的大厅里说话的回音。

　　我还不知道甲斐是怎么死的。当跑到楼梯缓步台时，我把胸部靠在缓步台的围栏上，朝下面的一楼大厅看去。

　　甲斐就在我视线的正下方。

　　尸体面部朝上，平躺在黑色花岗岩地板上。我看到秃顶的忍冬医生正蹲在尸体旁。甲斐身上穿着敞开的豆沙色毛衣开衫，手脚无力地瘫在地上，脖子上缠绕着灰色的绳子。绳子很长，余下的部分卷曲着散置于尸体旁。

　　难道甲斐是用那根绳子上吊自缢的？

　　我急忙离开围栏，却发现咖啡色的围栏上——我刚才靠着的地方——有绳子摩擦过的痕迹。这里一定就是绑绳子的地方。

　　一想到"自杀"，我就吓得立在原地，动弹不得。

　　昨天听到钢琴声后，甲斐和我一起来过这个大厅，他当时的表情和说话的语调就好像在害怕着什么似的，但比起几个小时前冲进大雪里的时候，他的情绪已经平静了许多。如果有人问我，他当时的样子像是个要自杀的人吗？我该如何作答？

总之，甲斐幸比古已经死了。

已经是第四次了，雾越邸用"动作"传达的"预言"又一次应验了。我的脑海里仿佛响起了教堂花窗玻璃画上那道白色裂痕所发出的碎裂声。

"啊，铃藤老师。"声音是名望奈志的。我回头看到他正一边用手挖着蓬乱翘起的头发，一边从回廊那边走了过来。他不安地环顾四周："听说甲斐被杀了？那个凶手到底要杀几个人才肯罢休啊。"

"好像是用绳子绑在这里吊死的，"我说着，把摩擦的痕迹指给他看，"可能是自杀。"

"啊？"名望惊讶地眨巴着他那双深凹的眼睛，"真的吗？自杀也太……"

他露出难以置信的神情，正要向我走来，却突然低低地叫了声"哎哟"，同时身体转向另一边。"不对哦，铃藤老师，他不是自杀。"名望一脸认真。

"不对？为什么？"我问他。

"你看这里。"他指着放在楼梯缓步台边上的正方形玻璃箱，里面收纳着江户时代名为"芥子雏"的人偶雏坛。

"这个箱子怎么了……啊！"

我走上前一看，顿时觉得全身无力。高度和宽度均为六七十厘米的玻璃箱中，铺着草绿色绒毯的人偶雏坛上，"男雏""女雏""三人官""五人杂子"——整套十个人偶全都向后倒下了。

"他不是自杀，"名望重复道，"是他杀。这不就是《雨》的第四段歌词吗？"

下雨了，下雨了。

天真无邪的小孩，在我耳边唱起歌。

人偶全倒，雨还不停。
香与烟火，全都烧尽。

枪中原本正在旁观忍冬医生进行尸检，见我和名望走下一楼大厅，他微微了举了举右手，向我们走来。鸣濑穿着黑色西装，绷着脸站在壁炉前。

"好像是他发现的。"枪中看看管家，说着把手放下来，插进长裤的裤袋里。

"是从楼梯缓步台的围栏那里吊下来的吗？"我向枪中求证。

枪中点点头："是的场医生叫鸣濑和末永把他抬下来的。用来上吊的绳子好像是原本放在储物间里的。"

"发现尸体时，这里开着灯吗？"

"好像只有回廊上的灯是开着的。"

枪中转过身，再次走向忍冬医生，我和名望跟在他身后。

越过蹲着的老医生那粗圆的肩膀，我看到了甲斐那张难看又松垮的脸。颈部有紫色的淤血，一根细长却结实的灰色长绳从他的喉咙绕到耳后，深深地嵌在肉里。大厅里冷冰冰的空气中弥漫着刺鼻的异臭。我看到尸体的鞋子和裤管是湿的，地上还有一摊污水。甲斐失禁过。

"怎么样？"枪中问忍冬医生。

"肯定是被吊死的。"医生叹了口气，缓缓地站起身来，"勒痕四周有皮下出血的现象，不太可能是其他原因致死后再被吊起来，过程应是把头伸进绕成圆环的绳子里，再从上面的楼梯缓步台那里跳下来，造成气管和颈部血管闭锁。这种冲击还造成了颈部骨折。"

"是自杀吗？"

"勒痕本身并无可疑之处。也就是说，如果有人先勒死他，再把他吊起来伪装成自杀，那么绳子与勒痕的位置应该会有所偏差，绳子的套法与施力的角度也会有所不同。不过，我暂时还没发现这方面的疑点。"

"那么，果然还是自杀。"

"不对！"名望奈志压过了枪中的声音，"甲斐不是自杀，虽然不知道凶手是怎么做到的，但他绝对是被杀。"

"你怎么知道？"枪中有点不高兴地瞪着名望。

名望用他那尖尖的下巴示意斜上方的楼梯缓步台："你没看到那里的人偶雏坛吗？"

"人偶？"枪中疑惑地皱起眉头，"人偶怎么了？"

"雏坛上的人偶全都倒了。"

"什么？！"枪中愕然地瞪大眼睛。

名望摊开双手："凶手是模仿《雨》的第四段歌词杀死了甲斐，因为歌词中提到'人偶全倒'……说不定还有'香与烟火'掉落在哪里了。"

"可是，"枪中露出难以置信的表情抬头望着楼梯缓步台，眉间挤出了深深的皱纹，"那些'芥子雏'人偶怎么会……"他喃喃自语着，露出一筹莫展的表情。

我觉得之前也曾见过类似的表情，类似的反应，但做出那表情的不是枪中，不是枪中……

我又看了一眼横躺在地上的甲斐，突然想起来……对了，是甲斐！昨天早上，当我们把兰的尸体从海龙小岛搬上平台后，稍晚到的甲斐做出了和现在的枪中同样的反应。当我从手帕中拿出纸鹤给他看的时候，当忍冬医生像念咒语般哼唱起《雨》的第二段歌词的时候，他脸上的表情和现在的枪中一模一样。

我突然闪过一个念头，莫非早在那个时候，甲斐就已经发现了什么重要线索？我回想甲斐昨天的一言一行：惊讶的表情、之后是一脸的惊恐和颤抖的声音，还有……

我总觉得应该还有些什么。啊，对了！当我们在二楼讨论兰被杀的事情时，他曾非常唐突地冒出过一声"不对"。枪中问他是什么意思，他道歉说他在想别的与案件无关的事，当时的他缩着肩膀，有气无力地耷拉着脑袋。

到底是怎么回事？当时他真的是在想与案件无关的事？或是他已经发现了什么重要线索？那么，他当时所说的"不对"到底是哪里不对？

"从尸斑的状况来看，至少已经死亡五个小时以上了。"忍冬医生继续陈述他对尸体的判断，"大致应该是五到七个小时之间吧。现在是早上九点，所以死亡时间大约是在半夜两点到四点之间。不过，还得考虑这间大厅的温度。所以，等一下我还要听听的场医生的意见再做确认。"

我本想说出昨晚发生在这个大厅里的事，但意识到站在壁炉前的鸣濑一直在盯着我们，于是打消了这个念头。

我记得我和甲斐来这里时是半夜两点多。后来我们在走廊上遇到了鸣濑，被鸣濑赶回了房间，当时是凌晨两点四十分左右。所以，甲斐肯定是在那之后死的。

如果甲斐的死与昨天的那件事有关，那么就是因为他看到了那个戴着能乐面具的人，所以被杀了。

白秋的《雨》一共有五段歌词，现在还剩最后一段。如此看来，凶手的下一个目标是和甲斐一起看到了那个人的我？

"您说勒痕没有可疑之处，但真的完全没有他杀的可能吗？"我搓着起了鸡皮疙瘩的手臂，问忍冬医生。

"不，也不能一概而论，"医生捋了捋自己的白胡子，"还是存在他杀的可能性。举一个最简单的例子来说，凶手可以先把绳子的一端绑在围栏上，另一端做出一个能套住脖子的圆环。再把甲斐叫出来，趁他背对自己时，把事先藏好的圆环迅速套在甲斐脖子上，然后直接把他推下去。差不多就是这样的情形吧。"

"原来如此。"

"从昨天到今早为止发生过地震吗？"枪中突然这么一问。我、忍冬医生和名望奈志三个人互相看了看，各自摇了摇头。自打我们来到这里之后，从未发生过地震。

"嗯，好像是哦。"枪中皱起眉头，看着甲斐的尸体。就这样沉默了好一会儿之后，他又抽了抽鼻子，再次抬头望着楼梯缓步台说："原来如此，地震……"他喃喃自语着，从裤袋里掏出了双手，突然朝楼梯方向走去。

"你去哪里？"我问他。

他冲上楼梯，头也没回地答复说："去看看人偶。"

三

的场医生和彩夏走下楼来，正好与枪中擦身而过。女医生走在前面，彩夏离她三四步远，战战兢兢地跟在后面。

她俩来到楼下，彩夏看到躺在地板上的甲斐的尸体后轻轻地叫了一声，用双手遮住脸，一直在摇头，似乎不愿相信眼前的事实。

"看出什么情况了？"的场医生走向忍冬医生，声音很严肃。

"毫无疑问是被吊死的，"老医生面露难色，"不过，并不能轻易断定是自杀。"

"是因为上面那些人偶吗？"女医生朝楼梯缓步台处看了一眼，"枪中过去查看了。"

"他昨天确实看上去心神不宁。"躺在地上的甲斐两眼放空，望着天花板。

忍冬医生看了一眼尸体，继续说："就好像精神快要崩溃了。所以，从他当时的模样来看，也可能真的是因为再也受不了了，就自杀了。"

这时候，刚才站在壁炉前的鸣濑一言不发地离开了大厅。看到他走了，我犹豫了一下，还是决定告诉的场医生。

"我想鸣濑先生可能对你说过了。"

"什么？"女医生面向我。

我想我必须问清楚昨天晚上看到的那个人到底是谁。别再说那是我的错觉，因为我昨天确实亲眼看到了那个人。

"事实上，昨天晚上……"

这时候，八音盒高亮而清澈的声音突然响起，撼动了昏暗大厅里的冰冷空气。我完全没想到会在这里听到这个声音，惊讶地闭上了嘴，东张西望地环顾四周。

不知何时，彩夏已走到壁炉旁，站在白须贺夫人的肖像画前，像个迷路的小孩，孤零零地站在那里。

壁炉上，昨天的场医生摆放的花瓶旁，已经看不到那个装木屐的盒子，取而代之的是曾经见过的小小的螺钿花纹盒子。小盒子的盖子敞开着，音乐就是从那里传出来的。

"这不是二楼的那个八音盒吗？"我问的场医生。

她平静地摇摇头："不，是另一个。"

持续不断的音乐声把我吸引到壁炉前。我仔细一看，发现形状和大小虽然相同，但螺钿的花纹好像和二楼会客室里的那个不太一样，但演奏出来的音乐毫无疑问也是《雨》。

"音乐都一样吗?"我回头看着女医生。

她点点头回答说:"这是老爷特别定做的。"

"白须贺先生? 为什么选择《雨》?"

"因为……"的场医生欲言又止,抬头看了一眼墙壁上的肖像画,"彰少爷小的时候,夫人生前经常把这首曲子当作摇篮曲唱给少爷听,就收录了进去……"

"彰少爷?"我向她追问这个名字,脑海中突然浮现出"彰"这个字。这个名字我好像在哪里听过、见过。

"彰少爷莫非就是白须贺先生在火灾中丧生的那个孩子的名字?"我问。

的场医生赶紧推了推眼镜的镜框来掩饰自己的惊慌无措:"哦,是的。"

八音盒继续演奏着《雨》,在宽敞的挑高大厅里回响、缭绕。和着这段哀伤幽怨的旋律,不知是不是受到的场医生刚才提到的"摇篮曲"这个词的影响,几年前已经病故的我母亲的声音突然在我的耳边响起,反复哼唱着这首歌:

下雨了,下雨了。

我想出去玩,可是没有伞,

红色木屐的夹脚带也断了。

下雨了，下雨了。

就算不乐意，还是待家吧，

来玩彩纸呀，一起来折吧。

下雨了，下雨了。

小雏鸡，叽叽叫，

你也很冷吧，你也寂寞吧？

下雨了，下雨了。

人偶全倒，雨还不停。

香与烟火，全都烧尽。

下雨了，下雨了。

白天下，夜晚下。

下雨了，下雨了。

　　我们都不再说话，倾听着八音盒演奏的、玲珑般的《雨》的旋律。淡淡地重复演奏完五段旋律后，出现了几秒钟空白，接着，感觉马上又要响起乐声。就在这一瞬间，突然"咚"的一声，从上方传来一声巨响，立刻将我们的注意力从八音盒上移开。彩夏大概也被那声巨响吓慌了，"啪"的一声盖上了八音盒的盖子，原本正要开始的旋律也因此戛然而至。

"怎么了，枪中?"名望对着楼梯缓步台大喊，刚才的声音好像是枪中在上面弄出来的。

"啊，对不起，吓着你们了。"枪中从围栏上探出头来回答我们。

"刚才是什么声音?"

"没什么。"

也许是我的错觉，但总觉得不久后回到大厅的枪中的脸上，表情比刚才上去之前神清气爽了许多。只见他眼镜镜片后的眼神依然犀利，眉宇间的皱纹却已不见，向我们走来时的动作也显得十分泰然。

"枪中先生，"的场医生说，"说实话，我们老爷……"

"又在念叨吗?"枪中耸了耸肩，打断了的场医生的话，"请你转告他，不必再催了。"

枪中的话让的场医生大感意外，连着眨了好几下眼睛："什么意思? 难道您已经……"

此时，通往走廊那扇敞开着的门边出现了末永耕治的身影："的场医生，可以请你过来一下吗?"

见末永朝自己招手，的场医生说了声"失陪"就绕过尸体走向末永。末永小声地对的场医生说了一些话。

不一会儿，的场医生又回到我们这边告诉大家："末永说'梅西安'死了。"

"梅西安？"枪中皱了皱眉，"就是那只变得很虚弱的鸟？他特地来告诉你这件事？"

的场医生点点头。枪中犀利地眯起眼，摸了摸自己大大的鹰钩鼻。正当他又要开口说话时，彩夏身旁的壁炉那里突然传来了"当"的一声。

"啊！"彩夏尖叫一声，跳起来向后退了一步，刚才的那个八音盒已经掉落在黑色花岗岩地板上。

"我什么也没做！"彩夏惊慌失措地看着自己脚下。我赶紧跑到她身边。

"怎么掉下来的？"

"我不知道！"

"会不会是你不小心碰到了？"

"我不知道。"

我蹲下身来，捡起掉落在地上的螺钿盒子。因为落下时的撞击，侧面的面板已经严重裂开。我轻轻地打开盖子，里面的机器似乎也出了问题，看上去已经发不出声音了。

"对不起！"彩夏有些害怕地看了一眼的场医生，然后难过地垂下了头。

的场医生默默走到这边，从我手上接过摔坏的八音盒，放回了原处。

"不用放在心上。"的场医生对低着头的彩夏温柔地说，"我会向老爷禀报的，这不是你的错。"

彩夏诧异地抬起头，的场医生默默转身走回枪中身边。

"你刚才说请我们老爷不要再催了？"的场医生关注着枪中的反应。

"没错！"枪中毅然地看着她，"可不可以在三十分钟后，请这个家里的所有人到某个房间集合？当然，也包括白须贺先生。"

"这……"

枪中对一时语塞的女医生郑重宣告："昨晚我对你说过，只需要再给我一点时间。现在我要履行这个承诺了，也许还是迟了一些……但是，我会让一切真相大白。"

四

的场医生叫末永和鸣濑把甲斐的尸体抬到地下室后，匆匆离开了大厅，说是要去向白须贺禀报枪中刚才的话。离开前，她请我们在会客室等着。于是我们按她说的，回到了二楼。

"真的吗，枪中？"枪中坐在沙发上，名望奈志在他身边绕来绕去，不停地发问，"喂，你的结论到底是什么？凶手究竟是谁？"

"过一会儿再说。"枪中双手环抱在胸前，对他爱理不理。刚才还那么有信心地说要解决案件，现在却显得有些心事重重。

"别卖关子了，透露一点给我听听嘛！"

"过一会儿再说。"

"你该不会无凭无据地指着我说'名奈志，你就是凶手'吧?"

"你说呢?"

"讨厌！"名望嘟囔着，在壁炉前的矮凳上坐下来，他说话的语气还是那么不正经，可是眼神非常坚定，"我昨天已经说过了，从深月那起案件就可以看出来，我绝对不是凶手。我怎么可能用刀子去刺她的心脏呢？光想想就头发晕。"

我昨天就猜到了，名望奈志果然已经为自己辩解过，说自己不可能杀死深月。

"是吗?"枪中不怀好意地笑笑，看着鼓起腮帮子的名望奈志，"仔细想想，还有其他可能性啊，比如你名奈志早就想好了自己有一天会拿刀杀人，所以平常故意装出一副患有'刀具恐惧症'的模样，以备那一天到来。"

"别开玩笑了！"

他俩你一言我一语时，彩夏从餐厅拿来了那台收音机，正在会客室里找插座，见沙发后面的墙上有一个，就插上电源打开了收音机。她把收音机放在桌上，自己则跪在地毯上。

"你要听有关三原山的新闻吗？"忍冬医生从沙发上探出身子问。彩夏点了点头，"嗯"了一声，拉出那根借来当天在餐厅掉落时撞歪了的天线。

彩夏开始转动调频旋钮。转着转着，好不容易才在杂音中听到了类似播报新闻的声音。接着，收音机里传出了播音员的声音"伊豆大岛……"这当然只是巧合，而且，非常巧。

名望和枪中都不再说话，安静地听收音机。杂音很大，听起来很费劲，新闻里说三原山的火山活动依然活跃，喷出来的岩浆迟早会越过内轮山。

"啊，已经到了这种程度啊。"彩夏显得很担心，脸上笼罩着一层阴影。

突然，枪中似乎发现了什么，喃喃说了一句："莫非……"

"怎么了？"我坐在枪中对面问他。

他一脸严肃地把滑落的金边眼镜用手扶正："你陪我去一个地方吧？"

"现在吗？"

"我想确认一件事。"说完，枪中立刻从沙发上站起来，指示其他人在会客室继续等着，自己则朝那扇通往走廊的门走去。我虽然一头雾水，但还是跟着他走出了会客室。

枪中带我去的正是甲斐幸比古的房间。他打开门，毫不犹豫地踏进房间。

"枪中，"我在他身后问，"为什么来甲斐房间？你到底想确认什么？"

枪中没有回答，径直打开了房间里的灯。只见房间正面的落地窗和垂直方向开关的边窗外安装在室外的百叶窗都关闭着；我曾见过的那只酒红色旅行袋被扔在床前。枪中快步走到那里，把旅行袋放到床上，拉开拉链。

"喂，枪中。"

枪中没理我，自顾在旅行袋里一阵摸索。翻了好久，他终于低声开口："找到了。"

说着，他从里面掏出一个文库本小书大小的黑色机器，那是甲斐带来的随身听。

"那是什么？"我越发不解地朝枪中走去，"那是什么？和凶案有什么关系？"

"你真的不明白？"枪中回头看看我，耸了耸肩。见我还是什么都答不上来，他又重新将视线移到手里的随身听上，有些得意地喃喃自语："果然不出我所料。"接着又对着我说："铃藤，你看这个。"

我朝他手里看去，还是不明白："怎么了？还在转啊。"

"是的。"正如他所说，那部随身听的机器正在运作，可以听到装在里面的磁带转动的声音。插在上面的耳机线向下拖至枪中的脚边，从里面传出了"咔嚓"的声响。

"你还记得吗？第二天早上甲斐曾对彩夏说过，这个随身听的电池用完了。"枪中问我。

我虽然依然不太明白，但还是点了点头。

"但是现在，这台机器却在动。这说明什么？"

事后我才意识到这个问题的答案竟是如此简单。但当时，我的脑袋中本来就是一片混乱，被枪中发问后更加不明所以。

"你还不明白啊？"枪中耸了耸肩，看着一脸困惑的我，"那我再告诉你一个能接近事件真相的决定性线索吧。不过话说回来，这也是一件非常特殊的东西，只有在这座被称为雾越邸的家里才能发挥作用的东西。"

"在这个家里？"

"是的。就是在第二天下午我们第一次去温室的时候所发现的、天花板的那道裂痕，你知道那道裂痕意味着什么吗？铃藤，你前天晚上自己说的，到目前为止，只有那道裂痕之谜尚未被解开。你还记得吗？"

"是的，确实如此。那道裂痕究竟是什么意思？"

"你要是能弄明白那道裂痕的意义，就能知道凶手的名字了。"枪中煞有介事地说，"也就是说，在这个家里发出的一连串的'动作'之中，只有那道裂痕与即将被杀之人无关，却说出了即将动手杀人之人，也就是凶手的名字。"

幕间休息

＊　＊　＊

远处不断传来风的声音。

我越发觉得，那个声音就像某个庞然大物正在号啕大哭。我竖起耳朵仔细聆听，回味着从心底深处不断渗出的那种钝痛。我的视线追逐着窗外在黑暗中飞舞的白雪，嘴里却像在附和风声一样哼起了那首在脑海里响个不停的歌。

说到底，那究竟是什么？

我回想起四年前的那段过去，又一次问自己那个四年来不断重复出现的问题。

那到底是什么？

雾越邸，是一种脱离日常"现实"的、不可思议的存在，拥有不可思议的意志与力量，是一面能够预示来访者未来的镜子。那些天里，我们所邂逅的暗示、预言……还有那一个接一个的"动作"，现在仿佛都历历在目。

这个家以各种方式说出了我们的名字。餐厅的椅子减少为九把，可使用的客房也减少了一间，仿佛在刻意配合我们九个来访者；温室天花板上的"十"字形龟裂，从桌上滑落摔坏了的烟具盒，一眨眼工夫就枯萎了的兰花，从墙上掉落的肖像画，碎裂的教堂花窗玻璃，还有……啊，还有……

那……那些到底是什么？

无论我想再多次，结果都一样，答案只有一个。

尽管如此，我还是反复地问自己——是不是那个已经退却到内心深处、名叫"常识"的逃兵，为了确保最后一个容身之地，才故意那样想？

我也一再告诫自己，对于事物的认识会随着人的主观意识而发生改变。但难道所有的事情都只是单纯的、偶然的恶作剧？也许可以借用心理学家荣格所提出的"共时性"概念去解释？或者干脆从那些由所谓的近代科学所控制的牢笼中逃脱出来，去承认那个家里确实存在不可思议的意志？

在上述这几种解释中，究竟哪一种才是"真实"的？只有相信其中之一的人，才能在内心得到答案。当时，在那个家里的我们，主观上都认为确实存在着那种"不可思议的力量"。

四年后的今天，我的答案基本没变。但另一方面我也明白，无论我如何坚持，都很难得到那些所谓有"常识"的人们的认同。但我并不在乎。

不过，有件事我必须说清楚。

我刚才列举出的那些事，从任何意义上来说，都绝非人为现象，并非某个人故意而为的。我并不想推理式地提出"完全没有那种可能"的主张，但我之所以能那么说，只是因为就结果而言，我已经知道确实如此。

然而，还有一个昭然若揭的事实——在那里发生的一系列犯罪行为确实出自一个有血有肉的人，有着我们熟知的人类的感情、行动与因果。要解开这个谜，就必须有冷静的逻辑推理力与敏锐的心理洞察力。

那一天，四年前的十一月十九日。

枪中秋清在已经死了的甲斐幸比古房间里做完最后的"确认"后，把所有相关人员都聚集在一个地方。正如枪中所说，事件的真相已经逐渐在我们眼前露出原形。

第七幕　对　决

一

受枪中所托，的场医生去准备场地，我们一直等在会客室里。过了四五十分钟，鸣濑来叫我们。我们被带到正对前院、位于一楼中央区域的一个房间内，位置刚好在二楼会客室的正下方。

"大家请坐。"站在屋内正在等我们的白须贺秀一郎说，嘴角依旧带着沉稳的笑意。

现在是十一月十九日星期三，我们到达雾越邸后的第五天，早上十点半。

走廊与这个房间之间还有一个狭长的、供人等候的小房间，墙壁设计成像壁龛那样向内凹陷的样式，两边各放着一只大玻璃柜子，里面分别摆着绯红色与藏青色的两组甲胄，是日本古代的铠甲。我曾在前面的走廊上经过很多次，却从未注意到这里居然摆着这些东西。昨天，要不是鸣濑阻止我，我肯定会继续到处寻找那个戴着能乐面具的人影。要是当时我走到这里撞见这两尊铠甲，一定会被吓死。

打开双开门，进入白须贺所在的房间，首先映入眼帘的是画满了整个天花板的青山秀水。前方两侧角落里分别造了两座墨青色的大理石暖炉。地板也是同样的色调。房间正中央铺着一张中国古董地毯，由艳丽的红黄为主色，绣出曼陀罗的花样。上面摆着一套奢华的会客家具：一张厚重的黑檀木桌，外加黑底金银刺绣的缎面沙发。

两边的墙壁上本该各有一扇通往隔壁房间的门，但现在却各自挡上了一道屏风。枪中不顾主人的直视，大大方方地走向左手边的屏风。屏风上画着一幅水墨画，背景是深山幽谷，一只美丽的白鹭正在水边嬉戏。

"这不是应举的画嘛！"枪中扶着眼镜框，仔细地盯着屏风画下方的落款章，小声叫了出来。应举？难道这就是传说中圆山应举的未公开作品？另一道屏风上是金色底子上画着竹林与山鸟。莫非也出自名家之手？甚至有可能是文物？

我朝沙发走去，稍稍挺了挺脊背，想要看看枪中正在注视的那块屏风后面是什么。屏风后面的门开着，可以看到隔壁房间的墙壁上画着浮世绘。

"枪中先生，请坐。"

因为白须贺的敦促，枪中这才放弃了走向另一道屏风的脚步："啊，抱歉，我一看到这些宝贝就会……"他略微展开双臂，带着戏谑的口气，脸上却很明显地露出紧张的神色。白须贺先生背对着外凸式窗口坐下，枪中也正对着他坐了下来。

"抱歉劳驾各位来这里集合。"枪中看着这个家里的每一个人，彬彬有礼地说着。

的场医生与白须贺并排而坐；末永和井关坐在靠墙边的备用椅子上；鸣濑没坐，而是站在主人身后随时准备听候差遣。他们一个个全都表情僵硬，只有雾越邸的主人白须贺靠在沙发背上，一副悠然自若的样子。

"请告诉我凶手的名字吧。"白须贺松开先前交叉放在膝盖上的双手，单刀直入地问枪中。

枪中直视着白须贺充满威严的眼神："我想从头说起，可以吗?"

"请便。"

"谢谢。"枪中挺直了背，缓缓地看了看大家，又做了一个深呼吸。终于，他故意用了一个古文的发语词"且说……"开始了他的陈述：

"这整起事件的来龙去脉，让我们一起回顾一下吧。这三天之内一共发生了四起凶案。为了方便介绍，我就称其为第一幕到第四幕。

"第一幕是榊被杀。前天早上，我们发现榊由高，即李家充被人勒死在温室中。第二幕是昨天早上发现希美崎兰，即永纳公子被杀。第三幕是昨天下午发现芦野深月，即香取深月被杀。最后的第四幕，是今天早上发现甲斐幸比古，即英田照夫被杀。

"纵观全局，我的疑问大致可以分成两大点。

"第一，凶手为什么要模仿北原白秋《雨》的歌词去杀人？也就是'童谣杀人'的意义何在？

"第二，为什么凶手要在这栋雾越邸里杀人？为什么他非杀人不可？这关系到凶手的犯罪动机。

"现在，我已经确信这两点就是关系到案件核心的重要问题。在此，请允许我先从第二个问题谈起。"

枪中稍微停顿了一下，用舌头舔了舔干燥的嘴唇。

"为什么凶手要在雾越邸杀人？为什么非杀人不可？

"从我们来到这里的十五日晚直到现在，这栋雾越邸始终处于'暴风雪山庄'的状态，是一种完全孤立于外部世界的状态。外面的人进不来，里面的人也出不去，也可以说是一种密室状态。这种特殊的状态对于打算实施连环杀人的凶手来说，一方面是有利的，但同时也制造了同等的甚至更多的不利因素。

"所谓有利因素就是警察无法介入，同时不必担心对方逃跑，还能向对方心理施加压力，使其产生恐惧。因为凶手的某种犯罪动机，这一特殊环境很可能成为对他有利的因素。

"而所谓不利因素就是凶手自己也逃不出去，处于进退维谷的状态。当封闭的山庄大门打开之时，也就是在暴风雪平息、孤立状态得以解除、警察到来之时，凶手难免会被锁定在最后还活着的人之中。即使不是这样，只要是在一个集团内部发生的连环凶杀案，每死一个人，嫌疑人的范围就会随之缩小。而且被困在这里的人也会越来越提高警觉，不必等警察到来，也会自己努力寻找凶手，这对凶手来说非常危险。

"我能想象，大部分罪犯都会被'警察无法介入'这一有利因素吸引，从而选择在这种状态下作案。因为经验丰富的刑警、发达的现代侦查技术以及警察这一组织所拥有的压倒性权力……这些对于任何罪犯而言都是非常大的威胁。但是在这里，并不存在那些威胁，凶手需要面对的只是一群普通人。这就是凶手会选择在这栋'暴风雪山庄'里杀人的主要原因。

"不过，我刚才也说过，这对凶手而言既有利又不利，因为凶手自己也会留在越缩越小的嫌疑网内，也就是说，被发现的危险会越来越大。

"那么，有什么方法可以既利用优势又最大程度地控制住不利因素？企图在'暴风雪山庄'里作案的人，或多或少都会考虑到这个问题。比如，以最快的速度杀掉所有人，再把尸体处理成让人无法辨认身份的程度，然后自己赶快逃走，装出一副与事件毫无瓜葛的样子。或是把所有尸体全都藏起来，甚至让警察没机会发现发生了命案。

"总而言之，就是要杀死所有人。我不由得想起一部著名侦探小说里的情节，在那个故事中，到最后连凶手自己都被杀了。

"但是这次的凶手似乎并没打算杀死所有人。昨天下午，当我们喝下安眠药、手无缚鸡之力的时候，正是他杀死所有人的最佳时机，但结果凶手只杀了深月一个人，由此可以证明这一点。

"那么，为了消除'暴风雪山庄'所带来的不利因素，凶手究竟想出了什么办法呢？也可能他自己根本没想过这个问题，但从他为实施'童谣杀人'所做的周详准备以及让我们喝下安眠药的巧妙手法来看，这种可能性非常之低。我觉得，只要是有一点头脑的现代人，既然选择了这种特殊状态作为连环杀人的舞台，那么无论如何，都会想尽各种办法去消除那些不利因素。

"说到消除不利因素的方法，除了我刚才所举的'杀死所有人'之外，其实还有其他方法。借用我刚才说过的'越缩越小的嫌疑网'这样的比喻，方法就是让自己置身'网'外。大致可以分为两种方法：其一，一开始就不进入'网'内；其二，从网中逃出。

"所谓'不进入网内'，就是凶手让自己不在雾越邸。具体来说有几种方法，例如一开始就让大家以为凶手并没有进入雾越邸，或是本来就不存在；也可以让大家以为凶手是中途离开的；又或是偷偷地进出于雾越邸内外。

"而所谓'从网中逃出'，就是当内部人开始进行调查时，尽量让自己进入那个不可能是凶手的集团之中。例如，可以假装自己也是被害人；或用某种伎俩证明自己不可能是凶手。

"那么，凶手究竟用了什么方法呢？"

白须贺双手交叉放在肚子上，微微闭着眼睛听枪中陈述。

枪中之前一直注视着白须贺，现在却将视线转向斜对面的的场医生，仿佛在用眼神问："你怎么看？"只见的场医生默默地摇了摇头。

"在此，需要提醒大家特别注意的是我们'暗色天幕'剧团一行人来到这栋雾越邸的全过程。"枪中继续说，"十一月十三日下午，我们从东京来到御马原。结束了三天两夜的行程后，于十五日中午过后，乘坐酒店巴士前往回东京的车站。但碰巧巴士中途发生了故障，又碰巧停在了相野附近。因为考虑到要赶火车，我们决定步行前往车站，却突然遭遇了暴风雪。山间的泥路曲折蜿蜒，后来还听说那条路根本无法直达山脚，我们又冷，视线又受阻，还焦急万分……各种恶劣条件加在一起，导致我们彻底迷了路。正当我们在大雪中彷徨无措之时，偶然地发现了这栋雾越邸。

"从上述的回顾中我们可以发现，我们来到雾越邸的整个过程中存在着各种巧合。也就是说，不可能存在某个人没有和我们一起行动却从外部操纵着我们来到此处。就算有人在巴士上动了手脚，但如果我们当时没有决定步行前往相野而是选择折返位于御马原的酒店，那就不存在来到此地的可能性。这样的'如果'不胜枚举。对我们这群人中的每一个人都可以问一问：有谁能准确地预料暴风雪的来临？有谁能预想到我们会迷了路来到这个家里？

"因此，大家可以完全无视第一种'一开始就不进入网内'、偷偷摸摸地进出这栋屋子的可能性。我们来到这里、被困在这里的情况是任何人都无法预知的。

"另外，那天乘坐巴士的只有我们几个，身后也没见过其他车辆，所以，不可能有谁尾随我们。因此，躲在某处、假装没来这里的方法也可以被否定。除此之外，这五天来，没有一个人离开过这个家，所以，让大家以为自己出去了、实际上却偷偷溜回来的方法也不用考虑。

"但问题是，如果凶手是我们以为不存在于此的人的话，情况又会如何？"

听枪中说到这里，我心想：没错！就是这种情况。

昨晚，我一个人想了很久，觉得已经找到了答案。那个尚不为我们所知的人就是犯人，而且我还亲眼看见了。

在雾越邸，确实存在着我们所不知的——对我们来说就是"不存在"的——第六个人。那个黑影拄着拐杖，戴着能乐面具……

我终究没能告诉枪中昨天发生的事，因为一直没找到合适的机会。刚才我俩一起去甲斐的房间时，只顾着听他说，明明该告诉他的，却还是没能说出口。

"可是，枪中先生，"白须贺先生徐徐地睁开眼睛，说，"你刚才很肯定地说，诸位来到这里纯属偶然。那么，假设这个家里真的藏着一个想要杀死你们的人，一个对你们来说是'未知的人'，那未免也太巧了吧？"

"您说得没错。"枪中缓缓摸着下巴，表情依然紧张，但他沉着的态度绝不输给与他面对面的白须贺。

"但是，还存在另一种可能。忍冬医生之前也承认过，这个家里充满了可怕的巧合。而且，要杀人也未必需要什么理所当然的动机，有可能因为那个凶手就是个发了疯的杀人狂。"

听到枪中这么说，白须贺显得很不高兴，皱起眉头，厉声喝道："这个家里没有疯子！"

可枪中却很沉着地应对说："可能性是存在的。不过，我也认为这种可能性极其微小。"

二

"让我们言归正传，讨论另一个'从网中逃出'的方法。"枪中继续说，"从发生第一起凶案算起，我们面前一共出现了四具尸体。忍冬医生和的场医生两位专家都确认过他们的死亡，所以，当然不可能有人装死扮成被害人。事实上，昨天我们把兰的尸体搬到地下室时，铃藤曾突发奇想地去确认过榊的尸体。因为之前我们虽然都在近旁看过尸体，但并没有用手摸过，所以才会对忍冬医生和的场医生的死亡认定心存疑虑。可事实证明，他们确实死了。

"依照排除法，现在只剩下两种可能性。一是刚才白须贺先生否认了的：那个对我们而言不存在的人就是凶手；另一个就是，因为某种原因被认为'不可能是凶手'的人才是真凶。关于前者的假设，如果我们强行搜查这个家，就可以判断其真伪，但目前我还不打算采取这种行动。在此，我想针对后者做一番详细的分析。"

外凸式窗外是那片已经被白雪覆盖的前院。之前还在半空中飘舞的白雪已经不见踪影，也听不见任何风声，也许暴风雪终于要过去了吧？阳光穿过云层，在远处的地面上闪烁着光芒。

"什么人会被认为'不可能是凶手'呢？究竟是一种怎样的

情况呢?"枪中又把视线聚焦在再次闭眼倾听的白须贺脸上,继续说,"比较常见的,首先就是利用时间上的不在场证明,然后就是受伤、失明、色盲等身体上的不利条件,通过这些证明去否定作案的可能性。另外还有一种方法就是让现场成为密室,不可能有人进出。不过,在这次的案件当中,没有一起是密室杀人,所以不予考虑。

"在这一连串的凶案中,我们并没有见到谁以身体上的不利条件来洗脱嫌疑。一定要说有的话,也只有名望奈志的'刀具恐惧症'。而这种无形的,也就是心理上和精神上的特征,其实比有形的东西更容易捏造,所以我们很难判断他所谓的'刀具恐惧症'究竟是真是假。"

名望奈志坐在我右边,用手指戳着尖下巴,轻轻地啧着舌。

"在这些案件中,尤其是昨天深月被杀的案件,似乎柔弱无力的女性很难办到。不过,我觉得不能因此排除这种可能性,因为我认为,哪怕是女性,只要有那心,就未必办不到。而且,现如今不都强调凡事要'男女平等'嘛,如果我在此断言女性做不到,也许还会被人指责是搞歧视吧?所以,为了对这个世界上的女权主义者们表示敬意,我必须认可她们犯罪的可能性。最后,还有那个拄着拐杖的神秘人物,虽然他表现出了身体上的不利条件,不过在此,我们姑且先不谈他。

"让我们先来探讨一下时间方面的不在场证明吧。

"第一幕中，我和铃藤以及死去的甲斐都有充分的不在场证明。深月和彩夏的不在场证明虽然称不上完美，但也算有。兰在第二幕被杀时，任何人都没有不在场证明。在第三幕中，白须贺先生，您和鸣濑先生，井关小姐和末永先生，这两组人都彼此确认了对方的不在场证明。至于第四幕，尚未确认。"

枪中环顾在座的所有人，问大家："关于昨晚的不在场证明，有没有人现在就能提出？根据忍冬医生的判断，甲斐的死亡时间大约在半夜两点到四点之间。"

无人作答。

"在这四起案件当中，只有第一幕与第三幕有人有不在场证明，对吧？"枪中大大地喘了一口气，继续说，"现在，我们来看一下我最先提出的两个问题中的另一个，也就是'凶手为什么要模仿北原白秋《雨》的歌词去杀人？'这个问题。

"在这四起案件中，毋庸置疑，按照歌词布置杀人现场的工作做得最彻底的是在第一幕。也许因为那是凶手的第一次作案，与之后的三起相比，凶手所花的功夫明显多了很多，我们都觉得其中一定有什么特别的用意。所以，我现在需要花一点时间，把焦点放在第一幕榊由高被杀的案件上进行考察。

"我们先一起回顾一下那起案件的概况吧。

"榊的尸体是于十七日早上七点半由末永先生在温室里发现的。现场状况是这样的：尸体躺在温室中央，姿势有点奇怪，双手像护着胸口一样环抱着身体。凶手杀人的方法是先击打其后脑勺使其昏厥，再将其勒死。凶器是北原白秋的书和榊的皮带。尸体上方吊着洒水壶，里面接着一根水管，洒水壶里的水不断向下洒。尸体脚边有一双红色木屐。此外，除了尸体所在的温室中央区域，靠近温室入口附近的通道上也留有凶案的痕迹，两件凶器就是在那里找到的。

"验尸结果显示，死亡时间约为六至九小时之前。这是曾经为警察效力的忍冬医生与的场医生经过商量后，慎重地推断出来的死亡时间。当时是早上九点十分，倒推可知死亡时间大约在十六日晚上十一点四十分至十七日凌晨两点四十分之间。他们说，就算有误差，至多也是前后十分钟的程度。

"这起案件中最引人注目的特征当然就是童谣杀人。洒水壶中落下来的水、红色木屐、北原白秋的书……这种对案发现场的布置，很明显可以看出是在模仿童谣《雨》的歌词。

"好，让我们回到最初的问题。

"凶手究竟是何用意？为什么非要模仿白秋的《雨》？

"说到童谣杀人中的用意，我认为大致有以下三种可能。

"第一种，凶手认为模仿童谣装饰尸体的行为本身存在积极的意义。在这种情况下，探讨凶手究竟为何模仿童谣去杀人就没有任何意义了。也就是说，凶手的主要目的，是想通过某种方式，让尸体成为展示品。

"第二种，《雨》这首歌或诗及其词句或旋律等构成要素对凶手而言具有某种特别的意义。在这种情况下，凶手的主要目的成了将《雨》演绎出来，是想借童谣来传达某种信息。

"第三种，装饰尸体或将《雨》演绎出来等表面行为都不是凶手的真正目的。在这种情况下，童谣不过是一个幌子，在其华丽的外衣下，隐藏着凶手不想为人所知的秘密。那秘密可能是凶手行凶的真相，或是其他对凶手来说不利的证据；也有可能凶手的目的是想借童谣制造出对自己有利的某种假象。

"第一种和第二种可能性很容易被归结为心理或内在问题，所以很难做出客观准确的判断。通过'让尸体成为展示品''装饰尸体''对歌或诗的偏执'等信息进行联想，最容易想到的就是虐待狂、恋物癖、偏执狂、妄想症等异常心理。也就是说，凶手是在某种异常心理的作用下实施了童谣杀人。不过我个人认为，凶手应该并非如此。如果说为了复仇让尸体成为'展示品'也许还情有可原，但我始终认为这两种可能性缺乏充分的说服力。

"那么再来看第三种可能性，我个人还是比较支持这种推论的。童谣杀人本身没有任何意义，凶手真正的目的是借由这样的行为来掩饰其他某些事。也就是说，童谣只是一种伪装。"

枪中的声音中透出了更多的锐气："请大家一起回忆一下，在第一幕中凶手模仿《雨》的几个情形：从洒水壶中流出来的水、放在脚下的红色木屐，还有白秋的诗集。

"凶手让现场'下雨'，是为了隐藏某样东西吗？还是凶手认为红木屐与白秋的诗集出现在温室里太不自然，为了掩盖这种不自然，才模仿了《雨》的歌词？

"在此，我有个问题想问鸣濑先生，可以吗？"

"是。"突然听到枪中叫到自己的名字，站在主人身后待命的管家鸣濑的反应仍与平常无异。

"那双木屐有什么奇怪的地方吗？"

鸣濑缓缓地摇摇头："没有，只是被水淋湿了而已。"

"如果小心地把水擦干，再放回大厅的玻璃盒里，你会发现有哪里不对劲吗？"

"我想应该不会。"

"那么诗集呢？如果把那本被弄脏又弄坏了的书若无其事地放回书架上，你能看出来吗？"

"如果是被好好地放回原位的话，恐怕要等到晒书虫的时候才会发现吧。"

枪中的脸上露出满意的表情，谢过鸣濑后，又把视线转回白须贺的脸上，继续说："您也听到了，凶手那么做的起因并不是木屐或书。如果凶手认为红木屐或白秋的诗集碍事，根本不用大费周折地用这两样东西去布置杀人现场，只需要像我刚才说的那样，把东西放回原处就行了。

"所以只剩下从洒水壶洒出来的'雨'了。在此，我们必须先去除'白秋的《雨》'这一附加意义，单纯地去思考这种现场布置的意义。当我们将从洒水壶里滴下来的'雨'视为一种现象时，其本身具有的要素是什么？毋庸置疑，当然就是'声音'和'水'这两种要素。

"洒水壶里洒出的'雨'是凶手想用水声来吸引人们的注意吗？或是为了掩盖另一种声音吗？——两者答案皆为'否'！因为那间温室与我们所在的主楼之间有一条长廊，温室里的水声根本不可能引起任何人的注意。况且，就算是凶手想要靠这种水声去掩盖别的声音，但其实我们根本就听不到温室里的声音。既然听不到又何须去掩盖？事实上，那具尸体也是末永先生到了早上按惯例去温室时才发现的，在他之前，根本没有人发现。

"既然与声音无关，那么，就只能认为是另一个要素'水'里有文章。在尸体上洒水、让尸体变湿，难道这就是凶手的真正目的吗？如果是的话，凶手为什么必须把榊的尸体淋湿呢？"枪中口若悬河地说着自己的推论，眼看着渐入佳境，却突然停下来，看了一眼正在洗耳恭听的大家的脸，又重复了一次同样的问题，"凶手为什么必须把榊的尸体淋湿?"他自问自答地继续说，"我认为有三种回答。

"第一，弄湿尸体是为了达到某种物理性、生理性的效果。例如，尸体上有不想让我们发现的内出血或轻微的烫伤，所以凶手试图用水冷敷。不过，对已经死亡的尸体进行冷敷，恐怕也无济于事。这只是举例而已。的场医生也说过，洒水壶里的水是湖水，而这里的湖水温度又比较高，所以用这种水来进行冷却处理，恐怕也得不到预期的效果。我也想过其他情形，例如尸体有极高的热度，等等。可是，这些设想都与这次的案情不相匹配。

"第二，凶手企图用水洗掉些什么。可能是凶手不想让我们看到的某种东西附着在尸体身上或陈尸地点附近的东西。凶手用水把那些东西冲干净后，为了掩饰用水冲过的行为，就故意让洒水壶洒出'雨'来。如果真是这样，那么，那个附着物究竟是什么东西? 白须贺先生，您怎么看?"

枪中说这些话的期间，雾越邸的主人一直闭着眼睛。大概是这个问题也引起了他的注意，当枪中这么发问时，他缓缓地睁开眼睛，嘴角带着微笑:"不知道啊，这得去问凶手吧?"

枪中点点头，很认真地说:"没错，确实如此。那个附着物究竟是什么？可能是粉状的，可能是液体的，也可能是某种味道。更具体来说，可能是凶手的唾液、血液、吐泻物、脸上涂抹的脂粉、身上喷的香水味等等……可事到如今，就算有，也早就被水冲走了，我们无法确定那究竟是什么。

"可是，如果是为了不让我们知道要冲洗掉的某种东西而大费周折地布置出那样的案发现场，我觉得一点意义也没有。我认为凶手完全没有必要那么做。"

枪中缓缓撩起垂落在前额的头发。

"剩下的是第三种答案就是，因为某种原因，尸体本来就是湿的。凶手为了隐瞒这个事实，才让洒水壶下'雨'。"

三

"榊由高的尸体，因为某种原因，本来就是湿的。凶手无论如何都不想让人发现这个事实，为什么呢？我确定事件的真相就隐藏在这个答案之中。

"让我们来想一想，尸体为什么在凶手动手之前就已经湿了呢？从'身体被弄湿'和'弄湿身体的水'来进行思考的话，首先想到的就是入浴，浴缸里或是冲淋时的热水。另外还有湖水，雾越湖的湖水，以及室外的雪……

"但是，榊毫无疑问是被勒死的，现场也毫无疑问是在温室里。现场的地板上还有明显失禁的尿液痕迹，怎么看都不像是伪装出来的，完全没有在其他地方被杀，例如屋外或是溺死等的可能性。对吧，忍冬医生，的场医生？"

枪中依次看看两位医生的脸。

"我没有异议。"忍冬医生回答。的场医生也默默点头。

"也就是说，尸体不可能是在被杀死时弄湿的。那么，不是在被杀之前，就是在被杀之后。

"按照简单的常识来判断，我支持后者。因为如果是在被杀之前弄湿的，例如，榊刚洗过澡或是刚在湖里游过泳，这当然是不可能的。但即便可能，凶手也不至于要隐瞒。

"所以，我认为榊的身体是在死后——被杀之后才被弄湿的。

"尸体是在死后被弄湿的，但这又是如何发生的呢？我们先结合刚才所举过的那些例子，浴缸里的水或冲淋时的水，湖水或室外的雪，来进行讨论吧。

"首先来看浴缸。我们所使用的浴室在二楼走廊的尽头，而杀人现场在温室入口附近。如果尸体是在浴室里被弄湿的，那么，凶手就必须在温室里杀死榊后，再扛着尸体回到主楼，爬上二楼，走进浴室，然后把尸体弄湿后，最后再把湿答答的尸体扛回温室。就现实来看，很难想象凶手会那么做。所以这种思路既荒谬又没有意义。

"那么，弄湿尸体的水就有可能是湖水或是室外的雪。不管是哪一种，只要稍微移动一下尸体，把尸体从温室拖到长廊上，再拖到旁边的平台上就行了。以榊瘦弱的身材来看，移动那点距离并不是太大的问题。所以，我认为这是最有可能的答案。"

通往温室的玻璃长廊上有一扇通到外面平台的门，这扇门可以轻易地从里面打开或锁上，所以，枪中所说的那种移动确实并不困难。

"说到这里，尸体为什么会呈现出那么奇怪的姿态这一难题也就迎刃而解了。"枪中继续说，"一般人都知道，在人死后不久，如果移动尸体或改变尸体的姿态，尸斑也会随之移动。尸斑是血液的坠积现象，只要血液具有流动性，尸斑就会向下移动。例如，刚开始仰面的尸体，过了一定时间后再让尸体趴着的话，尸体的前后两面都会出现尸斑。据说，法医就是根据尸斑的移动状态来判定尸体是如何被移动的。

"我猜测凶手也许掌握了一定的法医学知识，为了不让我们发现他曾经移动过尸体，必须让尸斑的移动降到最低程度，所以才将最容易移动的双臂绕在身体上固定住。

"凶手煞费苦心地把榊的尸体从长廊上的门外拖至室外，让外面不停下着的雪弄湿尸体。姑且不论他是不是还把尸体丢进过湖里泡湿过，请问大家，凶手的目的到底是什么？"

枪中缓缓地巡视着大家，确认着每一个人的反应。就这样沉默了好久，甚至有些久。

白须贺微微睁开眼睛，嘴角带着惯有的微笑；站在白须贺先生旁边看着枪中的的场医生，眼神非常紧张；站在主人斜后方动也不动的管家依然面无表情；坐在墙边的井关和末永虽然看上去有几分紧张，但基本上也和鸣濑一样面无表情。

坐在我右边的名望奈志噘着嘴，挠着头；忍冬医生和彩夏并排坐在一起，和枪中面对面，他们在我左边，所以我看不到他们的表情。

"原来如此。"过了好一会儿，忍冬医生突然喃喃自语。

枪中好像就在等这一刻似的，立刻接话说："您已经想通了吗？医生。"

"凶手应该是想通过做这些事情来影响我和的场做出的尸检结果吧。"

"没错，就是这样。"枪中重重地点头。

"凶手将尸体拖到平台上、让雪落到尸体上，为的就是利用天然的低温。将尸体置于零下的低温中，可以推迟死后现象的出现。这才是凶手的真正目的。"

"死后现象是……"名望奈志刚提出问题，马上就打了个响指，自己回答说，"啊哈，原来如此。这样的话，凶手就能为自己制造不在场证明了。"

"就是这么一回事。"枪中又点了点头,"死后现象是推定死亡时间的基本要素,会因尸体被放置的环境而发生巨大变化。通常情况下,温度越高,死后现象的发生与变化就会越快。反之,温度越低就越慢。至少尸僵等尸体内部的化学作用就是按照这种规律进行的。可以想象,如果是在零下的低温冷冻状态下,就很难发生死后现象。"

"凶手将榊的尸体置于室外的冷冻状态下一段时间之后,再放回常温的温室内。只需简单地计算一下,就能得出一个结论——尸体被放在室外的时间等于发生死后现象之后被延迟的时间。也就是说,凶手让死亡时间看起来比实际更晚。理所当然地,凶手成功地使医生们推定出了错误的死亡时间,也就因此得以伪造了自己的不在场证明。

"两位医生之前推定的榊的死亡时间是晚上十一点四十分至次日凌晨两点四十分之间。然而,这是不对的,实际的死亡时间比这更早,早了至少是死后现象发生后被延迟的那一段。

"是谁杀了榊由高?

"讲到这里,嫌疑网的内外已经发生了颠倒。

"我们刚才分析过,为了消除'暴风雪山庄'所带来的不利因素,凶手在第一起凶案中采取了先制造不在场证明、然后从收紧的嫌疑网中逃出来的方法。也就是说，因此可以得出一个结论，凶手就在那一夜主张自己有不在场证明的人之中。"

枪中看了看大家的反应，继续说："在第一幕中主张自己有不在场证明的有我、铃藤和甲斐，再加上深月和彩夏。其他人当时都没有不在场证明。所以，凶手就在这五个人之中。

"首先来看深月和彩夏，彩夏说她睡不着，所以去了深月的房间，两个人聊了一阵子。这种情况下，该怀疑的当然是去了深月房间的彩夏。而且，深月在第三幕的时候已经被杀了。

"那么凶手就是她：彩夏。但这是真的吗？"

"啊？"彩夏发出了害怕的叫声。

枪中看了她一眼，马上轻轻摇摇头说："彩夏和深月在一起的时间是凌晨十二点到半夜两点，虽然也算是有不在场证明，却不够充分，甚至可以说，这种不充分性反而惹人怀疑。

"将尸体放在室外一段时间，究竟可以在多大程度上让死后现象发生延迟？可以让死亡的推定时间延迟多久？即使凶手在一定程度上查阅过图书室里的法医学书籍，估计也很难做出精准的预计。所以，凶手为了伪造不在场证明，就必须确保一个尽可能长的时间段。但是，如果是彩夏所说的凌晨十二点到次日凌晨两点，这么短的时间段，很容易超出凶手所预设的时间范围。而事实上，彩夏和深月的不在场证明也不够充分。如果彩夏是凶手，应该会更慎重地确定制造不在场证明的时间点和时间段。所以，我断定彩夏不是凶手。"

枪中先看一眼松了一口气的彩夏，再把视线转向我。

"接下来是铃藤和我。晚上九点半，大家散会后没多久，大约是从当晚九点四十分到次日的凌晨四点半为止，我们俩一直一起待在图书室里。所以，我们两个当然都不可能有机会行凶。既然我和铃藤都不是凶手，那么，"枪中做了个深呼吸，继续说，"剩下的只有一个人，甲斐幸比古。"

四

"甲斐来到我和铃藤所在的图书室时，是十六日晚上十点半左右，距离九点半的散会时间已经过去了一个小时。在这一个小时之内，他有足够的时间把榊叫去温室再杀死他。"枪中没给任何人插嘴的机会，继续说："让我们先在这里假设他就是凶手，重新梳理一下凶手的作案经过。

"他用事先从图书室拿走的书，趁榊不注意的时候将榊打倒在地。因为他使用的凶器不是火钩或重物，只是随身的一本书，所以对方一定不会起疑。他将榊打晕后，再用榊身上的皮带将其勒死。

"然后，甲斐为了制造不在场证明来到了图书室，大家都知道我和铃藤在图书室讨论下一场戏的事。万一我们不在图书室，他也可以随便找个借口去其他某个人的房间。于是，直到十七日凌晨三点多，他都和我俩在一起。那么，他究竟是在来图书室之前还是之后把尸体搬出室外的呢？据我猜测，应该是之后。

"刚才我也稍微提到过，如果把尸体搬到零下的室外使其处于冷冻状态，那么放在室外的时间就等于死后现象延迟的时间。我不清楚实际情形究竟怎样，但凶手应该就是这样计算的。假设甲斐是凶手，如果他在去图书室之前就把尸体搬到室外，那么，直到他离开图书室的凌晨三点多为止，尸体已经被放在雪中长达四个半小时。这么一来，他所制造的不在场证明就没有意义了。假设案发时间是晚上十点、放置时间是五小时，不考虑其他因素，单纯地认为这五小时就是死后现象延迟的五小时，那么，医生们所推定的死亡时间就会变成凌晨三点左右。当然，推定的死亡时间肯定不会是一个时间点，而是一个时间段。但这么一来，他的不在场证明就未必能成立。

"所以，甲斐应该是在制造完不在场证明，即半夜三点以后才再次下楼，把尸体搬到室外。在那之前，我猜想尸体是被放在了长廊上。因为如果之前一直放在温室里，之后再把尸体放到室外来延迟死后现象的发生，那么，他想要延迟几小时就得在外面放几小时。举个例子来说，如果想让晚上十点死亡的尸体看起来像是半夜一点死的话，至少得把尸体放在外面冷冻三个小时。但如果从凌晨三点开始放置三小时的话，就得放到早上六点。而甲斐观察过前一天早上的情形，知道这个家里的人大概早上七点就开始活动了，所以，他不能拖到那么晚。

"因此，他会先把尸体移到长廊上。因为长廊上没有暖气，虽然没有外面的温度那么低，但也算是相当低的低温状态，可以让尸体现象的发生比在温室里时延迟一定的时间。这样一来，就不用把尸体放在室外三小时，放置的时间可以因此缩短不少。也就是说，他在死亡时间上动了两次手脚。"

我们来到雾越邸的第二天下午，其他人一个个都睡得很饱，消除了疲态，只有甲斐一个人看上去睡眠不足，眼睛还严重充血。而之后的那天早上，榊的尸体在温室里被发现的那个早上，他看起来比之前更加疲惫。如果枪中说的是真的，真是甲斐策划并实施了那样的杀人计划，那么，当时他看起来那么憔悴的理由也就说得通了。

"这样看来，甲斐是凶手这个假设，应该没有什么逻辑上的问题了吧？另外，还有几件事情可以证明，例如……

"为了能让这种诡计得逞，还需要有一个技术娴熟又值得我们信赖的验尸官，曾经为警察工作过的忍冬医生成了最好的人选。甲斐事先就知道忍冬医生有这样的经历？他知道。

"第二天下午，铃藤和忍冬医生在会客室里谈话时，因为餐厅和会客室之间的门开着，所以坐在餐厅里的我、深月和甲斐都听到了他们的谈话。而且，在的场医生被正式介绍给我们认识之前，忍冬医生就已经向我们提起过这个家里有一位专职医生。经过两位医生的确认，推定的死亡时间具有更高的可信度。可信度越高，越能确保他的不在场证明。

"另外，要想出这种诡计，还需要具有尸体现象相关知识作为基础，那么他有没有尸体现象相关知识？他有。

"他曾说过，他本来想读医科，所以他所知道的法医学知识也许比一般人要多；而且他从很久以前就喜欢看推理小说，而且看了很多。所以，当他决定要杀人的时候，脑子里自然会冒出各种伪造现场、制造不在场证明的招数。这一点儿都不奇怪。而且，在很多著名推理小说中，都有过犯人把尸体放在低温或高温的环境中以搅乱推定死亡时间的案例。我们甚至可以认为，甲斐很可能是从书里得到了灵感。

"那么他知不知道这个家里有那样的温室和长廊？他当然知道。

"第二天下午，当我和铃藤发现温室后，没过多久他就来了。所以，他事前已经知道：温室的温度保持在25℃，长廊上没有暖

499

气，长廊上有一扇门通往外面的露台。"

接着，枪中说出了他这番长篇大论的推理结论："既然所有条件都已经符合，那我们就可以断言，凶手就是甲斐幸比古。"

"可是，枪中，甲斐他……"

枪中见名望奈志似乎想要发表意见，便稍稍举起手来，阻止了他，自己继续说下去："甲斐在第一幕中所采取的行动，应该就是我刚才所推测的那样。他把榊的尸体搬到外面雪地上，经过一两个小时，他认为时间差不多了，再把尸体搬回温室内。为了掩盖尸体被雪沾湿的事实，他借用了白秋的《雨》布置成'童谣杀人'的样子，把从大厅拿来的木屐放在尸体脚边，让洒水壶下起'雨'来……

"那他又为什么会选择《雨》呢？因为到这里的第一天晚上，我们在会客室听到了八音盒的音乐，而且当时的印象非常深刻。所以，当他制定杀人计划的时候，就想到了利用八音盒的音乐。这也是很自然的事。

"还有一点我必须提一下。他为什么不把尸体留在杀害地点而要搬到温室的中央区域呢？

"理由是，他不希望被杀的痕迹——榊失禁的痕迹——被洒水壶的水冲掉。因为对他而言，最大的威胁就是有人怀疑尸体曾被搬出温室外或是从温室外搬进来。他曾经三次搬动过尸体：把尸体从温室搬去长廊，从长廊搬去平台，再从平台搬回温室。如果被人发现尸体被搬动过，那么他所伪造的不在场证明就会出现破绽。除了固定好尸体的手之外，他在搬运尸体时一定也非常注意尸体的整体姿势；尸体放在长廊上时所留下的痕迹也一定被他擦得干干净净。

"他让大家相信尸体一直在温室里，并让医生通过这一点来推定死亡时间，这正是这个计划成功的第一要素。为此，他必须留下痕迹让人确信杀害就发生在温室内。所以洒水壶的'雨'必须落在杀害地点之外的地方。"

甲斐就是凶手。

听完枪中非常合乎逻辑甚至滴水不漏的推理，我想起了甲斐那细致的五官与神经质的性格，还有他那壮硕的体格。没错，如果是他的话，一定可以注意到所有细节，正如枪中刚才所说的那样轻而易举地多次搬动尸体。

"可是……"

听到我脱口而出的"可是"，枪中立即做出反应："你是说今天早上的事吗？"

"嗯，"我疑惑地问，"甲斐昨晚怎么会……难道，他真的是自杀吗？"

"没错，"枪中很肯定地回答，"也许是因为受到了良心的谴责，也可能是因为害怕被抓而产生的恐惧，究竟为何，只有他自己知道。不过，我可以确定甲斐的死的确是自杀。昨晚他那么六神无主地想要一个人逃出去，应该也是出于同样的理由。他并不是害怕成为下一个被害人，而是因为自己就是凶手才企图逃走的。结果却没逃成，所以他选择了自杀。"

"可是，那些人偶怎么解释？"

"那是因为地震的关系。"

"可是并没有发生过地震啊。"

"我说的地震只是一种比喻。"枪中看着我，缩起了肩膀，"我的意思是，那些芥子雏人偶并不是有人故意推倒，而是因为楼梯缓步台的震动而自己翻倒的。"

"什么意思？"

"甲斐把绳子的一端绑在围栏上，另一端做成环形套在脖子上，然后从那个楼梯缓步台上跳了下来，对吧？这样一来，围栏一定会受到很大的冲击。而且当他吊下来大幅度地摇晃时，很有可能会撞到下面的柱子，这样的冲击力使得整个楼梯缓步台发生了地震般的震动。这样的震动当然也会影响到放在那里的人偶陈列柜，所以那些小人偶是被震倒的。"

"原来如此，所以你……"

我想起了刚才枪中去查看人偶时在楼梯缓步台上发出的那声

巨响。"咚!"听起来又重又震的一声,他当时应该是在楼梯缓步台上做试验,看看用力一跳后地板能有多受震。

甲斐果然是自杀?昨晚我们一起目击了那个戴着能乐面具的人后,他就没自信再继续隐瞒自己的罪行了?或是因为他觉得自己已经筋疲力尽,所以下决心结束自己的性命吗?

"可是,动机是什么呢?"这回换名望奈志发问了,"该不会真的是为了不想还那几十万的小钱就把榊杀了吧?即便如此,他也没有理由把兰和深月都杀了啊。"

"当然不是因为那样的动机。"枪中说完,面向默默听着他说话的雾越邸主人,"以上我所说的,都是以这个事件中肉眼可见的部分作为素材,排除掉暧昧模糊的因素后,努力得出的推论。也就是说,我故意没去触碰'动机'这种涉及人心的问题。不过说实话,我并非从一开始就凭刚才的那番推理来断定甲斐就是凶手。相反,事实上,我是先考虑了动机问题,然后才开始怀疑也许他就是凶手。"

五

"现在,我们必须回到最初的问题。即凶手为什么非要在这栋雾越邸里行凶不可?"枪中继续推理,"之前我已经讲过'暴风雪山庄'的利弊了,在这种特殊状态下,我认为明显是弊大于利。无论动什么脑筋，做什么手脚，在这种状态下连环杀人都是一种非常危险的赌博行为。所以，即使凶手再怎么恨对方，也应该尽可能地等到其他时机、其他地方再下手。

"可是，凶手却偏偏选在这样的地方下手，可见他已经下定决心，做好了充分的心理准备，而且还有必须杀人的理由。杀人可以有各种动机，这个凶手的动机却让他必须在有限的嫌疑人范围内和闭锁的状态下立即动手。

"现在，我们先撇开刚才的结论，来看一下动机。

"考虑作案动机时，很抱歉，一开始我怀疑的是住在这个家里的人。白须贺先生，您说过这个家里不可能刚巧存在想要杀死榊的人吧？但其实您心知肚明，事实上就是有这种巧合。"

白须贺没说话，只是对着枪中耸了耸肩。

枪中看了一眼站在主人斜后方穿着黑西装的管家说："比如说，八月，在东京李家中死了一个保安，名叫鸣濑稔。十五日的新闻报道说是榊杀的。而我们到达这个家时，就是由同姓的鸣濑管家来接待我们。虽然鸣濑管家矢口否认与那个保安有任何关系，但还是脱不了嫌疑。

"还有，四年前曾经发生过一场火灾。我听的场医生说，那场火烧光了位于横滨的白须贺家，是电视机的信号接收器起火引起的。当然，我也想起来了，那个有问题的电视机就是李家产业的产品。

"如果是因为这样的巧合而产生了报复的念头，那么刚才那个'为什么非要在这个地方行凶'的问题就迎刃而解了。当这个家里的人发现自己的仇人碰巧就在因躲避暴风雪而到来的不速之客中，而且要是等暴风雪停了，他们就会回东京，错过了眼前的机会，恐怕就再也没办法报仇了。

"然而，假设凶手是因为这种动机杀死了榊，但他接着又杀死了榊的女朋友兰，这就有点说不过去了。后来，又出现了第三个被害人深月。深月更是不应该被杀的，因为她长得与已故的美月夫人非常相似。所以，考虑到这些事实，我越发觉得这种假设不可能成立。"

说了这么多话，枪中大概有点累了。他停了下来，摘下眼镜，用手指用力按压眼睑。白须贺先生一脸平静地看着枪中。

"那么……"枪中放开手指，缓缓地戴上眼镜，继续说，"难道凶手并不是这个家里的人，而是我们这群人中的一个吗？我想了又想，终于想到一个不容忽视、极有可能存在的动机。

"其实这个动机很明显，我却过了这么久才意识到。仔细想来，那么简单明白的事情，我早该想到的。但我当时的注意力都在其他事情上，完全没考虑过那个方面。其实答案非常简单。"

答案到底是什么？即使现在已经知道甲斐就是凶手，但我还是想不出……

甲斐杀死榊的动机

甲斐杀死希美崎兰的动机

甲斐杀死深月的动机

必须在这栋雾越邸里杀死这三个人的动机

……

"刚才我提到过八月发生在东京的案件，我想大家应该都知道了，不过，我还是再介绍一下吧。"枪中继续说，"八月二十八日深夜，潜入李家产业会长家行窃的小偷杀死一名保安后逃走。那起案件的调查工作一直没什么进展，直到最近才出现了有力的人证。于是警方立刻下令通缉会长的孙子李家充，也就是榊由高。在这次旅行的过程中，我们所有人，包括榊在内，都丝毫没想过事情会发展到这种地步。

"但只有我和铃藤知道，关于八月的那起案件，深月曾说起过一些事情。

"凶案发生的那天晚上，榊曾打过电话到深月的房间。电话中，榊的声音听起来似乎惹了什么麻烦。电话里还传来了当时和榊在一起的兰的笑声。但深月说她觉得电话那一头似乎还有另一个人。因为不能确信，所以深月到最后都没能告诉我们那个人究竟是谁。不过，如果我们沿着存在'另一个人'的思路想下去，就能够轻而易举地解决在这个家里行凶的动机问题。"

可能与八月那起案件有关的另一个人。

前天下午，听深月说起这件事时，我也曾经想过这个问题。那个人究竟是谁？我还曾和枪中讨论过。然而……

啊，我想起来了！深月昨天在那个大厅里也再一次说起过那件事。但当时我的心思全在另一件事——在她说起那件事之前所说的她的秘密——所以根本就没去想那件事。更何况那个时候墙上的肖像画突然掉下来，打断了她原本想要告诉我的话……

"那'另一个人'，也就是当时和榊、兰在一起的第三个人，应该也与八月的那起凶案有关。"枪中看了一眼叹了一大口气的我，继续说，"三个人因为磕了药而犯了罪，结果已经无可挽回。案发后的整整两个半月内，他们很庆幸警察没有找上门。榊是天生没心没肺，彻底放心地以为已经没事了。兰是悍妇，她也许认为当时自己只是开车在外等着，不会有事。但是，那第三个人却时刻都在担心迟早有一天他们的罪行会败露。在这种情况下，当大家在信州旅行期间，假设那第三个人已经知道了警方的动向，你们觉得他会怎么做？

"一旦回到东京，榊马上就会被抓，接受审问，到时候，榊一定会供出另两个同伙的名字。结果，那'第三个人'就一定不会有好结果。还存在另一种可能，就是杀死保安的并不是榊，而是那'第三个人'。这样一来，他就更不能把榊交给警察。而兰是榊的女朋友，最好也一起干掉，所以自然也成了他的目标。

"因此，这'第三个人'必须趁着暴风雪还没停、大家离开这里之前封住榊和兰的嘴，他绝不能让这两个人回到东京。他本可以把警察的动向告诉榊和兰，劝他们赶紧逃走，但这样并不能保证榊一定不会被警察抓到。而且当时警方所怀疑的只有榊一个人，还没有人知道他与案件有关。所以他的结论就是，只要封住榊和兰的嘴，就不会有人知道自己的存在。

"但是我们是在前天、的场医生告诉了我们之后才知道那则新闻的，是在榊被杀以后。如果我刚才所说的关于动机的假设成立，那么那'另一个人'，也就是凶手，应该是在杀死榊之前就已经知道那则新闻了。

"那么，凶手究竟是怎么知道的？

"安排给我们住的地方，一台电视机都没有，也没有报纸可看，连电话也在刚到的当天晚上就断了线。唯一能想到的就是收音机，但忍冬医生车上的收音机已经坏了，所以只剩下甲斐带来的随身听和从的场医生借来的这个家里的收音机，二者必有其一。

"在此，我们必须注意到一件事。那就是榊的尸体被发现的前一天，十六日下午六点之前，有人打开过放在大厅里用来收纳木屐的那个玻璃盒，是末永先生为了给盒内添加防干燥用水时发现的。我当时问有谁打开过，但没有人承认。因此，碰过木屐盒的人和杀死桝的凶手就是同一个人。而且当凶手偷偷打开那个盒子的时候，在他的脑海中，模仿《雨》的歌词进行童谣杀人的计划已经成形。

"也就是说，凶手最晚在十六日下午六点之前就知道那则新闻的内容了。我们向的场医生借收音机是在那之后，所以凶手只剩下一个途径得知新闻的内容，那就是甲斐带来的随身听。"

"那么，枪中，"名望奈志突然插嘴，"你的意思是，在我们到这儿后的第一天晚上，也就是当我们得知三原山火山爆发后起了一阵骚动的时候，甲斐听到了新闻的内容吗？"

"我推测应该就是那个时候。"枪中眯起眼睛，望着前方，仿佛想透过时空看到过去。

我也跟着他眯起了眼，回想起我们到达这里的当晚，也就是十五日晚，当时会客室里的情形是：兰说想听天气预报，甲斐就拿来了随身听。他先自己戴上耳机，听着听着，突然轻声叫了一声"什么?!"听起来非常惊慌，还有些狼狈。

我们问他怎么了，他有些支支吾吾的。过了很长一段时间，非常不自然的一段时间之后，他才告诉我们说三原山火山爆发了。

现在再回想起甲斐当时的举动，确实很可疑。且不说彩夏，甲斐与大岛毫无关系，怎么会因为听到三原山火山爆发的消息而显得那么狼狈？之后当兰说自己也想听的时候，甲斐一直用手按住耳机，就是不让兰听。当时他的举动实在是……

"还有另外一件事。"枪中继续说下去，"十六日下午，彩夏说想听三原山火山爆发的新闻，曾拜托甲斐把随身听借给她，但当时甲斐以电池没电为由，拒绝了她的要求。"

听到这里，我才意识到来这里之前枪中去甲斐房间进行"确认"的用意。

枪中是要去确认那个随身听是否还能用，是否真的没电了。

事实证明，当时甲斐对彩夏说了谎。

他为什么要撒谎？因为他知道，如果别人听广播，就可能让人听到对他不利的消息。他在封住榊的嘴之前，必须想尽一切办法，不让榊和其他人知道那则新闻的内容。

同一天晚上，彩夏用的场医生借给我们的收音机开始听新闻的时候，甲斐一定坐立难安吧。他当时一定非常担心前一晚播过的新闻再次播报出来。所以，当收音机一发出声音，他就马上换到了收音机旁的位置。

结果在报完三原山的新闻后，真的开始播报那则消息了："今年八月发生在东京目黑区的……"刚听到这一句，不巧彩夏勾到电线，收音机因此摔到了地上，这对他来说是非常幸运的。但即使没有发生那样的意外，我猜他一定也会想办法关掉收音机。

六

"事情的经过就是这样。"枪中介绍完去甲斐房间"确认"过的事实及其用意后，继续往下说，"十五日晚，甲斐听到那则新闻后，就下定决心要在这个家里杀死榊和兰。同一天晚上，他又听到了八音盒里放出的《雨》的旋律，再加上外面大雪纷飞，电话切断，完全处在与外界隔绝的状态中，还有两名医生，有温室和红色木屐……这所有一切的诱因和理由，都使他想到了利用童谣来制造不在场证明，同时也更坚定了付诸行动的决心。此外，他还知道这个家的管家与八月那起案件的被害人同样姓'鸣濑'，后来又从的场医生那里听说了四年前火灾的原因，这些事实都对他产生了影响。他一定寻思着，只要一切顺利，我们的怀疑焦点一定会落在他们身上，警察亦然。"

听到这里，我的脑海里也一一浮现出前天榊的尸体被发现后甲斐的各种言行。

我记得是他最先提出了凶手在温室里的案发现场对尸体的布置有可能是模仿《雨》所进行的童谣杀人。此外，当的场医生告诉我们有关八月那起案件的新闻时，也是他最先指出被杀的保安姓"鸣濑"。而且他还说过，这个家里住着的"第六个人"让他觉得很不自在。

511

"第二幕之后，就不需要我多说了吧？

"甲斐杀死了榊，同时也确保了自己的不在场证明，成功地置身于嫌疑网外，接着又杀死了兰。当时，大家都怀疑杀害榊的凶手可能是鸣濑，兰怀疑的人也是鸣濑。相反，对已经拥有不在场证明、同时又是八月案件中同伙的甲斐，兰是毫无戒备的。甲斐可能就是以'自己人'的名义，借口说要商量今后的对策，半夜把兰从房间叫出来，成功地杀死了她。然后又模仿《雨》的第二段歌词，把纸鹤放在尸体身下，当然是为了做出'童谣连环杀人'的假象，以加固他在第一幕时捏造的不在场证明。

"到了第三幕，他杀死深月的理由，我想已经不需要我再多做说明了吧？他可能因为某种机缘巧合，比如他碰巧听到了铃藤与深月的对话，得知深月似乎已经发现还有'另一个人'与八月的案件有关，所以他必须杀深月灭口。

"说到这里，我想事情的真相已经很明显了。"

枪中笃定地环视了一下大家，又接着说："最后，我还要说一件事，那就是雾越邸所拥有的特殊力量。事实上，早在发生第一起凶案之前，这个家就已经预言了凶手的名字！"

刚才枪中在甲斐的房间里就曾说过，温室天花板上的裂痕蕴含着某种意义，可惜我太愚钝，到现在还没想明白。

"预言？"名望奈志尖叫了起来，"我们已经听得够多了，说什么这个家很奇妙，没想到连枪中你也……"

"真的吗?"忍冬医生探出头来看着枪中，"这个家在哪里预言了凶手的名字?"

"就是十六日下午，我和铃藤在温室目击到这个家所发出的'动作'：天花板的玻璃突然裂开，呈现出'十'字形的裂痕。"

枪中看着双手交叠在膝盖上、一动不动地听着枪中说话的的场医生，继续说："的场医生应该非常清楚，这个会'映射出来访者未来'的家，已经发出过好几个'动作'预言了这些案件中的被害人名字。例如，刻有'源式香之图'中'贤木'图案的烟具盒摔坏了、温室里的兰花突然枯萎了。可是，在这一系列'动作'中，有一个'动作'的意义一直不得而知，那就是我刚才说的温室天花板上的裂痕。"

说到这里，枪中的视线又回到正对着自己的白须贺脸上。

"我说这话，当然没有任何科学根据，也没有逻辑上的必然性。按常识来说，一点都不具有说服力。但对于在这个家里已经住了几天的我而言，主观上确实认为这个家拥有不可思议的力量——也可以说是一种意志，或是一种'气场'。正确解读那些表达这种力量的'动作'，就是发现凶手名字的最佳捷径。"

枪中舔了舔干燥的嘴唇："我和铃藤把那道裂痕叫作'十字形龟裂'，我曾经想过各种方法去解读它的含义，例如'+'号、

'十'字形、地名或人名中的'十文字'……但怎么想也弄不明白其中的奥秘。

"于是，我稍稍改变了一下思路，告诉自己那也许并不是'十字形'，只是碰巧从我们当时所站的位置看起来像个'十'而已。也就是说，也许真正的形状是将其旋转四十五度后所得的'×'。

"'×'可以是英文字母中的'x'、算式中的乘法号、标错记号、'未知数'……乍一看，似乎没什么特别的含义。可是，只要再用心一点，就可以发现其实答案很简单。这个'×'并不念做英文字母。"

我不由得发出"啊"的一声，终于想到了答案。

"这道裂痕应该按照希腊字母 X 的来念，在希腊文中的'X'读作'凯'，也就是'甲斐'①。"

阳光透过云层，从窗外洒落进来。鸣濑默默地走到窗前，拉上了几扇窗的窗帘，房间内顿时变得有些昏暗。

等鸣濑站回原位，枪中才继续开口，表情已经比之前放松了许多："只要弄清楚我刚才说的那些来龙去脉，那么之前所提过的另一种可能性：住在这个家里的第六个人是凶手这种假设就根本不值一提了。白须贺先生，请恕我刚才太过失礼。无论这个家

---

① 甲斐的日语发音为 kai。

里有没有第六个人的存在，应该都与此案件无关。我要说的就是这些。您意下如何？"

枪中那瘦削的脸颊与薄薄的嘴唇上渐渐地绽开了笑意。白须贺先生整个人靠在沙发背上，张开嘴正要说什么。

就在这时，我们听到了钢琴声。

七

钢琴声是从隔壁房间，有应举画作的那道屏风后敞开着的那扇门后传来的。音调很高，却很微弱，似乎是一段哀伤、感怀的曲子，但含含糊糊不清不楚的，就像是小孩子在弹着玩似的，却将在场的所有人都震慑得一动不动。

我记得这首歌是很久以前我在幼儿园的时候就听过的。也许是在小学音乐课上学过，也许是听已故的母亲曾经唱过，不是《雨》……啊，对了，这支旋律和我昨晚浅睡时的梦中以及今早沉睡时梦中听到的是一样的。

从我听到那支旋律到从记忆中挖出符合这支旋律的那首著名童谣的歌名与歌词，实际上也许只过了几分之一秒，我却感觉仿佛已经蹉跎了好几年甚至几十年的光阴。

忘记……歌唱的……

金丝雀……

和着音乐，我的脑海里响起令人怀念的某人的歌声。

扔了吧……

扔到……后面的深山里……

冻住了似的寂静开始破冰，涌起阵阵低沉的骚动，并慢慢地在我们中间扩散开来。枪中大惊失色，从沙发上跳了起来。接着，名望奈志和我也站了起来，大家一起朝屏风方向走去。

枪中伸出手一把扯开屏风，完全不像他平日里对古董珍宝爱护有加的作风。与此同时，钢琴声也戛然而止。

屏风后面的双开门完全敞开着，门内是个大房间，墙上挂着好几副精美绝伦的浮世绘。右边的窗口旁放着一架红褐色的三角钢琴，只见一名端坐在琴前将手指优雅地摆在黑白琴键上的男子侧脸对着我们。

我们不由得驻足在门前。

黑色窄腿裤配黑色衬衫，外套黑色圆领毛衣，全身包裹在黑色之中的男子——更适合称呼他为"少年"的年轻男子——从钢琴前的椅子上缓缓地站起身来。伸出左手，拿起立在琴边的拐杖，静静地朝我们走来。

"你是这家里的?"名望奈志有些激动地大声质问。

那名男子，那少年一言不发，嘴角泛起一丝浅浅的笑意。

白须贺秀一郎从沙发上站起身，从我们的身边穿过，径直迎到少年身旁，伸手握住差不多到其胸口高度的少年那纤弱的肩膀，让其在一旁的椅子上坐下。

"抱歉，没来得及向大家介绍。"雾越邸主人之前挂在嘴角的微笑现在已经扩展到整张脸上，"这是我的独子，名叫彰。"

彰，今天早上的场医生也提过这个名字，"彰"字让我觉得似曾相识。终于，我想起来了。我们到达这个家的第二天，枪中、深月、彩夏和我四个人在这个家里"探险"时看到过的名字，就在回廊墙壁上挂着的那幅水彩画落款处的签名。当时枪中曾说，那幅画可能是业余画家画的，原来就是这名少年所画。

"独子?"名望问，"的场医生说您的孩子已经在四年前的火灾中去世了啊! 怎么会……"

"哦，她是那么说的吗?"白须贺先生面不改色地轻轻摊开双臂，"一定是的场医生搞错了。"

白须贺彰面容姣好，白皙端庄，甚至可以用"美"来形容。年纪看上去也就十六七岁，但从他沉稳的举手投足和表情来看，也许还要再加上两三岁。他个子很小，体格瘦弱，飘逸的长刘海垂在面前，几乎遮住了整个左半张小脸。从我们这个角度只能看到他的右眼，深邃而乌黑的瞳孔散发着一种略带凉意、有些匪夷所思的成熟目光。

彰的脸上出现了片刻的犹豫，但随即朝杵在门边的枪中开口问："您就是枪中先生吗？"这是我们第一次听到他的声音，果然声如其名，是清亮的男高音。

"是的。"

听到枪中严肃的声音，彰一瞬间有些害怕地缩起身子。但很快，他又重重地甩了甩头、抛开犹豫地告诉大家："楼梯缓步台处的芥子雏人偶之所以会倒，并不是意外，是我故意弄倒的。那是我干的，为了揭露一个真相。"

揭露？究竟是什么意思？那些人偶居然是他弄倒的！

"怎么可能？"枪中瞪大眼睛，反驳道，"那些人偶是被震倒的，我亲自试验确认过。那确实是……"

"不对！"少年直视着枪中，怯懦的表情已经荡然无存，声音听上去也毅然决然，"那是我弄倒的。您难道没有发现哪里有异样吗？"

"异样？"

"人偶雏坛上除了那十个倒下去的人偶之外，还有屏风、贝桶、橱柜、时钟等小道具。相比之下，重心低而不容易倒的人偶全都倒了，那些轻小的道具却没有倒。而且，人偶全都是向后倒的。"

"这……"

"如果真的如你所说是震倒的，那么，倒成那样也太不自然了吧？"

"那……"枪中一时语塞，说不出话来，放低视线，紧握的右拳顶了顶自己的太阳穴，好像在责怪自己太大意。

"原来如此，"过了一会儿，枪中恍然大悟似的嘟哝了一声，接着，他马上举起右臂，用食指指向少年，激动地叫道，"你就是凶手！刚才你说人偶是你弄倒的，所以是你模仿《雨》的第四段歌词布置了凶案现场。这就直接证明了你就是凶手！是你杀了甲斐，对不对？！"

枪中质问的语气越来越激烈，表情也越来越严肃。可是，他不是刚刚说完那段心思缜密、逻辑性强的推理吗？

按照他刚才得出的结论，凶手无疑就是已经死了的甲斐幸比古，为什么现在又如此轻易地推翻自己的推理？

"他就是凶手！"枪中对着我说，似乎希望我也认同，"铃藤，深月被杀时，你不是看到他从深月的房间出来吗？深月和甲斐都是他杀的。凶手就是住在这个家里的第六个人，之前被我排除了的那个可能性，才是整起事件的真相。"

我、站在旁边的名望奈志，还有稍晚些走到门前的忍冬医生和彩夏，看看声音变得粗暴起来的枪中，再看看与之对峙、神情超然的彰，真不知道该如何是好。我之前多次看到过的黑影，从深月的房间出来的黑影，昨晚在大厅里遇到的人，确实就是这个少年，一定是他。可是……

"大家应该明白了吧？赶紧去抓他！"枪中完全丧失刚才的冷静，仿佛中了毒，全身扭曲变形，被逼急了似的大喊大叫。

他看到我们一动不动，无人响应，就自己冲进房间，朝坐在椅子上的少年走去。

就在这时……

"住手！"

只听一声高喊喝住了枪中，我们循声望去，是的场医生，她站在隔壁房间靠近走廊那扇不知何时被打开的门边，居然正用双手架着一把来复枪。

"不许动！枪中，坐到那张椅子上去。"女医生用下巴命令枪中去坐那张摆在房间角落里的扶手椅。"快点！"的场医生再一次厉声催促。

枪中坐在椅子上，缺氧似的喘着粗气，肩膀不停地一上一下。末永穿过我们身边，走进房间，来到枪中身后，从后面紧紧压住了枪中的肩膀。

的场医生端着枪，小心谨慎地靠近枪中，把擦得发亮的黑色枪口对准了枪中的脑袋。

八

杵在门口的我们呆若木鸡地看着这一切。

枪中的脸上毫无血色，表情僵硬。的场医生的手指扣住扳机，沉着地看着枪中。

"难道……"名望奈志颤抖着声音，"难道你们都是一伙的？你们该不会是想联合起来对付我们吧？"

"我们完全没那个意思。"回答的是白须贺彰。

"不过，我还是要向各位致歉，"少年那远离尘世般的俊美面容上突然蒙上了一层阴影，"我一直瞒着大家在暗处行动，即使不巧被各位撞见，也未曾主动表明身份。"

"果然是你。"我有些害怕地开口问，"所以，我好几次在教堂中、楼梯上和温室里看到的人影都是你吗？"

"是的，"少年平静地点点头，"铃藤先生，还有昨天去世的深月小姐，从她房间里跑出来的人也是我。"

"那昨晚戴着能乐面具的也是你吗？"

"是的，把您吓坏了吧？真的很抱歉。"

"为什么要那么做？"

"那时候我自己也乱了方寸，绝没有故意要吓您的意思。"说到这里，彰微微地叹了一口气，"我的房间在三楼。你们也看到了，我的腿脚有些不方便，需要多爬楼梯做运动。鸣濑管家也曾拜托过大家绝对不要去三楼吧？其实是因为我不太擅长见人或与人交谈。"

"可是……"

"我是发现事情不对劲，才去了芦野小姐的房间。昨天，的场医生曾对我说，你们下午两点半会在餐厅碰头开会，等散会后她会到我房间来告诉我开会的结果。"少年看了一下的场医生，的场医生也对我们默默地点了点头，"可是我等到傍晚，的场医生还是没来，我觉得奇怪，就走下楼去，非但没有听到任何说话的声音，甚至感觉完全没有人。于是，我偷偷看了一眼餐厅，发现大家居然都睡着了。"

"所以，你就去了她的房间？"

"是的，因为我很担心。"

"你进房后发现了平台上的尸体？"

"是的，"少年脸上的阴霾变得更为沉重，"所以，我吓得从房间里冲了出来。而就在那时，铃藤先生您过来了。"

"既然如此，何必要那样躲着我呢？"

少年平静地摇摇头说："当时我吓坏了，没想到她会惨遭不测。但其实也并非完全不能预料，所以我非常后悔。我听到铃藤先生声音的一瞬间，一度以为凶手又回来了……"

"昨天半夜，你为什么在教堂里弹琴？"

"为了哀悼她的死，因为她长得太像我死去的母亲了。"

少年低下头来，沉默了一会儿，难过地微微地颤动着纤细的肩膀。

过了好一会儿，他终于抬起头来，脸上已经没有了刚才的阴郁表情："现在，我决定出现在大家面前，是因为希望大家能好好地想清楚一件事。"他看着我们，清澈的双眸看上去似乎已经放下了尘世间所有的感情，说话的声音沉稳且有力，"刚才我说过，是我弄倒了楼梯缓步台上的人偶。我是在鸣濑发现尸体之后去通知大家之前弄倒的。"

"你说你那么做是为了揭露一个真相？"我问。

少年点点头，用眼神给了我一个肯定的回答。

"甲斐先生是遭到杀害后被凶手伪装成自杀的样子，不是真的自杀。我那么做的目的就是为了告诉大家——他是被杀的。"

"你知道凶手是谁？"

"是的。我昨晚大致理清整了事情的真相，也猜到下一个可能被杀害的人会是甲斐先生。"少年稍微缩了缩肩膀，"昨天在大厅里撞见铃藤先生时，我不应该逃走，而应该把事情说清楚。那样的话，也许结果就不同了。"

"难道甲斐不是凶手？"

"也可以说不是。"

"可是，"我有点难以接受，"刚才枪中所说的那些推理，你在这个房间里应该也都听到了吧？他断定甲斐就是凶手的推理中并没有任何破绽啊。如果他的推理不正确，那么，凶手究竟是谁？"

说完，我猛然朝被的场医生用枪抵住头的枪中望去，其他人也好像受到了我的影响，不约而同把视线集中在枪中的身上。

难道是枪中？

"不，不可能！"我使劲地摇头，"枪中不可能杀死榊，那天晚上他一直和我在一起。说什么都不可能推翻他的不在场证明，除非你们认为我也说了假话。"

彰眯起了眼睛回答说："我也认为杀死榊的是甲斐先生。"

"啊？"

"枪中先生刚才的推理，我都听到了。"少年瞥了一眼枪中，枪中正狠狠地瞪着他，好像恨不得咬他一口似的。

"推理非常精彩，我也很佩服。"

"那么你认为哪里不对？"我又问。

彰回答说："关于第一起凶案，借用枪中先生的话来说就是第一幕，他刚才所做的推理，的确很精准，我没有任何异议。不过，从第二幕开始，他说的那些话里有多少是真的呢？"

"啊……"经他这么一说，我才恍然大悟。

且不谈第四幕中的甲斐之死，单说第二幕和第三幕，枪中都只是一口咬定甲斐就是凶手，按照所谓的甲斐的动机做了一点简单的说明而已。至于兰的尸体为什么会被搬到湖面的喷泉之上、深月为什么会以那样的方式被杀，诸如此类的问题，他都没有给出像样的答案。

一段微妙却奏效的沉默之后，白须贺彰对我说："可否按照就您所知的信息，推测一下第三幕中凶手的行动过程？"

"好的，"我顺着他的意思，一半像是说给自己听似的，开始了我的推理，"首先，凶手从忍冬医生的包里偷走了安眠药，偷偷加在咖啡里。下午大家聚在餐厅喝茶时，的场医生问大家要不要再来一杯……对了，那个时候是枪中说想改喝咖啡，于是的场医生就去煮咖啡。当我们喝下凶手事先掺入安眠药的咖啡后，全都睡着了。凶手趁着这个时候把芦野从餐厅搬到她的房间，脱去她的衣服，拆下白色蕾丝窗帘裹在她身上，再用从餐厅橱柜里拿来的水果刀刺死了她。然后把尸体扔到下面的平台上，再把雉鸡标本放在阳台上……"

我越说越觉得那些早已深深地沉入心底的悲哀、愤怒和自责一下子又百味杂陈般地涌上心头。我觉得心口一阵刺痛，声音不由自主地颤抖起来。

少年用平静的眼神看着我："您能想象实施了这整个犯罪过程的凶手的模样吗？"

"凶手的模样？那……"

"那不可能是女人。"彩夏突然插嘴说，"把深月搬到房间、脱掉她的衣服、再把她丢到平台上……要是我的话，一定会手忙脚乱，弄得鸡飞蛋打。虽然枪中刚才说什么男女平等，可我认为女人绝对做不到。"

彰那淡色的嘴唇上泛着浅浅的笑意："没错，凶手是男人，还是这种推测比较靠谱。还有人要补充吗？"

"既然彩夏都那么说了，那么我也要在此郑重声明，"这次换名望奈志发表意见，"虽然枪中不相信我的话，可是我怎么可能用刀杀人？我一看到刀，吓都吓死了。"

"没有其他想法了吗？铃藤先生，您还有没有想到什么？"

"凶手是……"我在依然混乱不堪的脑海中搜寻答案，"凶手是有机会偷出安眠药的人。可我们每个人都有机会潜入忍冬医生的房间，从他的包里找出那些安眠药。"

说到这里，我突然意识到一个问题，赶紧闭上了嘴。

看到我欲言又止，彰那对乌黑的眸子里射出一道犀利的目光："您是不是想到了什么？"

"我在想，"我有点激动说，"甲斐也许根本不知道安眠药长什么样子、是什么颜色、有什么样的包装。"

"为什么这么说？"名望奈志问。

"我的意思是，忍冬医生的包里杂乱地放着各种药，如果不是熟悉包装或标记的人或是拥有这方面知识的人，很难准确地找到自己想要的药。所以，凶手一定知道药的形状、颜色、包装的种类和大小等等，并且凭借这些信息偷出了安眠药。"

"啊，所以……"

"第二天晚上，希美崎说她睡不着，忍冬医生说要去拿药时，她跟着忍冬医生一起去了房间。所以，那时候谁都没机会看到医生包里那些药的形状。可是，第二天，也就是前天晚上，我和乃本，哦，不对，是矢本，一起向医生要同样的药时，医生就把包拿到会客室来了。对吧，医生？"

"嗯，"忍冬医生摸着秃了的前额说，"好像是的。"

"除了需要吃药的我俩之外，当时在会客室里的人也都看到了药的形状和颜色，但那个时候……"

"原来如此！"名望奈志"啪"地拍了一下手，"我记得！铃藤先生，那时候我和甲斐正好起身去洗手间，与拿着包的忍冬医生擦身而过。"

"对，我们拿药时，你们并不在场。而那一次之后，忍冬医生再也没有在我们面前打开过包或拿出过安眠药。所以，甲斐和你完全没机会看到安眠药的样子。"

"原来如此。我还以为医生的包里一定是整整齐齐的，装安眠药的袋子上也一定会注明是安眠药，所以从没往这方面想过。"

"甲斐没办法确定哪个是安眠药后再把药偷出来。所以，他不可能是杀死芦野的凶手。"我朝少年望去，他似乎对我俩刚才的对话很满意。

我继续说道："可是第一幕，杀死榊的凶手是甲斐吧?"

"只可能是他。"彰毫不犹豫地回答，"我见过榊先生的尸体以及现场的状况，也大概知道各位说过什么，做过什么。所以比较有把握。"

我看了看举着枪的的场医生。

案发后，她突然亲近我们，就是为了这个目的。我猜她现在依然是彰的家庭教师。为了把与案情相关的详细情报告诉彰，她才混入我们之中，为我们做这做那的，一定是这样。

我把视线转回到少年身上，开始在记忆中仔细确认。那个时候，前天晚上我和深月在大厅谈话的时候，在那之前，在教堂里被我发现而躲起来的彰，如果之后一直躲在大厅门外偷听了我们的对话，那么，那个时候他就已经知道还有"另一个人"与八月的案件有关。

"那么，彰少爷，"我问他，"你为什么说深月绝对不可能是被甲斐杀的呢？"

"刚才枪中先生说了很多关于如何消除'暴风雪山庄'不利因素的方法。大致上来说，可以分为两种，一种是一开始就不进入将会越收越紧的嫌疑网中，另一种是'从网中逃出'。而且他也说过，所谓'从网中逃出'就是要加入'不可能是凶手'的集团。"彰看了枪中一眼，继续说，"我想还可以再加上第三种方法，那就是原来不是凶手的人，当所有人都坚信他绝不可能是凶手之后，趁机实施新的杀人。"

"原本不是凶手的人……"我鹦鹉学舌般重复着少年的话，突然，我想到了一个词，"你是说'搭便车杀人'？"

"对，没错。"

"的确，只要案件是在同一个主题下连续发生的，大家自然会认为凶手是同一个人。"

"是的，只要沿用北原白秋的《雨》这个主题，大家就会认为之后的凶案也是由最初的凶手所为。也就是说，'第二个凶手'把自己的罪行嫁祸给'第一个凶手'。"

"可是，彰少爷……"

"怎么了？"

"这个凶手，也就是'第二个凶手'也有可能弄巧成拙，反而背负上'第一个凶手'的罪名啊。"

"如果做得不够巧妙，当然有可能。所以，最重要的就是'让大家坚信他绝对不可能是凶手'。"

"啊，原来如此。"

"举个例子来说，只要在第一起案件以及接下来的案件中制造出完美的不在场证明就行了。当'第二个凶手'想要'搭便车杀人'时，如果知道前一个凶手是谁，就可以有的放矢地伪造案发现场，将罪名推给他人。"

"他还可以杀死'第一个凶手'灭口，再伪装成自杀的样子。"名望奈志插嘴说，我俩面面相觑了几秒，接着，像被什么吸住了似的，几乎同时把视线牢牢地锁定了枪中。

刚才还狠狠地瞪着少年的枪中现在已经判若两人，他微微低着头，把嘴唇抿成一条线。难道彰所说的计划"搭便车杀人"的"第二个凶手"就是枪中？我所有的疑惑全都直指枪中。可是，怀疑归怀疑，依然很难相信，更不愿去相信。

彰所说的毕竟只是一种可能性，只因为枪中在第一幕中榊被杀时有充分的不在场证明，仅此而已。这样的判断未免太过轻率，如果理由只是第一幕中的不在场证明，那么，我铃藤也和枪中处于相同的情形之中。

九

"杀死榊的是甲斐，最后被伪装成自杀，结果被杀的也是甲斐。"名望奈志挠了挠尖尖的下巴，"杀死深月的并不是甲斐，只是莫名背上了'第二个凶手'的罪名，最后还落了个惨死的结局。"

"那么，彰少爷，"我不由得想到一个新的疑点，接着问他，"第二幕呢？你认为是谁杀了希美崎？是甲斐？还是'第二个凶手'干的？"

"这个啊，"少年用左手拄着的拐杖，轻轻敲了一下地板，"那么，现在我们就来回忆一下第二幕。这一次就请名望奈志先生说吧，您都还记得吗？"

少年的语气和他父亲有几分相似，稳健且威严，听起来与他那俊美的容貌和声音非常不一致，却又不可思议地似乎很匹配。

"当然记得，"名望似乎从没那么紧张过，"第二幕的舞台是在湖上那个……"

"那叫海龙喷泉。"

"对，我们在海龙喷泉那里找到了被勒死的兰的尸体。虽然无法推定出死亡时间，但是深月说她曾在半夜两点左右看到长廊上的灯亮着。凶器是原本放在储物间里的尼龙绳。凶手还模仿《雨》的第二段歌词，用这个家里的便笺纸折成纸鹤，夹在尸体下面。"

"您不觉得尸体周围的情况有什么奇怪的地方吗？"

"啊？"名望略微歪了一下脑袋，接着又抽了抽鼻子，"确实有，"他抱起双臂，"我后来也觉得很奇怪，因为当时的情形与第二段歌词有所不同。《雨》的第二段歌词明明唱的是'就算不乐意，还是待家吧'，凶手为什么要把兰的尸体搬到'家外'的喷泉上呢？"

对，这个问题也困扰了我很久。为什么凶手要做出和《雨》的歌词相矛盾的事呢？是什么原因让他非这么做不可？

"在第一幕中，凶手模仿童谣布置现场的工作完成得非常彻底。"名望奈志见少年深深地点着头，好像在催他继续说下去，于是就像连珠炮似的说得更起劲了，"可是到了第二幕，那活儿做得不但粗糙，甚至完全与歌词内容相反。凶手为什么要大费周折地把尸体搬到湖面的喷泉上呢？虽然未必需要很大的力气，但至少是件很麻烦的事。而且，即使是在半夜，从二楼窗户也看得到那个喷泉，万一有人走出阳台看到凶手，那就功亏一篑了。当然啦，也许是那个凶手很有把握，认为在这么冷的天里不会有人走出阳台。但不管怎么说，把尸体搬到那里还是相当麻烦也相当危险的。

"我实在不懂他为什么非这么做不可，如果是为了混淆死亡时刻，不必那么辛苦地搬那么远，只要搬到平台上就行了。"

"您说得没错。"彰静静地微笑着，又问其他人，"关于第二幕，还有人觉得有奇怪的地方吗？"

名望奈志双手抱臂，严肃地锁眉沉思。

我也想到好几个疑点，这次换我有话要说："昨天早上我在图书室里看到一本书，是《日本诗歌选集》中的一本。我注意到那本书上下颠倒地放在书架上，感觉和前天掉落在案发现场的白秋的书一样，破损严重。

"另外还有两三件事可能与事件无关，但一直纠结在我的心头。我猜的场医生应该也向你报告过，就是温室里那只名叫'梅西安'的小鸟虚弱而死。还有，厨房橱柜里的银勺变弯了。"

"那本破损的书叫什么？"少年的声音突然变得有些尖锐。

"是西条八十的书。"我一边回答，一边回想当时发现那本书后我与枪中的对话，"我想那本书恐怕是和第一幕中白秋的书一样被拿来当作凶器了。我实在想不通，凶手为什么要特地把那本书放回图书室？当时枪中说，大概是因为那本书与《雨》的歌词不符，而凶手又找不到其他可以用来做凶器的白秋的书，所以不得已用了那本书。"

"您自己怎么看？铃藤先生。"

"这个啊，"我有些踌躇，"很难说，不过当时我并不是很同意枪中的说法。"

"嗯，我赞成您的想法。"彰看着我的眼神有点冷峻，"难道您还没发现吗？"

"发现什么？"

"西条八十的书、变虚弱的小鸟、变弯的银勺……您自己所说的这一系列的事实不会让您联想到什么吗？"

"西条八十的书、变虚弱的小鸟、变弯的银勺……"我喃喃自语，反复回味着这些话，脑中突然闪过一个答案，不禁"啊"地叫出声来。听到我的叫声，少年露出淡淡的微笑，点了点头。

"'梅西安'是金丝雀，变弯的是银勺……"

"所以，您想通了？"

彰的这句话就像是一句暗号似的，话音刚落，白须贺秀一郎就适时地从居家服的口袋里掏出一本书交给儿子。彰右手拿着这本书，静静地从椅子上站起来，缓缓地走向我，把书递给我说："您请看。"

少年递给我的正是西条八十的诗集，也就是昨天我在图书室里看到的那一本。

"请看一下夹着书签的那一页。"

我照着少年所说，打开了书：

金丝雀

忘记歌唱的金丝雀，
扔了吧，扔到后面深山里。
不行，不行，可不行。

忘记歌唱的金丝雀，
埋了吧，埋在后院草丛中。
不行，不行，可不行。

忘记歌唱的金丝雀
抽她吧，扬起柳鞭狠狠抽。
不行，不行，太可怜。

忘记歌唱的金丝雀，
让她坐上象牙船，
摇起银色手中桨
月夜海上漂又漂，

遗忘的歌声响起来。

<h1 style="text-align:center">十</h1>

"'象牙船'和'银船桨'……果然如此。"

我摊开那一页，把书交给名望奈志，又把视线拉回到少年身上。少年已经从我面前离开，坐回原来的椅子上。

"所以第二幕中凶手模仿的不是白秋的《雨》，而是八十的《金丝雀》。"

"我也是这么想的。"

"等一下，"彩夏本来要看名望手中拿着的那本书，却突然停下，有些气恼地说，"铃藤先生，你到底是什么意思啊?"

"你知道《金丝雀》这首歌吧?"说完，我哼唱起那首著名童谣中的一小段：

> 忘记歌唱的金丝雀，
>
> 让她坐上象牙船，
>
> 摇起银色手中桨
>
> 月夜海上漂又漂，
>
> 遗忘的歌声响起来。

"嗯，"彩夏愣愣地点点头，"是彰少爷刚才弹的那首曲子。"

"没错。"

"可是……"

"希美崎的陈尸地点是海龙喷泉，湖面上的那个白色平台，就是诗中所说的浮在海面上的'象牙船'。变弯的银勺可能是凶手为了暗示'银色船桨'而特意从厨房偷出来的。温室里那只变得虚弱的'梅西安'，也是同样的道理，也许凶手曾经连笼子一起将它带到喷泉那里和尸体放在一起过，所以那只鸟才会突然变得非常虚弱，甚至在今天早上死了。西条八十的那本诗集则和第一幕一样，是凶器之一。"

"原来如此！"忍冬医生在我身后大叫。

"可是，"名望奈志一边把八十的诗集递给老医生一边问，"但为什么结果会变成《雨》的第二段歌词呢？"

"因为，"我想了又想，回答他，"可能是凶手中途改变了主意，或是发生了不得已的情况，使他不得不改变计划。"

"不对，"白须贺彰直接否定了我的说法，"大家应该都知道这个家里的八音盒里有《雨》这首歌吧？"

"嗯，当然。"

"刚才枪中先生在推理中曾经提到，第一幕的犯人，也就是甲斐先生，是在听到八音盒的音乐后受到启发，于是选择白秋的

《雨》作为伪造案发现场的主题，从而为自己制造不在场证明。我觉得这种推理是正确的。不过，"少年朝放在窗边的钢琴看了一眼，继续说，"那个八音盒的音乐，有没有人听到最后？"

"最后？"我吃惊地问，"什么意思？"

白须贺顺着儿子的视线，走到钢琴前。我这才发现，钢琴上放着一个似曾相识的螺钿花纹的盒子。

"我把原来放在二楼的那个八音盒拿过来了。"少年说。

白须贺秀一郎伸手拿起盒子，打开盖子，与此同时，八音盒里传出了《雨》的旋律。

我咽了一下口水，欣赏着这玲珑悦耳的曲调。第一段结束了，第二段、第三段……第五段，反复部分的旋律结束后，出现了几秒钟的空白，接着，八音盒里又想起一段旋律……

"这是？"我愕然地看着少年的脸。

这一次响起的旋律不再是《雨》，而是《金丝雀》。

"夫人生前经常把这首曲子当作摇篮曲唱给少爷听。"我想起今天早上的场医生看到放在大厅壁炉上的八音盒时说过的话。

"原来如此。"我喃喃自语。

当时的场医生还说："彰少爷小时候……因此收录了……"

"收录。"她当时说的是这个词吧。如果八音盒里只有《雨》一首歌，她绝不会用这个词，正因为除了《雨》以外还有别的曲子，所以她才用了"收录"这个词。

"犯人是趁大家都不在的时候，完整地听完了八音盒里的所有曲子，所以……"

少年点头的同时，白须贺秀一郎关上了八音盒的盖子。《金丝雀》的旋律带着的一丝余音也随之渐渐停止。

我们第一次听到这个八音盒是在到达这个家的第一个晚上，忍冬医生打开会客室壁炉上那个小盒子盖子的时候，当时刚放完第一段旋律，鸣濑就突然出现了，还告诫大家"这里可不是酒店"。于是忍冬医生匆忙地合上盖子，旋律也就此中断。

第二次听到是在前天晚上，发现榊的尸体的那天晚上。那一次是枪中打开了盖子，当时大家都已经知道凶手是以《雨》为主题进行杀人的，所以每个人倾听音乐时的表情都非常复杂。八音盒重复到第三段时，节奏变得越来越慢，没过多久就停了。原来是发条转到底了。

所以，我们都以为八音盒里只有白秋的《雨》这一首曲子。除了策划"《金丝雀》童谣杀人案"的第二幕凶手之外，没有人知道《雨》的后面还有另一首八十的《金丝雀》。

今天早上，彩夏打开了大厅壁炉上的八音盒，在《雨》的旋律结束后还没来得及演奏下一首曲子时，我们就听到了枪中从楼梯缓步台发出来的响声，把彩夏吓得合上了盖子，所以还是没能发现之后的曲子不是《雨》而是《金丝雀》。

"摆在那间大厅里的八音盒和这个一样，是今天早上我拜托的场医生放在那儿的。"彰说，"我本来希望大家可以注意到这个八音盒里的曲子。"

"这到底是怎么一回事？"名望奈志重重地挠着头，"第一幕的凶手是甲斐，第三幕的凶手不是甲斐，而是'第二个凶手'。第一幕和第三幕都是模仿《雨》的童谣杀人，而第二幕是模仿《金丝雀》的童谣杀人，也就说……"

"我觉得是这样的，"我接下去说，"第二幕的凶手模仿《金丝雀》的歌词杀死了希美崎，但是有另一个人发现了这个事实，是这'另一个人'出于某种理由，把它改成了《雨》的第二段。"

"我同意。"彰说。

"原来如此！"名望奈志吹了一声暗哑的口哨，继续分析，"那么，杀死兰的还是甲斐。从刚才枪中所说的动机来看，他不可能杀死榊却留下兰。"名望奈志用中指压了压下垂的眼角皱纹，转着圈又揉又搓，好像要把皱纹捋平一样，继续说，"让我再重新梳理一次吧。首先，因为八月的那起案件，甲斐下定决心要杀死榊和兰，并制定了计划。为了利用室外的低温来推迟死亡的推定时间，从而确保自己的不在场证明，他模仿《雨》的歌词进行了童谣杀人。所以在第一阶段，他成功地'从网中逃出'，并伺机进行下一次作案。

"前天晚上，甲斐又顺利地杀死了兰。这一次，为了对第一幕中的诡计进一步施加伪装，他实施了第二次童谣杀人，这一次模仿的是《金丝雀》。也就是说，甲斐在脑海中所构想的，并不是以《雨》为主题的连环杀人案，而是以'八音盒旋律'为主题的童谣杀人案。仔细想来，这也算是理所当然，因为第一幕中模仿《雨》的童谣杀人隐藏着能左右他命运的机关。所以，与其让大家一直把注意力放在《雨》上，还不如利用其他的歌曲，分散大家的注意力，这样才对他更有利。

"另一方面，还有一个与甲斐的计划无关的'第二个凶手'的存在，这个家伙想在第一幕的凶案之后实施'搭便车杀人'。也就是说，他杀死了深月并把罪名嫁祸给甲斐。这'第二个凶手'通过对第一起凶案的分析看破了甲斐的伎俩与动机，并确信甲斐下一次一定会杀害兰。虽然不知道他是在什么时候确信的，总之当他确信之后，他以为甲斐一定会模仿《雨》的第二段去杀死兰。所以，他计划好了'搭便车'，在杀死深月时，利用那个雉鸡标本将现场布置成《雨》的第三段。谁知甲斐却出乎他意料之外地采用了《金丝雀》。"

名望越说越来劲，继续追溯案件的始末："于是，这'第二个凶手'，最晚应该在前天晚上就发现甲斐是凶手了，所以他一直在注意着甲斐的行动，于是也就知道了甲斐在半夜两点左右曾约兰到长廊那里。

"就在那时，发生了一件奇妙的事情。如同'第二个凶手'所料，甲斐真的杀死了兰。但他没想到甲斐居然把尸体搬出屋外，而且还搬到了有喷泉的那个小岛上去。他也许是在跟踪两人时看到的，也许是站在阳台上看到的，总之，他发现甲斐的这种举动后一定非常惊慌，心想明明应该是模仿《雨》的第二段，为什么要把尸体搬到屋外去？他确定甲斐已经完成所有事回房之后，就偷偷地跑去查看尸体。他这才发现现场的布置不是模仿《雨》，而是模仿《金丝雀》。

"于是，这'第二个凶手'也不知是怎么想的，决定改变那样的布置。他把与尸体放在一起的金丝雀放回了温室，又把西条八十的诗集放回了图书室。至于那只银勺，不知道是甲斐还是'第二个凶手'弄弯的，有可能是不小心踩到或是其他原因弄弯的，但'第二个凶手'又把它掰回原形，放回厨房的橱柜里。然后，'第二个凶手'再模仿《雨》的第二段歌词，折了纸鹤夹在尸体腹部下方。如果可能的话，他当然想把尸体搬回屋内，但当时他可能已经没有余力，而且也觉得那么做太麻烦了。"

听到名望奈志说到这里，我突然想起一件之前没怎么在意现在想来却发现至关重要的事，不由得叫了一声，把名望奈志吓得闭上了嘴。

"铃藤先生，您怎么了？"彰问我。

"我想起昨天早上发现希美崎尸体的时候，"我把手贴在额头上，脑子里慎重地确认着我刚才想到的那件事，然后才接着说，"我们被芦野的惊叫声吵醒后立刻赶到平台。当时，枪中是在睡衣外面披了一件外套，我和他还有名望三个人一起把尸体抬到地下室后，各自回到二楼房间去换掉身上的湿衣服。三个人换好衣服后，就一起去了楼下的正餐室。"

我继续按照时间顺序讲述之后发生的事。

在正餐室用过早餐后，我想确认便笺纸的事，于是先回到二楼，一个人进了图书室。就在这时，我发现书架上有一本破损的西条八十诗集。后来听到大家从走廊上走过来的声音，我就从图书室走到隔壁会客室，把书的事告诉了刚进门的的场医生。那时候，枪中在一旁听完我和的场医生的对话之后，是这么对我说的：

"铃藤，那本书应该也是凶手用过的凶器吧？兰的后脑勺不是也和榊一样有被重物击打过的伤痕吗？那是同一种作案手法。"

"你也这么想？"

"是不是书角处有凹陷？"

"嗯，而且有点湿，还有点脏。"

"那就对了。"

"但是榊被杀的时候，书是被丢弃在案发现场的，为什么凶手这一次特意把书放回了图书室呢？"

"嗯，这个啊，我估计，"枪中伸出右手，摸了摸他那厢斗下巴上长着的稀稀拉拉的胡茬，"有可能是因为西条八十的书与模仿《雨》的杀人方案不匹配吧。"

事实上，在那之前，我只告诉的场医生"图书室里有一本书破损了"，却一个字都没提过"那本书是西条八十的诗集"，然而，枪中却直接说出那是"西条八十的书"。

他什么时候知道那本书是西条八十的诗集？

"昨天早上他根本没时间去图书室，不可能知道那本书的事。"这个矛盾的唯一解答已经非常明显。我硬生生地吞了一口黏稠的口水，用难以名状的心情继续说，"这本书是在前一天晚上，被第二幕的凶手甲斐拿去当凶器并作为模仿《金丝雀》的内容实施童谣杀人时的道具。书上的破损当然是殴打头部以及被雪弄湿时所造成的。后来，'第二个凶手'又从海龙喷泉拿走这本书，放回图书室。据我推测，时间应该比半夜两点再晚一个小时以上。那时候大家都已经睡着，所以，直到我发现那本书之前，除了把书放回图书室的'第二个凶手'之外，应该没有人看过那本书。"

这其实是非常简单的逻辑，我停顿片刻，百感交集地叹口气后，开始陈述我的结论："本该只有凶手才知道的事，枪中却知道。所以，枪中才是凶手。"

十一

大家的视线齐刷刷地射向枪中。

枪中的双肩被末永用结实的双手牢牢按住，他眉头紧锁，用力闭着眼睛。从刚才开始，枪中的姿势就一直没变。的场医生可能判断他不会再抵抗，于是放下原本对准他头部的枪。

这时候，名望奈志突然大笑起来，大家都诧异地盯着他看。

"枪中是凶手！原来如此啊，简直太讽刺了！"

"名望……"我正要开口，名望却打断我，"难道不是吗？你们想想，这'第二个凶手'为什么不直接放弃他自以为是的《雨》而非要破坏模仿《金丝雀》的现场布置呢？铃藤老师，你觉得呢？"

"我不知道。"

"这'第二个凶手'大可不必那么费劲地变更杀人的主题，因为他自己根本还没有展开任何行动，只要把自己的计划也改成'八音盒童谣连环杀人'的模式不就行了嘛，他为什么不这么做?"名望摊开长长的双臂,"他当然不会这么做啦,因为'第二个凶手'是枪中,他当然不会愿意模仿《金丝雀》的杀人计划'。理由很简单,你们只要把'金丝雀'倒过来念就会恍然大悟。"

"啊!"

"金丝雀(kanariya),枪中(yarinaka),真的太讽刺了!"名望皮包骨头般的脸上抽搐着,一副哭笑不得的表情。他朝紧闭双眼的枪中走近了一步,"喂,枪中,来到这个家之后,你发现这个家里的各个地方都有我们的名字,唯独找不到你的名字,你当时还不乐意呢。的场医生说下面的收藏室里有'枪',也没能让你释怀,原来你的名字在温室里的金丝雀身上和八音盒里的那首《金丝雀》的歌曲中,还是倒过来的。"

我猜,枪中发现第一幕的真相应该是在前天晚上大家散会后我去他房间讨论案件的时候,或是在那之后。

最初的线索,或许就是被他自己视为"知道凶手名字的最佳捷径"即正确解读这栋雾越邸的"动作"这件事吧?而且事实上也确实如此。当他想到温室里的龟裂是代表"甲斐"时,他的大脑里就应该已经看透了动机、伪装……和事件的全部,于是,他就产生了"搭便车杀人"的歹念。

或者是我昨天晚上为了做排除法而制作一览表时发现的"那

个奇妙的巧合"对他的思考产生了某种程度的影响？因为前一晚他盯着一览表看时也发现了那个奇妙的巧合……

"如同温室天花板的龟裂预言了当晚即将杀人的甲斐的名字一样，第二幕中甲斐所策划的模仿《金丝雀》的童谣杀人也预言了计划在此后杀死深月的枪中的名字。枪中本来就对这个家不可思议的力量心存芥蒂，所以，对此事深信不疑的他怎么可能让自己的名字那么明显地出现在杀人现场却置之不顾呢？我说得对吧，枪中？"

枪中没有回答，双手握拳，放在膝盖上，眼睛依然紧闭着。我的心情很沉重，不想再看到那样的他，于是将视线从他身上移开，回想起记忆中的几个画面。

昨天下午，的场医生说觉得有件事情很奇怪之后把"梅西安"的情况转述给我们听时，枪中当时的反应是摸了摸鼻子，并立即断定"与案件无关"。而晚上的场医生提起银勺弯曲的事之后，他也是同样的反应。他特意表现出漠不关心的样子，并当场否定了那两件事情与案件的关系。其实，当他听的场医生提起这两件事时，心里一定非常忐忑。

我还想起另一件事。

当我们发现兰的尸体并知道尸体身下有一只纸鹤时，甲斐当时的反应是非常狼狈地问还有没有其他东西，而且他看着纸鹤时

547

的表情显得错愕又茫然。

这也难怪，自己原本留下来的东西都不见了，取而代之的是模仿《雨》的布置。当时的他一定非常苦恼，也非常不安。

那之后，在讨论案情的会议上，甲斐突然喃喃地冒出过一声"不对"，这句话的意思放在现在就很容易理解了。除了变更模仿的主题之外，前天夜里因为害怕电话恢复通话而弄坏了放在后门楼梯间电话机的人恐怕也不是甲斐，而是枪中。那些明明没做过的事情，都被说得好像都是他一个人做的，所以，当时甲斐才会脱口而出地说了那句话。

深月的被杀也加剧了甲斐的恐惧。他的不安加速膨胀，同时还惧怕着那个身份不明的黑影，结果终因受不了这样的折磨而冲进了暴风雪中。

而今天，枪中听到楼梯缓步台上的芥子雏人偶倒了的时候，那个表情与反应和昨天的甲斐非常相似。这是理所当然的，因为枪中也面临了与甲斐相同的状况。那些芥子雏是白须贺彰带着"揭露"的目的故意弄倒的，对枪中而言，是记忆中根本没有的部分。

昨天晚上，我和甲斐在大厅遇到彰之后，枪中一定以某种借口把甲斐骗出了房间。比如，他对本来就很害怕的甲斐说："我知道你就是凶手。"然后以答应替他保守秘密为条件将他骗出房间，带到了楼梯缓步台上。接着，在黑暗中，枪中趁甲斐不注意，把事先绑在栏杆上的绳环套在甲斐的脖子上，再以迅雷不及掩耳的速度把他推下去，不让他有丝毫抵抗的机会。也许甲斐掉下去的时候真的撞到过下面的柱子，以至于平台上的地板也跟着产生了剧烈的震动。为了让甲斐看上去是自杀的，枪中甚至故意在行凶后打开了回廊里的灯。

但是，今天早上一到现场，他却听说人偶雏坛上的芥子雏人偶全倒了。枪中一定非常吃惊，不知所措，所以，他马上跑上去查看人偶的状况。结果，为了解释这个难以理解的现象，他提出一种说辞，说人偶是因为甲斐上吊自杀时产生的震动被震倒的。

十二

一时之间，大家都各自陷入了沉思，以至于没人注意到枪中的举动。

"啊！"突然，的场医生的惨叫声响彻了整间屋子。当我们吃惊地把目光转向的场医生时，枪中已经挣脱末永的手，抢走了女医生手中的枪。

"这个家的力量真是够厉害啊。不过，也许一切只怪我自己太相信这种事。哼，没错，的确很讽刺，怎么样，名奈志，现在这也是一种讽刺的延续吧？"枪中用干哑的声音说完这番话，立刻背对墙壁，把枪对准了名望奈志。

"哎哎哎，枪中，别开玩笑。"名望条件反射地把双手举到头上，慢慢地一步一步往后退。

枪中用鼻子轻轻哼笑几声，又把枪口转向坐在椅子上的白须贺彰。

"白须贺先生，"枪中对站在儿子身旁的雾越邸主人说，"你也真是的，身边明明有这么优秀的人才，居然还故意要我去做我根本不习惯的侦探差事。"

白须贺秀一郎绷起了脸，做出保护儿子的架势，把手搭在儿子的肩膀上。

"喂，名侦探，"枪中转向彰，"我得向你脱帽致敬啊。看来是我输了，论啰唆的话。"

少年并没有露出丝毫畏缩，冷冷地看着枪中。

"怎么样，要不你顺便说说那'第二个凶手'的动机吧？"

"只有一些我想象出来的内容。只要你愿意听，我就愿意说。"少年的声音听起来非常镇定，"毕竟动机这种东西，只能通过凶手说过的只字片语来进行推测。"

"可以啊，我倒想听听你到底有何高见。"

"比如我们可以从这'第二个凶手'身为导演的角度来进行推理。他曾说过他很向往成为某种独裁者，想完全统治'世界'

即他自己所执导的舞台，演员只是他的棋子而已。

"所以，可能我这么说有点武断，但我认为他所犯下的第三幕罪行，对他而言是某种创造性的行为，在他的意识最深处，统治世界就是导演的理想舞台。"

"呵，有点道理。"

"他的朋友也说过，他对'活着的东西'好像没什么兴趣。'死'的概念比'生'对他而言更具魅力。他就是这么一个感性的人。"

"是铃藤说的吧？记性还不错嘛。"说完，枪中转向的场医生，后者一直杵在枪中刚才被迫坐下的椅子旁边。

枪中对她说："的场医生，你真是个杰出的间谍啊。"

女医生一脸苍白地盯着枪，不甘心地咬着嘴唇。

"你漏了很重要的一点，不过，那也没办法。不过大致上就是那样，姑且算你答对了吧。"枪中扬起一边的嘴角，露出扭曲的微笑，对微微眯起眼睛的彰说，"在榊被杀之前……不，是在确定甲斐就是凶手的那天晚上之前，我一直都不明白，为什么当我看着深月时，偶尔会产生焦躁的情感。她算是我堂哥的女儿，大部分的时候，我都非常爱她的美和支撑她这种美的内心，甚至可以说对她有一种敬意。

"可是，有时候我也会有压抑不住的烦躁。每当我看到她在日常生活中吃东西、洗衣服、挤电车到排练场来，我就会对她产生几近愤怒的情感。你知道这是为什么吗？"

"我不知道。"

"你不知道？也难怪。即使她长得再像你的母亲，你也不可能知道。"枪中的嘴角扬得更高，"因为我觉得她——深月不该做那些事。现在回想起来，我之前故意不自问焦躁之后还能做什么，可能是因为我无意识地压抑着自己，不让那种念头冒出来。

"前天晚上，我发现了温室里那道龟裂的含义并推理出甲斐就是凶手的时候，其实我是先意识到曾经在我心底的那种念头越发汹涌，然后才想到也许可以利用现状实施'搭便车杀人'。我弄清楚了自己的强烈欲求之后得出一个结论：深月应该立刻切除'生'的部分，应该在这个家里成为一具美丽的尸体。"

说着说着，枪中嘴角那种扭曲的笑容消失了，取而代之的是一种狰狞的表情。他的眼睛在金边眼镜后闪着光，语气中充满了疯狂。

"另一方面，雾越邸这栋建筑物，对我而言有着难以言表的魅力。这个家的空间里充满了混沌与协调，有一种像走钢丝般的平衡感，不受任何事物的迷惑或污染，是一个非常美丽的空间，就像时间洪流中的一座堡垒。

"在这个家里，我先是瞥见了我一直在寻找的'风景'的一小部分，继而扩大至足以容下芦野深月这名女子之死。

"你知道吗？彰少爷，即使昨天我不杀死深月，她也注定会在这几年内香消玉殒。她就是那样的身体。她原本已经很平静地接受了事实并决意放弃自己的未来。所以她才会那么与众不同，那么美。但也正是因此，那些活在这个腐臭的现实世界中的人身上所背负的无处可逃的庸俗才让我觉得忍无可忍。

"深月不应该被那种庸俗所束缚，她应该是完全自由的。与其做人，她更应该去做人偶。她不该食人间烟火，也不该享鱼水之欢。她不该变老变丑，也不该有青涩的童年。她必须超越过去与未来。只有这样，她的美才是完满的。"

"不，"我不由得叫出声来，"这种想法只是你的……"

"只是我的一厢情愿？"枪中转向我，"铃藤，我很抱歉让你那么难过。可是，我也是由衷地爱着她的，只是我爱她的方式和你不一样。"

"荒唐！你既然爱她，又为什么要那么做！"

"我说过，我爱她的方式和你不一样。你一定会说活着才是美，有生命、会说会笑会动才是美。但我认为你那种想法才叫荒唐！都是蠢话。"枪中用下巴示意放在房间角落里的彩绘大花瓶，"你们看看那个仁清花瓶，如果那个花瓶和插在里面的枫叶一样是有生命的东西，它能保存到现在吗？恐怕早已变成干巴巴、脏兮兮的泥土了吧！我这么说，或许你们会提出反驳，说什么比如玫瑰在凋零前的最后一秒仍在努力盛开，所以才美丽之类的。铃藤，你是不是就是这么想的？"

枪中皱了皱鼻子，不以为然地说："其实你们都错了，玫瑰之所以美丽，是因为它注定很快会凋零。玫瑰从绽放的那一刻起就已经开始凋零。就像我们所有人，从出生的那一秒起就已经开始走向死亡。全世界都一样，无论是国家、社会还是全人类，甚至连地球这颗星球，乃至整个宇宙，全都无一例外。

"同样地，正因为玫瑰注定会凋零，所以我们必须在它最美丽的一瞬间将它摘下，这样才会有意义。如果只是远远地看着它逐渐枯萎，有谁会觉得美？到最后，只能看着衰败的花瓣，叹息曾经的美丽。

"你们那种想法才是对美的蔑视，真正的美绝不能衰败。如果美的事物本身没有防止腐坏的能力，我们就应该推动一下。"

枪中不给大家反驳的机会，看向雾越邸的主人："白须贺先生，"他接着说，"当你发现这么棒的房子开始朽坏时，你一定会想尽一切办法去补救吧？例如重新粉刷墙壁，重新铺上碎石子，等等……不是吗？"

没等白须贺回答，枪中又转向我："万事都一样。我们必须想尽一切办法守住那份美，特别是生物，背负着急速转变的命运，我们该如何对待？前天晚上，我终于领悟到了。"枪中一副胜利者的模样，"就是亲手摘下她！除此以外，别无他法。"

"摘下她……"我黯然神伤地重复着他的话。

"没错，铃藤，就是那样。花会褪色，那是花的责任；虽然摘下之后还是会褪色，但那时候的责任就不在花，而在摘下她的人身上。既然无论如何都无法阻止花的褪色，那就应该趁她褪色、变丑之前，在她最美的一瞬间将她摘下，承担起所有的责任。这才是最好的办法，也是对美来说最具献身精神的、爱的方式。"

"那只是……"我强忍住铅块在肺部膨胀般的钝痛之感，咬着牙说，"那只是你想要掌控美的一己私欲。"

"掌控？也可以这么说。"

"枪中，难道……"我忍不住把刚才想到的那件事提出来问他，"你之所以会按照自己的想法在这个家里行凶，是否与那一晚你察觉到的那件事有关？"

"那件事是指？"

"名字的事。"我难过地低声说，"前天晚上，你给我看过你为了研究整个案情而做的不在场证明及动机一览表，你是不是在那张列着我们名字的一览表中发现了那个奇妙的巧合？"

"呵，你也注意到了啊？"枪中低声清了清喉咙，"没错，你说对了，铃藤。"

"你在说什么啊，铃藤先生？"白须贺彰问我，眼睛依然直视着对准自己的黑色枪口。还来不及等我开口，枪中就抢先一步："还是由我来回答吧。"

枪中看着少年白皙的脸庞："来到这里的'暗色天幕'一行人的名字中隐藏着一个很简单的暗号。"

"暗号？"

"对，把包括死者在内的我们八个人的名字按照年纪大小进行排列，就是枪中秋清、铃藤棱一、名望奈志、甲斐幸比古、芦野深月、希美崎兰、榊由高和乃本彩夏。但是，乃本彩夏在来到这个家之后，也就是在前天下午，已经听从忍冬医生的建议，改名为矢本彩夏。

"现在，我再用大家的姓氏重新排一次序：枪中（yarinaka）、铃藤（rindou）、名望（namo）、甲斐（kai）、芦野（ashino）、希美崎（kimisaki）、榊（sakaki）以及乃本改名后的矢本（yamamoto）。怎么样，名侦探，这就像小孩子玩的游戏一样简单吧？你把这八个姓氏的第一音节排列一下会得出什么？"

"啊！"少年一下子就明白了。

枪中继续说："接着是我们的本名，刚才我所说的名字，除我以外全是艺名或笔名。现在我把大家的本名按年纪从小排到大：山根夏美、李家充、永纳公子、香取深月、英田照夫、松尾茂树、佐佐木直史、枪中秋清。不过要提一下松尾茂树，也就是名望奈志，因为和妻子离婚的原因，原本是上门女婿的他在来到这个家之后，也就是在前天恢复成旧姓：鬼怒川。

"所以，单看姓氏的话，就是山根（yamaha）、李家（rino）、永纳（nagano）、香取（katori）、英田（aida）、松尾改成鬼怒川（kidogawa）、佐佐木（sasaki）、枪中（yarinaka）。

"怎么样？很神奇吧？无论是艺名还是本名，把我们八个人姓氏的第一个音节排列起来，都能组成一个人的名字：YA·RI·NA·KA·A·KI·SA·YA，也就是我枪中的全名。"

枪中扭头看看我，像是中了邪似的，扭曲地笑着："铃藤，当我发现这件事时，有一种很奇妙的感觉。当时你也在我的房间里吧？该怎么解释呢？难道只是纯属巧合，是老天开的玩笑？也许吧。但这种巧合恰恰是在这栋'雾越邸'里发生的！彩夏的改名以及名望恢复旧姓都是来到这里之后发生的事。要不是他们改了姓，怎么可能组成我的名字？"

"你认为这也是这个家的预言之一吗？"我问枪中。

枪中眯起镜片后的眼睛，语气比起刚才稍微平和了一些：

"算是一种吧，但我宁可把它当成是一种'启示'。再把话说大一些，意思就是你们七个人的未来全都掌握在我的手中；你们都是在我名字之下受我支配的棋子。"

"枪中，你……"我感到无比愤怒与悲哀，紧咬下唇，嘴皮都快破了，狠狠地瞪着这个十多年的朋友。

"你是不是想说你不会原谅我？"枪中露出更加扭曲的笑容，"我杀了深月，你怎么怪我都行。不过，铃藤，你难道不觉得全身裹着纯白蕾丝、胸前绽放着大朵的血之花、躺在雪白平台上的深月非常美丽吗？你难道不觉得那是你见过的最美的深月吗？彰少爷说得没错，那是我一生中只有一次的执导，就在雾越邸这个至高的舞台上。

"深月再也不会变老，也不会在几年后躺在病床上丑陋地衰败而死。她的美不再会因为她是个活生生的人而受到破坏。她的时间已经停止，她的美已经留在那道'风景'之中，成为永恒。换句话说，她已经在这个家纯白的舞台上重生为一尊完美的人偶。

"她必须变成那样，而且这个家也需要她变成那样，只有那样才是完美的。你认为呢，铃藤？"

"我……"我缓缓地摇摇头，"我觉得她活着时候，哪怕是一次眨眼，都远比你所描绘的'风景'更美丽！而且无论她变得多老多丑，我都会一样地爱她。我相信，哪怕外表的美会因为时间的流逝而衰败，但人和事物的本质不会改变。"

枪中不屑地皱起眉头，一脸嫌弃地转过头去。他的枪口依然对准彰，轻轻地耸耸肩，故意大声地叹了口气："太遗憾了，那家伙完全不懂我。"

接着，他又苦笑着说："算了，毕竟，你要找的风景和我的不一样。我那么做是希望守住深月的美。"

"胡说！"我瞪着他，声音不由得急促起来，向前跨出一步，"枪中，那么这和你杀了甲斐又有什么关系呢？你该不会说，甲斐也是死了才更美吧？"

枪中一时语塞，仿佛权力者遭受到了难堪的侮辱，但这种表情在他脸上转瞬即逝。

"你都是为了你自己！"我冷冷地说，"你嘴上说承担所有的责任就是爱，行动上你却企图逃避责任。我无法理解你。那么你自己呢？你不是也亵渎了自己为美所做的献身吗？"

"你真会说话。"

"我说的都是事实。枪中，我从心底里恨你，恨你所说的美的存在方式，恨你的思想，恨你犯下的所有罪行。"

"罪行？哼，亏我刚才对你解释了那么多，真是白费劲儿。"枪中瞪着我，之前狂热信徒般的笑容已经变成了一种落寞的微笑。他端起原本对着彰的枪，对着房间里的所有人缓缓地划出一道圆弧，突然，一个跃身冲出了房间。

"枪中！"我惊愕地呼喊他的名字，正想追上去，却见他已经打开门冲进了走廊。

"枪中！"我跌跌撞撞地冲出走廊去追他。名望奈志、忍冬医生和的场医生也相继追来。

枪中向右跑到走廊中间的落地窗前，一脚踢开其中的一扇，跑出阳台，冲到了通往平台的阶梯上。

"枪中！"

"枪中先生！"

枪中不顾我们的喊声，径自冲到积满雪的平台上，趔趔趄趄地向前走。在争夺着金苹果的"三女神喷泉"前，他突然停下，回头朝刚跑到阳台上的我们举起了手中的来复枪。

"枪中，你……"

他的脸上依然是寂寞的微笑。紧接着，他调转枪口，将黑色的枪口泰然地塞进自己的嘴里，拇指扣住了扳机。

一见到这番情景，我的脑海里瞬间浮现出今天早上在一楼碰到的两件事。

第一件是的场医生告诉我们末永报告给她的事——温室里的那只叫"梅西安"的金丝雀死了。

第二件是放在壁炉上的八音盒突然掉到地上摔坏了——正是那个会唱《金丝雀》的八音盒。

没等我喊出一声"住手",枪中已经叩响扳机。

强烈的爆破音震碎了如被冻住般的空气,喷出一道鲜红的血柱。一瞬间,头部爆裂、变了形的身体像在扭捏起舞似的软趴趴地倒在血染的雪地上。

那一刻,谁都没有动。只是胸口抵着阳台的围栏,双眼像是被锁住了似的怔怔地望着那具血腥的尸体。

从我们身边穿过,第一个走下平台的是白须贺彰。

他左手拄着拐杖朝尸体走去,一条腿每迈出一步,另一条腿就被拖着向前一步。他的右手捧着一截绯红的枫叶枝,正是刚才插在房间古董大花瓶里的那枝。

少年静静地走在雪上,朝已经一动不动的枪中的尸体越走越近。少年走到尸体边上,驻足低头看了好一会儿,然后将那枝枫叶轻轻地放在被打爆了的头部。

接着,少年回过头来看着我们。

我走下通往平台的台阶,正想过去和少年说几句话。他却低下既白又美的脸庞,以示拒绝。他默默地离开尸体往回走,和刚才一样从我们中间穿过,消失在昏暗的走廊尽头,只留下渐行渐远渐轻的拐杖声。

最后，当他与我擦身而过时，我看到了少年那张被长长的刘海遮住的左半脸。在那半张脸上，我看到了发黑的大面积烧伤疤痕，那就是四年前夺走他母亲性命的那场大火的魔爪在他身上所留下的爪痕。

尾　声

关于那之后的事，我其实并不想说太多。

三天后，也就是十一月二十二日星期六中午过后，我和名望奈志、彩夏及忍冬医生四个人决定坐医生开的车告别雾越邸。因为道路上的除雪作业已经完成了不少，而且已经有好几辆警车来来回回了，所以估计从这里开到相野的一路上应该不会有什么问题。天空再一次被乌云笼罩，时不时地下起一阵小雪。只有的场医生站在玄关处目送我们离开。事件因为枪中的死而落下帷幕之后，直到现在，我都未能再次见到少年白须贺彰的身影。

离开的这一天，我们终于有幸从正面看清雾越邸。

象牙色的外墙、极具和谐美感的木结构、数量众多的玻璃窗。从正面看过去，挑高大厅所在的右边部分是厚重的砖石结构，而另一边，我们第一天到达这里时开门让我们进去的后门所在的左边部分则是山庄风格的木结构。随处可见新艺术主义风格的妙笔生花。一半覆着雪、高高耸起的青瓦尖顶与古色古香的红砖烟囱相映成趣。高远的细长脊饰将灰色的天空剪切成宛如蕾丝的模样。

与优美且凛然的建筑物比翼相邻的是带着一点浅绿色的浅灰色湖面。我们在那里亲眼领略了雾越湖这个名称之所以得来的景象——湖面上涌起乳白色的雾，在缓缓流动着的风的吹动下，慢慢形成一个大大的旋涡，就像是为了将尘世的喧嚣阻挡在外，那个白色漩涡沿着建筑物的外壁徐徐攀升，直至将其全部包围。

　　我们坐着车，缓缓朝大门开去，我的视线始终注视着斜后方的那栋宅邸。

　　在那里，我好像看到了如同静谧的守护神一般的风景，那些鲜血与憎恶，扭曲与执念，悲伤、孤独与绝望以及所有的一切，都无声地得以升华。在那里，我清清楚楚地看到了一种"祈祷"，不靠近任何其他也不拒绝任何其他的靠近，那是一种心无旁骛的祈祷……

　　突然，在逐渐包围建筑物的白雾间隙中，我看到了一个黑影。

　　我不知道那位于建筑物的哪个位置，只知道有一个人站在与墙壁并排的一扇玻璃窗前，用脸贴着玻璃，正在看向我们。其实，就距离而言，我不可能看得那么清楚，但我就是直觉地这么认为。

　　那是我似曾相识的人影。

　　虽然看不清个子或长相，但我觉得那是一个我非常熟悉、非常亲近的身影。我一一回忆着留在那个家里的人，可是，竟没找到一个人能与这种感觉相呼应。那个人影究竟是谁?

当然，那也可能只是我的错觉。

车子开过宽敞的前院，驶出大门，爬上坡道，穿过一片落叶松林。回头再看时，被包围在乳白色旋涡中的雾越邸就像是融进了白雪皑皑的树林深处。

再后来，我只能看到袅绕升起的雾的微微残影，到最后，连那点儿残影都消失了。冬天已经来临。凝视着白色风景的我，心中只是冷冷地被刻下一段传说般的记忆。

又过了两天，我们终于踏上回东京的归途。

* * *

远处不断地传来风的声音。

就像一个从这个世界之外的某处迷路而至的庞然大物，因为思念着原来的世界而发出恸哭声。也许是与这种哀伤的声音产生了共鸣，也许是那段旋律不请自来，那首歌在我的耳边悄然奏起，连绵不断，久久萦绕。

那是一首很哀伤的，令人很怀念的歌。

很久以前，当我还是小孩子的时候就曾听过。也许是在小学的音乐课上学过，也许是听母亲曾经唱过。只要是出生在这个国家的人应该都知道这首歌吧——那首著名的童谣《金丝雀》。

就是因为这首歌……

那个人——枪中秋清就是因为这首歌而断送了自己的一生。这首歌象征着的那个家所拥有的不可思议的意念，明知其存在、深信其力量、却企图超越其意念的枪中结果把自己逼上了绝路。我想，这么说应该没错吧，可是又觉得……

那件事已经过去整整四年了。

时间果然步履匆匆，从不等人。从二十世纪八十年代末到九十年代。在东西方激烈碰撞和焦灼的中东局势之下，世界迎来了新的时代，"昭和时代"在尽是滑稽的骚动中走向终结。被冠以新的年号之后，这个国家的国民在既有的沙城之上继续不厌其烦地添砖加瓦。我所在的庞街大道变得越来越畸形，同时又因吸噬了越来越多的人而变得越发膨胀。

到处都暗含着暧昧的预感，所有的一切都朝世纪末中了邪似地急速狂奔。当我预想这一路的尽头的景象时，就会想到四年前结束了自己性命的枪中曾经说过的话。他说，我们从出生的那一秒开始就走向死亡，全世界都一样。

我想说，道理我都懂，但之前那种嘴上说说的"理解"之中很少伴有真实的感受，到了现如今，我才有了非常深刻的体会。

世界确实朝着那个无法避免的毁灭的瞬间加速前进着。只要现在这种文明的方向得不到彻底扭转，这样的狂奔就不会停止。不，即使实现了根本性的变革，产生了新的方向，等在那个新方向的前方的依旧只会是另一种形式的终点，留给这个世界的时间其实并没有大多数人深信不疑的那么长。

有必要那么着急吗？

我常常会因为他人的疾走而感到焦躁，但更让我焦躁不已的是同样身不由己地被卷入疯狂激流之中的我自己。

已经过去了四年。

暗色天幕剧团因为枪中秋清的死而理所当然地落下了其历史短暂的帷幕。有人告别了舞台，也有人一直留在那个圈子里。那一年，名望奈志加入了另一个小剧团，现在已经是一位独具风格的知名演员，颇受好评。改名后的矢本彩夏，后来非常迷信姓名学，又改过一次艺名，演过一阵子的戏，但第二年秋天就毅然隐退，结婚生子，听说现在已经是两个孩子的母亲。至于我，铃藤棱一，前年春天投稿参加了某项文学奖（并非所谓的纯文学奖）的评选，没想到竟然幸运地获了奖，自那以来就一直从事专职写作，每天都被截稿日追赶得喘不过气来。

时光匆匆流逝，最近我痛切地感觉到自己的心已经慢慢变了模样。

愤怒之火已经消失，痛苦已经转为一种刺痛，记忆的细节变得脆弱风干，剥落易碎。再这样下去，我是否会忘记"暗色天幕"的存在，忘记枪中秋清这个曾经的朋友，甚至忘记那个名叫芦野深月的美丽女子曾经深深地占据过我的内心？不！我想我不会忘记，但我强烈地感觉到一种无法避免的趋势。我会以一种完全不同于往昔的形式将他们都留存下来。

所以现在我来到这里。

我希望可以让四年前的事在脑海中正确地重现一次，整理一番。这样一来，如果可以，我希望自己就此放手，让那些记忆随着时间的河流漂向远方。

昨天，我住在御马原。

四年前我们投宿的那家颇有情调的旅馆里那个身材魁梧的经理已经美梦成真，那座曾经的僻壤山村已经渐渐变了模样，成了现代化的度假胜地。连接相野的辅路工程也都已经完工，到处都是全新的建筑物，整个风貌已经焕然一新。

在那里，我与忍冬医生见了面，一起去拼凑渐渐失去的记忆片段。为了见我，他特地将医院关门休业。他仍是一脸的福相，脸上带着亲切的笑容，除了向我抱怨他那三个优秀的孩子之外，一直都很爽快地由着我任性。

我们也谈到了住在雾越邸的那个少年。

忍冬医生告诉我，那件事以后，的场医生因为去相野镇上办事，与他见过几次面。但是，他从的场医生那里打听到的也只有：那个十八岁少年十四岁的时候在那场火灾中受了重伤。除此以外，忍冬医生没能再问出些什么。

昨晚，老医生回了相野。今天早上，我一个人离开御马原。

我叫了一辆出租车，拜托司机不要走辅路，一定要开去那条有坡度的山路。我让出租车停在那天旅馆巴士抛锚的地方，对着一脸诧异的司机说，我要从那里步行前进。

走了三十多分钟，前方出现了岔口。我这才发现，从眼下的这个位置来看，很难立即分辨出哪一条是主道，哪一条是岔路。那一天，就是在这个地方，我们的命运像这条道路一样一分为二。如果说我们之中有几个人正是在这里选错了路，这样的说法会不会有点失礼？

我选了右手边相对较窄的那条路继续前进。在红棕色的夹道落叶松林间走了一会儿，路幅渐窄，很显然，这并不是通往相野方向的主道，可是那一天在暴风雪中失去了方向的我们并没有余力做出这样的判断。

今天，与四年前相比，季节都一样，却是不同年的同一天。

一瞬间，我有些害怕在这里重遇和当年一样的漫天大雪，但很快又转念觉得，如果真是那样倒也不错。

不过，其实我心里很明白，不可能再遇那样的危险了，因为今天时间还很早，而且天气也非常好。

之后，我继续在山中走了很久。

叶子凋零的树木与枯萎的草丛在风中沙沙作响。每当我看到还留在枝头的鲜艳红叶或是开在褪色草丛中的小花，都会驻足停留。看着眼前秋天即将过去的寂寥景致，我的耳边似乎又响起了那天暴风雪的呼啸声。

不知不觉，我走了很久。

突然，我发现斜前方的白桦树丛中有一件与之前的风景完全不匹配的异物，一道高约三米的栅栏。垒起的红砖墙高至腰际，红砖上面插着刻有蔓草雕饰的青铜栅栏。这个栅栏围住的地方到底意味着什么？诧异与惊慌之后，我终于悟出了其中的奥妙。

我走近栅栏，朝里面窥探。透过稀疏的树丛间隙，我并没有看见那天在大雪中看到过的湖水的颜色。

我沿着栅栏在昏暗的树丛间前进。栅栏一直在延伸，好像完全没有尽头。走着走着，两边的树丛不见了，眼前出现了一条大约只容一辆车通行的碎石子路。此时的栅栏已经形成一座高大的门。碎石子路穿过这扇门，径直向前延伸，在夹道的落叶松林间缓缓攀升。我认出来了，这就是当年最后一天我们坐着忍冬医生的车离开的那条路。

只要爬上这段坡道，再下坡，应该就可以看到那里。我用力摇动紧闭着的青铜大门，可是门上牢牢地上了锁，完全打不开。

我还是不想放弃，打算沿着栅栏一直走。可结果别说那栋宅邸了，就连白雾袅绕的雾越湖的影子都没看到。我有些恋恋不舍地走回大门边，直直地盯着那段林间上坡道的尽头。我曾经觉得有一种东西在为那个家供奉着"祈祷"，但我一直不知道那究竟是什么。现在，我终于想到了一个词：

"沉睡"。

无声、无时、昏昏永续的深度沉睡；只有梦幻在徘徊、无休无止的沉睡；过去、未来和现在全都被卷入其中，绝不被任何人打扰的沉睡。

如果真是如此，那么当时在那里死去的人们是否也已进入那个沉睡之国？在白雾的旋涡中，在接近无限的宁静中，从无处可逃的时间魔咒里得到解脱……

不，并非如此。

我摇摇头告诉自己并非如此。这时，我找到了四年来一直困扰着我的那最后一个疑问的答案。

作别雾越邸的那天，我从缓缓驶离的车中望出去时所看到的身影，在白雾间、玻璃前、站着的那个身影，那个我让我觉得非常熟悉、非常亲近的身影究竟是谁？答案就是：

那一定就是我的影子。不是别的谁，就是我自己。只不过那时候的他被映在了那片雾色之中。

也就是说，对于枪中曾经说过的那句"想在这如怒涛般的时间长河中建造不动的堡垒"其实在我内心深处的某个角落里是有所共鸣的。或者，对于在那个家、那道"风景"中刻下深月之美的枪中的行为及其价值观，在我内心深处的某个角落里也是有所认同的。

假使深月现在还活着……

一想到这里，我重重地摇了摇头。

我曾对枪中说：我相信本质不会改变。那是我当时的信念与主张。然而时至今日，遗憾的是，我已经动摇了。是这个奔向世纪末的时代的错吗？还是这四年间流逝了的时间的错？或是……

我悄然地转身离开，背对着那道大门，走在碎石子路上。

我唯一能确信的就是，无论如何我都不会再来这里了，不会再去那栋白色漩涡之中的美丽宅邸了……是的，四年前见到的那个人影一定就是那个不可思议的家向我发出的最后一个"动作"。

所以我……

啊，差不多该结束了。

车站的候车室里没什么人，天花板上的荧光灯有些闪烁，白得有点惹眼的墙壁感觉是最近刚刷过的，墙上贴着挺有看头的用

574 尾 声

于旅游宣传的海报……我从长凳上缓缓地站起身，掩了掩身上早就过时的旧大衣门襟，这才发现，手指间夹着的香烟已经快要燃至过滤嘴。

漫天白雪的暗夜中，现在……

承载着渐行渐远的时间而在此刻向我驶来的，是返程列车渐行渐近的声音。

解　说　牧神的耀眼之毒

浓雾降临……

甘甜沉重痛苦，

不知身在何处，

残花气断无息，

燕子身陷泥泞，

月色半死犹生，

唯独苦恼

突如其来阴沉。

———北原白秋《浓雾》

已经不知路在何方。从未经历过的暴风雪不断地抽打着面颊。暴风雪中，一群人默默前行。突然，风停了，眼前豁然开朗。雪景中出现一汪碧湖，一座巨大的洋房好似浮在湖上。

这就是本书故事的舞台："雾越邸"。

新艺术派风格的洋房，住在里面的人冷酷且如谜。一行人决定在这里住下，等到暴风雪过去，然而不久就发生了杀人事件。

现场留有北原白秋的诗集。之后，按照童谣诗歌的顺序，一个又一个人被杀死……

本书与《钟表馆事件》一同作为作者初期的代表作，属于"馆"系列的番外篇。因暴风雪而被封闭的雾越邸就是一座"暴风雪山庄"，在这里发生了连环杀人案，留下了让人联想到北原白秋《雨》的案发现场。《雾越邸暴雪谜案》里充满古典构思，还有一种"耀眼之毒"。

整部作品贯穿着一种向着黑暗倾斜之势。

在那之中有一种疯癫的耽美与抒情。

那也是被死神渲染的理想世界。表面上的主人公是作为叙事者的"我"，但另一个影子世界中的主人公则是雾越邸这座"馆"本身。

书中为躲避暴风雨而进入雾越邸的一行人与"馆"内发生的各种不详现象产生了种种暗合。所有现象都找不到合理的解释，一切都像是由这座"馆"本身的意志所致。没错，本书是一部本格推理，同时也是一部幻想小说。

注重合理性的本格推理与从合理性中解脱出来的幻想小说该如何巧妙地融合？ 关于"幻想与本格的融合"，本解说者想就自己的理解进行一番阐述（对这本书的读者而言也许是赘言）。

为了将幻想的光景进行"合理的解体",毋庸置疑,所需要的当然就是"幻想"。然而,"在一切都可以得到合理解决的世界"中,究竟何为"幻想"?"无论解开谜底之前有多大的魅力,当全部揭晓之后,都会索然无味。"这是作品中人的观点,也是本书提出的一个问题。

这里存在着一个不可能性。

但任何事,越不可能就越有趣。反之亦然。

幻想小说与本格推理究竟能否融合?

从正面予以回答的,正是此书——《雾越邸暴雪谜案》。

"本格与幻想的融合"在《暗黑馆事件》或《替身》等之后的作品中也有所表现,同时,今后也将继续成为作者写作的课题。所以本书是一个转折点。

书中贯穿着一个主题,那就是北原白秋的《雨》。

之所以选择北原白秋,不只是因为北原白秋是《鹅妈妈》的翻译者,还因为北原是一个曾写出过鬼魅幻想世界的诗人。这直接与本书中朝向黑暗的倾斜之势相通,相连。

书中也提及,与北原白秋相关的运动中,有明治末期的"面包会"。

那是由诗人与画家发起的唯美主义艺术运动。日语中的面包(pan)与希腊神话中的牧神、享乐之神(Pan)同音。"面包会"由接受了传入日本的欧美象征诗与抒情诗的影响、当时还是学生的木下奎太郎与吉井勇等人集结而成，以对抗当时作为文坛主流的以岛崎藤村与田山花袋等为代表的自然主义。"面包会"虽然没过多久就偃旗息鼓了，却在文化史上留下了足迹，并对后世产生了重大影响。

"面包会"的特征是否会让人联想到其他？

答案就是以作者为中心、曾经的"本格推理"。

选择以北原白秋的诗作为主题，可以看出作为新本格推理旗手的作者当时写作时的一种抱负。

我本人第一次读到这本书是在一九九五年，当时的我还是高中生，在那之前我只喜欢听音乐，不爱看书，是朋友向我推荐了这本书以及"馆"系列。我半信半疑地拿在手上，没想到一读此书深似海，从此不愿再回头。

受这本书的影响，我在连什么是写作手法都不知道的情况下就开始动笔写小说。

时光荏苒，一转眼到了二〇一二年，在《野性时代》杂志的"新春麻将"活动中，我有幸与绫辻先生同桌共聚。给予了我原生体验、偶像般的人物意外地给我留下非常稳健而又温柔的印象（但当时他的眼神犀利无比）。

而现在，没想到居然有幸担任此书的解说，感觉就像单相思二十年终于如愿。喜悦之余还有一点羞涩，至今仍仿佛身处于雾越邸所带来的梦境之中。

在雾越邸中，与无法解决的事件相呼应的还有种种只能以超能力来解释的诸多现象。

"这个家是一面镜子。"书中，住在其中的一个人如是说。

"这个家本身什么也不做，只是像一面镜子，映射出进入其中的人。"

如此说来，与"雾越邸"相关的本文不过是镜中的解说者而已。镜中能看到什么？答案因人而异。

那么，进入《雾越邸暴雪谜案》的你，究竟看到了什么？

宫内悠介

访　谈　雾越邸秘话

本文中有涉及《雾越邸暴雪谜案》情节的部分，

尚未阅读作品的读者请谨慎阅读。

《雾越邸暴雪谜案》是一九九〇年新潮社"新潮推理俱乐部"丛书中受出版社邀约出版的作品，首先请介绍一下这部书的成书过程。新潮文库版的《后记》中，您曾写道："早在十几年前，《雾越邸暴雪谜案》这个异形梦的种子就已经在我的心里扎下了根，在让它发芽长大的过程中，小野不由美女士给予了我非常多的帮助，在此表示衷心的感谢。"也就是说，小说的构思远远早于实际的执笔吗？

绫辻：是的。我记得以前在某次访谈中也提过，《雾越邸暴雪谜案》中有我学生时代所写的同名作品的一部分，后者算是一种雏形。真正执笔后，是我与小野女士共同作业，所以会在《后记》中写上那番谢词。我们在二十二三岁的时候，曾将那部作为雏形的同名作品发表在京都大学推理小说研究会的内部杂志《推理研通信》上，花了整整一年时间进行连载，篇幅差不多有四百页文稿纸那么长。法月纶太郎和我孙子武丸曾第一时间阅读过这部习作，当年他们正好刚刚进入京都大学推理研究会。

接到新潮社的约稿后，我就想到了当年的那部学生作品。想归想，但觉得难点很多，如果要全部攻克，就必须大幅度地重新深究很多想法。

　　学生时代的那部作品的内容大概占了现在这部《雾越邸暴雪谜案》的几成？

　　绫辻：本格推理的部分大概占了七成。原本只是一部习作，最初只是很认真地想写本格推理——"发生在壮美的'暴风雪山庄'中的'连环模仿童谣杀人'"！而现在这本书则是以当年的那部习作作为基础，同时加入另一部幻想小说的主干，由新的想法组合发酵而成。就结果而言，原来的习作只有四百页稿纸，现在的成书却是其好几倍。

　　"○○邸"，这里的"○○"通常是住在里面的人的姓氏，"地名＋邸"的名字本身就很特别。

　　绫辻：我觉得"穿越雾层"这个字面意思的氛围很棒，所以很想用它来作为家宅的名称。如果按照"雾越湖"这个地名来设定，那么一般而言应该不是"邸"而是"亭"。但"雾越亭"这几个字的组合总觉得很怪，就用了"雾越邸"。

　　德岛县有一个叫"雾越岭"的地方。

　　绫辻：是吗？我才知道。我当时没调查那么多。"雾越湖""御马原""相野""返岭"……这些作品中出现的地名都是虚构的。

成书大约有一千页稿纸，是当时您的作品中篇幅最长的作品，请问写完后您感想如何？

绫辻：初次发表是在一九九〇年九月二十五日，原稿写成是在同年的七月。当时我在笔记里写着"七月三十日完成"。当时出版社强烈希望我的作品与"新潮推理俱乐部"丛书中宫部美雪女士写的《Level 7》同时发行，所以七月脱稿，九月下旬就出书了，时间非常紧凑。那时候，同类型的书中，一千页稿纸级别的还没那么多。所以，连我自己都感叹居然写了那么长（笑）。

一九九〇年，岛田庄司先生出了一本《黑暗坡的食人树》，我记得那本也很厚。

绫辻：是的。《Level 7》也很厚。当时一说到千页稿纸级别的推理大作，很多人会想到小栗虫太郎的《黑死馆杀人事件》、梦野久作的《脑髓地狱》、中井英夫的《致虚无的供品》、竹本健治的《匣中的失乐》，这四本被誉为"四大奇书"。

二十世纪八十年代，长篇大论的推理小说一般都不太受欢迎，特别是新人作家。说是长篇，其实也就五百页稿纸的程度，这在当时是一种常识。修改原稿的时候，怎么削减篇幅是当时的重要课题……其实我觉得，某种意义上来说，这种方向是非常正确的。当时新潮社向我约稿的时候说没有字数限制，所以我就铆足了劲儿，心想那就写上一千页吧！事实上，为了让《雾越邸》以一个良好的形态出现，那么多的字数也是很有必要的。

在构思执笔的过程中，我的情绪越来越高涨，甚至觉得如果好好写，就能写成一部杰作。问世之后，哪怕二十几岁就死了也无憾（笑）。那时候，自己对三十岁、四十岁都还没法去切实地想象，所以才会觉得"死也无憾"。不过话说回来，写完的时候，确实有很大的成就感。

您没想到之后还写了一部更长的作品吧。（笑）

绫辻：你是指《暗黑馆事件》吧？那本有两千六百页，花了八年时间。二十世纪九十年代，特别是京极夏彦先生的出现引发热潮后，本格推理走向了长篇化的方向。《雾越邸暴雪谜案》出版的时候，还有人曾说"这么厚的书可以当凶器"（笑）。

* * * *

在《周刊文春》当年评选的"十佳推理小说"中，《雾越邸暴雪谜案》得票第一。我的印象很深，之前可谓毁誉参半的"新本格推理"正是因为这部作品的成功而得到了大家的重新认识。您自己当时作何感想？

绫辻：说实话，当时的第一反应就是："啊？为什么？""多亏新潮社把我的书做成硬皮书，果然不同凡响。"（笑）当然，开心之余，我也很清醒。

对作品本身，我是非常有信心的。但当时有不少人质疑所谓"新本格"到底算不算"本格推理"，所以当得知文春评选的结果后，我很吃惊，想要知道"为什么？"

现在的年轻读者们可能都不知道当时对新本格的评价吧？请您稍微介绍一下。

绫辻：是吗？一九八七年的《十角馆事件》算是我的出道作品。那部作品在没有得到新人奖的情况下，得到岛田庄司先生推荐，直接由讲谈社出版发行，在当时实属罕见。幸运的是，这本书卖得不错，所以之后的"馆"系列也都由讲谈社出版。这些作品的口碑和销售情况都很好，于是之后所谓"新本格"的年轻作家也相继出道。

但圈内的主流——部分作家、评论家，还有编辑们，以及一部分的推理小说迷们，仍带有一种偏见，觉得"新本格的小年轻们"不值一提。这里面的原因错综复杂，存在一些非议……总之当时的气氛内含有微妙的紧张感。

讲谈社推出《十角馆事件》之后不久，其他出版社的编辑们也找上门来，其中一位就是新潮社的佐藤诚一郎先生。他原本擅长的是出版冒险小说，但我写的作品让他觉得非常对胃口，就促成了《雾越邸》。一九九〇年九月出版发行后，发现与之前由讲谈社或祥传社出版的作品所获得的反响有所不同。当然，不同作品内含的力道本来就有所不同，但另一方面，我觉得新潮社的硬封皮是一件"利器"，在某种程度上发挥了很大的影响力。毕竟当时业内人士大多觉得32开的比B40的看上去更厉害。我之前对这种所谓的权威开本论毫不关心，所以觉得很意外。

也许因为32开大小的书对于上一代的读者来说，拿在手里更顺手吧？

绫辻：也许吧。总之，这部作品就像是对我整个"2"字头岁月的总结。反响很大，我当然很开心。次年，《雾越邸暴雪谜案》还成为"日本推理作家协会奖"评选的入围作品，虽然最终没能得奖，但之后的那部《钟表馆事件》幸运地获此殊荣……从那时开始，"新本格的小年轻们"才得到了大家的认可。大概就是这样一个过程吧。

不过，看到《雾越邸》32开本里那张作者近照，谁都会觉得

"这家伙好年轻"吧（笑）。没有褒贬之意，但大家看到照片都觉得作者是个年轻气盛的家伙。

卷首谢词"献给另一位中村青司先生"，是什么意思？

绫辻：其实就是小野不由美女士（笑）。"馆"系列中出现的建筑物图纸全部都是拜托小野女士绘制的，《雾越邸暴雪谜案》里的图纸也是，而且有关建筑物的构思与构造本身就是她的想法……所以她与小说中的中村青司属于不同次元的"另一位中村青司"。谢词就是这个意思。①

这部作品中的幻想元素主要是在怎样的过程中构想出来的？

绫辻：刚才也曾提过，这部作品的雏形是我以前写的本格推理的习作，书中有七成都是以习作为基础的。在"暴风雪山庄"中，"模仿童谣杀人"的作案手法与犯人的设定都与习作中几乎一致。但是，最为重要的本格推理部分中存在着一个非常严重的问题。简单来说，就第二起事件中"变更所模仿的童谣"这一情节而言，其必然性中存在着一个"漏洞"。在"第一个凶手"的计划中，第一起事件是模仿北原白秋的《雨》，第二起事件是模

---

① 这部分开始会涉及《雾越邸暴雪谜案》的情节，敬请读完作品后再继续阅读。

仿西条八十的《金丝雀》……是一种"连环童谣杀人"。然而，在第二起事件中看到案发现场的"第二个凶手"，也就是枪中，发现"金丝雀（kanariya）"倒过来念就是"yarinaka（枪中）"，所以他将"金丝雀"变更为《雨》的第二段。

但为什么枪中要做这种变更呢？其必然性其实并不充分，甚至可以说有些随意。毕竟在一般情况下，真凶不会特意把与自己姓名有关的线索留在案发现场，所以即使发现"kanariya"这一关联，也可以放任不管。在习作中，这部分的处理只是被当作单纯地因为偶然的发现而吃惊，于是匆忙间"变更了模仿的对象"……但这么写肯定是行不通的。

用剧团相关人员的名字首字母可以拼出真凶名字的这一部分也是同样的情况。在习作中是直到故事结束后由作者出面告诉大家"请像这样把文字组合一下"的风格呢（笑），当时是想学鲇川哲也老师的某部作品那样玩"游戏"。但是，这种我自己很喜欢的游戏模式可以用在诸如《迷宫馆事件》等作品里，却不适用于《雾越邸暴雪谜案》，总觉得那样不够"美"……

成为职业作家的第三年，决定执笔《雾越邸暴雪谜案》时，我首先想到的是上述的几个硬伤该怎么处理，因为必须重新处理。为了解决这些问题，我真是绞尽了脑汁。如何让枪中的动机变更具有充足的合理性？如何让原先存在于习作"外部"的"名字游戏"融入故事内部？苦恼了很久，我想到的答案就是——创造一个由"名字暗合"强力支配的"世界"。只要将这个世界建构于故事内部，那么相信这种支配力的凶手就有充足的必然性去采取那样的行动。

我进而思考为此需要做什么？然后就想到一个概念——雾越邸这个家所具有的不可思议的、超常的"力量"与意志。所以，作为作者，并非一开始就想好要写本格推理与幻想小说的结合物，最初只是想写具有"形式美"的本格推理。但为了追求本格所需要的整合性与完成度，就结果而言，变成了一种摆脱类型束缚的形态。

原来如此。我是从您的出道作品一路追着您的作品读下来的，我知道《水车馆事件》的结尾也具有幻想的要素，所以一直以为《雾越邸》是其延伸。今天听您说，这其实是追求本格整合性的结果，真的感到很意外。以前也听说过"本格推理不允许超自然的要素"，这真是很讽刺吧？

绫辻：与其说是讽刺，不如说是震惊，因为《雾越邸暴雪谜案》中并没有使用超自然力去解决案件。如何理解雾越邸中出现的"动作"？是将其看作超自然现象还是其他？作品中的人物是否相信这种超常性？至少"第二个凶手"是相信的，所以才会发生这样的事件。凶手并不是幽灵，也没有使用超能力从密室中逃脱。超常的现象本身最终是由读者去判断"也许有，也许没有"。就作品本身而言，答案并没有明示，而是留给大家一个谜。那些将其解读为超自然元素的人，其实是他们自己对这种小说的构造产生了排斥。

说到这一点，我突然想到了京极夏彦先生。京极先生在一九九四年发表了《姑获鸟之夏》，当时也受到过类似的争议，说什么理据不够、违反规则之类的。但那些刺耳的声音在《魍魉之匣》之后就再也听不到了，这就是京极先生的厉害之处。

幸运的是，还是有很多读者读懂了《雾越邸暴雪谜案》中的特殊构造与理念。在小说发表后的第一时间，我就收到了皆川博子女士寄来的声援信，真的非常感谢。那封信我到现在都还好好保存着。我问过她本人，她说"可以啊，公开没问题"，所以在此请容许我稍作引用：

> 看完精彩的大戏，会不由自主地大喊"好棒"，读完《雾越邸暴雪谜案》，我也想向作者奉上"好棒"的赞美之辞。
>
> （中略）
>
> 不知该用什么词来表述那种超越客观性认识的部分，简单来说就是一种"幻想"吧，其幻想的部分与本格的部分完

美地交织在一起，让人感叹不已。

幻想推理……是非日常的故事，同时也是本格的解谜。我自己其实也想写这种推理，但就是不得要领。之前也有过几部作品，只有舞台是非日常的，整体则是本格的。我很想写不一样的，但就是写不出来。所以当我读到《雾越邸暴雪谜案》的时候，真的深感震撼。我自己一直都将两者分离，因为无法在非日常的故事中加入逻辑性的部分。可如果只写幻想，又会变得很简单。

作为一名读者，我想说："这部作品太棒了！非常感谢作者！"

作为一名作家，我只能说我被击倒了（后略）。

落款日期是"一九九〇年九月二十七日"，所以皆川女士真的是在这本书刚出版就马上写下的。这是皆川女士直接写给我的第一封私信，自那以后，我们就像圈内的母子一样一直保持联系。虽然她信里说什么"被击倒"，但结果她后来写出了远远超过《雾越邸暴雪谜案》的众多皆川风格的"幻想推理"杰作。真是个好厉害的"妈妈"呢。

就我个人看来，新本格推理让本格推理得以复权，同时也是幻想，是惊悚。新本格的成功是推理成为流行的时刻。作为具有特殊设定的作品，一九八九年山口雅也先生发表的《活尸之死》对之后包括西泽保彦先生等在内的诸多作家都产生了巨大影响。而《雾越邸暴雪谜案》的设定虽然并不特殊，却在很久以前就实现了幻想与本格的融合。如果当年《雾越邸暴雪谜案》没能得到较高的评价，那么现在京极先生与三津田信三先生的作品也就无法获得正确的认识。所以《雾越邸暴雪谜案》是一部具有划时代意义的作品。您对这部作品之后的圈内走势如何看待？

绫辻：西泽先生的"特殊设定推理"属于简明易懂的手法，故事的前提里已经有各种不同于现实的特殊设定。在这样的规则下进行本格推理，是一种非常明快的构造。

就我而言，我认为可以称得上具有划时代意义的就是京极先生作品的粉墨登场。在他的作品世界中，现实与非现实·超现实的界限总给人一种若即若离的感觉，就是在这种精心打造的世界里，推理得以扣人心弦地展开。"京极以后"这种手法才变得司空见惯。

比如约翰·狄克森的《燃烧的法庭》或是高木彬光先生的《大东京四谷怪谈》，对这种类型的惊悚推理，您有什么看法吗？

绫辻：没什么特别的。容我重复之前的话，《雾越邸暴雪谜案》首先是正儿八经地从"暴风雪山庄""模仿童谣杀人"开始的，所以在动笔初期只想写自己喜欢的本格推理，其中包含了自己当时对本格推理的各种想法……只是在写的过程中比最初设想的多了很多幻想小说的色彩，写完才成了现在的模样。可以说，追求本格"形式美"，就必然会冲进"幻想"的世界。

从这个意义上来说，我自认为《雾越邸暴雪谜案》与之前的《燃烧的法庭》有着不同的切入点。很难找到合适的词语，但并非本格推理与怪奇幻想的"合体"，而是一种"融合"。借用皆川女士的话来说，是将两者交织在一起……所以我觉得这本书刚出版的时候，有人喜欢，有人不屑，关键就在于对其中两者的平衡与微妙之处是否欣然接受。

* * *

我想问一下"馆"系列与"联想"的问题。在《迷宫馆事件》中登场的推理作家清村淳一曾经是"暗色天幕"的成员，而在《雾越邸暴雪谜案》的剧团成员中有一个叫藤沼彩夏的画家的名字，但说到姓藤沼的画家又让人想到《水车馆事件》中的幻想作家藤沼一成。

绫辻：没错，藤沼就是那样一个人（笑）。《迷宫馆事件》的清村也是。为了设定上的方便，《雾越邸暴雪谜案》中只出现了他的姓氏，这只是一种小小的联想，我个人并不排斥。

有没有其他我没注意到但其实可以进行联想的部分？

绫辻：没了，估计就是你说的那两处。

作为作品中的伏笔，或者说算是一种世界观的元素，读者还能在您的书中读到诸如姓名占卜等具有神秘气质的玄学趣味吧？

绫辻：是的。我本人基本上不相信什么姓名判断等占卜，但故事需要。必须有人在到达雾越邸后进行改名，才能凑成真凶的名字"ya ri na ka a ki sa ya"。故事设定上需要这种成分，所以我选择让其中一个改变艺名，另一个离婚后改变姓氏，而改变艺名的理由就是这个人物相信姓名占卜。

翻看当时的创作笔记，有好几页都在尝试各种名字的组合。我参考的是一般的姓名占卜的书，比如名字的笔画数，以及各种笔画数所代表的意思。我还必须找到让人物改名的合理原因……我考虑过很多，也尝试过很多，大目标只有一个，但为了实现这个目标，要做的基础工作多如牛毛，小说就是这么写成的。我还接触过莱尔·华特逊和谢尔德雷克的著作，但那属于基础工作的其中一环，现在想来只能当笑话看，但当时那些说辞还是非常受关注的，特别是华特逊《生命潮流》中介绍的"第一百只猴子"的章节。

我记得那时候的电视剧里也提到过"第一百只猴子"。从上世纪八十年代到九十年代初期，新世纪、新科学的气氛也反映在了小说作品中。

绫辻：我已经想不起自己当时有多当真。但现在重新再读，只能一笑而过（笑）。用现在的话来说，那些都是"伪科学"。谢尔德雷克的"形态形成场"，还有甘油结晶之类的，现在听来都会觉得好笑。但在八十年代末，当时大家都觉得很有意思，极具冲击力。

我在读研究生的时候，还曾经是个非常认真的社会学徒，当时学到的知识和想法也都加入了小说之中，现在还能看到很多当时为了故意卖弄学问而写下的习作。

先不说那些习作，您现在回头看一九九一年写的作品，感觉如何？

绫辻：就文章而言，看得出当时写得很努力。但就整体而言，现在看来觉得很生硬，很突兀，觉得很是惭愧。但在这一次的修订版中，又觉得修改太多也不妥，所以在保留原味的同时，尽力提高可读性。我觉得结果还是蛮成功的。

这几年来，我一直在进行着同样的作业，即"馆"系列的修订工作。角川文库版的"怪胎"系列以及"杀人鬼"系列也是如此。每次都会重读二十年前的作品，感慨良多，一方面为当时的稚嫩觉得脸红，但另一方面又很感动于当时写作的时候真的挖空心思，想到很多细节。

如果要问现在的自己能否和当年一样……怎么说呢，也许不能。当时真的非常想写小说，有一股强烈的热情，现在反而觉得有点羡慕当年的自己，因为现在的自己也许有些陈腐气（笑）。这部《雾越邸暴雪谜案》发表至今已经过去二十三年。二十九岁的自己与现在的自己，对于创作的价值观与迫切感都已经发生了很多变化。

具体而言是哪些变化？

绫辻：也许与时代背景有很大关系。当时一心只想写自己心中认定的本格推理，有一种强烈的热情与执念。之后实现了本格推理的复权，奠定了新本格的历史地位。而现在，有很多作家写出了各种类型的本格推理，所以我感觉也许不需要自己用力了，以至于以前那种强烈的、不得不写的迫切意识越来越淡薄。

您这话听着像是要引退吗？

绫辻：是吧（苦笑）。但我还是很想继续写下去。

最后请展望一下今后的创作吧。

绫辻：我以前就说过，本格推理与怪奇幻想对我来说就像车子的两个轮胎，虽然也有重心偏向一边的情况，比如《雾越邸暴雪谜案》中本格占七成，怪奇幻想占三成；《暗黑馆事件》是本格、幻想各占一半；《替身》则是本格占三成、怪奇幻想占七成。

今后我也会继续在不同的作品中保持不同的平衡，兼顾两者。我作为作家出道以来，已经过去了四分之一个世纪，如今已确立了自己的文风，我很有信心继续走下去。当然也恳请大家一如既往地支持我。

千街晶之　采访

二〇一三年十月十一日　角川书店总社大楼